한국근대소설 속의 '소년'

한/국/근/대
소년소설작가론

내일을여는지식 어문 12

한국근대소설 속의 '소년'

한/국/근/대
소년소설작가론

최명표 지음

KSi 한국학술정보㈜

- **史溪 李在徹** 선생님께

한국 아동문학 연구의 초석을 닦은

당신의 열정에 무한한 경의를 표하며······

근래에 이르러 아동문학의 연구자들이 급속히 증가하고 있다. 그러나 그 속을 분석해 보면, 문제는 아주 복잡하고 심각하다. 아동문학의 전문 연구자를 자처하는 이들은 문학의 테두리를 애써 무시하고, 본격적으로 문학을 공부한다고 자처하는 연구자들은 여전히 아동문학을 폄하한다. 이것은 연구자들에게 내면화된 분파적 속성이 고스란히 전이된 것으로, 문학의 장에서 이루어지는 각종 논의들을 불구화시키는 요인이다. 한국문학 연구의 진경을 위해서라도 서둘러 척결되어야 할 것이다. 이에 본서에서는 전문적인 아동문학가가 아닌 작가들의 작품들을 거론하여 소년소설이 소설의 범주에서 거론되기를 희망했다. 그것은 문학 연구자들에게 만연된 배제와 선택의 시선을 지양하려는 의도이다. 소설은 거침없는 개방성을 앞세워 현재도 형성 중인 장르이다. 이런 문학적 사실을 아는 연구자들이라면, 소설과 소년소설의 영역을 자유롭게 넘나들면서 연구의 질적 수준을 제고하기 위해 지혜를 모으는 것이 시급한 과제이다.

한국문학사에서 소년소설은 시대적 요구로 출현한 장르이다. 이전까지 교훈적 내용의 독물 외에 접할 수 없었던 식민지시대의 소년들은 소년소설을 통해 비로소 '문학'의 세계로 진입할 수 있었다.

이런 사정 때문에 소년소설은 복합적인 성격을 내포하고 있다. 소년소설은 성장소설이며 교육소설이고 교양소설이다. 소년소설은 한 소년이 성장하는 과정에서 겪게 되는 다양한 경험들을 소설적으로 형상화한다. 주인공 소년은 성장 과정에서 만만하지 않은 세계의 질서를 경험하며, 보편적인 인류애를 추구하는 교양인으로서의 덕목을 습득한다. 독자 소년은 소년소설을 통해서 장차 진입하게 될 소설적 지식을 학습하고, 소설이 인생의 축소판이라는 완고한 정의를 수긍하게 된다. 두 가지는 소년소설의 내용적 측면과 형식적 측면으로, 소년소설에서 언제나 전제되고 반복되어야 한다. 적어도 소년소설은 소설적 수행 과정을 통해 교육적 효용성을 다함으로써, 소년들이 문학적 본질을 체득하는 주요 통로가 되어야 할 것이다. 그것이야말로 소년소설에게 부여된 벗어날 수 없는 소명이다.

소년소설은 위에 언급한 대로 특수한 조건하에서 발생한 까닭에 합의된 명칭이 아니다. 그것은 순전히 대상성에 착목하여 명명된 탓에 '아동소설, 어린이소설, 청소년소설, 아동·청소년소설, 소년소녀소설' 등 여러 가지 별칭으로 불리기도 한다. 이런 명칭들은 논자에 따라 다양하게 사용되고 있어서 혼란을 가중시킨다. 그러나 찬찬히 생각해 보면, 소년과 청소년을 함께 아우를 수 있는 '소년소설'이란 명칭 외에 적합한 게 없다. 먼저 '아동소설'은 '아동'에 국한하고 있어서 청소년층을 아우르지 못하는 약점을 지닌다. '어린이소설'은 아동이라는 번역어를 꺼리는 연구자가 붙인 것에 불과하므로, '아동소설'과 문제점을 공유한다. '청소년소설'은 '아동소설'과 동일하게 수입 용어인 '청소년'에 국한되는 협소한 명칭이다. '아동·청소년소설'은 각기 다른 대상을 구분하면서도 병치하는 모순을 공공연하게 드러내는 신조어이다. '소년소녀소설'은 '소년'의 의미망을 제대로 파악하지 못했거나, '소녀'의 수입 상황을 알지 못한 채 사용된 명칭이다. 위와 같이, 어떤 용어도 '소년소설'이라는 명칭이 지닌 범주의 포괄성을 넘어서지 못한다.

그럼에도 불구하고 이 용어가 범용되지 않는 이유가 무엇인가. 먼저 소녀소설의 '소년'에 성직 표시가 은닉된 양 곡해하는 연구자들이 있다. 그들은 그 대타항으로 '소녀'를 설정하기도 한다. 이것은 '소년'의 고유한 용례를 모독하는 태도로서, 자국 문화에 대한 기초적 이해조차 부족한 소치다. 고래로 '소년'은 미성숙한 존재를 총칭할 뿐, 성적 차별을 함의하고 있지 않다. 그에 비해 '소녀'는 일본으로부터 무분별하게 수입하여 사용한 용어인 동시에, '소년'이 사내아이를 지칭할 것이라는 당치 않은 추정하에 설정한 것이다. 그것은 '청소년'의 대립항으로 '청소녀'를 설정하지 않은 예에서 역으로 입증된다. 선대의 문화유산을 일부러 외면하고, 자의적으로 외래 용어에 의미를 부여하는 태도가 우려스럽다. 그런 그릇된 시각은 언어를 오염시킬 뿐만 아니라, 언중들의 의미 체계를 흔드는 주요 원인이다.

또 '소년'이라는 용어의 부활을 반기지 않는 논자들은 그것의 시효를 시비한다. 그들은 '소년'이 애국계몽기에 집중적으로 호출된 사실을 거론하며, 작금의 사회현상과 부합되지 않는 낡은 개념을 함의하고 있다고 주장한다. 이런 논리라면 그 무렵에 수입된 '아동'이나 '청소년'이라는 용어도 폐기해야 한다. '아동'이야말로 일본 작가들에게 지금의 뜻과 다르게 발견된 존재이며, 식민교육기관에서 유포시킨 철저한 일본식 용어이다. '청소년'도 크게 다르지 않다. 모름지기 근대문학의 연구자라면 '소년'에 함의된 바를 왜곡하지 말고, 그것의 확장 가능성에 논의를 집중해야 할 것이다. 용어는 객관적 규정 절차를 요구하지 않은 시대의 산물이기도 하다. 만약 '소년'의 효용 가치가 문제라면, 논의 과정에서 시기를 한정하여 사용하면 된다. 더욱이 '소년'은 천년이 넘게 합당한 지위를 누리면서 한번도 독자와 충돌하지 않고 토착화되었다는 사실을 간과해선 안 된다. 지금처럼 외국에서 이식된 용어들이 유행하는 판국에는 '소년'의 의미를 중지시키기보다, 조상으로부터 물려받은 의미를 활성화시키는 데 공력을 쏟아야 한다.

본서에서 '소년소설'이란 표기를 고집한 이유는 두 가지다. 하나는 '소년'의 역사적 용례를 수용하여 문학사의 지속성을 담보할 목적이다. 새로 출현하기 이전부터 존재한 용어가 물질적 조건이 변하여 의미를 확대할 필요가 있다면, 의미론적 변주를 통해 사용하는 것이 옳다. 이전부터 용어는 끊임없는 재규정 과정을 거치면서 의미역을 정교하게 가다듬었다. 그것이 문학사적 지속을 추구하는 태도이다. 지속은 앙리 베르그송의 말처럼, 근본적으로 질적 변화를 수반하지 않으면 안 된다. 그러므로 이 용례 속에는 '소년소설'이 과학적 개념 규정과 형식상의 혁신을 통해 법고창신(法古刱新)하기를 바라는 간절한 바람이 담겨 있다. 그 기대는 작가들의 왕성한 참여와 연구자들의 활발한 활동으로 이루어질 수 있다. 작가들은 '소년소설'의 독자들이 처한 발달 단계를 고려하여 형식적 확장을 도모함으로써, 독자들의 문학능력을 세련시킬 수 있도록 노력해야 한다. 연구자들은 작품의 정치한 분석에 토대하여 '소년소설'의 중요성을 되풀이 강조함으로써, 작가들의 소설적 성과를 다양한 각도에서 조명해야 한다.

다른 하나는 '소년소설'이라는 명칭을 사용하여 아동문학의 초창기를 담당했던 작가들에게 경의를 표하고자 한다. 그들은 불우한 시대를 타박하지 않고, 식민지 소년의 비애를 소설적으로 위로하느라 고뇌하였다. 그들은 절망의 수사로 신세한탄을 토로하기보다는, 아이들을 위한 소설적 전망으로 현재의 암울한 현실을 극복하고자 노력했다. 문학 앞에서 한없이 진지했던 그들의 자세는 마땅히 평가되어야 한다. 그들은 나라를 잃어버린 시대에 상응하는 보상도 없이 작품의 생산에 매진하여 작가로서의 전범을 몸소 실천하였다. 그들의 문학적 노력과 시대적 조건이 부응하여 탄생한 소년소설은 한국문학의 토양을 윤택하게 만들었다. 그들에게 누구나 예를 갖추어야 할 이유이다. 아이들을 향한 그들의 절절한 애정에 비해, 요즘의 작가에게는 책임의식이 빈곤하다. 선배 작가들은 순수한 문학적 열정으로 작가의 책무를 이행하며 문화의 대오를 선도하였지만, 동시대의 작가들은 물질적 풍요 속에서 문학적 진정성이 턱없이 부족하다.

　명민한 독자라면 눈치 챘을 법한데, 긴 서문은 소년소설의 범주와 사적 계보를 정리하지 못한 본서의 허물을 자인하는 사유서이다. 그만치 문학적 역할에 비해 정당한 대우를 받지 못하는 소년소설의 연구를 촉구하려는 갈급한 욕망이 준동한 탓 외에, 더 이상지체할 수 없는 이유가 있다. 평생 동안 한국 아동문학의 연구에 신명을 다한 사계 이재철 선생님의 건강이 악화되고 있어서 서두르게 되었다. 그분은 황량한 아동문학의 이론을 체계화했을 뿐만 아니라, 전 세계 아동문학 연구자들 간의 네트워크를 선도적으로 구축하여 한국 아동문학의 위상을 만방에 떨친 분이다. 아직 거칠고 성근 논리밖에 보여 드릴 것이 없으나, 선생님의 노안에 잠시라도 미소가 흐르기를 간절히 소망하며 본서를 봉정코자 한다. 다만, 연구자 된 인연으로 선생님에게 자그마한 선물이라도 드릴 수 있어서 기쁠 뿐이다. 지금의 상황은 한국의 아동문학 연구가 정상 궤도에 진입할 수 있는 절호의 기회이므로, 선생님이 어서 쾌차하여 배전의 열정으로 후학들의 공부를 독려하며 지도해주기를 소망한다.

본서에 수록된 대부분은 계간 『시와 동화』에 수록된 것이고, 그 외에는 학회지에 발표한 것이다. 이상배 선생님은 문재가 부족한 필자를 채근하여 소년소설을 자세히 읽을 수 있도록 용기를 불어넣어 주었고, 발행인 강정규 선생님은 고정 지면을 할애하며 응원해 주었다. 두 분으로부터 게으름과 부지런함이 동일한 면의 다른 이름이라는 평범한 사실을 깨우칠 수 있었기에 진심으로 사의를 표백한다. 아울러 경제 공황에 버금가는 불황 속에서도 필자의 충정을 헤아려 준 한국학술정보(주)에 고마움을 표한다. 그들의 배려가 한국 소년소설의 발전과 연구의 전환점으로 작용하기를 기원한다.

2009년 봄
'竹溪書室'에서 최명표

고향의 서사와 서사의 고향
- 이주홍의 소년소설 『아름다운 고향』론

반근대 의식과 반근대주의 문학론
- 김동리의 '소년소녀소설'론

설화적 세계에 대한 소설적 미련
— 황순원론

세계의 폭력성에 대한 탐구 방식
— 손창섭론

신체를 향한 권력과 저항하는 신체
- 하근찬론

정치의 위선에 대한 소설적 질문
- 최일남론

부자간 애증관계의 소설적 재현

‒ 윤흥길론

'소년'의 고백과 '교사'의 변명

─ 이광수론

'소년'의 고백과 '교사'의 변명

— 이광수론

Ⅰ. 서 론

춘원 이광수는 한국 근대문학의 서장을 장식한 선구자이다. 일본에 유학한 지식인이자 문필가로서 그는 할 일이 많았다. 그는 근대문학이 태동하던 시기에 일진회의 선발 장학생으로 도일하여 명치학원 중학부에서 사춘기를 보냈다. 그는 일본에 유행하던 H. 스펜서의 사회진화론을 목격했으며, 당시에 그가 받은 정신적 충격은 식민지 원주민의 한계를 결정지었다. 그는 진화론의 제국주의적 성격을 포착하지 못한 채, 단지 사회의 발전 단계에 따라 자신의 조국이 멸망하게 된 것이라고 파악하였다. 구시대의 한문적 교양을 지적 유산으로 간직한 그에게 일본의 번화한 모습은 전적으로 서구 문물의 조속한 수입으로 인식되었다. 그것은 그가 자아정체성을 형성하기도 전에 고아로 유학하게 되면서 식민지 종주국의 문화적 충격에 무방비 상태로 노출되었기 때문이다. 아직 외래문화에 대한 비판적 능력과 대응 논리를 갖추기도 전에 겪은 충격으로 인해, 그는 식민주의의 실체를 정확히 파악할 수 없었다. 그리하여 이광수는 서구적 근대에 내재된 성격을 포착하지 못한 채, 계몽이야말로 시대적 현안과제를 일거에 해결할 수 있는 유일한 방안이라고 생각하였다.

이런 측면에서 이광수의 예술을 가리켜 "여명기를 위한 예술이며, 자유연애를 위한 예술이며, 조선 교육을 위한 예술이며, 쏘한 덕을 위한 예술"[1]이라는 언급은 그의 일생과 문학을 간명하게 요약한 것이다. 그는 '여명기'의 문단을 책임져야 할 시대적 과업을 부여받은 선구자였고, 비록 간접적이나마 '자유연애'로 요약되는 서구의 가치관을 근대적 개인의 자질로 수용했으며, 유학파로서 '조선 교육'을 걱정하는 교사의식을 지녀야 했고, 민족이 갖추어야 할 덕목으로 '덕'을 설파했다. 그것은 그에게 운명이었고, 소설은 영혼의 형식이었다. 이 네 가지를 이광수는 단일한 과제로 인식하고 교사의식으로 수렴하여 행동하였으며, 식민 체제하의 자신의 노력을 "나를 희생해서 다만 몇 사람이라도 동포를 핍박에서 건지자는 것"(「서문」,『나의 고백』)으로 변호하였다. 그는 민족 구성원들보다 앞서 근대적 지식을 습득한 경력을 전제로 자신의 행적을 '희생'이라고 규정한 것이다. 그의 의식을 지배한 교사의식은 타자로서의 학생을 필요로 하였고, 그의 요구에 의해 '소년'은 교사의 가르침을 학습하고 전파하는 역할을 수행하게 되었다. 교사로서 이광수는 '소년' 앞에서 당당하게 발언하였으며, 그를 앞세워 세계와의 소통을 시도하였다. 소설은 단지 그 수단으로 채택된 매개항이었을 뿐이다.

소설을 운명적 형식으로 파악한 이광수가 나아갈 길은 예정되어 있었다. 그는 문학의 교사가 되어 조선 문단의 영역을 개척하고, 이후의 작가들이 추구해야 할 소설적 덕목을 제시해야 했다. 그는

1) 박영희, 「문학상으로 본 이광수」,『개벽』, 1925. 1.

이러한 요구를 자신에게 부과된 시대적 소명으로 받아들이고 문학을 "情的 分子를 포함한 문장"(「문학의 가치」, 「대한흥학보」, 1910. 3)으로 보고, 문학의 효용성을 "人의 情을 만족케 하는 것"(「문학이란 何오」, 「매일신보」, 1916. 11. 20~23)에서 찾았다. 그러므로 그의 문학은 바로 '정'의 실천행위였고, 그는 식민지 원주민들에게 '정'의 다양한 형상을 보여 주기 위해 노력하였다. 그는 '정'의 문학을 내외적으로 실현하기 위해 실제 교사를 직업으로 삼기도 했으며, 작품의 도처에 '정적 분자'를 형상화하고자 진력하였다. 그가 민중의 교사이자 작가들의 교사로서 모색한 글쓰기는 문체의 변혁 부문에서 공로를 남겼다. 그는 서구 문장의 번역 과정에서 얻은 지식을 바탕으로 단순한 언문일치에서 나아가 시제를 정확하게 구별하여 사용하였다. 이것은 분명히 "그의 계몽사상에서 발견되는 서구지향적 태도 내지 반유교적 이념과도 대응되는 것으로, 한국의 근대문학사에 있어서 그의 역할을 특징짓는 요인의 하나"[2]이다. 그는 새로운 문체를 바탕으로 계몽의식을 전파하였고, 그의 문체는 글쓰기의 전범으로 인식되어 당대의 작가들에게 신속히 확산되었다.

이에 본고는 이광수가 시대적 환경에 대응하면서 형성하게 된 작가의식의 추이를 살펴보고자 한다. 소년소설 「어린 벗에게」(「청춘」, 1917. 7~11)는 그가 추구한 소설적 특성들을 담보하고 있어서, 논의 대상으로 삼기에 적절하다. 이 작품은 그의 의식을 구성하는 자질들, 예컨대 고아의식, 교사의식, 서한체 형식, 끊임없는 도미 충동 등을 두루 지니고 있다. 그는 교사의식에 입각하여 이념형 인물로 설정한 소년에게 서한체 형식으로 계몽 의지를 여과 없

---

2) 이선영, 「개화·식민지시대의 문학가-이광수론」, 김용성·우한용 편, 「한국근대작가연구」, 삼지원, 1987, 61쪽.

이 드러내었다. 이 작품은 교사의식과 고아의식의 총화라고 해도 무방할 만큼, 이광수의 자의식이 배경으로 자리 잡고 있다. 특히 일방적 의사전달을 특징으로 하는 서한체 형식은 그의 소설 세계에 입문하려는 독자들에게 여러 가지의 시사점을 제공하고 있어서 충분히 검토할 만하다.

Ⅱ. 소년을 위한, 소년에 의한, 소년의 '꿈'

1. '소년', 고아의 이념형

애국계몽기에 광범위하게 사용되기 시작한 '소년'은 소년에서 청년까지 포괄한 광의의 개념이었다. 그러한 사실은 당시 발간된 잡지에서 확인할 수 있다. 1906년 발간된 『소년한반도』는 소설을 필두로 문학, 사회, 국제법, 경제문답, 지리 문답 등을 게재하였다. 이 것은 '소년'의 범주상 외연을 확대하여 조국의 지정학적 위치와 국제 정세 등을 알려 주기 위한 편집자의 전략으로 보인다. 이러한 태도는 1908년 최남선에 의해 창간된 『소년』에서 심화되고 있는데, 그는 문학작품을 위시하여 지리, 역사, 위인 등 백과사전식 편집 방향을 고수하였다. 또한 이듬해 학생들을 대상으로 창간된 『장학월보』(1909. 1)도 다른 잡지들과 별로 다르지 않았다. 그러나 이 잡지들은 공통적으로 '소년'의 범주를 설정하지 않았던 까닭에, 최남선조차 "신대한 소년계에서는 별노 반향이 업슴"(『소년』, 제2호, 1908)을 자인할 정도로 '소년'들로부터 외면받았다. 편집자들이 독자의 문화적 경험 요인을 고려하지 않고, 자신의 주장을 확산시키는 데 치중한 결과였다. 당시의 잡지들은 애국계몽기라는 시대적 특수성과 긴박한 정치 상황으로 인해 개념의 설정 절차를 생략한 채 관습적으로 사용되던 '소년'이라는 용어를 유통시킨 것이다.[3]

이전부터 성인의 대타 개념으로 사용되어 왔던 '소년'은 애국계몽기의 특수한 사정 때문에, 행위자의 주체성보다는 계몽의 대상성을 강조한 개념이었다. '소년'의 사용자들은 주장하는 바의 효과와 시대적 상황을 선도할 수 있는 새로운 용어의 창출에 노력하는 대신에, 계몽이라는 시대적 과제의 시급성 때문에 내용의 전달을 중시하여 재래 용어를 차용한 것이다. 그러므로 새로운 세계의 주체로 설정된 '소년'은 논리상으로 취약성을 포함하고 있었으나, 당대의 지배적 담론이었던 계몽의 객체로서는 유용한 존재였다. 이런 배경에서 '소년'은 이광수에게 계몽의 실천자로 발견되었다. 그는 당시에 강조되기 시작한 교육 운동에 편승하여 '소년'의 존재를 앙양하기에 노력하였다. 그의 의도는 조국의 미래를 담당할 동량에 대한 기대의 표시이기도 하지만, 그것보다는 자신의 교사의식을 수용하여 실천할 대상으로 '소년'을 활용했다고 보는 편이 온당하다. 더욱이 이광수는 "부모도, 형제도, 재산도 없는 몸이 열한 살에 광야에 길 잃은 어린양"(「감사와 사죄」)이었기 때문에, 자신의 미래를 향도해 줄 선대를 갖지 못한 그에게는 현실적 조건의 해결 방안을 논의할 상대가 필요했다.

그는 두 차례에 걸쳐 일본에 유학하였다. 남달리 곤궁한 가정에서 태어나 고생한 그는 학비 때문에 중단했던 유학을 재차 결행하

---

3) '소년'이라는 용어의 정착 과정에 대해서는 최명표, 「문화운동과 식민 담론의 상관관계」, 『한국언어문학』 제52집, 한국언어문학회, 2004. 6, 543－544쪽 발췌 인용.

던 1907년에 문일평, 홍명희 등과 '소년회'를 조직하였다. 그는 이 모임의 회람지 『소년』에 시와 논설 등을 발표하기 시작했다. 그의 문자적 발표가 공식적으로 시작된 것도 '소년'에 대한 관심의 소산이었다. 국권을 상실한 그가 '소년'에게 주목한 것은 당연한 귀결이었으나, 그의 주된 관심사는 학습자 신분의 '소년'에게 자신의 학식을 거양하는 일이었다. 그가 한때 종사했던 최남선의 『소년』지를 가리켜 "『소년』은 결코 소년을 상대로 한 것이 아니요, 일반 문화 잡지라 할 것이다"(『나의 고백』)고 술회한 것에서 알 수 있듯이, 그는 비단 '소년'뿐만 아니라 누구라도 자신의 계몽의지를 설파할 수 있는 대상을 찾고 있었다. 그에게 '소년'은 물리적 연령과 관련된 것도 아니요, 과학적 절차를 통해 설정된 개념도 아니었던 까닭이다.

이광수가 유학할 무렵에 일본에서는 각종 연설회와 토론회 등이 활발하게 개최되고 있었다. 물론 이 집회들은 일본의 제국주의화에 기여할 인물형을 창출하기 위한 자리였으나, 그에게는 자신의 계몽의지를 전달해 줄 미래형 인물로 '소년'을 발견하기에 적합한 기회였다. 다중들의 집회는 주최 측의 논지를 강력하게 전달할 수 있는 기회이면서, 소기의 목적을 거두기에 안성맞춤이었다. 대부분의 집회는 면밀한 기획에 입각하여 진행되기 때문에, 반대자의 논리는 함성에 흡입되어 버리고 주창자의 의견만 열렬한 호응 아래 전달되는 특성을 지닌다. 주체와 객체가 교사와 학생의 관계처럼 수직적인 집회의 성격은 자신의 논리를 실천할 존재를 탐색하던 이광수에게 시사하는 바가 많았다. 그의 소설들이 유별나게 논설조를 유지하고 있는 것이나, 작품 중간에 서한을 도입하여 외부의 개입을 차단하는 수법들이 그 영향인데, 그는 소설이라는 허구적 장르에 '소년'을 앞세워 연설회를 모방했던 셈이다.

천하를 구제하는 것이 우리 동방 조선에서 시작될 것이니 우리 동방 조선에 하늘을 부르는 소리가 방방곡곡에 들리고 큰 슬픔과 재앙이 임하여 백성이 물 끓듯하며, 하늘을 부르는 소리가 뭉쳐 한덩어리가 되거든, 때가 이른 줄 아시오. 그때에 천시가 우리에게 있고, 지리가 우리에게 있고, 인화가 우리에게 있으니 우리의 큰 운수를 막을 자가 없을 것이오. 그대네는 그때를 바라고 기뻐하시오! 그때를 준비하느라고 도를 닦고 덕을 펴시오. 정성스럽게 주문 외는 한 소리가 천하 만민의 마음을 한 번 흔들 것이요, 진실한 도인 하나 얻는 것이 천하를 구제하는 일에 가장 큰 공덕이 될 것이오!4)

최제우의 일생을 다룬 작품에서 이광수는 어린 시절에 투신했던 교주의 연설을 일방적으로 전달하고 있다. 그는 장광설을 통해 '천하를 구제하는 것이 우리 동방 조선에서 시작될 것'이라고 주장하고 있지만, 문자행위로 간접화된 연설이 청중을 사로잡기에는 역부족이다. 연설은 생리상으로 현장성을 지향하는 발화이다. 그런 이유로 작가가 최대의 단결력을 보였던 민족종교의 시조를 등장시켜 연설한다손 치더라도, 문맥에서만 문자적 위력을 발휘할 뿐이다. 그것은 만인이 아니라 독자 일인을 향해 '정성스럽게 주문 외는 한 소리'에 불과한 고백이다. 연설이 고백이므로 독자는 작가의 강연을 듣기만 할 뿐, 자기의 의견을 개진할 수 없다. 이광수의 연설을 경청할 상대는 내용에 대하여 시비하지 않고, 연설의 고백적 성격을 옹호해 줄 수 있는 '소년'이 제격이었다. '소년'은 기성세대처럼 비판할 능력을 갖추지 못했기 때문에, 그의 정치하지 못한 논리나 변명에 항의를 제기하지 않는다. 이광수가 미성년자를 이념형 인물로 설정한 근본적인 이유이다. 그는 소년을 통해 자신의 사상을 자유롭게 개진할 수 있었으며, 책임을 추궁할 형편이 못 되었던 식민

---

4) 이광수, 「거룩한 이의 죽음」, 『무명/어린 벗에게』, 우신사, 1986, 25 - 26쪽.

지시대라는 정황을 최대한 이용하였다. 그는 이 점에서 소설가라기보다는 노회한 논객에 가깝다.

이광수가 '소년'을 발견하게 된 다른 이유는 자신의 인생을 술회하거나 주장을 내세우는 자전소설에서 어김없이 서한체 양식을 채택한 사실에서도 확인 가능하다. 예를 들어서 「윤광호」(『청춘』, 1918. 4), 「H군을 생각하고」(『조선문단』, 1918. 4), 「사랑에 주렸던 이들」(『조선문단』, 1925. 1), 「혈서」(『조선문단』, 1924. 10) 등에 등장하는 서한들이 적절한 보기이다. 이 작품들에서 사용된 서한은 작가의 의식 세계를 고스란히 반영하고 있다. 그는 자신의 논지를 은밀하면서도 정교하게 드러내기 위해 개인 간의 의사소통 방식인 서한을 동원하였다. 하지만 작품 속에 차용되는 순간, 서한은 개인 간의 의사교환 방식이 아니라 발신자의 사연을 공적 담화로 변화시킨다. 서한을 통해 공개되는 자신의 논리를 보호하기 위해서는 적당한 신분을 지닌 수신자가 필요하다. 교사로서의 이광수는 '소년'을 상정하여 공적 비판으로부터 피할 방법을 강구했다. '소년'은 그의 체험을 전하여 반복 생산하도록 훈육하기에 알맞은 학생이었다.

> 선생님. 사람은 거짓됩니다. 적더라도 조선 사람은 거짓덩어리입니다. 선생님께서 조선 민족이 부활할 길이 거짓을 버림에 있다고 하시었거니와 인제야 저도 그 뜻을 깨달았습니다.
> 선생님…… 제가 지금까지에 얼마나 세상 사람들에게 학대를 받고 조롱을 받았겠습니까. 그러나 저는 모든 허물을 제게만 돌리고 더욱 뜨거운 사랑으로 그들을 사랑하려 하였습니다.
> 세상이 지금까지에 얼마나 저를 속였겠습니까. 그러나 저는 그들을 참으로 대하려 하였습니다.
> 제가 끝까지 그들을 사랑하고, 그들에게 참된 용기를 줍소서 하고 하느님께 빌고, 십자가에 달린 예수를 바라보며 눈물을 흘렸습니다.[5]

주인공 H는 스승의 교훈을 행동화하는 인물이다. 그가 교사로서 '뜨거운 사랑'을 실천하고 있다고 하더라도, 그의 행위는 스승으로부터 학습한 내용의 재현이다. 스승의 가르침을 내면화한 H의 사랑이야말로, 이광수가 소원하던 바이며 '조선 민족이 부활할 길'이다. H는 그가 오산학교에서 "우리나라를 Heat하는 Heater"(「H군을 생각하며」)가 되라고 가르쳤던 학생이다. 자신의 가르침을 습득한 H를 통해 이광수는 교사의 보람을 현양하는 동시에, H가 가르친 '소년'에 의해 교훈이 확대 재생산되기를 기대하였다. 이처럼 '소년'은 그가 세상과 소통하기 위해 반드시 필요로 했던 인물이었고, 그는 '소년'을 통해서 발화하는 동안에 교사의 자긍심을 만끽할 수 있었다. 스승의 꿈이 '소년' H에 의해 실현되는 장면은 이광수의 '꿈'이다. 그의 교육입국을 향한 '꿈'이 성사되기 위해서는 무수한 '소년'들이 출현해야 한다. 이에 그는 '소년'들에게 자신의 '꿈'을 이식하기를 꿈꾼다.

소년은 꿈을 자주 꾼다. 꿈은 '소년'으로 하여금 성숙한 인격을 도야할 수 있도록 추동하는 심리적 메커니즘이다. 이른바 '잊어버린 언어'로서의 꿈은 소설에서 등장인물과 플롯에 영향을 끼치기를 바라는 작가의 욕망을 실천한다. 그가 '사랑할 이도 없고 사랑하여 줄 이도 없는 외로운 병석'에서 쓴 「어린 벗에게」의 '나'는 연인을 만나는 순간에 꿈에서 깨어나 현실적으로 이루어질 수 없는 사랑 때문에 괴로워한다. 만일 꿈을 장치하지 않았다면, 이광수는 사랑의 고통을 형언할 수 없었을 터이다. 그는 꿈속에서의 짧은 만남을 통해 현실세계의 사랑이 지난한 과제라는 사실을 강조한다. 이것은 그가 「愛か」(『백금학보』, 1909. 12)에서 동급생 미사오[操]의 거부

---

5) 이광수, 「H군을 생각하고」, 위의 책, 78쪽.

로 동성애를 거부당하고 자살을 결심하지만, 꿈이 있어서 자살 충동 대신에 더 큰 사랑을 설계할 수 있었던 것과 비견된다. 말하자면 이광수의 소설에서 "꿈의 체험에서 얻은 결과는 그 인물의 인간적 성숙이면서, 동시에 자기발견의 전환을 가능하게 하는 결정적 모티프"[6]로 작용하고 있다.

현실에서 꿈은 실현되기가 어렵다. 더욱이 식민지 현실에서 원주민의 꿈은 견고하게 구축된 식민 당국의 제도 앞에서 좌절할 수밖에 없다. 그렇기에 이광수가 주창하는 계몽이란 적어도 당국의 비호나 묵인 아래 승인되어야 한다. 그가 「소년에게」(『개벽』, 1921. 11~1922. 3)에서 "조선은 아직도 한 백 년 동안 더 쇠하여 들어갈 여지가 있는 것"이라고 경고하면서도, 다른 한편으로는 "조선 민족은 저 북해도의 아이누 모양으로 되려면 될 수도 있는 것"이라고 적국에 친화적인 발언을 일삼는 것은 교묘한 이중 논리이다. 이 발언 속에는 조선 민중의 꿈이 실현되기가 난망하다는 절망적 진단과 함께, 북해도를 강점하여 아이누 족을 굴복시킨 일제의 이른바 '동화정책'이 시행되기를 기대하는 수사적 책략이 내포되어 있다. 그의 태도는 전형적인 '소년'의 눈치 보기에 해당한다. 강자와 약자 사이에서 위태롭게 위치한 그의 포즈는 전후 모순관계를 띤 서술들에서 실체를 드러낸다. 예컨대, 자살과 관련하여 "사랑이 깨어질 때에 곧 제 생명을 끊어 버리는 것은 잘못된 인생관이다"(「연애와 자살」)는 그의 주장은 "나는 일본인의 情死를 부러워하나니 대개 제가 사랑하는 자를 위하여 목숨을 버리기조차 사양치 아니하는 그 정신은 과연 아름답소이다"(「어린 벗에게」)에 의해 번복된다. 이런 경향은 그가 민족의 장래에 대한 의견을 내세울 적에도 동일

6) 유기룡, 『한국현대소설작품연구』, 삼영사, 1989, 108쪽.

하게 반복되는 바, 그는 1919년 2월 「조선청년독립단선언서」를 기초한 열혈 청년이었지만, 1940년에 이르러 "나는 합병의 진의를 오해한 것이었다"(「조선 문학의 참회」)며 종전의 투쟁심을 일거에 철회하게 한다. 이러한 주장과 철회의 반복 행위는 '소년'의 치기를 증명하기에 부족함이 없다.

'소년'은 신세대로서 보수적인 교사에 비해 진취적이고 발랄한 역동성을 특성으로 한다. 그러나 이광수에 의해 탄생한 '소년'은 통제권에서만 존재하기 때문에, 여느 소년들과 달리 그의 '소년'에게는 언어와 행동에 제약이 따른다. 그는 '소년'의 행동반경을 조작하여 교사의식의 세력권에서 움직이기를 주문한다. 그런 까닭에 그의 소설 속 '소년'들은 웃자란 어른처럼 발랄하지도 않고 응석을 부리지도 않는다. 그의 초기작 「어린 희생」(『소년』, 1910. 2)에서 할아버지는 아들이 아라사군과의 전투에서 전사하고 손자마저 아라사군에게 죽자, 아라사군을 독배로 유인하여 죽인다. 그의 비통은 가문의 비극인 동시에 국가의 비극이다. 이광수는 외군에 의해 가손이 멸살당하기 전에 고아 소년의 입을 빌려 "우리 사랑하는 아버지가 저놈의 손에 죽고, 또 우리의 피를 나눈 全同胞가 저놈들의 노예가 되어서 개와 돼지같이 학대를 받게 되었다"는 사실을 표백하여 '소년'의 나아갈 바를 시사한다. 그것은 외국 군대에 맞서는 할아버지의 행동으로 구체화되었는데, 소년을 죽여 버린 이광수가 취할 방법은 명확하였다. 손자의 죽음은 아라사군의 만행을 고발하면서 대가 끊어진 할아버지를 통해 주권 상실의 비극적 상황을 폭로하기 위한 서술상의 전략이라고 할지라도, 소년이 죽은 마당에 미래의 전망을 마련할 수 없었다. 이에 그는 일본 國木田獨步의 「少年の悲哀」(『小天地』, 1902. 8)를 복제하여 동경에서 소설 「소년의

비애」(『청춘』, 1917. 6)를 쓰지 않으면 안 되었다.[7]

이로써 이광수에게 소년은 이념형 인물이었다는 사실이 판명된다. 그는 고아의식을 상쇄하기 위한 수단으로 일본 유학 중에 발견한 '소년'을 자신의 계몽사상을 확산시키는 데 유효적절하게 활용하였다. 그러나 그가 '소년'의 범주를 설정하는 과정에서 생략한 절차는 '소년'에게 고아라는 출생 신분을 안겨 주었고, 그것은 부자보다도 돈독한 조손관계에 집착하던 그의 성장 배경에서 유래되었다. 이광수에게 할아버지 이건규는 "고아의식을 자기 자신이 인식할 수 있게 된 능력과 그 능력을 발휘하게끔 한 배경에 관련"[8] 되는 인물로, 이광수의 생애에서 중요한 비중을 차지한다. 이광수는 경제적으로 무능했던 아버지 대신에 할아버지를 통해 외부 세계와 소통하였다. 그는 조부의 사망을 경험하고 나서, 조선의 역사를 "과거도 없는 세상"(「모르는 여인」)이라고 단정해 버렸다. 이제 '과거도 없는 세상'에서 그에게 부여된 사명은 '과거'를 만들어 내는 일이었다. 그는 스스로 교사가 됨으로써 기성세대로서 '소년'의 과거이기를 자임했다. 따라서 이광수의 '소년'은 교사의 반면이며, 동일한 인물의 역할 변경에 다름 아니다.

2. 교사, '소년'의 타자

이광수는 "내가 가장 원하는 직업은 교육이다"(「내가 속할 유형」) 고 선언한 바 있거니와, 교사는 '소년'에 대한 관심을 구체화하기에

---

7) 두 작품의 영향관계에 대해서는 송백헌, 「춘원의 '소년의 비애' 연구」, 동국대학교 부설 한국 문학연구소 편, 『이광수연구 (하)』, 태학사, 1984, 174-188쪽 참조.

8) 김윤식, 『이광수와 그의 시대 (1)』, 한길사, 1986, 61쪽.

적합한 직업이었다. 더욱이 그의 시대가 계몽기였다는 역사적 사실을 고려하면, 이광수의 바람은 시의적이었다. 그의 교사관은 "조선 사람의 살아날 유일의 길은 우리 조선 사람으로 하여금 세계에 가장 문명한 민족 — 즉 일본 민족만한 문명 정도에 달함에 있다 하고, 이러한 우리나라에 크게 공부하는 사람이 많이 생겨야 한다"(『무정』)는 주장에서 살펴볼 수 있다. 당대의 객관적 현실을 변혁하기에 소용되는 의식화 교육이 아니라, '일본 민족만한 문명'을 복제하기 위한 교육이라고 단언하는 그에게서 민족의 해방을 염원하는 징후는 찾아보기 어렵다. 그것은 '조선 사람'에게 시급한 교육이 아니라, 일본의 식민교육에 봉사하는 무국적의 교육관이기 때문이다. 그는 식민주의의 이면을 포착하여 '소년'들에게 고발하는 교육을 표명한 것이 아니라, 안창호식 점진주의에 의지하여 국권의 회복을 기약하는 교육관을 지니고 있었던 것이다. 그 한 예로 이광수는 "忍土"(「忍土」), "Bear"(「인생과 미」), "조선인은 모로미 인욕을 닦을지어다"(「忍辱」) 등, 인내와 관련된 어휘들을 자주 사용하였다. 현실에 대한 인내를 강조하는 그의 어투는 전적으로 교사의식의 산물이다. 교사는 투사보다는 한층 보수적이고 점진적인 성향을 띠고 있어서, 그의 언어는 현실 지향적이고 순응적이다. 그의 임무는 전대의 문화적 유산을 후대에 계승시켜 주는 전달자의 소임을 다하는 데 있다. 그의 언행이 신중하고 체계적인 이유가 과거의 문화에 대한 지식에서 유래된 것이기에, 그는 다분히 제도권의 각종 규범에 남다른 책임감을 표명하게 된다. 이것은 교사의 직업적 속성이고, 상대적으로 미래의 사태 진전을 예견할 수 없는 교사의 한계이다.

도산은 이런 말을 여러 번 하였다.

『경술국치 이래로 우리는 언제나 싸우자 싸우자 하였소. 그러나 싸울 힘을 기르는 일을 아니하였소. 그러하기 때문에 언제까지나 싸우자는 소리뿐이요 싸우는 일이 있을 수 없었소.』

도산은 이 모양으로 독립은 오직 각개인의 힘과 그 힘의 조직에서만 올 것을 믿기 때문에 우리의 독립운동은 각자의 사아 혁신에 있다고 단정하고, 그러므로 우리 민족 각원의 첫째가는 의무는 덕, 체, 지 삼육을 끊임없이 행하여 자기가 먼저 일개 독립 국민의 자격과 역량을 구비하는데 있다고 보았다.[9]

이광수는 「今日我韓靑年과 情育」(『대한흥학보』, 1910. 2)에서 교육의 주안점으로 '지육, 덕육, 체육'을 선정한 바 있다. 전통적 규범에서 도출된 이 덕목들은 그가 민족해방운동에 대한 구체적 대안을 지니지 못한 채 안창호의 문하생 역할에 만족했었다는 사실을 증거 한다. 그는 안창호의 '소년'에 불과했던 것이다. 그는 도산의 삼위일체론을 「민족개조론」(『개벽』, 1922. 5)에서도 반복하여 강조하거니와, 이것은 H에 의해 재현되었던 교사의 가르침과 진배없다. 그가 삼위일체적 인식론을 재론하는 작품이 장편소설 『개척자』(『매일신보』, 1917. 11. 10~1918. 3. 15)이다. 과학자 김성재는 동경에 유학하고 귀국하여 수년 동안 실험에 진력한다. 그는 재림한 이형식으로, 출세한 변호사 이일우와 대조되는 인물이다. 김성재의 대책 없는 실험은 끝내 가산을 탕진시키고 '개척자'의 종말을 증언하며, 이일우의 성공은 시대 상황에 알맞은 '개척자'의 나아갈 길을 입증하고, 민은식은 그림을 그려서 '개척자'의 미래를 설계한다.

자연은 인생에게 세 가지 세계를 주었다. 진의 세계, 선의 세계, 미의

---

9) 이광수, 『도산 안창호』, 우신사, 1985, 114-115쪽.

세계, 진의 세계의 재산은 과학으로 찾을 것, 선의 세계의 재산은 아름다운 사회와 가정과 개인이 품성에서 찾을 것, 그리하고 미의 세계는 예술로 찾을 것이다. 낡은 예술로 찾을 것이다. 낡은 조선이 빈약하고 鄙醜한 것은 이 마땅히 찾을 재산을 찾지 아니하였음이니, 우리가 건설할 새 조선은 찾을 수 있는 대로 이것을 찾아서 부강하고 아름답고 즐거운 조선이 되어야 한다.10)

김성재, 이일우, 민은식은 각각 '진의 세계, 선의 세계, 미의 세계'를 표상하는 인물이다. 그들을 통해 이광수는 "인습에 대한 개성의 반항과 해방과 당시 신흥 지식 청년 계급의 동경과 고민의 일단을 그려 보려 하였다"(「다난한 반생의 도정」)고 한다. 각기 다른 생을 지향하는 '신흥 지식 청년 계급' 중에서 식민지 당국의 지배담론을 집행하는 법을 전공한 이일우는 성공시대를 구가하는 데비해, 김성재의 과학은 재정적 지원이 없어서 실패를 거듭하고, 민은식은 성재의 동생과 불륜관계를 맺으며 그리기에 소일한다. 이광수는 세 명에게 동일한 비중을 할당하여 식자층의 '동경과 고민'을 노정하고 있다. 그렇지만 서술상의 분량을 분산시키는 과정에서 인물의 초점화를 경시하였다. 대부분의 독자들은 우선적으로 은식의 불륜에 호기심을 보이고, 일우의 세속적 출세를 동경하면서, 성재의 실패하는 집념에 동정을 표하게 된다. 이러한 관심의 순위 배정은 그의 작가의식에 잠재되어 있던 교사의식의 소산이다. 평소의 작가라면 예술가의 삶에 좀 더 많은 지면을 할애했을 터이지만, 이작품에서는 균등하게 배분되고 있다. 그는 세 '소년'에게 '교사의식'을 발휘하여 평등한 관심을 기울이고 있는 것이다. 이것은 그의 심층부에 형성되어 있는 계몽의식과 소설적 문법의 혼효 양상을

---

10) 이광수, 『개척자』, 우신사, 1985, 101쪽.

증언하고 있다.

이광수에게 계몽은 내면의 욕망을 고백하는 사회적 서사이다. 그의 계몽 의지는 장편소설 『흙』(『동아일보』, 1932. 4. 12~1933. 7. 10)에서 극에 달한다. 작가는 농촌을 살기 좋은 고장으로 변모시키려는 욕망을 한선교 선생의 조선주의를 통해 드러낸다. 이광수는 조선주의를 브나로드운동과 결부시키며 자신의 논지를 유감없이 표출하였다. 그의 소설에서 "교사의식이란 자기희생으로 대체될 수 있는 미흡한 것"[11]이지만, 그는 양자를 구별하지 않은 채 농촌운동의 당위성에 통합시키고 있다. 운동은 모름지기 구체적 실천을 요구한다. 그러므로 그가 교사의식을 견지하기 위해서는 교사의 자질을 드러내기에 적합한 공간과 경험을 구해야 했다. 그에 합당한 작품이 중학교를 졸업하고 귀국하여 교편을 잡던 경험을 서술한 「헌신자」(『소년』, 1910. 8)와 「김경」(『청춘』, 1915. 3)이다. 그는 두 작품에서 교사의 길에 대한 사유의 일단을 보여 준 후에 『무정』(『매일신보』, 1917. 1. 1~6. 14)에서 외국의 근대적 문명에 대한 관심을 표명한다. 이 점에서 주인공 이형식이 역사단절론적 시각을 지닌 영어 교사라는 사실은 시사적이다. 그의 등장으로 이광수의 고아의식이 만천하에 공표된다. 고아의식은 그의 잠재의식 속에 깊이 자리 잡고 있으면서 교사의식을 동반하여 서사의 진행 방향을 결정한다. 이형식은 영어를 전공함으로써 문화적 단절을 시도하는 고아의식과 타인들이 습득하기 어려운 언어를 선택한 우월감으로 표상된 인물이다. 그는 배울 만한 선배가 없었다는 김경의 복제물로, 미국의 제국주의적 성격을 포착하지 못한 이광수의 단견을 체계화한 인물이다. 곧 작가의 지식이란 학문적 고아의 진경을 증언하는 데 기여할 뿐

---

11) 이동재, 『20세기의 한국소설사』, 월인, 2002, 43쪽.

이다. 영어는 만국 공용어로서, 일본의 근대를 촉진시킨 후견인이었다. 이광수는 유학 당시에 일본의 발전상을 목격하며 식민지의 상태를 벗어날 수 있는 수단의 하나로 영어를 선정한 것이다. 그의 소설에서 영어의 범람 현상은 편재적이거니와, 영어는 스스로 "천재 같이 난 것을 믿는 사람"(「천재」)이라고 자부했던 그에게 '소년'에 대한 교사의 엘리트의식을 지탱해 주기에 적합한 수단이었다.

> 일찍 형식이가 조롱 겸 배 학감에게 물었다.
> 『선생의 신학설은 뉘 학설을 근거로 한 것이오니까. 페스탈로찌오니까, 엘렌 케이오니까?』
> 배 학감은 페스탈로찌가 누구며, 엘렌 케이가 누군지 한 번 들은 듯은 하건마는 얼른 생각이 아니 난다. 그러나 조선 일류 교육가가 삼류, 사류의 교육가가 아는 이름을 모른다 함도 수치라, 이에 배 학감은 껄껄 웃으며,
> 『네, 나도 푸스털과 얼른커의 학설은 보았지요. 그러나 그것은 다 시대에 뒤진 것이외다.』
> 한다. 페스탈로찌와 엘렌 케이라는 말을 잊어버려 푸스털, 얼른커라 할이만큼 무식하면서도 그네의 학설을 다 보았다 하는 배 학감의 심정을 도리어 불쌍히 여겼다.[12]

동경고등사범학교를 졸업한 배명식이 영어 교사 이형식에게 조롱당하는 장면이다. 일본어에 대한 영어의 우월적 지위를 잘 드러내고 있다. 그는 명치학원 시절에 문일평의 「청년과 신세계」라는 연설을 통역한 바 있거니와, 세계어로서의 영어와 지방어로서의 일본어를 대응시키며 자신의 우월의식을 드러내고 있다. 일본 유학 중에 그는 영어의 구사 능력이 만국 공법 체계에 신입하기 위한 필수 조건이라는 사실을 경험상으로 터득하였다. 이 사실은 국제 질

---

12) 이광수, 『무정 (상)』, 우신사, 1991, 58쪽.

서의 급속한 변화에 당황한 일본의 작가들이 궁구한 사소설 담론에 그가 친근감을 표하게 된 원인으로도 작용한다. 그의 영어에 대한 경의는 당연히 모국어의식의 상실로 연결됨과 동시에 교사의식의 위기를 초래하였다. 모국어를 외면하고 외국어를 숭앙하는 교사는 필연적으로 퇴출되어야 마땅하다. 이 점에서 통속소설 『재생』(『동아일보』, 1924. 11. 9∼1925. 9. 28)의 젊은이들이 3·1독립만세운동 이후의 정세에 절망하여 타락하고, 지문과 대화에서 영어가 남용되는 것은 교사의식의 종말을 고하는 징후이다.

이와 같은 사실을 고려할 때, 이광수의 소설에서 주의해야 할 점은 "자신의 '내면적' 체험을 기록함에 있어서 작가는 현실의 전형적인 부분에 대한 객관적인 설명을 제공하려고 하는 것이 아니라, 다른 사람들로 하여금 그들의 주목·갈채 혹은 동정을 자기에게 쏟도록 유혹하여 비틀거리는 자신의 자아의식을 떠받치게 하려고 애쓴다"[13]는 것이다. 그가 시대적 상황을 고아의식으로 수용하여 자신의 논리를 합리화하고, 선지적 교사의식에 기초한 자신의 체험이나 생각을 계몽성과 동일시하여 그것의 주입과 확산에 주력하는 것은 자기만족적 글쓰기에 해당한다. 그러므로 이광수가 시대적 과업으로 교육을 설정하거나 사랑의 실천을 거론하는 것도, 자기애의 투사 대상을 찾기 위한 모색에 지나지 않는다. 소년기부터 고아로 성장한 그로서는 사랑이 친밀성의 교환 행위라는 사실을 알 턱이 없었다. 부모의 사랑을 체험하지 못한 고아에게 사랑은 한갓 관념의 유희이며 언어의 성찬에 불과했다. 이 점에서 이광수의 애정론은 관능적 사랑이 아니라 추상적 글쓰기로 진입할 명분을 선점하고 있었다.

---

13) C. Lasch, 최경도 역, 『나르시시즘의 문화』, 문학과지성사, 1989, 38쪽.

육체의 결합을 목적으로 하는 사랑이 가장 많겠지마는 그것은 마치 생물계에 사람보다도 벌러지가 많다는 것과 다름없는 것이다. 육체의 결합과 아울러 정신에 대한 사모를 짝하는 사랑이야말로 비로소 인간적이라는 이름으로 불려진 자격을 가지겠지마는 한층 더 올라가서 육체에 대한 욕망을 전연 떼어버린 사랑이 있는 것이 인류의 자랑이 아닐 수가 없다. 그것은 일시적인 우리의 육체 속에 있는 「영원한 존재」을 인식하는 데서만 생길 수 있기 때문이다. 바다를 못 본 하백은 황하의 개천물을 세상에 가장 큰 물로 안다. 이러한 사랑을 보지 못한 사람은 육체를 안 보는 사랑을 공상으로만 생각거니와, 그에게는 어느 때에나 한번 코페르니쿠스를 만나서 새 우주를 깨달아야 할 시기가 필요할 것이다.[14]

평생 동안 "인생을 암흑이라 하면, 사랑은 유일한 광명이다"(「사랑」)고 생각하는 그에게 사랑은 세인들의 비난을 피할 수 있는 안정적인 심리적 거소였다. 그는 교사로서의 지위에 합당하게 그들과 질적으로 차별화된 사랑을 도모했다. 그는 사랑을 '육체의 결합을 목적으로 하는 사랑', '육체의 결합과 아울러 정신에 대한 사모를 짝하는 사랑', '육체에 대한 욕망을 전연 떼어 버린 사랑'으로 구분한 뒤, 세상 사람들에게 '코페르니쿠스를 만나서 새 우주를 깨달아야 할 시기가 필요할 것'이라고 강변한다. 그의 자신감은 '육체를 안 보는 사랑을 공상으로만 생각'하는 세인들에 대한 우월감에서 비롯된 것이지만, 그것은 '영원한 존재'를 인식하는 것만큼 관념적이다. 이처럼 그는 자신과 타인을 명확하게 구분하려는 교사의식에 의지하고 있다. 그가 해방이 되자 당황했던 이유도 찬양해 마지않았던 식민 담론으로 구성된 관념의 세계가 구체적 현실로 돌변했기 때문이다. 반민특위에 소환되었던 이광수가 1948년 12월에 "가장 깨끗하자면 해방의 기별을 듣는 순간에 내가 죽어버리는 것이

---

14) 이광수, 「서문」, 『사랑 (상)』, 우신사, 1990, 2쪽.

지마는, 그것을 못한 나의 갈 길은 입을 다물고 가만히 있는 것"(『나의 고백』, 춘추사)이라는 변론서를 제출하며 현실의 여건 변화에 능동적인 대처 방안을 마련하지 못한 것은 당연한 귀결이었다. 그는 관념과 현실의 동일시 감정을 토대로 구축된 교사의식에 정주했지만, 그것은 양자를 구별하는 방법을 학습하지 못한 '소년'의 모습과 다르지 않다. 마치 이형식이 조선의 선각자라는 우쭐한 몽상에서 깨어나 자신이 '소년'에 지나지 않는다는 사실에 절망한 것처럼, 이광수는 교사이면서 '소년'이었던 자신의 실상을 해방기에야 깨닫게 된 것이다.

3. 서한체, 자기 고백의 형식

서한은 인류가 문자를 발명한 이후 지금까지 애용하는 고백 방식이다. 서한체 형식은 예로부터 각종 제의에서 주술의 형태로 이용되었다는 사실을 고려하면, 이 형식을 선택한 작가의 의도는 필연적으로 정치적 의미를 수반하게 된다. 최남선은 1908년 이른바 새로운 형태의 시 「海에게서 少年에게」에 서한체를 도입하였다. 그는 시대적 과제로 대두된 '소년'의 계몽을 위해 신체시의 형식으로 서한체를 주목한 것이다. 1920년대에 만연하기 시작한 연애 풍조는 서한의 확산을 촉진하였고, 작가들은 소설 작품에 서한체를 도입하기를 주저하지 않았다. 서한은 이광수에 의해 본격적으로 수용되었는데, 그는 계몽 의지를 실천하는 방법론으로서 서한에 관심을 기울이게 되었다. 그 까닭은 일본의 사소설 담론과의 연장선상에서 유추할 수 있다. 서양에 대한 무조건적 추종으로부터 비롯된 일본의 제국주의화, 세계화, 개성의 발견 등은 이른바 '중심의 복제'에 해당한다. 서양 담론을 복제하여 유통하는 일본에서 이광수가 보았던 것은 유행하던 사소설이었다. 1920년대의 일본에서 사소설 담론이 횡행하게 된 배면에는 "좁은 문단 내에서 만들어진 특정한 문학 작품군을 기술하고 설명하기 위해서라기보다는, 오히려 급속한 대중화와 급진적인 좌경화 풍조를 두려워 한 작가와 비평가가, 확대되는 대중산업사회에서 새로운 문학적 합의를 창출하려고 한 움직임"[15]이 자리하고 있었다. 이 점에서 소설의 등장 배경을 알고 있던 이광수가 "오락적인 문학, 사진적인 문학, 시대사조를 선전하는 광고, 비라적인 문학"(「편상」)과 거리를 띄운 공리적 문학관을 추구한 점이 수긍된다. 그가 사람들의 '정'을 만족시키는 문학에 집중한 노력들이 그것인데, 사소설의 제도적 기반을 도외시하고 수용한 고백체는 그것의 형식상 답안이었다.

그의 「鬻庄記」(『문장』, 1939. 9)는 고아의 교사의식이 허망한 정도를 증표한다. 표제 '육장기'가 집을 판 기록이라는 점은 주목할 만하다. 그가 "어찌하여 민족이 흥하고 망하는가. 그 이치는 간단하고 명료하다. 즉 도에 순하는 자는 흥하고 도에 역하는 자는 망하는 것이다. 적게 일가문의 흥망도 마찬가지다"(「학명기」)고 말했듯이, 그에게 집은 민족이나 국가와 동일시된다. 망해 버린 나라와 파는 집이 동일한 차원에서 논의될 때, 그것은 신념의 매매를 담지하게 된다. 그러므로 이 작품의 집필 동기는 불순한데, 어울리지 않게 불경을 인용하고 있어서 의구심을 가중시킨다. 작품의 서두에서 그는 '여덟 살 먹은 어린 아들의 참혹한 죽음이 더욱 나로 하여금 사람이 무엇인가'를 묻기에, 운허스님으로부터 선물 받은 『법화

---

15) 鈴木登美, 한일문학연구회 역, 『이야기된 자기』, 생각의나무, 2004, 105 - 106쪽.

경』을 읽기 시작했다고 밝히고 있다. 그가 집을 지은 후 육년 동안 경전의 말씀을 따르는 '法華行者'가 되려고 노력했다는 말로 미루건대, 이 글은 그가 '행자'로서의 깨우침을 서술한 것처럼 보인다. 하지만 그는 성불을 추구하는 행자가 아니라, 소기의 목적을 이루려는 욕심에서 불경을 모독하고 있다. 더욱이 그가 불교의 교리에 관해 상당한 지식을 축적하고 있었다는 사실을 감안하면, 상거를 띤 사담까지 인용하게 된 이면에는 필경 다른 의도가 개입되어 있을 터이다. 그것은 'ㅇㅇ군에게'라는 서한체 형식을 빌려 정교한 친일의 논리로 구체화되었다.

> 이 중생 세계가 사랑의 세계가 될 날을 믿소. 내가 『법화경』을 날마다 읽는 동안 이 날이 올 것을 믿소. 이 지구가 온통 금으로 변하고 지구상의 모든 중생들이 온통 사랑으로 변할 날이 올 것을 믿소. 그러니 기쁘지 않소? 내가 이 집 따위를 팔고 떠나는 따위, 그대가 여러 가지 괴로움이 있다는 따위, 그까짓 것이 다 무엇이오? 이 몸과 이 나라와 이 사바세계와 이 온 우주를(온 우주는 사바세계 따위를 수억 억만 헤어릴 수 없이 가지고 있었고 있고 있을 것이오.) 사랑의 것으로 만드는 일이야말로 그대나 내나가 할 일이 아니오? 저 뱀과 모기와 파리와 송충이, 지네, 그리마, 거미, 참새, 물, 나무, 결핵균, 이런 것들이 모두 상극이 되지 말고 總親和가 될 날을 위하여서 준비하는 것이 우리 일이 아니오? 이 聖戰에 참예하는 용사가 되지 못하면 생명을 가지고 났던 보람이 없지 아니 하오?[16]

그는 부처가 되는 길이 누구에게나 열려 있다는 『법화경』의 기본 사상을 임의로 차용하여 '總親和가 될 날을 위하여서 준비하는 것이 우리 일'이라고 강변하고 있다. 이 점은 그가 일본의 평론가 고바야시 히데요[小林秀雄]에게 보낸 일문 수필 「行者」에서 "『內

---

16) 이광수, 「육장기」, 『돌베개/인생의 향기』, 우신사, 1985, 224 - 225쪽.

鮮一體, 流汗鍛鍊, 同胞相愛』라고, 꼭 아랫배에 힘을 주고 외칠 때에는 눈시울이 뜨거워졌습니다. 祈願 시간에 『천황폐하 만세 만세 만만무궁세』, 『출정 장정 만세 만세 만만무궁세』 다음에 『內鮮一體, 同胞相愛, 만세 만세 만만무궁세』 하고 神前에서 일제히 목소리를 높여 반복했을 때, 저는 울음이 나와 어쩔 수 없었습니다" (『文學界』, 1941. 3)라고 감읍한 사실에서 거듭 확인된다. 고바야시에게 서한을 쓰기에 앞서 이광수는 "문학자는 긴 인간 역사의 땀과 기름이 묻은 그런 언어의 형태를 분명히 감지하고 있으며, 역사의 땀과 기름을 씻어내 버리면 언어는 이미 언어가 아니다"(「문학과 자기」, 1940)고 말한 그의 문학관을 예습했어야 옳았으며, 그가 이른바 '근대의 초극론'의 단초가 된 '문화종합회의 심포지엄ー근대의 초극'(1942. 10)을 개최한 『文學界』의 주요 창간 멤버라는 사실을 유념해야 옳았다. 익히 알려졌다시피, 근대의 초극론은 일제의 체제 유지에 공헌하면서 인접국의 침략과 자국의 군국주의화를 정당화한 논의였다.[17]

하지만 이광수는 식민지 종주국의 유수한 평론가가 은폐하고 있던 파시즘의 논리를 간파할 만한 안목을 결여한 '소년'이었기 때문에, 급기야 '진짜 일본인이 될 수 있다면 괜찮다.'고 간청할 수밖에 없었다. 그는 의식상으로 식민지의 민중들에게는 교사였으나, 종주국의 지식인들 앞에서는 언제나 '소년'에 지나지 않았다. 이런 측면에서 서한체는 존재의 실존적 한계를 명확히 인식하고 있던 그에게 "다루는 대상과의 거리를 자유롭게 조절할 수 있기 때문에 보고와 비판의 기능을 동시에 수행"[18]케 했다는 점에서 효과적이었

---

17) 이에 대해서는 廣松涉, 김항 역, 『근대초극론』, 민음사, 2003 참조.
18) 조진기, 『한국근대리얼리즘소설연구』, 새문사, 1989, 241쪽.

다. 그에게 서한체는 식민지 원주민들의 몽매를 '비판'하고, 종주국의 영향력 있는 지식인에게 식민지의 상황을 '보고'하기에 적합한 양식이었던 셈이다. 이로써 이광수가 열망하는 『법화경』의 세계는 조선과 일본이 하나 되는 날을 가리키고 있음이 판명된다. 따라서 그가 정통 불교를 재래의 제의에 자의적으로 습합시킨 기복신앙에 불과한 일본 神道의 행자로 변신하는 것은 이상한 일이 아니다. 그의 '울음'은 법화삼매에서 기원한 대오각성의 눈물이 아니라, 빈곤한 역사의식에서 기인한 것이다. 그는 외견상 원주민들보다 많이 배운 지식인으로서의 교사였으나, 한 번도 역사를 학습하지 못한 채 성장기를 맞은 '소년'에 불과했다. 정상적인 발달 단계를 거치지 않은 '소년'에게 민족의 미래상을 기대하는 일은 난망하다.

이광수의 서한체소설 「어린 벗에게」는 유별난 애정결핍증이 만발한 자전적 작품이다. 그는 '어린 벗'에게 쓴 네 편의 서한으로 이루어진 소설에서 서한체 형식을 독점적으로 사용하고 있다. 그는 화자의 우월적 지위를 내세워 '어린 벗'의 참여를 근본적으로 차단하면서 사연을 들려준다. 그 내용인즉, 병간호를 해 준 여인이 일본 유학 생활을 할 때 사랑하던 사람이었고, 그의 애정관과 사랑하는 김일련과의 사랑이 이루어지지 못한 사정, 상해를 떠나 여행 중에 배가 침몰하게 된 찰나에 김일련과 재회하고 구출되기까지의 과정, 기차를 이용하여 김일련과 함께 소백산을 통과하면서 고백하는 그녀에 대한 사랑으로 이루어져 있다. 이 중에서 가장 많은 분량을 차지하고 있는 애정담은 여느 작품처럼 형이상학적 차원에서 거론되는 추상화된 사랑이다. 여전히 그는 사랑의 가치를 '영원한 존재'에서 찾고 있었다.

그러나 나는 저 형식적 종교가, 도덕가가 입버릇으로 말하는 그러한 애정을 이름이 아니라, 생명 있는 애정 — 펄펄 끓는 애정, 빳빳 마르고 슴슴한 애정 말고, 자릿자릿하고 달디달디한 애정을 이름이니, 가령 모자의 애정, 어린 형제자매의 애정, 순결한 청년남녀의 상사하는 애정, 또는 그대와 나와 같은 상사적 우정을 이름이로소이다. 건조냉담한 세상에 천년을 살지 말고 이러한 애정 속에 일일을 살기를 원하나이다. 그러므로 나의 잡을 직업은 아비, 교사, 사랑하는 사람, 병인 간호하는 사람이 될 것이로소이다.[19)]

그가 신성모라는 실존인물을 김일련으로 여성화하여 이 작품에 등장시키고 있다고 해도, 사랑의 관념성을 불식시키지는 못한다. 이광수는 고급한 차원의 '생명 있는 애정'을 운위하지만, 그러한 애정이 식민지의 '건조 냉담한 세상'에서 인정될 리 없다. 원주민들은 당국의 식민 통치에 억눌려 애정의 조건을 상실하고 있었을 뿐만 아니라, 그처럼 '상사적 우정'과 '자릿자릿하고 달디달디한 애정'을 거론할 만큼의 심리적 여유를 지니지 못한 상태였다. 그는 이러한 실정을 번연히 알면서도 "사랑은 법보다 한층 더 올라간 높은 경계다"(「사랑의 길」)고 말하며 추상적 사랑론을 설파한다. 인간의 행위를 구체적으로 적시하는 법보다 우위에 있는 사랑은 민중들의 처지에서 범접하기 힘들다. 그는 기갈증과 흡사한 애정 결핍 증상을 여러 작품에서 노출하고 있거니와, 문제는 사랑의 출현 빈도가 아니라 성격이다. 그 역시 사랑이 '정'의 교환인 줄 알 텐데도 불구하고, 일관되게 사랑을 추상화시키는 이유는 전적으로 서한체의 형식적 특성으로부터 말미암는다. 이광수는 서한체 형식을 차용하여 청자의 간섭을 원천적으로 봉쇄하고, 그로 인한 비판으로부터

---

19) 이광수, 「어린 벗에게」, 『무명/어린 벗에게』, 우신사, 1986, 238쪽.

자유롭기 위해 어린 벗으로서 '소년'이라는 이념형 인물을 청자로 상정하였다. 그러므로 '소년'은 이념상으로만 존재하는 허상이다. 그는 내면에 '소년'이라는 자기반영적 인물을 창조하고, 자신의 내부에 비축된 내밀한 사연을 고백하고 있는 것이다. 그것이야말로 이광수가 서한체를 채택한 이유이고, 그의 소설이 고백체로 일관하게 된 태생적인 이유이다.

이런 측면에서 서한은 이광수에게 "이성적 반성으로는 통제하기 어려운 스케일로 확장되는 자아 개념과 그것을 예리하게 성찰해 통제 가능한 것으로 묶어 두려는 도덕적 반성 사이에서 갈등하고 길항하면서 다듬어지는 자의식[20]을 표출하기에 적합한 양식이었다. 서한이 본질적으로 자아에 대한 반성적 탐구 형식이라는 측면에서, 서한체 소설은 자기 고백적이다. 예로부터 낭만적인 열정의 문학작품들이 서한체를 사용했다는 문학사적 사실을 기억할 때, 이광수가 반복적으로 주창하는 계몽의식은 고백적 성향의 발로에 다름 아니다. 고백은 반드시 청자를 필요로 한다는 점에서 타인 지향적 담화의 일종이다. 고백은 대화인 것이다. 외적으로 이광수는 계몽의 대상으로 '소년'을 설정하고 교사의 우월적 지위를 앞세우는 것처럼 보이지만, 실은 서한체 형식을 차용하여 자신의 타자로 설정한 '소년'에게 내면을 고백하고 있는 것이다. 그가 자신의 애정 결핍증을 고차원의 사랑론으로 돌파하려고 시도한 것도 친밀한 관계를 형성하는 데 서툰 고아의 경계심과 교사의 위신 때문이었다. 이와 같이 그가 성장 과정에서 사랑을 체험하지 못한 심리적 상흔은 '소년'을 고아로 방치하였고, 고아의식에 포위된 교사 역시 '소년'의 상태에 머물도록 작용하였다. 그는 오로지 이념형 인물로 발견한 '소년'에

---

20) 이중오, 『이광수를 위한 변명』, 중앙M&B, 2000, 94쪽.

게 전후 사정을 고백하며 교사의 신분을 유지하고 있었다.

이 작품에서도 이광수는 미국 여행을 기도하였다. 그가 기회 있을 적마다 언급하는 도미 욕망은 고아의식과 교사의식이 복합된 충동이다. 그는 주권을 강탈당한 조국에서 고아의 상태를 발견하고, 일본이 학습한 미국을 교사로 설정하고 있다. 그가 소년기에 유학하여 전문했던 미국이야말로 변방의 '소년'에 불과하던 일본을 동북아시아의 강대국으로 교육한 교사였다. 그가 여러 작품에서 영어 교사를 등장시키고 있듯이, 영어를 사용하는 미국은 국어를 상실한 조국을 구원해 줄 유일한 교사의 나라이다. 이런 생각으로 이광수는 일본의 작가들에게 각종 건의문을 제출하던 '소년'의 심정에서 자신의 존재 증명을 위해 도미 행각을 시도하고 있다. 그는 자신의 내부에서 청산되지 못한 '소년'의 기질을 탈색시켜서, 마침내 교사의 지위를 강화해 줄 권력을 지닌 미국을 동경하고 있는 것이다. 도미하기에 앞서 그는 미지의 '어린 벗'들에게 서한체의 형식을 차용하여 자신의 은밀한 내면을 고백하여 교사의식을 선양하고 있다. 이 점에서 그는 운명적으로 교사가 되고자 노력하는 '소년'이었다.

Ⅲ. 결 론

이상에서 살펴본 것과 같이, 이광수는 평생 동안 고아의식 속에 살았다. 이광수에게 고아의식은 업죄이자 존재의 욕망을 추동하는 힘이었다. 그는 평생 동안 고아의식으로부터 벗어날 수 없었고, 그의 문학적 성취들은 고아의식의 반영이며 승화였다. 그는 유년시절부터 유별난 병치레로 인해 수차례에 걸쳐 생사의 고비를 넘기면서도, 납북 전까지 무려 200자 원고지로 8만여 매를 집필하며 왕성한 활동을 보였다. 그의 초인적인 글쓰기에 의해 계몽기의 문학이 태생할 수 있는 토양이 만들어진 섬은 거부감 없이 승인되어야 한다.

그러나 고아의식에 의해 탄생한 '소년'이 교사의 역할을 자처하면서 의식상의 균열이 발생하기 시작하였다. 교사의식은 그의 작품에서 계몽 의지를 노골적으로 훈시하도록 등장인물들을 조종하였다. 그 결과 '소년'조차 움직임이 거세되어 작품상의 역동성을 상실하였는데, 그 이면에는 여러 작품에 차용된 서한체 형식이 자리하고 있다. 그는 서한의 형식적 특성을 활용하여 '소년'에게 내면의 움직임을 고백하였고, 그의 시도는 교사의식을 발현하기에 적합한 서한의 속성을 활용한 사례이다. 그런 이유로 이광수의 작가의식을 형성하고 있는 여러 가지 요소들을 포함한 소년소설 「어린 벗에게」의 소설사적 의의는 주목되어야 한다.

참고문헌

〈기본 자료〉

이광수, 『돌베개 / 인생의 향기』, 우신사, 1985.
이광수, 『도산 안창호』, 우신사, 1985.
이광수, 『개척자』, 우신사, 1985.

이광수, 『무명 / 어린 벗에게』, 우신사, 1986.
이광수, 『사랑 (상)』, 우신사, 1990.

〈단행본 및 논문〉

김윤식, 『이광수와 그의 시대 (1)』, 한길사, 1986.
박영희, 「문학상으로 본 이광수」, 『개벽』, 1925. 1.
송백헌, 「춘원의 '소년의 비애' 연구」, 동국대학교 부설 한국문학연구소
　　　편, 『이광수연구 (하)』, 태학사, 1984.
유기룡, 『한국현대소설작품연구』, 삼영사, 1989.
이동재, 『20세기의 한국소설사』, 월인, 2002.
이선영, 「개화·식민지시대의 문학가 - 이광수론」, 김용성·우한용 편,
　　　『한국근대작가연구』, 삼지원, 1987.
이중오, 『이광수를 위한 변명』, 중앙M&B, 2000.
조진기, 『한국근대리얼리즘소설연구』, 새문사, 1989.
최명표, 「문화운동과 식민 담론의 상관관계」, 『한국언어문학』 제52집,
　　　한국언어문학회, 2004. 6.
廣松涉, 김항 역, 『근대초극론』, 민음사, 2003.
鈴木登美, 한일문학연구회 역, 『이야기된 자기』, 생각의나무, 2004.
C. Lasch, 최경도 역, 『나르시시즘의 문화』, 문학과지성사, 1989.

배제와 위선의 시학

— 김동인론

배제와 위선의 시학

-김동인론

Ⅰ. 서 론

금동 김동인(1900~1951)의 작품 활동 기간은 대략 30여 년간 지속되었다. 그의 활약에 힘입어 한국의 단편소설은 괄목한 발전을 기할 수 있었다. 그의 선구적 업적은 1919년 간행된 최초의 동인지 『창조』에서 살필 수 있거니와, 그는 이른바 '동인지 문단 시대'를 개척하면서 육당과 춘원에 의해 주도되던 전대의 문학 지형을 충격하였다. 그는 이 시기를 주동한 작가로서, 특히 춘원에 대한 대타의식에 입각하여 계몽주의 담론을 철저히 지양했다. 이 점은 양인을 가르는 변별적 덕목이다. 이광수는 계몽의식으로 일관했기 때문에 순정한 '사랑'을 탐구할 수 있었다. 이에 비해 김동인은 그에 대한 차별성을 강렬하게 표출하여 개인의 문제에 집착한 나머지, 육체적 쾌락과 도덕적 타락이라는 영육의 폭력사태에 당도하였다. 그의 작품에서 폭력적 상황이 빈번하게 조성되는 것은 눈여겨 볼 점이다. 그렇다고 해도 김동인은 다수 작품을 통해서 한국 문단 초기에 소설의 형식적 정착을 위해 기여한 인물이었으므로,

그의 작품들을 제외한 채 한국 근대소설의 형성 과정을 제대로 살피기 어렵다. 그런 까닭에 그의 소설적 성취에 대한 평가가 상이할지라도, 그의 선구적 업적에 대해서는 일단 수긍하게 된다.

김동인의 소설에서 두드러진 형식적 특징은 배제의 시학이다. 그는 소설에 대한 '기법적 자각'을 지닌 작가로 평가되거니와, 스스로 소설적 성과에 대하여 오연한 발언을 서슴지 않았다. 그가 주장한 이른바 '인형조종술'은 자신의 우월성을 드러낼 요량으로 인물들에게 소정의 역할을 국한하여 수행하도록 행동반경을 제한한 것이다. 이것은 작가로서의 김동인이 인물들에게 가할 수 있는 폭력이었다. 그는 작중인물들을 '인형'으로 파악하고, 자신의 의도대로 '인형'들에게 움직일 것을 강요했다. 그가 선취한 '기법적 자각'이란, 결국 작품 속의 인물들에 대한 작가의 비교 우위를 고집하여 실천하는 데 유용한 도구였던 셈이다. 이러한 태도는 그의 작품에서 예술을 위해서라면 예술가의 비윤리적 불법행위조차 용인되어야 한다는 극단적 주장으로 확대되기도 했다. 즉 작가의 권위에 대한 절대적 신념으로 충만한 그의 소설작품들은 작가 외의 타인에 대한 배제의 시학으로 결과된 것이다. 그는 여러 가지 배제적인 시학적 장치들을 작동하여 작가로서의 신조를 드러내면서 미적 성취를 획득하였다. 이 점을 간과하게 되면, 그가 작품의 도처에 은닉한 형식적 요소들을 제대로 이해하기 어렵다.

그러므로 김동인의 소설에서 서술자와 작가는 교직된 채 등장한다. 그 대표적인 사례는 액자형 서술방식과 고백체의 도입이다. 그는 전자를 통해서 액자의 틀에 소용되지 않는 요소들을 외면하여 서술자의 개입을 허락할 여지를 확보하였고, 여느 작가에 비해 먼저 소설의 기법을 습득할 수 있었다. 다른 하나는 서한체와 일기

등의 도입이다. 그가 은밀하게 내면을 고백하는 도구들을 사용한 것에서 근대성의 징후를 찾을 수도 있겠으나, 그보다는 배제를 통해서 작가의 현실세계에 대한 위선의 시각을 공식화하는데 동원되었다고 보아야 한다. 그가 선택한 양자는 작가의 권위를 정당화하는 수단이었고, 그로 하여금 허구적 세계에서 폭력을 옹호하도록 방임하였다. 이런 관점에서 본고는 「붉은 산」, 「감자」, 「배따라기」, 「광화사」, 「광염소나타」, 「대형」, 「발가락이 닮았다」 등, 소년소설로 범주화할 수 있는 작품을 대상으로 김동인의 소설세계를 살펴보고자 한다. 물론 이 중에는 「감자」처럼 성적 담론이 산재되어 소년소설로 구분하기에 곤란한 작품도 있으나, 그의 장기였던 서술상의 기법들을 살피기에 적당한 점을 무시할 수 없어서 논의에 포함하기로 한다.

Ⅱ. 소설적 신념과 작가적 권력의 동일시

1. 액자에 은폐된 권력자의 시선

김동인은 평양에서 누대에 걸쳐 부호였던 김대윤과 재혼한 부인 사이에서 출생하였다. 그는 장형과 17년의 터울을 갖고 있어서, 부모의 애정을 독차지하며 풍족하게 성장하였다. 그의 출생 환경은 부정적으로 작용하여 독선적이고 비타협적인 성격을 형성하도록 방임하였다. 그는 소년기에 부모의 익애로 인하여 이웃들의 존재를 존중하지 않는 자기중심적 태도로 일관했기 때문에, 성장 중에 변변한 친구를 사귀지도 못했다. 그것은 그로 하여금 주변 인물들을 경멸하고 폄하하는 태도를 당연한 양 받아들도록 조장하였고, 마침내 가정조차 돌보지 않는 무책임한 가장의식으로 나타났다. 따라서 그의 소설 속에서 빈출하는 "도도한 인간 경멸의 사상은 그가 지주계층 출신이라는 데서 오는 귀족적 자부심과 분명히 짝을 이루고 있다"[1]는 사실은 작가론의 층위에서 항상 전제되어야 한다. 그의 개인사적 사정들은 성장기를 억압하면서 소설 작품에 삼투되었고, 그의 생애를 반성하도록 추동하는 심리적 요인이었다.

이런 측면에서 김동인의 동화 「무지개」(『매일신보』, 1930. 9. 7～17)는 과거의 행적에 대한 비판적 점검을 시도한 작가의 진솔한 심정을 확인하기에 적합하다. 그간의 논의에서 외면되었던 이 작품은 한 소년이 무지개를 잡으려다가 실패하는 이야기이다. 그가 이 작품을 발표하던 시기는 경제적 파산 상태에서 재정적 궁핍을 모면하기 위해 신문소설을 집필하기로 결심하던 때였다. 출생 이후부터 물질적 부족을 모르고 한량처럼 생활하던 그는 동인지 발간과 유흥 등으로 대부분의 유산을 탕진하였다. 더욱이 정실부인이 자식들을 데리고 가출한 사건은 그에게 극심한 충격을 안겨 주었다. 이에 그는 재혼할 요량으로 그동안 도외시했던 신문의 연재 청탁을 받아들이고, 나름대로 생활인으로서 의무를 충실히 이행하고자 노력하였다. 이런 사정을 고려해 보면, 이 작품에 내포된 의미는 만만하지 않다. 더욱이 동화의 장르적 속성에 의탁하여 소년 시절을 반추하고 있어서 일면 회고담의 성격을 지니고 있기도 하다. 그는 문학이라는 '무지개'를 좇느라 등한시했던 가족들에게 가장으로서의 책임감을 표하고 있는 셈이다.

---

1) 이동하, 「자존과 시대고 - 김동인론」, 김용성・우한용 편, 『한국근대작가연구』, 심지원, 1987, 73쪽.

그러나 얼마 더 간 뒤에 소년도 마침내 이제 한 걸음도 더 걸을 수 없게 되었다. 그리고 그는 거기서 무지개를 도저히 잡지 못할 것을 처음으로 깨달았다. 그는 몸을 커다랗게 내어 던졌다. 그리고 더 높은 하늘을 쳐다보았다.

'아아! 무지개란 기어이 사람의 손으로 잡지 못할 것인가?'

지금껏 그와 같은 길을 걸은 수많은 소년들이 부르짖는 그 부르짖음을. 이 소년은 여기서 또한 부르짖지 않을 수 없었다.

그리고 그는 여기서 그 야망을 마침내 단념하기로 결심한 것이었다. 그때에. 이상하게도 이제껏 검었던 머리는 갑자기 하얗게 되고, 그의 얼굴에는 수없는 주름살이 잡혔다.[2]

작품의 끝부분이다. 소년은 어머니의 거듭된 만류에도 불구하고 무지개를 잡고 싶은 욕망에 집을 나선다. 그의 가출은 '저 무지개를 잡아다가 뜰 안에 갖다 놓으면 얼마나 훌륭하고 아름다울까'라는 독점욕에서 비롯된 것이다. 그는 도중에 만난 여러 사람들로부터 그만둘 것을 종용받으면서도, 애초의 목적을 달성하기 위해 나아가기를 멈추지 않는다. 아무리 노력해도 이루지 못할 소원인 줄 번연히 알면서도 끝까지 나아가는 소년의 고집스러운 행동은 유아적 소유욕의 발동이다. 그는 집에서 자신을 기다리고 있을 어머니의 심정조차 헤아리지 않는다. 그는 나중에야 자신의 과오를 반성하면서 "인제 내 생활이 피기만 하면 그때 모셔다가 효도를 드리리라고 생각하고 있었는데 내 생활이 필 가망도 보이기 전에 어머님은 불귀의 객이 되셨다"(「蒙喪錄」)고 후회했지만, 그때는 이미 가산은 기울어지고 가정의 질서는 훼손된 뒤였다. 소년의 모습은 오로지 자신이 소망하는 바를 추구하느라 가족을 등한시했던 김동인의 삶과 흡사하다. 그는 예술가 우위론에 입각하여 '예술을 위한

<hr />

2) 김동인, 「무지개」, 최명표 편, 『멀리 간 동무』, 홍진P&M, 2007, 35 – 36쪽.

예술'에 매진했으나, 그에게 돌아온 것은 이혼과 가난이었다. 이 상황은 작품 속에서 소년이 '기어이 사람의 손으로 잡지 못할 것'이 있음을 인정하자 '검었던 머리는 갑자기 하얗게 되고, 그의 얼굴에는 수없는 주름살'이 생기는 결과로 문장화되었다. 그것은 서른의 나이에 깨닫게 된 세상의 이치였으며, 생의 과오에 대한 육체적 표지였다.

그동안 김동인이 한국근대소설사에 중요한 역할을 수행한 업적 중의 하나로 액자소설 분야를 개척했다는 점이 거론되어 왔다. 액자소설은 "단일소설과 함께 소설의 현저한 구성 유형의 하나로서, 이야기 속에 하나 또는 여러 개의 비교적 짧은 내부 이야기를 내포하는 소설의 구성형식"3)이다. 김동인은 소설 「목숨」(『창조』, 1921. 1)에서 M의 감상적인 일기를 삽입하여 액자소설의 단초를 보였다. 그는 일기를 도처에 삽입하고 있는데, 일기는 근본적으로 일인칭 발화 양식이다. 말하자면 고백체의 일종으로, 근대인의 내면을 드러내기에 알맞다. 하지만 일기는 여타의 글쓰기와 마찬가지로 작자의 취사선택에 의존하여 구성된다는 점에서, 일정한 관점에 어울리지 않는 내용의 폐기를 수반하게 된다. 이 순간, 불가피하게 작자에 의한 배제의 시선이 작동하게 된다. 또한 일기가 일인칭 고백체라고 하나, 자아의 언행에 대한 반성이 이루어지기 위해서는 타자를 필요로 한다. 그 과정에서 서술은 자연스럽게 간접화되며, 일기를 인용하는 작가의 시선이 개입될 수밖에 없는 것이다.

김동인의 노력에 힘입어 서술의 간접화는 소설 「배따라기」(『창조』, 1921. 5)에서 액자형 서술 방식으로 구체화되었다. 이 방식은 내부의 이야기를 외부의 이야기가 포위하는 형국으로 전개되어 불

---

3) 이재선, 『한국단편소설연구』, 일조각, 1986, 95쪽.

가피하게 이중적인 인물 시점을 채택한다. 이런 특징 때문에 액자형 서술 방식은 작가의 서술상 개입을 허용하게 되는 것이다. 외부 이야기는 일인칭의 서술자이지만, 내부 이야기는 일인칭으로 구술된 내용을 청자가 중개하는 형식을 따르고 있다. 이것은 외부 이야기와 내부 이야기 간에 일정한 거리를 확보하여 사실성을 담보하려는 서술전략이다. 이 작품에 장치된 액자형 서술방식을 통해 김동인의 시학적 메커니즘이었던 배제의 시선을 확인할 수 있다. 액자는 틀의 일종이어서 수용할 내용물 외에는 무관심하므로, 틀 안에 삽입할 내용을 취하는 과정에서 작가의 시선이 작동된다. 그리고 소설적 구성형식에 알맞도록 내용물의 용량과 배열을 고려하는 단계에서 다시 한 번 그것을 작동시킨다. 말하자면, 액자형 서술형식은 전적으로 작가의 관점에 의해 선택되는 것이다. 그것은 중개자의 존재로 표면에 드러난다.

그리하여 삼년은 지나서 지금부터 육년 전에 그의 탄 배가 강화도를 지난 때에 바다로 향한 가파른 뫼편에서 바다로 향하여 날아오는 '배따라기'를 들었다. 그것도 어떤 구절과 곡조는 그의 아우 특식으로 변경된 — 그의 아우가 아니면 부를 사람이 없는 그 배따라기다.

배가 강화도에 머물지 않아서 그저 지나갔으나, 인천서 열흘쯤 머물게 되었으므로 그는 곧 내려서 강화도로 건너갔다. 거기에 여기저기 찾아다니다가 어떤 조그만 객주집에서 물어 보니 이름도 그의 아우요, 생긴 모양도 그의 아우인 사람이 묵어 있기는 하였으나 사나흘 전에 도로 인천으로 갔다 한다. 그는 곧 돌아서서 인천으로 건너가서 찾아보았지만 그 조그만 인천서도 그의 아우를 찾을 바이 없었다.

그 뒤에 눈 오고 비 오며, 육년이 지났지만 그는 다시 아우를 만나 보지 못하고 아우의 생사까지 알 수가 없었다.

말을 끝낸 그의 눈에는 저녁 해에 반사하여 몇 방울의 눈물이 반득인다.

나는 한참 있다가 겨우 물었다 -.

"노형의 제수는?"

"모르디요. 이십년을 영유는 안 가 봤으니깐요"

"노형은 이제 어디루 갈 테요?"

"것두 모르디요. 정처가 있나요? 바람 부는 대루 몰려 댕기디요"

그는 한 번 디시 나를 위하여 배따라기를 불렀다.[4]

작가가 "이 「배따라기」야말로 여에게 있어서 최초의 단편소설(형으로든 양으로든)이 동시에, 아마 조선에 있어서 조선글 조선말로 된 최초의 단편소설일 것"(「후기」)이라고 장담했을 정도로, 이 작품은 액자소설의 범례로 분류해도 손색이 없다. 형제간의 질투에 의한 가정의 파괴, 형제간 우애의 훼손, 그로 인한 후회와 방황 등은 한 인간의 입사식을 방불케 한다. 이 작품은 시행착오를 겪으면서 인생의 본질적 국면을 이해하게 되는 과정을 형상화했다는 점에서 성장소설의 조건에 부합된다. 이와 같은 이니시에이션의 모티프 때문에 "'그'의 노래는 초시간적으로 영구불멸한 존재로서 끝없이 재생되며 감동을 낳게 했던 것"[5]이다. 김동인은 관찰자의 시점을 견지하며 내부 이야기에 서술상의 초점을 맞추고 있다. '그'가 경험하지 않은 이야기들은 '나'에 의해 사상되고, '나'는 '그'를 제어하며 소설 속 인물들을 '조종'한다. 형은 가문의 비극적 사연을 세세하게 고백하는 와중에도 '그'로 존재한다. 내부 이야기의 주체이면서도 객체화되는 '그'의 한계는 전적으로 작가에 의해 부여된 것이다. 이야기의 중심으로 진입하지 못하고 '나'에 의해 관찰되어 주변부 인물로 규정된다. 형의 신분을 결정하는 권한은 작가에게 있

4) 김동인, 「배따라기」, 『김동인전집·1』, 조선일보사, 1987, 207쪽.

5) 유기룡, 『한국현대소설작품연구』, 삼영사, 1989, 34쪽.

으며, 그처럼 자신의 의견을 개진하는데 방해 요소를 적극적으로 배제하는 김동인의 습관은 소설 「마음이 옅은 자여」(『창조』, 1919. 12~1920. 5)에서도 확인된다.

> 마침내 고백할 날이 왔습니다.
> 이 편지를 보시고 형께서 조력을 하시든지 안하시든지 그것은 문제 밖이외다. 아니 인제는 어떠한 힘으로 조력을 하셔도 효력이 나타나지 않을 이만큼 사건의 좌우는 결정되었습니다. 다만 동정만 하여주시면 그것으로 넉넉하외다. 저는 그것뿐으로 만족히 여기겠습니다. 지금 경우에 있는 제게는 한 줄기의 동정이 만금의 돈 십 년의 목숨보다도 귀하도록 동정 그것이 귀하게 되었습니다.[6]

이 작품은 유부남 K(나)가 Y와 불륜 관계를 맺었다가, 가정의 파국이 자신의 행동으로부터 비롯된 줄 알게 되는 내용이다. 그는 이 작품에서 일기와 서한이라는 고백체 형식을 본격적으로 도입하고 있다. 두 가지는 그의 작품에서 두루 발견되는 바, 이것은 일본 유학파들이 귀국하며 수입한 사소설의 영향이다. 서술자는 '형'에게 '고백할 날'이 왔다고 전제하면서도, 그것은 '조력을 하시든지 안하시든지 그것은 문제 밖'이라고 단정하여 '형'의 조언을 사전에 차단해 버린다. 말하자면 '나'의 고백에 '형'의 조언은 불필요하다. 곧 고백체는 "그 자체가 일종의 쾌락이자, 존재 이유를 갖는 것"[7] 이어서 자신의 욕구불만을 해소하거나 본의를 은닉하는 통로로 적합하다. 고백은 소기의 목적을 의도하는 글쓰기인 동시에, 표백하기 싫은 내용을 은폐하기에 알맞은 서술행위이다. 그렇기 때문에

---

6) 김동인, 「마음이 옅은 자여」, 『김동인전집·1』, 조선일보사, 1987, 33쪽.
7) 김윤식, 「고백체 소설 형식의 기원」, 『한국근대소설사연구』, 을유문화사, 1991, 186쪽.

고백자는 고백의 익명성에 편승하여 억압된 감정을 해소하고 쾌락을 발산하면서 자신의 존재를 증명하게 된다. 고백체는 자기만족적이고 배타적인 소통방식인 셈이다.

이러한 시각이 집중적으로 표출된 작품이 「붉은 산」(『삼천리』, 1932. 4)이다. 이 작품은 1931년 만주에서 관개수로공사를 둘러싸고 양 국민들 간에 발생했던 충돌을 소재로 한 것이다. 김동인은 이 작품에 액자형 서술방식을 도입하면서, 한편으로는 고백체로 일관하는 태도를 견지하였다. 외적으로는 '나'의 기록이지만, 내적으로는 '나'가 정익호라는 인물의 단면을 대리고백하고 있다. '나'에 의한 관찰 기록인 까닭에, '그'의 행적은 자세히 드러나지 않는다. 단지 주민들의 풍설로 구성된 '그'의 일생을 '나'의 시각으로 재구성하는 것이다. 한편으로는 민족의식을 배면에 장치한 듯한 이 작품의 특징은 '나'가 '삵'이라는 별명을 지닌 정익호의 행적을 기록하여 사실주의적 수법을 차용한 데 있다. 정익호는 별명처럼 거주지에서 갖가지 비행을 일삼는 악한이다. 송 첨지가 중국인 지주에게 폭행당하여 절명하게 되자, 마을 사람들은 복수를 벼르지만 정작 행동화하기를 주저한다. 이때 익호가 나서서 동족의 비명횡사를 복수하고 죽음을 맞으며 유언한다. 작품의 서사가 일거에 변환되면서, '나'는 익호의 행동을 급박하게 전달한다.

　　"저것 – 저것 – ."
　　"무얼?"
　　"저기 붉은 산이 – 그리고 흰옷이 – 선생님 저게 뭐예요."
　　여는 돌아보았다. 그러나 거기는 황막한 만주의 벌판이 전개되어 있을 뿐이
　　었다.
　　"선생님 창가 불러주세요. 마지막 소원 – 창가를 해주세요. 동해물과

백두산이 마르고 닳도록 - ."

여는 머리를 끄덕이고 눈을 감았다. 그리고 입을 열었다. 여의 입에서
는 창가가 흘러나왔다.

"동해물과 ××××."

고즈너기 부르는 여의 창가 소리에 뒤에 둘러섰던 다른 사람의 입에서
도 숭엄한 코러스는 울리어 나왔다.[8]

'어느 의사의 수기'라는 부제에서 짐작할 수 있듯이, 김동인은
만주를 여행한 의사의 경험담을 액자 형식을 차용하여 전한다. 수
기는 글쓴이의 체험을 기록한 것이다. 의사를 등장시키고 있지만,
그의 의학적 지식은 범부들도 행할 수 있을 정도의 소량에 그칠 뿐
만 아니라, 일상적 조치에 한정하여 소용된다. 이것은 작가가 본래
부터 작품에 개입할 의도를 지니고 있었다는 사실을 증언한다. 또
수기를 작성하는 당자라면 당연히 서술해야 될 사건의 내막도 세
세하게 제시하지 않는다. 김동인은 의사라는 인텔리계층의 인물을
등장시키면서도, 고의적으로 수기의 형식을 준수하지 않는 것이다.
만약 그가 수기의 형식적 절차를 따른다면, 적극적 의지를 표면에
내세우면서 정익호의 행적을 구성해야 한다. 하지만 그는 소설적
형식에 맞추어 수기의 형식을 변형함으로써, 자신의 서술 의도를
드러내는 데 총력을 기울인다. 그에게 액자형은 "이야기꾼 의식의
소치요 인형조종술의 효과적 대체물 또는 작가적 목소리의 효율적
인 방지책으로서 기능하고 있는 것"[9]이다. 김동인은 액자형 서술방
식을 통해서 작가의 권위를 확보하고, 서술상의 사실성을 획득하는
과정에서 자신의 의도를 은폐할 수 있었다.

---

8) 김동인, 「붉은 산」, 『김동인전집 · 3』, 조선일보사, 1988, 86쪽.
9) 김용재, 『한국 소설의 서사론적 탐구』, 평민사, 1993, 97쪽.

2. 위선과 우월의 표지로서의 탐미주의

김동인은 출생 후부터 부모의 배려 속에서 타인에 대한 우월성을 학습하였다. 특히 그의 경제적 풍요는 또래의 친구들을 하대하면서 타인에 대한 배타적 시선을 형성하도록 조장한 물질적 기반이었다. 그의 작가의식은 이러한 심리적 동향이 문학적으로 표출된 것이다. 등단 이래 김동인은 비평가에 대한 작가의 우위를 고수하였다. 그는 "작품 평자란 활동사진 변사와 같은 것이고 결코 판사와 같은 것이 아니다"(「제월씨에게 대답함」)는 이른바 '변사론'을 앞세우며 비평가의 가치판단을 인정하지 않았다. 비평가에 대한 작가의 우위론을 주장하는 그의 지론은 "비평가는 작가에 대하여는 아무 권리도 없습니다"(「비평에 대하여」)라는 발언에서도 계속되었다. 이렇게 일관된 그의 비평적 신념은 태생 후부터 내면화된 자기중심적인 가치관의 결정이다. 하지만 그는 이광수를 비판하는 글에서 비평가의 권위를 여지없이 발휘하였다. 그의 상반된 태도는 작가와 비평가를 명확하게 구분하던 습관을 무너뜨린 것이기도 하지만, 이광수에 대한 유별난 반감의 표현이었다. 그의 이광수에 대한 집요한 비판은 열등감의 일환이었고, 그를 초월하고 싶은 욕망의 표현이었다. 그것은 결국 자신의 출생 환경을 호도하려는 은폐 심리가 내면화된 것이다. 곧 그가 생장 과정에서 획득한 독선적인 사고방식은 동향의 고아 작가가 이룩한 공적을 인정하지 않고, 그 자리를 대체하려는 위선적 행동을 합리화시켜 주었다.

그가 이광수에게 품었던 대결의지는 본격적인 평문 「춘원연구」(『삼천리』, 1934. 12~1935. 10, 1939. 1~6: 『삼천리문학』, 1938. 1~4)에서 확인할 수 있다. 김동인은 이 글에서 이광수를 가리켜 "그는 소설을 언제든지 설교 기관으로 삼았다"는 객관적 비판과 "춘원은 너무도 변하기 쉬운 사람"이라는 감정적 비난을 동시에 단행하였다. 이어서 그는 이광수의 「H군을 생각하고」가 실패하게 된 원인으로 "사건적 흥미에 너무 치중하려는 생각(이것은 신문소설을 쓴 여독이다)이 그의 실패의 첫 원인이고, 내재한 비장벽을 발표하고자 하는 욕망이 너무 강하기 때문에 그 비장벽이(단편이니만치 너무도 부자연하도록 명료하게 나타나므로) 작품을 손(損)치는 둘째 원인이요, 단편을 취급함에 장편적 수법을 사용하였음이 또한 실패의 원인"이라고 지적하고 있다. 이처럼 그가 추종하는 듯한 형식주의적 비평관은 "애초부터 언어유희적인 성격이 강한 것"[10]이라는 점에서, 그의 견해는 비평적 검열조차 의도적으로 배제하여 작가의 과오조차 인정하기를 거부하도록 만들었다.

이런 측면에서 그가 톨스토이를 이광수와 다르게 받아들인 것은 순전히 오기의 소산이다. 이광수는 톨스토이의 평화주의 혹은 비폭력주의에 내재되어 있는 근본적인 한계를 미처 인식하지 못했다. 톨스토이에게 인간은 유일신 앞에서 모두 평등한 보편적 존재였기 때문에, 민족처럼 혈연공동체는 처음부터 고려의 대상이 아니었다. 그는 신의 섭리에 위반되는 폭력을 철저히 배격하여 이루어지는 비폭력 상태의 평화를 설파했던 것이다. 이광수가 일제에 대한 직접 투쟁 외에 현실적 개량주의를 따르는 안창호의 '무실역행' 사상에 동조하게 된 것은 톨스토이에 대한 오해로부터 비롯되었다. 그러므로 신을 갖지 못하고 이민족에게 지배당하고 있는 처지에서 톨스토이의 주장에 감화를 받는 것은 현실적 상황을 외면한 구호에 불과했다. 즉 신이라는 보편성과 식민지 원주민으로서의 특수성

---

10) 김영민, 『한국문학비평논쟁사』, 한길사, 1994, 25쪽.

을 구분하지 못한 이광수는 "조선 민중의 진로는 황민화 이외에는 없다"[「內鮮一體と朝鮮文學」]고 단언할 수밖에 없었다. 그처럼 이광수의 논리는 취약한 상태였기 때문에, 일제의 회유에 굴복하여 '민족개조론'을 주창하며 친일 대열에 합류하게 된 것이다.

이에 비해 김동인은 "그의 사상에 대하여도 찬성치는 못하면서도 숭배는 그냥 하하, 그의 사(思)와 행(行)이 불일치한 생애에는 고소를 금치 못하면서도 그것으로서 인간으로서의 杜翁을 더욱 존경하는 바"(「조선의 작가와 톨스토이」)라고 고백했듯이, 톨스토이의 생애에 대하여 전반적으로 이해하고 있었던 것으로 보인다. 그러나 이광수가 식민지의 톨스토이가 되려고 노력했던 것처럼, 그역시 톨스토이를 사숙하여 "스스로 신이 되는 길"[11]을 찾으려고 시도했다. 그는 모상을 재모방한 결과로 이광수의 친일 행적에 대해서 "학병, 징병 등을 위하여 강연을 다니며 천황을 위하여 목숨을 아끼지 말라고 부르짖던 춘원 — 그가 과연 예전 민족을 위하여 목숨을 바치라고 외치던 춘원의 후신이라고는 믿을 수 없었다"(「동우회와 이광수」)고 비난했으면서도, 그 또한 "대동아전쟁도 벌써 제4년을 맞이하는 오늘 국민 사상을 꽉 붙들고 흔들리지 않게 하기 위해서는 문화인의 궐기가 무엇보다도 필요한 것이다"(「문화인의 총궐기」)고 친일 행렬에 가담할 수밖에 없었다. 비록 그가 생계를 해결하기 위해 친일 행렬에 동참했다고 변명할지라도, 그 역시 이광수처럼 보편성과 특수성을 분간하지 못한 점은 동일하다. 이처럼 김동인이 이광수에게 지녔던 대결의식은 오기의 발동이었고, 톨스토이의 일방적 이해는 그의 사상적 실패를 예정하고 있었다. 선대의 계몽 담론을 재생산하기에는 사상 학습이 부족한 그였기에,

---

11) 김윤식, 『김동인연구』, 민음사, 1987, 25쪽.

이광수와 변별되는 문학적 자질을 발견하지 않으면 안 되었다.

그러므로 김동인은 문학의 '미'에 집착하지 않을 수 없었다. 그 것만이 숙명적인 이광수와의 대결에서 승리하는 첩경이라고 확신했던 그는 예술을 최고선으로 인식하였다. 그것은 작가 우위론의 신념을 보강하는 방법론이었고, 그를 가리켜 예술지상주의자 혹은 탐미주의자로 범주화하도록 만들었다. 일찍이 그는 "예술은 인생의 정신이요, 사상이요, 자기를 대상으로 한 참사랑이요, 사회개량, 신인합일을 수행할 자"(「소설에 대한 조선 사람의 사상을」)라고 표명한 바 있다. 예술가의 우위성을 공공연하게 주장하는 그의 오연한 태도는 성장 환경으로부터 비롯된 것이다. 그가 주요한을 설득하여 『창조』를 발간한 것이나, 동인들의 출입에 적극적으로 관여한 것도 어린 시절부터 단련된 부르주아 의식의 발동이었다. 대부분의 동인들이 동향 출신이었다는 사실을 고려하면, 그가 물질적으로 자신보다 열세의 동인들에게 취한 행동은 충분히 수긍된다. 그는 물질적 조건을 앞세워 자신의 출생 조건을 극복하기 위한 방편으로 타인이 간섭하지 못하도록 사전에 봉쇄하는 자기 은폐적 시선으로 작품 활동을 시작하였다. 그가 이러한 심리 기제를 형성하게 된 이면에는 성장기에 습득한 억압 부재의 교육적 환경이 자리하고 있다. 그의 자기중심적인 분방한 언행들은 배제와 위선의 시학을 체계적으로 진술한 소위 '인형조종술'로 논리화되었다.

　　참 예술가다운 예술가는 과연 몇 사람이나 있느냐. 인생을 자기 손바
　　닥 위에 올려놓고(인생의 지은 세계는 즉 인생 그것이 아니면 안 되니까)
　　이리 굴리고 저리 굴릴 만한 능력을 가진 문학자가 몇이나 되는가. 어떤
　　문학자는 '인생'을 멀리서 바라보고 감히 손을 대려고도 못하였다. 어떤
　　문학자는 '인생의 문은 열리지 않는다'면서 문만 두드리고 있었다. 어떤

문학자는 인생이라는 것을 쿡쿡 찌르면서 자세히 관찰을 하였다. 그렇지만 어린애도 하느님의 세계에 만족치 않고, 인형이라는 자기의 세계를 사랑하는 이 인생에서, 이 누리에서, 오해한 인생이든 어떻든, '자기의 창조한 인생, 자기가 지배권을 가진 인생'을 지어 놓고 자기 손바닥 위에 뒤채어 본 문학자는 이 세상에 과연 몇이나 되는가.[12]

　김동인은 국가나 가정에 불만족한 사람들이 자신과 만인을 위해 예술을 창조했다고 보고, 예술이야말로 '인생의 기름자요, 인생의 무이한 성서요, 인생에게는 없지 못할 사랑의 생명'이라고 주장하였다. 그는 계속하여 '자기가 지은 인생에게 보기 싫은 패배를 당한' 도스토예프스키와 대비하여 '인생을 자유자재로, 인형을 놀리는 사람이 인형을 놀리듯 자기 손바닥 위에 올려놓고 놀'린 톨스토이를 '참 예술가'로 지목하였다. 그에게는 러시아 민중들의 구체적 삶의 현장에 관심을 기울인 인도주의자 톨스토이가 아니라 "절대적 신의 위치에서 자기 작품을 인형 놀리듯 조종하는 예술가적 자세를 지닌 톨스토이"(「자기의 창조한 세계」)가 필요했던 것이다. 이 지점에서 이광수의 수용 태도와 대비되거니와, 그에게는 식민지 원주민들의 삶이 아니라 '자기의 창조한 인생, 자기가 지배권을 가진 인생'만이 관심의 대상이었을 따름이다. 그는 계몽의지를 강조할 목적으로 이광수가 톨스토이를 인용한 것과 달리, 자신의 예술론을 강변하기 위해 톨스토이의 일면을 차용하여 '인형조종술'을 설파하고 있는 것이다. 그런 측면에서 '인형조종술'은 타협이나 굴종을 혐오한 김동인의 성격적 결함이 파생한 부산물이고, 작중인물의 생사여탈권을 포기하지 않으려는 유아적 소유욕이 야기한 췌언이다. 그가 지녔던 예술관의 극단적 모습을 확인할 수 있는 작품이 「광

---

12) 김동인, 「자기의 창조한 세계」, 『김동인전집·16』, 조선일보사, 1988, 151쪽.

염소나타」(『중외일보』, 1929. 1. 1∼12)이다.

> 독자는 이제 내가 쓰려는 이야기를, 유럽의 어떤 곳에 생긴 일이라고
> 생각하여도 좋다. 혹은 사십 오십년 뒤에 조선을 무대로 생겨날 이야기라
> 고 생각하여도 좋다. 다만, 이 지구상의 어떠한 곳에 이러한 일이 있었는
> 지도 모르겠다. 있는지도 모르겠다. 혹은 있을지도 모르겠다. 가능성뿐은
> 있다 - 이만치 알아두면 그만이다.[13]

　　그의 자기중심적 논리가 노골적으로 언표된 사례이다. 그는 독자
의 이해 여부에 대해서는 관심이 없다. 오로지 자신의 서술 여부에
대해서만 관심을 갖고 있을 뿐이다. 그의 일방적인 태도는 작가의
권위에 대한 도전을 용납하지 않으려는 독선이 야기한 결과이다.
그의 자기중심적 가치관은 급기야 백성수의 비윤리적 행동에 대하
여 "천년에 한 번, 만년에 한 번 날지 못 날지 모르는 큰 천재를,
몇 개의 변변치 않은 범죄를 구실로 이 세상에서 없이 하여 버린다
하는 것은 더 큰 죄악"이라고 극구 옹호하도록 유혹함으로써, 예술
을 위해서는 범죄행위까지 묵인되어야 한다는 이기적 논리로 귀착
할 것을 재촉한다. 그는 자신에게 잠재된 악마적 탐미주의를 자극
하여 심리적 근저를 드러낸 나머지, 이 작품은 "미의 우월성을 강
조하는 작가의 거친 육성을 들을 수 있을 뿐, 아름다움을 느낄 수
없다"[14]는 비판에 봉착하게 된다. 이러한 문제점은 김동인이 공식
적으로 표방했던 작가 우위의 문학관이 초래한 당연한 결과이다.
이런 점에서 그의 소설 「광화사」(『야담』, 1935. 12)는 소위 '예술

---

13) 김동인, 「광염 소나타」, 『김동인전집·2』, 조선일보사, 1988, 33쪽.
14) 장양수, 「한 작곡가의 귀기어린 탐미 행정 - 김동인의 '광염소나타'」, 『한국예술가소설론고』,
　　한울, 1998, 46쪽.

가소설'에 속하지만, 한편으로 그의 작가적 신념의 단적인 예를 살 피기에 적합하다.

> 샘물!
> 저 샘물을 두고 한 개 이야기를 꾸미어 볼 수가 없을까. 흐르는 모양도 아름답거니와 흐르는 소리도 아름답고 그 맛도 아름다운 샘물을 두고 한 개 자미있는 이야기가 여의 머리에 생겨나지 않을까. 암굴을 두고 생겨나려던 음모 살육의 불쾌한 공상보다 좀더 아름다운 다른 이야기가 꾸미어지지 않을까.
> 여는 바위틈에 꽂았던 스틱을 도로 뽑았다. 그 스틱으로써 여의 발 아래 바위를 가볍게 두드리면서 한 개 이야기를 꾸미어 보았다.
> 한 화공(畵工)이 있다.
> 화공의 이름은? 지어내기가 귀찮으니 신라 때의 화성(畵聖)의 이름을 차용하여 솔거라 하여 두자.
> 시대는?
> 시대는 이 안하에 보이는 도시가 가장 활기있고 아름답던 시절인 세종 성주의 대쯤으로 하여둘까.15)

위의 인용문처럼, 김동인은 작중 상황에 대한 직접적인 설명을 시도한다. 「감자」에서 복녀가 비루한 생으로 나락되기 이전의 사정을 자세히 설명하듯이, 그의 습관은 작가의 우월성을 수시로 드러내려는 잉여 의지에서 비롯된 것이다. 서술자에 의한 직접 서술은 "이야기 요소인 인물, 환경, 사건 등에 대한 사전 정보 제공과 서술자의 판단이나 주석을 통한 특정한 효과 창출, 사건의 진행 등이 필요할 때 나타난다"16)는 점에서, 김동인이 '~하여 두자, ~하여 둘까'라는 어사로 인물 정보를 제공하는 것은 '특정한 효과 창출'

---

15) 김동인, 「광화사」, 『김동인전집 · 3』, 조선일보사, 1988, 241쪽.
16) 조정래, 『소설과 서술』, 새문사, 1995, 97쪽.

을 위한 의도라고 판단된다. 그러한 충동은 '좀더 아름다운 다른 이야기'를 꾸미기 위한 것으로, 인물의 이름을 '지어내기가 귀찮으니' 솔거로 정하고 시대는 '이 안하에 보이는 도시가 가장 활기있고 아름답던 시절'에 해당하는 세종시대로 정하도록 채근한다. 그리하여 김동인은 '흐르는 모양도 아름답거니와 흐르는 소리도 아름답고 그 맛도 아름다운 샘물'과 같은 이야기의 구상 과정을 공개함으로써, 작가의 우세한 지위를 내외에 공표한다.

김동인이 작가의 우월적 지위를 개진하게 된 이면에는, 이 작품이 그가 발간한 잡지 『야담』의 창간호에 수록되어 있다는 사실과 결부되어 있다. 그는 이 잡지를 창간하면서부터 본격적으로 야담과 사담의 발표에 매진하였다. 한때 신문 연재조차 '훼절'로 간주할 정도로 자존심이 센 그였으나, 1931년 재혼 후에는 생활의 문학을 표방하며 생계 확보에 노력하지 않으면 안 되었다. 이런 판국에 그가 내세울 수 있었던 것은 작가의 우월성 외에 없었다. 부잣집 귀공자로 태어난 그가 '예술을 위한 예술'에 매진하다가 '생활'을 중시하게 된 찰나, 그에게 소설은 호구책으로 전락하였다. 소설이 더 이상 '예술'의 지위를 보전하기 힘들게 되자, 야담전문 작가로 변신한 그에게 알맞은 변명이 필요하였다. 비록 생활에 구속되어 예술의 길을 포기했을지라도, 그의 자존심은 결코 작가의 지위를 포기하는 데 동의하지 않았다. 작가들에게 "만약 자기의 작품이 자기 양심에 비추어 부끄럼이 없고, 또한 자기의 역량에 자신이 있으면 천만 어의 비평(그것이 호평이건 악평이건)을 묵살하여야 할 것"(「5월 창작평」)이라고 주문했던 그로서는 독자에 대한 고압적인 자세를 철회할 수 없었던 것이다.

이런 측면에서 볼 때, 김동인에게서 나타나는 탐미주의는 "식민지 일제하에서 형성된 문학론으로 소지식인의 자기 보호책이며, 일제에 대한 순응주의 내지 투항주의의 예술적인 자기합리화"[17)에 불과하다. 그는 물질적 현실과 소설적 현실을 분명하게 구분하고 있었다. 그는 객관적 현실 세계에서 실패한 인생이었기에, 소설적으로 구성된 현실 세계에서 '신이 되는 길'을 택하였다. 그것은 그가 기회 있을 적마다 강조했던 작가 우위론으로 구체화되었고, 그것을 통해 자신의 출생 환경을 비롯한 현실적 행적에 대한 타인들의 관심을 돌릴 수 있었다. 그는 소설 세계라는 위선의 세계를 통해서 '샘물'을 발견하고 싶었던 것이다. 이 점에서 그가 "망연히 대동강물만 굽어보노라면 모든 수심과 괴로움이 사라져 없어지는 것"(「문단 30년의 자취」)이라고 고백한 사실은 주목되어야 한다. 이것은 그의 자기은폐적 시선이 필연적으로 당도하게 될 귀착점이었고, 그의 '예술을 위한 예술'은 현실적 조건으로 초래되는 한계 상황을 회피할 수 있는 소설적 명분이었다. 타인에 대한 배려는 당초부터 찾아볼 수 없는 그곳은 지상의 어디에도 존재하지 않았던 탓에, 그는 '대동강 물'을 바라보며 의식상의 행복을 찾을 수밖에 없었다. 그것은 작가로서의 권위를 의도적으로 강조하여 자신의 오류를 은폐하려고 시도했던 그의 숙명이었다.

그러므로 김동인이 열망하는 소설적 이상향은 "개인과 사회의 행복스러운 결합에서 생겨난 그것이 아니라, 사치와 일락, 방탕과 향연으로 점철된 지배자의 유토피아"[18)일 뿐이다. 그곳은 예술적 성취를 위해서라면 인명조차 무시될 수 있다는 극단적 탐미주의를 최고선으로 인식한 김동인의 미의식이 만연한 곳이다. 그곳은 작가

---

17) 임형택, 「신문학운동과 민족 현실의 발견」, 『한국문학사의 시각』, 창작과비평사, 1984, 337쪽.
18) 김윤식·김현, 『한국문학사』, 민음사, 1987, 163쪽.

를 절대적 존재로 추앙하고, 비평가를 위시한 타인을 배제하는 메커니즘이 작동하는 곳이다. 그는 소설을 통해서 자존심을 훼손시킨 현실 세계의 '모든 수심과 괴로움'을 잊어버리고자 독자적인 이상향을 구축하였다. 일생 동안 이광수를 극복할 목적으로 '자기의 창조한 인생, 자기가 지배권을 가진 인생'을 부르짖으며 서사의 주도권에 집착한 그에게서 역사적 관점을 찾아내기가 힘든 것은 그 때문이다. 그는 타인을 고의적으로 포용하지 않으면서 자신의 신념을 우선시했기 때문에, 그의 과실들을 정화시켜 줄 '샘물'을 구할 수 없었던 것이다. 오로지 그는 지배적 권력을 지닌 작가의 입장에서 인물들을 '조종'하여 자신의 탐미주의적 세계에 구금하고, 우월적 권위에 복종할 것을 강권하였다. 그렇기 때문에 김동인의 소설 작품에서는 자율성을 상실한 '인형'들이 운명에 순응하면서 작가의 요구를 수행하느라 부산하다.

3. 폭력의 옹호와 왜곡

3·1독립만세운동은 사회의 전 부문에 걸쳐서 극심한 후유증을 남겼다. 그것은 운동의 성공 여부를 떠나서 당시의 사회가 안고 있는 각종 문제점들이 적나라하게 노출된 역사적 사건이었다. 1920년대에 접어들면서 작가들은 운동 후의 내상을 극복하려는 다양한 노력들을 시도하였다. 그중의 하나는 전대의 문학에서 중시했던 계몽의식을 지양하고, 근대적 자각을 지닌 개인을 발견하기에 노력했다는 점이다. 그들의 노력은 대부분 약자의 애환을 포착하는 데 집중되었다. 이 시기에 발표된 소설에 나타난 내용상의 특징을 "약자

의식을 지닌 지식인의 고뇌와 좌절을 그리고 있는 점"19)으로 요약할 수 있듯이, 운동의 여파는 작가들로 하여금 종전에 팽배하던 계몽 담론에 대하여 회의할 것을 압박하였다. 이런 사정을 고려하면, 임화가 김동인과 이광수를 비교하면서 "김동인이야말로 도덕과 정치와 전통과 환경으로부터 독립한 순수한 의미의 개성이란 것을 소설 가운데서 생각하기 시작한 사람"20)이라고 고평한 이유를 유추할 수 있다. 당시 사회의 변혁운동에 투신하고 있던 그의 입장에서는 '도덕과 정치와 전통과 환경으로부터 독립한 순수한 의미'에 방점을 찍을 수밖에 없었으리라.

그러나 임화가 말하는 '개성'이 이성적 판단에 근거한 자신의 행동을 책임지는 근대인의 자질이라면, 김동인의 처녀작 「약한 자의 슬픔」(『창조』 창간호, 1919. 2~3)에서 고아 처녀 강 엘리자베트의 개성을 찾아내기란 난망하다. 작가는 이 작품의 집필 의도를 서술하면서 "세상의 온갖 죄악은 약함에서 생기나니 사람의 성격이 강하기만 하면 세상에서 저절로 온갖 죄악이 없어진다"고 보고, 강함은 '사랑'이라고 주장하였다. 김동인은 "극도의 에고이즘이 한번 변화한 것이 참사랑"(「자기의 창조한 세계」)이라고 말하므로, 에고이즘과 사랑을 상호 교섭할 수 있는 덕목으로 파악한다. 그것은 또한 사랑이 에고이즘의 발로에 다름 아니란 사실을 수반한다. 그렇다면 김동인이 주장하는 '사랑'은 세상의 죄악을 삭제하기보다는, 개인의 도덕적 가치관에 따라 수시로 변경 가능한 덕목으로 수정되어야 한다. 강 엘리자베트가 남작의 유혹에 저항하지 않은 채,

---

19) 이주형, 「1920년대 소설에서의 지식인의 고뇌와 작품 형식」, 『한국근대소설연구』, 창작과비평사, 1995, 224쪽.

20) 임화, 「소설문학의 20년」, 『동아일보』, 1940. 4. 12; 임규찬·한진일 편, 『임화 신문학사』, 한길사, 1993, 389－390쪽.

도리어 부인에게 발각될 것을 염려하는 이중적 행태를 보이는 것이 그 예이다.

> 엘리자베트는 별로 안심이 되어 자리를 펴고 전나체로 드러누웠다.
> 몇 가지 공상이 또 머리에 왕래하다가, 그는 잠이 들었다.
> 한참 자다가, 열한시쯤, 자기를 흔드는 사람이 있는고로 그는 눈을 번쩍 떴다. 전등 아래, 의관을 한 남작이 그를 들여다보고 있었다. 엘리자베트는 갑자기 잠이 수천 리 밖에 퇴산(退散)하는 것을 깨달았다. 그는 남작의 자기를 들여다보는 눈으로 남자의 요구를 깨달았다. 하고 겨우 중얼거렸다 ─.
> "부인이 아시면?"
> '아차!'
> 그는 속으로 고함을 쳤다.
> '부인이 모르면 어찌한단 말인가?…모르면?…이것이 허락의 의미가 아닐까? 그러면 너는 그것을 싫어하느냐? 물론 싫어하지. 무엇? 싫어 해? 내 마음 속에, 허락하려는 생각이 조금도 없나 아… 허락하면 어쨌나? 그래도….'21)

방년 19세의 성숙한 처녀가 전라 상태로 침소에 드는 설정부터 불길한 사건의 발발을 예정하고 있다. 그녀는 S남작의 성욕에 자신의 그것을 편승시키려는 은밀한 욕망을 드러낸다. 그녀는 남성의 공격에 맞서 수세적 자세를 갖추기는커녕, 불륜의 발각을 염려하는 자상한 배려를 통해 남성의 욕망에 동조한다. 도저히 겁탈이라고 할 수 없는 상황을 조성한 뒤에, 한 여성의 욕망이 발현하는 과정을 관찰하는 서술자의 시선은 음험하다. 그러므로 그녀가 본래 애인이 있는 처지에서 '자기가 남작에 대하여서도 애정을 가지게 된 것을 깨달을 때에 차라리 놀랐다.'고 고백하는 것은 몰염치한 위언

---

21) 김동인, 「약한 자의 슬픔」, 『김동인전집·1』, 조선일보사, 1987, 17쪽.

이다. 이처럼 김동인은 표면상으로는 엘리자베트에게 유부남으로부터 정조를 유린당하고 유산의 슬픔을 겪는 비극적 운명을 부과하여 '약한 자의 슬픔'을 형상화하고 있으나, 내면상으로는 여성의 성적 욕망에 대한 호기심을 소설적 질문으로 은폐하고 있다. 나아가 그는 여주인공을 남성에 의한 성적 자극을 갈망하는 여성으로 폄하하여 그녀를 폭력의 이중적 피해자로 전락시킨다. 그것은 '극도의 에고이즘이 한번 변화한 것이 참사랑'이라는 비이성적인 애정관의 발로이고, 스스로 '약한 자의 슬픔'을 유희적 차원에서 파악하는 소설적 관음증의 현장이다.[22]

이처럼 김동인의 소설에 등장하는 여성들은 대부분 물리적, 성적 곤경에 처해 있다. 그의 "단편소설 75편 중 폭력적 죽음에의 작품은 28여편"[23]일 정도로 관심을 기울인 폭력사태들은 남성 우위의 가치관과 함께 성적 매개항을 통해 전개된다. 그의 소설 「감자」(『조선문단』, 1925. 1)의 주인공 복녀의 인생은 열다섯 살의 나이로 홀아비에게 팔려 시집가게 되면서부터 굴절되기 시작한다. 그녀는 게으른 남편 때문에 급기야 '싸움, 간통, 살인, 도적, 구걸, 징역, 이 세상의 모든 비극과 활극의 출원지'인 칠성문 밖의 빈민굴로 들어

---

22) 그의 왜곡된 시선은 탄실 김명순의 비극적 삶을 소설화한 「김연실전」(『문장』, 1939. 3)에서도 확인가능하다. 한때 그녀를 가리켜 "여류로서 어떤 레벨까지 올라갔던 유일인"(「적막한 예원」)이라고 칭찬했던 그가 동인지 발간상의 필요성 때문에 그녀의 '남자'였던 임노월과 김찬영을 영입하면서 그녀와의 관계를 청산하고, 동향의 여성이 처한 상황을 알고 있었으면서도 감당하기 힘든 언어폭력을 구사하였다. 이처럼 사회적 약자를 향해 폭력을 행사하는 김동인의 행동은 고아 출신 이광수에게 향했던 적의와 상통한다. 그는 재정적 우위를 내세워 동향의 '남자'친구들을 경제적 우산하에 동인으로 범주화하였으나, 이광수처럼 고아 출신 작가에게는 동일 수준으로 시혜하지 않았다. 그와 동일하게 그는 자신의 출생 신분과 유사한 '여자'에게는 폭력을 가하는 이중적 시선을 지니고 있었던 것이다. ― 이에 대해서는 최명표, 「소문으로 구성된 김명순의 삶과 문학」, 『현대문학이론연구』 제30집, 현대문학이론학회, 2007. 4, 221 ― 245쪽 참조.

23) 장백일, 『김동인문학연구』, 문학예술사, 1985, 224쪽.

가게 된다. 복녀는 성문 밖에서 기구한 생을 살면서도 '가난은 하나마 정직한 농가에서 규칙 있게 자라난 처녀'답게 성실한 자세를 잃지 않는다. 그러다가 감독관의 유혹을 받아들이면서 '일 안하고 공전 많이 받는 인부'가 되어 물질적 빈곤과 육체적 노동으로부터 해방된다. 복녀의 행동은 "위계적 원칙이 풍습을 지배할 때 가장 낮은 사회적 지위에 있는 사람들은 극단적인 경우 오로지 육체만을 지닌 존재"[24]로 전락해 버린다는 사실을 확인시켜 준다.

> "우리 집에 가."
> 왕 서방은 이렇게 말하였다.
> "가재믄 가디 뭔, 것두 못 갈까."
> 복녀는 엉덩이를 한 번 홱 두른 뒤에, 머리를 젖히고 바구니를 저으면서 왕 서방을 따라갔다.
> 한 시간쯤 뒤에 그는 왕 서방의 집에서 나왔다. 그가 밭고랑에서 길로 들어서려 할 때에 문득 뒤에서 누가 그를 찾았다.
> "복네 아니야?"
> 복녀는 홱 돌아서면서 보매 거기는 자기 곁집 여편네가 바구니를 들고, 어두운 밭고랑을 더듬더듬 나오고 있었다.
> "형님이댔쉐까? 형님두 들어갔댔쉐까?"
> "님자두 들어갔댔나?"
> "형님은 뉘 집에?"
> "나? 육 서방네 집에. 님자는?"
> "난 왕 서방네! 형님 얼마나 받았소?"
> "육 서방네 그 깍쟁이 놈, 배츠 세 페기……."
> "난 삼 원 받았디."
> 복녀는 자랑스러운 듯이 대답하였다.
> 십분 뒤에 그는 자기 남편과, 그 앞에 돈 삼 원을 내어놓은 뒤에, 아까

---

24) Robert Legros, 「근대적 인간의 탄생」, Tzvetan Todorov 외, 『개인의 탄생』, 기파랑, 2006, 124쪽.

그 왕 서방의 이야기를 하면서 웃고 있었다.[25]

복녀는 스토리 외적 화자에 의해 삽화를 중심으로 전개되는 이 작품에서 '농민의 딸 - 영감에게 팔려 시집 - 막간살이 - 거러지 - 매음녀 - 죽음'으로 연속되는 비극적 생을 산 인물이다. 그녀는 '도덕이라는 것에 대한 저품을 가지고' 있었으므로, 막벌이와 행랑살이를 거쳐 빈민굴에서 생활하는 동안에도 송충이 잡이에 참가하는 등 성실한 자세를 잃지 않았다. 하지만 현실적 가난을 해결하기 위한 수단으로 감독관에게 육체를 제공한 뒤에는 성적 욕망을 충족시키기 위해 망설이지 않고 통정한다. 복녀는 그 후에 후회하거나 반성하기는커녕, 오히려 '긴장된 유쾌'를 느끼면서 육체의 교환 기회를 확대하면서 화대를 화제로 다른 여성과 대화하기를 부끄러워하지 않는다. 나아가 자신의 육체를 이용하여 호구하는 남편의 부도덕 행위도 비난하지 않고 농담을 나눈다. 그녀의 모습을 보노라면, 현실적 생의 곤궁 상태를 벗어나려는 일말의 시도조차 찾아볼수 없다. 내외에게 성은 물질적 궁핍상과 교환 가능한 기표일 뿐인 것이다. 보통사람들에게서 나타나는 "불안해하는 경향은 아마도 반사적인 것이라기보다는 우리가 도덕적 원칙을 인정하기 때문에 생겨나는 것"[26]이라면, 복녀는 '도덕적 원칙'을 불인정하거나 미처 인식하지 못하는 인물이다. 그것은 김동인에게서 산견되는 '도도한 인간 경멸의 사상'이 복녀에게 인격화된 결과이다.

그는 이와 같이 '약한 자'를 무시하면서 여성에 대한 남성의 우월의식을 노골화한다. 이 작품에서도 복녀는 원래 '딴 농민보다는

25) 김동인, 「감자」, 『김동인전집 · 1』, 조선일보사, 1987, 352쪽.
26) Georges Bataille, 최윤정 역, 『문학과 악』, 민음사, 1995, 72쪽.

좀 똑똑하고 엄한 가율(家律)' 속에서 자랐지만, 다른 여인들처럼 외간 남자와 육체관계를 맺고 나서 '처음으로 한 개 사람이 된 것 같은 자신'을 발견하게 된다. 김동인은 여성인물로 하여금 "성과 관련된 경험을 표현하는 이야기들은 성적 존재에게 자신을 해독하고 인식할 계기를 부여하며 스스로를 욕망의 주체라고 고백하도록"[27] '조종'하는 것이다. 복녀는 은연중에 남작의 유혹을 갈망하는 강 엘리자베트처럼, 작가에 의해 '스스로를 욕망의 주체'인 양 고백하는 '인형'인 셈이다. 그것을 드러내기 위해서 작가는 환경과 타협하는 복녀의 경망한 행실을 강조하면서도, 상대적으로 남성의 야비한 폭력성을 생략하였다. 그 배면에는 여성의 윤리의식은 문제 장면에 따라 수정 가능하다는 작가의 위선적인 여성관이 은폐되어 있다. 김동인의 작품들은 대부분 폭력적 상황을 배경으로 서사가 진행된다는 점에서 식민지적 모순을 담보하는 듯하지만, 그것이 사회적 국면으로 표출되지 않고 등장인물의 행동반경을 제어하는 데 그치고 있어서 개인적이다. 곧 그는 폭력의 외향적 행사에 무관심한 대신에, 인물을 '조종'하기에 알맞은 소도구로 폭력을 마련하고 있을 뿐이다. 이것이야말로 김동인의 작품에서 폭력이 함의하고 있는 '극도의 에고이즘'이며 '약한 자의 슬픔'이다.

---

27) 송기섭, 「김동인 소설과 성적 존재」, 『한국문학이론과 비평』 제40집, 한국문학이론과 비평 학회, 2008. 9, 332쪽.

Ⅲ. 결 론

위에서 살펴본 것과 같이, 김동인 소설의 특징은 '배제와 위선의 시학'이나. 그의 이른바 '인형조종술'은 작가의 우월적 지위에 입각하여 서사의 주도권을 확보하고, 인물들에게 작가의 허용 범위 내에서 행동하도록 압력하기 위한 폭력적 수단이었다. 그의 태도는 그의 작품에서 예술을 위해서라면 비윤리적 행위조차 용납되어야 한다는 극단적 주장으로 확대되기도 했다. 그는 배제적인 시학적 장치들을 작동하여 작가로서의 신념을 드러내면서 미적 성취를 획득하였다. 이 점을 간과하게 되면, 그가 액자형 서술방식과 고백체를 도입하여 배제의 시선을 작동한 장면을 포착하기 힘들다. 그는 전자를 통해서 액자의 틀에 소용되지 않는 요소들을 외면하여 서술자의 개입을 허락하였고, 후자를 통해서 인물의 내면을 파악할 수 있었다. 양자는 그의 현실세계에 대한 위선적 시각을 확보하는 데 기여하였다. 그것들은 작가의 권위를 정당화하는 수단이었고, 허구적 세계에서 자행된 폭력을 옹호할 수 있는 기반이었다.

김동인은 폭력을 본격적으로 소설에 수용한 작가이다. 그의 작품에서 검출되는 폭력사태의 양상들은 인간관계의 파국을 초래하거나, 여성에 대한 남성의 완력이 연루되어 있다. 이런 모습은 그가 물질적으로 유족한 가정환경에서 부모의 익애 속에 습득한 학습경험들이 축적된 결과이다. 그의 독선적인 성격은 타인의 공적에 대한 승인조차 훼방하였다. 그가 평생 동안 이광수에게 애증을 표출한 것이나, 작품 속의 여성들에게 감당하기 힘든 상황을 제시하며 '약한 자의 슬픔'을 드러내도록 강요한 것이 그 증거이다. 그의 작품에서 약자들은 항시 고통 속에서도 허구적 현실에 복종하거나 비극적 종말을 맞는 것은, 작가 우위론에 기초하여 인물을 '인형'으로 파악한 소설적 신념의 귀결이었다. 이 사실들을 고려해 보면, 김동인의 소년소설은 철저히 작가 본위의 서술 행위에 종속되어 있다.

참고문헌

〈기본 자료〉

김동인, 『김동인전집·1』, 조선일보사, 1987.
김동인, 『김동인전집·2』, 조선일보사, 1988.
김동인, 『김동인전집·3』, 조선일보사, 1988.
김동인, 『김동인전집·16』, 조선일보사, 1988.
김동인, 「무지개」, 최명표 편, 『멀리 간 동무』, 홍진P&M, 2007.

〈단행본 및 논문〉

김영민, 『한국문학비평논쟁사』, 한길사, 1994.
김용재, 『한국 소설의 서사론적 탐구』, 평민사, 1993.
김윤식, 『김동인연구』, 민음사, 1987.
김윤식, 『한국근대소설사연구』, 을유문화사, 1991.
김윤식·김현, 『한국문학사』, 민음사, 1987.
송기섭, 「김동인 소설과 성적 존재」, 『한국문학이론과 비평』 제40집, 한국문학이론과 비평학회, 2008. 9.
유기룡, 『한국현대소설작품연구』, 삼영사, 1989.
이동하, 「자존과 시대고 – 김동인론」, 김용성·우한용 편, 『한국근대작

　　　가연구』, 삼지원, 1987.

이재선, 『한국단편소설연구』, 일조각, 1986.

이주형, 『한국근대소설연구』, 창작과비평사, 1995.

임형택, 『한국문학사의 시각』, 창작과비평사, 1984.

임　화, 「소설문학의 20년」, 『동아일보』, 1940. 4. 12: 임규찬·한진일 편, 『임화 신문학사』, 한길사, 1993.

장백일, 『김동인문학연구』, 문학예술사, 1985.

장양수, 『한국예술가소설론고』, 한울, 1998.

조정래, 『소설과 서술』, 새문사, 1995.

최명표, 「소문으로 구성된 김명순의 삶과 문학」, 『현대문학이론연구』 제30집, 현대문학이론학회, 2007. 4.

Georges Bataille, 최윤정 역, 『문학과 악』, 민음사, 1995.

Robert Legros, 「근대적 인간의 탄생」, Tzvetan Todorov 외, 『개인의 탄생』, 기파랑, 2006.

기억의 서사화와 상징화한 기억

- 이미륵론

기억의 서사화와 상징화한 기억

— 이미륵론

Ⅰ. 서 론

근자에 이르러 경제 성장에 힘입어 그동안 외면하거나 소홀히 취급했던 재외 한국인들에게 관심을 기울이는 현상이 증가하고 있다. 사회의 전반적인 추세에 따라 재외 한국인들의 문학적 성과에 관한 연구도 활발하게 이루어지고 있어서 고무적이다. 각종 학회에서는 재외 한국인들의 작품들을 조명한 연구 성과들이 집중적으로 제출되고 있으며, 학술 진흥 단체에서는 소위 '이산(diaspora)'과 관련된 연구 주제를 지원하는 데 인색하지 않다. 그 결과 일본을 위시하여 중국, 미국, 러시아, 독립국가연합 등의 문학적 성취물에 대한 연구물들이 활발하게 제출되고 있다. 그에 비해 독일의 이미륵이나 프랑스의 서영해 등에 관한 연구물은 상대적으로 영성한 실정이다. 물론 작가의 수효나 작품량의 과소를 수긍할 수 없는 바는 아니나, 특정 지역을 중심으로 진행되는 작금의 연구 분위기는 재고할 만하다. 재외 한국인 작가들의 문학적 업적을 한국문학의 범주에 수용하고자 한다면, 그들의 거주 지역이나 연구상의 편의를 고려하기보다는 보편적인 척도에 의해 접근되어야 공정성을 도모할 수 있을 것이다.

이미륵(1899~1950)의 본명은 의경이며, 미륵은 아명이다. 그는 경성의전에 재학 중 발발한 3·1독립만세운동에 가담했다가, 일제의 감시망을 피해 1920년 중국으로 탈출하였다. 중국에서 9개월간 체류하는 동안에 그는 대한민국임시정부 산하의 청년단원으로 활동하였다. 그는 안중근 의사의 친척 안봉근과 함께 망국민의 신분으로 중국 여권을 소지하고 독일로 망명하였다. 그는 독일에 도착한 뒤에도 조국의 독립운동에 열성적이었는데, 1927년 벨기에에서 개최된 '세계약소민족해방운동'에 한국 대표로 참가하여 독립을 호소하며 전단을 배포하기도 했다. 이러한 전기적 사실은 그가 1928년 뮌헨대학교에서 동물학박사 학위를 받은 뒤에 『초당(The Grass Roof)』(1931)의 작가 강용흘과의 만남을 계기로 글쓰기에 진력하게 된 사정을 시사한다. 조국과 멀리 떨어진 유럽에 홀로 남은 그는 독립을 앞당길 수 있는 방안의 하나로 소설 창작을 결심한 것이다. 또한 자연과학을 전공하여 세속적으로 안락한 생활을 영위할 수 있었음에도 불구하고, 정신적 가치를 우선시한 그의 신념도 소설가로 입신하게 된 배후 요인이었다. 독일에 거주하는 동안에 그는 장편소설 『압록강은 흐른다』를 비롯하여 여러 편의 소설과 에세이를 발표하였는데, 그의 문학작품들은 독일의 교과서에 수록될 정도로 독일인들에게 커다란 반향을 일으켰다. 이처럼 그의 공적은 "독문 작품들을 통해서 한국(동양) 사상 및 문화를 서구에 전도한 점"[1]에서 찾아볼 수 있다.

이미륵의 소설들은 "한 소년의 성장 과정을 통하여 휴머니티의

---

1) 정규화, 「이미륵의 생애와 작품」, 『이야기』 해설, 범우사, 2000, 205쪽.

이상을 추구하고 인격의 완성을 주제화"[2]하는 특징을 지니고 있어서 소년소설의 범주에서 접근해도 무방하다. 이에 본고에서는 이미륵의 소설세계를 '기억'의 관점에서 분석하고자 한다. 그의 문학 작품들은 대부분의 이민 1세대 작가들에게서 검출되는 문화적 충격과 정체성의 혼란보다는, 일관되게 고향에 대한 향수를 형상화하고 있다. 곧 독일에 거주하는 동안에 겪었을 법한 이질적 문화 체험이나 정신적 방황 등은 찾아볼 수 없다. 또한 그의 작품에 삼투된 향수도 장기간의 외국 생활에서 야기된 것이라기보다는, 철저하게 어린 시절의 고향에 대한 '기억'을 회상하는 데 필요한 매개항으로 기능한다. 이런 점에서 그의 소설작품에 구조화된 '기억'의 의미를 탐색할 필요성이 대두된다.

Ⅱ. 기억의 서사적 재현 양상

1. 자서전적 글쓰기로서의 기억

소설은 경험의 서술이고, 작가는 자신의 경험을 문자적으로 기억하는 부류이다. 기억은 1인칭 서술이다. 1인칭은 '나'의 경험을 서술하는 구조적 특성을 지니고 있어서 불가피하게 '나'의 주체 분리 과정을 겪는다. 그것은 곧 '나'의 정체성을 탐색하는 과정이다. 경험 자아(서술되는 '나')와 서술 자아(서술하는 '나')의 간극은 작가

---

2) 최윤영, 『한국문화를 쓴다 – 강용흘의 『초당』과 이미륵의 『압록강은 흐른다』 비교 연구』, 서울대출판부, 2006, 108쪽.

의 정체성이 드러나는 공간이다. 이런 면을 주목하면, 재외 한국인들의 문학작품들에서 두루 발견되는 자서전적 요소를 간과할 수 없다. 그들에게 조국은 기억의 공간이며, 유년 시절의 추억을 상기시켜 주는 매개항이다. 그들은 고국을 회상하는 과정을 통해 민족 구성원으로서의 정체성을 획득하고, 자신의 문학 행위를 합리화한다. 소설적 구성 장치로서 회상 형식은 이야기를 질서화하고, 작가로 하여금 정체성을 형성하도록 도와주는 구실을 수행하는 것이다. 정체성은 연속성 위에서만 확보될 수 있으므로, 그들은 자신의 존재에 대한 끊임없는 질의로 실존적 의미를 재생산한다. 그들의 문학작품들이 자서전적 성격을 지닐 수밖에 없는 이유이다. 자서전은 "한 실제 인물이 자기 자신의 존재를 소재로 하여 개인적 삶, 특히 자신의 인성의 역사를 중점적으로 이야기한, 산문으로 쓰인 과거 회상형의 이야기"[3]이다. 따라서 자서전에는 작가의 경험이 회상의 형식으로 드러나게 된다. 그와 유사한 자서전적 소설은 자서전의 진실성을 담보하면서 작가의 허구를 가미한 것이다. 이 양식의 장점은 소설의 리얼리티를 우선적으로 확보하면서, 작가의 주제의식을 효과적으로 전달할 수 있다는 점에 있다.

이미륵의 소설들도 예외 없이 자서전적 양상을 보인다. 그의 『압록강은 흐른다』(1946)는 '수암'으로부터 '목적지로'까지, 한 소년의 성장 과정을 촘촘하게 그린 작품이다. 1930년대 중반부터 10여 년 간에 걸쳐서 집필된 이 장편소설에서 그는 시종일관 차분한 어조로 식민 조국의 추억과 실상, 조국의 탈출 전후를 담담하게 서술하고 있다. 작품의 집필과 출판 연도 사이에는 제2차 세계대전이 자리하고 있는 바, 이 점은 그의 소설을 읽는 도중에 시대적 맥락을

---

3) Philippe Lejeune, 윤진 역, 『지서전의 규약』, 문학과지성사, 1998, 17쪽.

끊임없이 의식하도록 작동한다. 이미륵의 신분이 독일과 추축국이었던 일제에 의해 점령된 식민지인이라는 사실이야말로, 그의 소설이 전쟁의 영향권으로부터 자유로울 수 없는 주요 요인이다. 전쟁은 그의 소설에서 직접적으로 문제시되지는 않았으나, 작품의 생산과 유통 과정에 보이지 않게 관여하고 있다. 이 점은 그의 소설들이 철저하게 비독일적이고 전혀 한국적인, 무현재적이고 전적으로 과거적인 내용으로 일관하게 된 외적 요인이다. 이러한 작법은 이미륵이 '생략의 글쓰기(elliptic writing)'를 통해 말할 수 없는 사정에 대해 침묵으로 말하는 태도를 증거하는 동시에 '대위법적 독해'를 요구한다. 이것은 그의 소설세계로 진입하기 위한 전제조건이다.

그 배경적 요인으로는 두 가지를 들 수 있다. 하나는 불분명한 그의 신분으로, 그는 망국민인 동시에 중국이라는 외국의 여권을 소지한 이중적 외국인이었다. 당시 독일의 입장에서는 중국이나 멸망한 대한제국이나 동일하게 강대국의 점령 대상에 불과했다. 그는 독일 국민들에게 동정의 대상이었을 뿐, 정당하게 교류할 만한 상대가 못 되었던 것이다. 다른 하나는 그가 독일과 군사적으로 동맹국이었던 일제에 대항하여 정치적으로 망명한 독립운동가라는 사실이다. 그가 왕성하게 작품을 집필하던 당시에 독일을 통치하던 히틀러는 '위대한 게르만제국'을 건설하기 위해 군비를 확장하고, 국민들의 사상 통제를 실시하고 있었다. 히틀러는 "거지와 부랑인들의 보호수용이라든지, 반사회적 분자들을 집단적으로 수용해서 관리하는 '예방적' 보호 감독 등, '내부의 적들'에 대한 조치로 대중적 지지"[4]를 얻고 있었다. 그런 전시 상황에서 외국인 신분의 그로서는 재독 생활의 이모저모를 자유롭게 소재화할 수 없었을 것

4) Josep Fontana, 김원중 역, 『거울에 비친 유럽』, 새물결, 2005, 277쪽.

이다. 그는 이러한 신분상의 한계를 명확히 인식하고 있었던 것으로 보인다. 그가 이 작품의 원고를 출판사에 보내며 부기한 아래의 서신에서 그의 신중하면서도 단호한 태도를 추측할 수 있다.

> 나의 소설을 당신도 읽으면 알게 되겠지만, 나의 소년 시절에 체험한 일들을 소박하게 그려내 보인 것에 지나지 않습니다. 나는 이러한 체험담을 서술하는데 장애가 되는 모든 설명과 묘사는 피했습니다. 동시에 동양인의 내면세계에 적합하지 아니한 세계적인 사건들은 비교적 조심성있게 다루었습니다. 있는 그대로를 순수하게 그려냄으로써 한 동양인의 정신세계를 제시하려고 시도했습니다. 이것은 나에게 아주 친근한 것으로, 바로 나 자신의 것입니다.(1944년 3월 26일)[5]

이와 같이 이미륵은 동양인의 한계를 명료하게 인식하고 있었다. 그는 오리엔탈리즘에 입각한 독일인들의 시선을 인지하고, 그것을 교정하기 위한 전 단계로 '동양인의 내면세계에 적합하지 아니한 세계적인 사건들은 비교적 조심성있게' 다루었다. 그는 이러한 서술 태도가 자신에게 친근한 것이라고 변명하면서도, 그것이 '나 자신'이라고 선언하고 있다. 낯선 이국의 독자들에게 첫 선을 보이는 작품집과 '나'를 동렬에 위치시킨 그의 발언은 독일의 우방이었던 일제의 침략 논리를 비판할 목적으로 의도된 것이다. 그는 소설에서 일제의 침탈이 자행되기 이전의 한국 문화가 지닌 우월성을 '나 자신'의 자존심과 동일시하여 진실성을 담보하고 일제의 폭력성을 고발하는 동시에, 독일인들에게는 식민지로 폄하된 한국에 대한 인식의 전환을 요구한 것이다. 그는 '체험담을 서술하는 데 장애가

---

5) 정규화, 앞의 글, 209쪽에서 재인용. 아울러 본고에서 인용하는 텍스트는 정규화가 번역한 『압록강은 흐른다 (외)』(범우사, 2006)와 『이야기』(범우사, 2000)이다. 앞으로 인용 시에는 작품집명과 쪽수만 표기하기로 한다.

되는 모든 설명과 묘사는 피해가는 방법'으로 주관성을 지양할 수 있었고, 독자들에게 한국적 상황의 정확한 실체를 제시할 수 있었다. 이런 이유로 이 작품은 작가가 의도적으로 쓰지 않은 부분을 찾아서 재구성하는 등, 독자의 주체적이고 세심한 독법을 요구한다.

> 이 날 아침에 나는 저 먼 고향에서 온 첫 소식을 받았다. 큰누님이 쓴 편지였다. 지난 가을에 어머님이 며칠 앓으시다가 세상을 떠나셨다는 사연이었다.(『압록강은 흐른다』, 『압록강은 흐른다 (외)』, 176쪽)

작품의 끝 문장이다. 이미륵은 고도로 압축된 문장을 선호하여 상황의 서술에 필수적인 일체의 설명조차 삭제한다. 앞의 예문에서 볼 수 있듯이, 그는 이역만리의 고향에 있는 누나로부터 첫 편지를 받게 된 설레는 감정이나, 어머니의 임종으로 인한 상심은 전혀 노출하지 않는다. 그 이유는 개인적 감정을 절제하는 데 익숙한 그의 성격 탓이기도 하겠지만, 그것보다는 정치적 동기를 지적하는 편이 타당하다. 그는 정치적 탄압을 피해 외국으로 망명한 처지였기에, 자신의 신분을 전면에 노출하기 어려웠다. 또한 문학적 견지에서 보더라도, 정치적 신념을 표출하게 되면 소설적 성과가 반감되면서 인륜을 훼손시킨 일제의 야만성이 후순위로 밀려날 염려가 있었다. 이에 그는 정치적 조건들을 사상하고, 철저하게 인간적 가치를 지향하는 소설적 복선을 장치함으로써, 소기의 성과를 거양하면서 전쟁의 비인간성을 고발하는 효과를 획득하게 되었다. 그렇다고 해서 이미륵이 정치적 주장을 철회한 것은 아니었다. 아래의 인용문에서 확인할 수 있듯이, 그는 고도의 서술 전략을 발휘하여 일제의 만행을 지속적으로 폭로하고 있다.

"그렇게 역사 깊은 문화국을 식민지화하다니!"라고 생각하는 사람들도 있을 것이다. 테라우치는 물론 이러한 의심을 갖고 있는 사람들의 말을 여러 차례 들었다. 동경에는 사실상 이런 생각을 갖고 있는 사람이 상당히 많았던 것이다. 왜냐하면 한국은 예술과 종교의 숭고한 발상지로, 이러한 문화가 일본으로 건너갔다는 것을 그들은 너무나 잘 알고 있었기 때문이다. 만약 이 이상주의자들이 한국의 현실정을 목격할 수 있다면 얼마나 좋을까! 국민의 대부분이 불결하고 가난하게 살고 있으며, 왕가라는 것은 사욕을 채우고 치부만을 생각하는 배반자, 매수자, 환관, 궁녀, 무당들이 모여드는 수용소가 돼버리지 않았는가! 이렇게 몰락해가는 나라에 대해서 사람들이 도대체 존경심을 가질 수 있을까? 일본이 유럽의 문명을 도입, 현대식으로 무장된 나라로서 강화되어 한국을 지배했다는 사실이 한국을 위해서는 차라리 좋은 일이 아닐까?(「실종자」, 『압록강은 흐른다 (외)』, 231쪽)

　　이미륵의 문체는 이처럼 교묘하다. 소설이라는 사회적 제도를 차용하여 자신의 전언을 효율적으로 전달하는 한편, 그로 인한 면책 사유를 소설의 허구적 성격에 귀속시켜 버리는 그의 기교는 차라리 노회하다. 그는 전기로서의 자서전과 문학적 허구물로서의 소설이 지닌 특성을 아우를 수 있는 자서전적 소설 양식을 통해 자신의 성장기와 학창 시절을 손상시킨 일제의 침략상을 고발하고 있다. 그는 외형상 일제가 주장하는 소위 '식민지 근대화론'을 수긍하는 척하지만, 실은 한국이야말로 '역사 깊은 문화국'이자 '예술과 종교의 숭고한 발상지'라는 역사적 사실을 내세워서 일제의 외교적 수사를 반박하고 있다. 그는 멸망한 조국에 대한 감정을 전혀 내색하지 않으면서도, 일제의 침략 논리에 은폐된 추악한 이면을 폭로하는 효과를 거둔 것이다. 아울러 그는 '일본이 유럽의 문명을 도입, 현대식으로 무장된 나라로서 강화되어 한국을 지배했다는 사실'을 표나게 언급함으로써, 일제의 한국 침탈을 묵인한 유럽 열강의 책임을 은근하게 부연하고 있다. 그것은 무조건적으로 유럽을 동경했던 자신의 성향에 대한 반성이기도 하고, 독일에 거주하는 동안에 유럽 담론의 실체를 정확히 파악하게 된 결과이기도 하다. 그는 이후로 독일의 지식인들과 히틀러를 비판하면서 보편적 가치를 지닌 교양 있는 세계인으로 살아갈 것을 결심하게 된다.

인간의 경험은 언어를 통해 서술된다. 따라서 "언어와 기억은 개인적 회상의 차원에서나 집합적 경험의 제도화의 차원에서나 본질적으로 연결되어 있다"[6]는 사실은 반복적으로 확인되어야 한다. 언어는 한 인간의 시간과 공간을 증언하며, 자서전적 요소를 중시하는 작가는 언어의 이러한 특성에 주목하여 경험을 형상화하게 된다. 이미륵은 자신을 이야기하는 과정을 통해서 식민지 이전의 경험들을 회상한다. 그의 기억은 주로 유년기의 고향에 국한되어 있는데, 유년 시절이야말로 자신과 이웃들의 경험을 공유하기에 적합한 시간이었다. 아울러 소설 속의 시간이 한국에서의 어린 시절에 집중되어 있는 것은, 작가가 그곳에서의 경험들이 언어로 기억할 만한 가치가 있다고 판단했기 때문이다. 가치란 주체의 의지에 의해 선택되고 폐기된다. 그가 선별한 경험에 가치를 부여하여 언어로 진술한 것이 자서전적 소설이다. 따라서 그가 유년기 체험을 각별하게 반복적으로 서술하는 것은, 그의 기억이 그 시절의 공간과 결부되어 튼튼하게 각인되어 있기 때문이다.

---

6) Anthony Giddens, 권기돈 역, 『현대성과 자아정체성』, 새물결, 2001, 69쪽.

2. 기억의 공간 심상

인간은 '여행하는 동물(Homo Viator)'이다. 한 인간의 성장 과정에서 공간이 차지하는 비중은 실로 막대하다. 그는 태어나서 죽을 때까지 공간 속에서 이동하고 정착하기를 그치지 않는다. 그의 생은 절대적으로 공간적 배경하에 형성되며, 그 점에서 공간은 역동적 표지이다. 공간에 비해, 장소는 정지된 표지이다. 장소의 속성은 "인간의 모든 의식과 경험으로 구성된 의도적 구조에 통합된다"[7]는 점에서, 인간의 의식현상을 검출하기에 제격이다. 장소는 단순한 물리적 공간이 아니라, 작가에게 어린 시절의 체험을 회상시켜 주는 가치 지향적 공간이다. 그는 이 장소에서 '나'의 모습을 반추하면서, 시제상의 도움을 빌려 과거의 모습을 회상할 수 있다. 회상이야말로 주체의 공간 기억을 재생하는 서술 형식인 셈이다. 그런 까닭에 그가 장소에 집착할수록 장소감은 강화되고, 장소의 기억 가능성이 배가되는 것은 당연하다.

그리스신화에서 기억의 여신 므네모시네(Mnemosyne)는 뮤즈의 어머니이다. 두 여신의 혈연관계로 미루건대, 그리스인들은 기억을 소리와 관련지어 파악한 듯하다. 그것은 시인이라는 어휘가 자갈 위를 흘러가는 물소리를 나타내는 아람어로부터 유래했다는 어원적 사실과 함께, 파동이 기억의 보존에 영향을 미친 것으로 짐작할 수 있다. 모름지기 시인이 되기 위해서는 주위의 소리를 세심하게 경청하고, 주변의 사태들을 기억하는 노력을 기울여야 하는 것이다. 작가가 세계의 소리에 관심을 표명하는 그 순간, 기억은 "경험 자체를 담아 두는 것이라기보다 그에 대한 기록"[8]이 된다. 기억은

---

7) Edward Relph, 김덕현 외 역, 『장소와 장소 상실』, 논형, 2005, 103쪽.

소리를 통해 기록되어 이질적 공간에 위치한 청자들을 동질적인 표상으로 인도한다. 소리를 매개로 구성원들은 상호간의 친밀성을 인식하게 되고, 집단적 정서의 보존을 위해 감각적 경험을 기억하려고 노력한다. 이때 공간은 기억의 배경으로 작용하여 기억을 저장하는 장소가 된다.

> 눈이 깊이 쌓이면 쌓일수록, 밤이 조용해지면 조용할수록 낭독은 더욱 더 감동적으로 고조되어 갔다. 따라서 사람들은 멀리에서도 이야기의 주인공이 얼마나 어려운 처지에 빠져들고 있는가를 짐작할 수 있었다. 나는 종종 이런 집 앞에 서서 귀를 기울였다. 그것은 소설의 줄거리가 어떻게 전개되는가를 알기 위해서가 아니라, 우리나라에 평화가 깃들여 있던 때의 걱정없는 내 어린 시절을 회상시키는 그 목소리를 들어보기 위해서였다.(『압록강은 흐른다』, 『압록강은 흐른다 (외)』, 106쪽)

소설 작품에서 기억은 공간과 결부되어 재현된다. 이미륵은 유년 시절의 '평화'를 되살리기 위해 이국의 한 가정에서 들려오는 동화 읽는 소리를 경청한다. 그의 청문은 한국과 독일의 이질적 공간을 동질화하고, 현재와 과거를 시제상으로 일치시킨다. 그렇지만 그의 노력은 고향에 대한 애절한 그리움이 초래한 일시적인 동일시 감정일 뿐, 현재 겪고 있는 향수병을 대체하지 못한다. 도리어 그가 낭독음을 듣기 위해 남의 집에 근접할수록 향수의 심도는 깊어지고, 시간은 유년기를 향해 거슬러간다. 그에게 유년기는 원시적 질서가 온전히 보존되어 있는 태고의 시간이다. 그곳은 원체험으로 기억되는 공간으로서, 그의 현재적 시간 개념을 무화시킨다. 그의 시간이 그곳으로 향하는 것은 근원으로 회귀하고 싶은 내밀한 욕망의 움직임

---

8) Douwe Drraisma, 정준형 역, 『기억의 메타포』, 에코리브로, 2006, 80쪽.

을 따른 것이다. 그가 유년기의 추억이 존치된 "그곳으로 돌아간다고 하는 것은 시간을 재생시키는 것이고, 다시 시간이 전개되므로 인해서 접촉을 갖게 되는 것은 오히려 '원초적 시간', '최초로 일어난' 사건의 시간"[9]으로 귀환하는 것이다. 그러므로 그의 소설쓰기는 "걱정 없는 내 어린 시절을 회상시키는 그 목소리를 들어보기 위한 주체적 욕망의 발현이고, 기억의 문자적 재현에 다름 아니다"

이미륵의 실제 공간은 '고향 – 경성 – 고향 – 중국 – 독일' 순으로 변모하는 양상을 보인다. 그의 공간은 현실적 삶의 궤적을 따라가며 이동하였다. 당시의 시대 상황에 따라 비교적 단순하게 지속되는 그의 공간 이동은 고향으로 회귀하지 못한 생의 비극성을 증표한다. 무릇 한 인간의 생애는 '고향 – 출향 – 고향'의 순환적 구조를 이루는 것이 일반적인데, 그는 망명자로서 환국하지 않은 채 생을 마감하였다. 그가 무슨 이유로 귀국하지 않았는지 밝혀진 바 없으나, 설령 귀국한다고 해도 사회주의를 표방하는 북녘의 고향으로 돌아갈 수 없는 그에게 귀국은 서둘러 결행할 수 없는 과제였는지 모른다. 그는 해방 후에도 고향에 대한 그리움을 지속적으로 표현하면서 고국의 전통문화를 독일에 소개하는 작업에 몰두하였다. 일제에 의해 고향을 떠났던 그에게 남북 분단은 귀향을 방해하는 장애물이었으므로, 고향으로의 복귀를 실현되지 못한 그의 작품에서 공간의식이 특정 장소에 정지해 있는 것은 이상하지 않다. 이런 점으로 미루건대, 이미륵의 공간의식은 독일에 체류하는 기간에 전혀 변하지 않았다.

한 인간의 공간의식이 불변한 사실은 그곳의 공간적 중요성과 함께 현재적 공간에 대한 욕구 불만을 반영한다. 이미륵의 독일 생

---

9) Michael Picard, 조종권 역, 『문학 속의 시간』, 부산대출판부, 1998, 151쪽.

활은 친구와 동료들의 도움으로 물질적 어려움은 없었다. 그렇지만 그들의 후박한 우정이 그의 뇌리에 각인된 고향의 원형을 대체하기에는 역부족이었다. 그의 회향 의지는 여전했으나, 외군의 주둔으로 원래의 상태를 잃어버린 고향은 더 이상 의미 있는 곳이 아니었다. 그의 소설 속에서 고향의 모습이 유년기의 체험 공간으로 되풀이 제시되는 현상이야말로, 고향에 대한 그의 기대 욕구를 반영하고 있다. 그의 소설적 공간은 고향에 고정되어 특정한 장소로 전환한다. 타국에서 생활방식이 전혀 다른 사람들과 어울려 살았던 그에게 고향은 우주적 평화의 공간일 터이다. 그곳은 훼손되기 이전의 주자학적 질서가 지배하는 공간으로, 타국에서의 신산스러운 삶을 위무하는 심리적 요소이다. 그에게 "장소의 이미지는 안정과 영속의 이미지"[10]로 작용하여 현실에서 직면하는 여러 가지 문제 사태를 이완시키는 역할을 감당하는 것이다. 그가 작품 속의 특정 공간을 통해 심리적 갈등을 완화한다는 점에서, 장소는 정서적 완충지대이기도 하다. 이것은 고향으로 돌아갈 수 없는 그의 제약된 환경을 노출하면서, 실현되지 못하는 정치적 소망을 문화적 생산으로 보전하고 있음을 증좌한다.

> 이곳이 율곡(栗谷, 밤골)이다. 이곳을 통하여 구소(九沼)라는 아름다운 강이 흐르고 있었다. 그 강은 수많은 굽이굽이에서 계곡을 벗어나 아홉 개의 깊고 푸른 늪(沼)을 이루고는 급작스런 흐름으로 커다란 바위덩어리를 쳐부수고 소용돌이치며 천천히 옆으로 퍼져 흘러갔다. 바로 여기가 양잠업으로 부유하게 살아가는 웃마을과 가난한 농어민의 초가집으로 꽉 찬 아랫마을과의 경계를 이루는 곳이었다.(「무던이」, 『압록강은 흐른다(외)』, 178쪽)

---

10) Yi-Fu-Tuan, 구동회·심승희 역, 『공간과 장소』, 대윤, 1999, 54쪽.

이미륵의 장기가 드러난 대목이다. 그는 감정을 절제하고, 객관적 태도로 풍경을 묘사한다. 그렇다고 소설적 장치들을 예사롭게 대하지 않는다. 문면에서 알 수 있듯이, 그는 아름다운 강이 급류로 변하는 광경을 통해 윗마을과 아랫마을 간의 갈등을 암시한다. 그는 압축적 서술로 공간을 묘사하면서도, 서사의 진행 방향을 제시하는 노력도 소홀히 취급하지 않는다. 그는 문체상으로 간결한 단문을 선호하거니와, 그것은 유교적 절제를 체현하는 그의 생활 태도에서 절로 우러나온 것이다. 이 작품은 그의 소설 「실종자」(1984)의 전편으로, 공간을 떠나지 못하는 여인의 전통적 삶을 다룬 것이다. 공간이 여인의 삶을 규정하고, 여인이 공간에 복종하는 소설적 상황을 통해서 작가는 인간과 공간의 상호관계를 천착한다. 이미륵에게 공간은 한국의 전형적인 여인이 감당하는 비극적 일생을 구체화하는 데 유효하다. 이처럼 그의 공간 개념은 거주자의 일생과 밀접하게 관련되어 생의 조건을 규정한다. 그의 소설에서 여성인물들이 담당하고 있는 역할은 공간의식을 연속적으로 환기시켜 주는 것이다. 그녀들은 어머니의 대리인물로서, 고향의 여성성과 함께 조국의 물질적 토대를 형성한다.

인간은 유의미한 기억을 장기간에 걸쳐 파지하기 위해서 다양한 노력을 기울인다. 그중 하나가 분명하고 이해하기 쉬운 구조를 가진 가상의 장소로 바꾸어 기억하고 싶은 심상으로 대체하는 것이다. 미국에 정착한 영국인들이 고향의 지형과 유사한 곳에 향리의 지명을 부여한 사례가 이에 속한다. 이런 방법은 새로운 공간에 대한 낯선 감정을 조속히 평정하여 당해 공간에 애착을 갖는 데 유용하다. 기억이 오래 보존되기 위해서는 심상과 결부되어야 하는 것이다. 그렇지만 기억이 장기간 보존된다고 해서 당자에게 유익한 것만은 아니다. 이미륵처럼 정치적 망명자의 신세라면, 기억은 선택적으로 배열될 필요가 있다. 왜냐하면 그의 망명은 현 체제로부터의 자발적 탈출인 까닭에, 기억은 망명 사태를 야기하기 이전의 시간 속에서만 의미를 띤다. 그에게 고향이 무이한 심상으로 기억되는 것도 이런 이유이다. 심상은 작가에게 고향에 대한 기억을 구체화해 주면서, 그것의 유효기간을 증대시키는 데 기여한다. 이처럼 기억은 "한편으로 순수지각의 이미지(표상)들을 하나의 실로 이어주는 역할을 하며, 다른 한편으로는 현실적 지각 안에 적극적으로 개입하여 표상을 구체화하는 기능"[11]을 수행한다. 기억이 지각된 표상의 형성에 개입한다는 것은 조직화되는 것이고, 그것은 주체의 기억 작용에 의해 부분 기억으로 결합되는 상태를 가리킨다.

> 언젠가 나는 우체국에 갔다가 집으로 돌아오는 길에 그만 알지 못하는 집 앞에서 멈춰서고 말았다. 그 집 정원에는 한 무더기의 꽈리가 자라고 있었는데, 그 빨간 열매가 햇빛에 빛나고 있었다. 우리 집 뒷마당에서 그렇게도 많이 보았고, 또 어렸을 때 즐겨 갖고 놀았던 이 식물을 나는 얼마나 좋아했던가! 마치 고향의 한 토막이 이곳 내 앞에 실제로 와있기나 한 것 같았다. 내가 오랫동안 생각에 몰두해 있을 때, 어떤 부인이 집에서 나와 왜 그렇게 서 있느냐고 내게 물었다. 나는 가능한 한 자세히 나의 어린 시절을 그 여자에게 이야기했다. 그 여자는 그 가지를 하나 꺾어서 나에게 주었다. 나는 그것이 얼마나 고마운지 몰랐다.(『압록강은 흐른다』, 『압록강은 흐른다 (외)』, 176쪽)

이미륵은 이역에서 '한 무더기의 꽈리'를 보고, 마치 '고향의 한 토막이 이곳 내 앞에 실제로 와있기나 한 것'인 양 일순간에 매혹되어 버린다. 기억은 "때때로 나에게는 통제 불가능한 것으로, 나

---

11) 황수영, 『물질과 기억, 시간의 지층을 탐험하는 이미지와 기억의 미학』, 그린비, 2007, 101쪽.

의 의사와는 관계없이 나의 신체에 습격해 오는 것"[12]이어서, 그는 이국의 꽈리에 발길을 멈추고 소싯적의 기억을 회상하기에 이른다. 꽈리는 그에게 고향의 생가를 재생시켜 주는 촉매인 셈이다. 인간이 유년기의 장소에 애착을 갖는 까닭은 그곳이 생후 최초로 체험한 어머니라는 장소가 있기 때문이다. 이 점에서 장소는 어머니와 동일시되어 어린 시절을 그리워하는 그를 매혹하고, 그의 시선은 중성화되어 현존하는 시간이나 공간과 무관한 지점에 정지된 채 존재의 고독을 인식하게 된다. 그러므로 "매혹은 고독의 시선"[13]이다. 이미륵의 소설적 시간들이 유년기에 고정되어 있는 이유인즉, 그의 장소감이 고향의 어머니에 매혹되어 고착되어 있기 때문이다. 이것은 독일에서 생활하는 기간에 그가 경험한 고독을 상징적으로 드러내는 징표이다. 곧 그가 유년기의 고향에 대한 공간적 서술을 되풀이할수록, 상대적으로 고독한 그의 처지가 전경화되는 것이다.

3. 대항 담론으로서의 집합 기억

자서전은 다수를 향한 일인의 담론이다. 개인은 지배적 권력을 전유하고 있는 다수에게 자신의 권리와 이익을 보장받기 위한 수단으로 자서전을 선택한다. 자서전은 개인의 변론권을 보호해 주는 바람막이인 셈이다. 그는 지배 담론으로부터 소외된 자신의 환경에 대한 반동으로 자기중심적 담론을 생산하여 지배 서사와 갈등관계를 형성한다. 그 과정에서 개인은 자신의 존재를 주장할 수 있고,

---

12) 岡眞理, 김병구 역, 『기억·서사』, 소명출판, 2004, 49쪽.
13) Maurice Blanchot, 박혜영 역, 『문학과 공간』, 책세상, 1990, 34쪽.

담론이 생산되기까지 연루된 환경적 요인을 점검하며 재인식할 수 있다. 아울러 개인은 자서전을 집필하는 동안에 자신의 생애와 경험을 반성적으로 성찰할 수 있는 기회를 갖는다. 그는 사실적 요소를 지닌 자서전을 통해 자신의 주장에 진실성을 부여하고, 사실의 개연성을 보장받을 수 있다. 이 점이야말로 자서전이 개인에 의해 빈번히 착수되는 주요 동인이다. 개인은 자서전을 통해서 집단의 정체성을 경험하게 되고, 새로 이적한 집단으로의 편입 가능성을 탐색하는 것이다.

재외 한국인들의 소설작품에서 검출되는 자서전적 요소도 별반 다르지 않다. 그들은 새로 이주한 국가의 외래인이라는 자의식을 탑재한 자서전적 작품을 통해 미래적 전망을 탐색한다. 그가 문제시하는 사건은 과거시제에 머물지만, 그가 확보하기를 희망하는 시제는 미래이다. 현재적 삶의 조건으로 매개된 시간상의 연계는 그로 하여금 물질적 토대를 객관적으로 인식하도록 추동한다. 그는 현재의 상태에서 확실한 과거와 불확실한 미래를 동시에 조감하는 것이다. 그의 전망이 공간을 통해서 집요하게 시간의 연속성을 탐구하는 동안에 자기정체성은 집단적 범주로 편입된다. 그가 제출하는 문학적 성과들이 대항적 성격을 함의하게 되는 순간이다. 그에 의해 호출된 과거적 기억은 반드시 타인의 존재를 필요로 한다는 점에서 사회적이다. 이런 측면에서 기억은 사적 차원에서 행해지는 내면의 독백이 아니라, 억압된 사회 구조 속에서 발화되기를 욕망하는 집단적 경험의 단층이다.

이미륵은 일제의 지배를 피해 독일로 전치된 지식인이다. 일제의 침략이 없었다면 그의 망명은 이루어지지 않았을 터이므로, 그의 기억은 개인사적 수준을 초월하여 집단적 기억으로 전이된다. 식민 상태로 전락한 조국을 떠나 이역에 거주하는 그의 발언은 더 이상 사적 담화가 아닌 것이다. 따라서 그가 일제에 강점된 조국의 문화적 전통성을 거론하거나, 이민족에게 침략당하기 이전의 평화한 질서를 소재화하는 것은 식민 당국에 대한 대항 담론을 생산하기 위한 전략의 일환이다. 그것은 심정직으로 과거에 대한 기억을 통해 현재의 점령 상태가 무력화되기를 희망하는 문자적 행위이며, 현재적 상태의 무질서와 이전의 질서를 대비시켜 질서의 훼손 상태를 보고하기 위한 증빙자료이다. 이 점에서 이미륵의 소설이 기억에 의존하고 있다는 사실은 중요하다. 기억은 과거적 경험을 현재적 시점에 되살리는 것이므로, 불가피하게 '지금 – 여기'라는 맥락을 필요로 한다. 그의 기억이 회상되는 시점과 공간의 의미가 예사롭지 않은 근거이다.

그가 작품 활동을 하던 당시에 독일과 일본은 군사적 제휴관계에 있었다. 1930년대의 독일은 1차 세계대전의 패전으로 인한 경제적 보상과 1929년 미국에서 발생한 경제대공황의 여파로 국민들의 생활상은 처참한 지경이었다. 바이마르공화국은 높은 실업률과 인플레이션, 마르크화 가치의 절하 등, 당면 과제의 해결을 위해 다각적인 노력을 기울였으나 실패하였고, 1933년 히틀러의 국가사회주의당이 출현하는 물질적 기반을 제공하였다. 히틀러는 전체주의를 표방하며 독일의 경제를 중흥시키어 국민들의 환호를 받았다. 그는 1936년 11월 일본과 상호방공협정을 체결하였고, 이듬해 11월 이탈리아가 가입하여 3국은 반소비에트 구호를 명분으로 파시즘화를 추진하였다. 이러한 역사적 상황은 이미륵의 집필 과정에 깊이 개입하여 작품의 문체와 주제, 배경 등에서 극도의 긴장감을 의식하도록 압력하였다. 그의 소설에서 독일 생활에 대한 언급이

전무하고, 작품상의 시공간이 한국에서의 유년시절에 한정되는 것도 결국 그를 둘러싼 열악한 환경이 강요한 결과였다. 이런 상황에서 그의 기억은 공간적 외연을 확대할 수 없었다.

> 어렸을 때에 이런 일이 있은 지 어느덧 30년 이상이나 흘러갔고, 그때 읽은 이야기의 대부분은 내 **기억**에서 사라졌지만, 각별히 내 마음에 들었던 이야기들만이 **기억**에 남아 있다. 그래서 나는 그 이야기들을 독일말로 옮겨 보려고 시도하였다.
> 내가 이 이야기들을 번역해 놓고 읽어 보니 우리 누나가 얘기해 주던 호랑이 이야기며, 서당에 같이 다니던 친구들의 조그마한 방이며, 부모님께서 내게 얘기해 주시던 근심 없던 시간이 **기억**에서 되살아나는 것 같은 기분이 든다.(「머리말」, 『이야기』, 18쪽. 밑줄: 인용자)

인용문에서 짐작할 수 있듯이, 그는 기억으로 글을 쓰고, 기억하기 위하여 글을 쓴다. 그가 유년 시절의 경험을 회상하며 글쓰기를 결행하는 동안, 그는 독일의 이미륵이 아니라 식민지 원주민 소년으로 돌아간다. 말하자면, 그는 서사행위를 통해서만 '나'의 정체성을 체험하게 되는 것이다. 이 점에서 기억은 한 인간의 정체성을 생성하고 확보하여 유지해 주는 역할을 수행한다. 그는 민족의 구성원으로서 정서적 자질을 공유하기 위해서 과거의 기억을 회상하는 것이다. 그가 독일에서 생활하는 동안 내내 기억에 토대한 글쓰기를 견지한 이유는 정체성을 상실하지 않으려는 실존적 몸부림이었다. 아무리 사소한 개인적인 기억일지라도 "공간적인 틀을 매개로 서사되는 기억은 집단의 정체성과 연결된다는 점에서 집합기억"[14]에 속한다. 그가 기억한 이야기들이 '지금-여기'에서 문제시

---

14) 변화영, 「기억의 서사교육적 함의-유미리의 『8월의 저편』을 중심으로」, 『한일민족문제연구』 제11호, 한일민족문제학회, 2006. 12, 7쪽.

되는 이유인즉, 외국의 강점에 의해 '30년 이상'된 기억을 소지하게 된 사정 때문이다. 그는 한 세대 이상에 걸쳐서 새로운 기억을 저장하지 못한 채 과거의 기억에 유폐되어 있었다. 그것은 장기간의 공백 사태를 초래한 일제의 침략 행위가 비난받아야 할 이유이며, 동시에 기억의 공간을 확장시키지 못하도록 압박한 독일의 정치 상황을 반증한다.

이미륵의 소설 「탈출기」(1984)는 1926년 5월 26일 독일에 도착하기까지 겪었던 다양한 경험들이 파노라마처럼 묘사된 작품이다. 소년 시절에 그는 서당에서 한학을 공부하며 유교적 사유방식을 학습하였다. 이후에 그는 부모의 도움으로 의학 공부를 하다가 독립만세 대열에 참가한 후에 낙향하였다. 일경의 요시찰 인물 목록에 등재된 이미륵으로서는 식민지에서 신속히 탈출하지 않으면 안 되었다. 그는 일경을 피해 평소에 가고 싶었던 독일로 가기를 재촉하는 어머니를 두고 망명길에 올랐다. 하지만 노모를 두고 이국으로 떠나는 길은 재회를 기약할 수 없기에 막막하다. 그의 탈출은 단순히 한 모자의 이별이 아니다. 그것은 일제의 강점이라는 외부적 요인의 개입으로 강제된 것이므로 사회적 사건이다. 또한 전통 사회의 규범상으로 자식이 부모 공양의 책임을 방기하고 노모를 떠나는 행위는 용납될 수 없었고, 효제(孝悌)를 최우선의 실천 덕목으로 삼는 유교적 도덕률을 어렸을 적부터 체득한 그의 윤리관은 극심한 거부반응을 일으켰다. 그의 가출이 자식의 불효이자 집단의 비극적 기억으로 기록되어야 할 이유이고, 그의 출향이 대항 담론으로서의 집합 기억적 요건을 취득하는 찰나이다.

나는 내 모든 것을 다 잊고 다 버릴 마음의 자세가 되어 있었다. 즉 나

의 책들, 내 방, 집, 고향, 친지, 벗 그리고 친척들을 용감하게 저버릴 수
가 있었다. 이 모든 것이 나에게는 부담스러웠고, 나를 억누르고 굴복시
키는 무거운 짐 같이 생각되었기 때문이다. 이 모든 것을 나는 떠나버렸
고, 또한 그 모든 것들이 나를 버리는 것 같았다.

　　그러나 단 하나 내가 버릴 수 없었던 것은 동양인에게 그 무엇보다도
중대한 책임인 '자식의 의무'였다.(「탈출기」, 『압록강은 흐른다 (외)』, 312
－313쪽)

　기억은 의식의 지속 상태를 가리킨다. 지속되지 않은 기억은 무
의미하다. 무의식은 회상되지 않는 기억이다. 그러므로 순수의식으
로 회상할 수 없는 기억은 선택의 기회를 봉쇄당한다. 이미륵은
'자식의 의무'를 끊임없이 상기하며 동양의 절대적 가치관인 효도
를 거론한다. 그것은 자식의 의무를 다하지 못한 불효자의 탄식이
면서, 동시에 인륜을 거역하도록 가격한 일제의 폭력적 행위를 고
발하는 수사적 책략이다. 이미륵은 자신의 글쓰기가 단순한 소설적
차원을 넘어서 동시대의 역사적 기록 행위라는 점을 명확하게 인
식한 작가였다. 그가 유난스럽게 동양적 덕목과 한국적 문화의 모
습들을 소설화한 것도, 결국 자신의 정체성을 상기하기 위한 서술
적 전략이었다. 그것은 외세에 의해 강제된 원주민들의 정치적 고
통을 제거하기 위해서는 하루빨리 식민 상태가 종결되어야 한다는
전언의 언표행위였다. 따라서 그의 소설을 읽는 도중에는 행간에
생략된 발화를 찾아내는 일이 중요하다. 그는 외적으로 자식의 편
재적인 후회의 변을 모사한 듯하지만, 내적으로는 지배자의 담론이
기획한 음모의 정체를 폭로하고 있는 것이다.

　이처럼 이미륵의 글쓰기는 중의적이다. 그는 전 세계가 전운에
휩싸여 있던 시기에 식민지 종주국보다 우위를 점한 식민지의 문

화적 전통을 거론함으로써, 일제의 왜곡된 논리를 각개격파하기 위한 소설적 실천을 시도했다. 그는 「한국어 문법」(1927)에서 한글의 우수성을 설파하였고, 「한국과 한국인」(1934)에서는 한국의 문화적 배경과 동북아시아의 정세 등을 언급하며 일제의 조속한 퇴각과 조국의 독립을 역설하였다. 그는 독일에서 교류하던 친구들과 반나치 회합에 참석하였고, 스스로 세계인으로 살아갈 것을 다짐하는 격문을 쓰기도 했다. 그러면서도 그는 「한국의 조상 숭배」(1934) 등에서 한국의 문화를 소개하고, 뮌헨대학교에서 한국문학을 강의하며 서도에 매진하는 등, 한국적 삶을 실천하기에 궁행하였다. 특히 해방 후에 그는 신기에 가까운 기억술을 발휘하여 작품집 『이야기』(1974)에 한국적 정서의 원형이라고 할 수 있는 수 편의 전래동화를 번역하여 수록하였다. 이런 점을 부연해 보면, 그의 기억들은 외국에서 소수자로 생존할 수 있도록 지탱해 준 버팀목이었고, 다수자에게 대항할 수 있는 담론적 토대가 되었다.

Ⅲ. 결 론

이상에서 살펴본 바와 같이, 이미륵의 소설은 한 소년의 성장 과정을 여실히 보여 준다. 그의 작품들은 동양적 사유 방식을 고수했던 가치관과 함께, 생활 터전이었던 독일의 교양소설에서 말미암은 문학적 성과로 보인다. 그가 작품집을 발행했을 당시에, 독일은 일본과 함께 패전국이었다. 전후의 독일 사회가 비관적 분위기에 휩싸여 있을 때, 단정한 문체, 평이한 문장, 이국적 풍경 묘사 등으로 휴머니즘을 지향한 그의 소설은 독일 전역에서 큰 호응을 얻게 되었다. 아울러 그의 소설들이 여느 재외 한국인 작가들과 달리, 이질적 문화 충격이나 정체성의 혼란을 보여 주지 않고 유년기의 편재적인 '기억'을 취급한 점이 성공을 기약한 배경이었다.

이미륵의 소설은 자서전적 요소가 강하다. 그는 유년기의 '기억'을 바탕으로 서사적 상황을 구성하였고, 서사를 통해 자신의 정체성을 확인하였다. 그의 소설에 구조화된 기억들은 식민지 원주민 소년의 성장 단계에 대응한다는 점에서 지배 서사에 대항하는 집합기억이었다. 이 점에서 이미륵의 소설적 성취들은 오늘의 시점에서도 여전히 문제적이다. 그는 1990년 12월 대한민국 정부로부터 건국훈장 애족장을 추서받을 만큼 독립운동에 가담했던 행동파 지식인이었지만, 조국의 식민 상태를 염원하는 일체의 서술을 배제하면서도 주제상의 효과를 거둔 문장가였다. 그러므로 그의 소설작품들에 수용된 고향의 경험들이 '기억'의 관점에서 재인식될 때, 지금까지 정당하게 등재되지 못한 이미륵의 소설사적 위상은 정상적으로 자리매김될 것이다.

참고문헌

〈기본 자료〉

이미륵, 정규화 역, 『이야기』, 범우사, 2000.
이미륵, 정규화 역, 『압록강은 흐른다 (외)』, 범우사, 2006.

〈단행본 및 논문〉

변화영, 「기억의 서사교육적 함의 - 유미리의 『8월의 저편』을 중심으로」, 『한일민족문제연구』 제11호, 한일민족문제학회, 2006. 12.

정규화, 「이미륵의 생애와 작품」, 『이야기』 해설, 범우사, 2000.

최윤영, 『한국문화를 쓴다 - 강용흘의 『초낭』과 이미륵의 『압록강은 흐른다』 비교 연구』, 서울대출판부, 2006.

황수영, 『물질과 기억, 시간의 지층을 탐험하는 이미지와 기억의 미학』, 그린비, 2007.

岡眞理, 김병구 역, 『기억·서사』, 소명출판, 2004.

Anthony Giddens, 권기돈 역, 『현대성과 자아정체성』, 새물결, 2001.

Douwe Drraisma, 정준형 역, 『기억의 메타포』, 에코리브로, 2006.

Edward Relph, 김덕현 외 역, 『장소와 장소 상실』, 논형, 2005.

Josep Fontana, 김원중 역, 『거울에 비친 유럽』, 새물결, 2005.

Maurice Blanchot, 박혜영 역, 『문학과 공간』, 책세상, 1990.

Michael Picard, 조종권 역, 『문학 속의 시간』, 부산대출판부, 1998.

Philippe Lejeune, 윤진 역, 『자서전의 규약』, 문학과지성사, 1998.

Yi - Fu - Tuan, 구동회·심승희 역, 『공간과 장소』, 대윤, 1999.

'고향'을 찾아가는 지식인의 역정

-현진건론

'고향'을 찾아가는 지식인의 역정

— 현진건론

Ⅰ. 서 론

한국문학사에서 1920년대가 갖는 의미는 각별하다. 이 시기에 민족 구성원들은 3·1독립만세운동의 실패로 인해 극심한 절망감에 사로잡혔고, 국제 정세의 냉혹한 현실에 둔감했던 지식인들은 더욱 자심한 허무의식에 빠져들었다. 물론 일부 식자층에서 강탈당한 주권의 회복을 도모하는 투쟁 대오를 결성한 것은 사실이지만, 대부분은 식민지 경제 구조에 강제로 편입된 궁핍한 삶의 조건에 압도되었다. 작가들도 예외가 아니어서, 역사의 진보에 대한 전망을 제시하기보다는 시대적 고통을 가감 없이 표출하는 데 익숙하였다. 그들은 '시대고'를 "우리 운명에 대하여 직접 영향을 미치고 가장 핍절(逼切)하고 가장 절박한 관계와 지배권을 가진 것"(오상순, 「시대고와 그 희생」, 『폐허』, 1920. 7)으로 파악했으나, 시대고에 관한 구체적 논의를 진행하지 못한 채 추상적 근대성을 논제로 설정하였다. 이러한 분위기는 작가들을 특정한 유파 혹은 잡지 중심으로 결속하도록 자극하였고, 시대적 정서는 현실에 대한 감상과 동일시되었다. 그들은 동료애를 바탕으로 동인지를 발간하여 문학적 연대감을 앙양하면서 동인 간의 긴밀한 교류를 활성화하였다. 그 결과로 그들은 작품상에 나타난 감상의 과잉현상을 '시대고'의 산물인 양 당연시하게 되었다.

빙허 현진건(1900~1943)은 김동인과 함께 단편소설의 개척자로 "초창기 한국 문단을 빛낸 사실주의 문학의 대표적인 공로자"[1]이다. 그는 1935년 『동아일보』 사회부장으로 재직 시에 발생한 소위 '일장기 말살사건'에 연루되어 복역하기도 했다. 이런 경력은 언론계에서 지울 수 없는 공적으로 기록되고 있거니와, 그의 민족주의적 신념을 추측하기에 충분하다. 그의 소설 세계는 흔히 「빈처」, 「타락자」, 「술 권하는 사회」 등 같이 자전적 요소를 반영한 작품들과 「운수 좋은 날」, 「B사감과 러브레타」, 「불」처럼 허구적 작품들 그리고 『적도』, 『무영탑』, 『흑치상지』 등과 같이 신문에 연재된 장편소설로 나뉜다. 이것을 눈여겨 살펴보면, 현진건 소설의 변모 양상을 추측할 수 있다. 그는 사랑을 시대상과 관련시키고, 가난을 사회적 조건과 결부시키다가 역사적 소재를 취하면서 민족주의적 시각을 획득하게 되었다.

그는 요절하여 문학사적으로 아쉬움을 남겼는데, 아직까지 전 작품을 아우르는 전집이 미발간되어 안타깝다. 그가 발표한 작품들은 식민지시대의 세태를 사실적으로 반영하고 있어서 당대의 다양한 궁핍상을 점검하기에 알맞을 뿐만 아니라, 사회적 현실을 응시하는 지식인의 대응 방식을 탐구하기에 적절하다. 아울러 그의 작품들에 내재된 소설의 형식적 요소들은 유용한 교재로 활용될 수 있는 장처를 갖추고 있다. 이런 점들을 종합해 보면, 현진건의 소설에 관

---

1) 김우종, 『한국현대소설사』, 성문각, 1995, 172쪽.

한 탐구는 한 소설가의 의식 세계가 확대되고 심화되는 과정을 살피는 일처럼 유의미한 작업일 터이다. 이에 본고는 현진건의 작품 중에서 초등학교 고학년생과 중학생 수준에 적합한 작품들을 선정하여 시대적 환경과 작가의 바람직한 관계를 논의하고자 한다.

Ⅱ. 공간의 확장과 작가의식의 변모

1. 가난한 지식인의 자의식

1920년대 소설의 형식에서 두드러진 현상은 "고백체 형식을 통해 인물의 내면세계를 표백한다"[2]는 점이다. 그것은 당시의 사회적 환경과 연루된 소설적 경향이기도 하다. 고백체는 주체와 외부의 단절, 곧 현실세계에 대한 묘사보다는 주인공의 심리에 주목하여 일인칭 주인물 시점을 취하도록 강권한다. 이런 측면에서 『백조』 동인들의 작품에서 문제점으로 지적되는 감상의 과잉현상은 시점의 선택과 상관관계를 형성한다. 범민족적인 만세운동이 무력으로 진압된 후에 작가들이 취할 수 있는 시점은 풍부하지 않다는 점을 고려하면, 그들이 취택한 시점을 무작정 비판할 것은 아니다. 그들은 사회적 분위기에 동조하거나 편승하는 통에 작품의 생산 조건을 엄정하게 살필 심리적 여유를 갖지 못한 것으로 보인다. 곧 그들은 당대의 특수성을 객관적으로 파악하고 소설적인 대응 방안을

---

2) 이주형, 「1920년대 소설에서의 지식인의 고뇌와 작품 형식」, 『한국근대소설연구』, 창작과비평사, 1995, 230쪽.

제출할 만한 관점을 확보하지 못했다. 일인칭을 주인물로 내세울 경우에 파생될 부작용을 예상치 못한 그들의 과오는 승인되어야 할 것이다.

그러나 이 무렵에 발표된 현진건의 작품을 읽노라면, 다른 동인들과 다르게 객관적 세계를 성실하게 관찰한 노력이 두드러진다. 그것은 그의 현실 인식안을 담보하면서, 자신의 생을 구성하는 현실적 조건에 대한 작가적 시선의 중요성을 강조하기에 충분하다. 주지하다시피, 현진건의 소설 작품들은 신변소설이라고 해도 무방할 만큼, 자신의 일상생활에서 제재를 취한 작품들이 많다. 그럼에도 불구하고 그는 "당대 지식인의 정신적 허상을 예리하게 통찰하고 있으며, 그것을 시점의 효과적 선택을 통해 능숙하게 문학적으로 형상화하고 있는 작가"[3]라는 평을 들을 정도로, 현실을 묘사하면서도 적정한 거리를 유지하였다. 그것은 스토리 세계가 작가의 허구에 의해 구상된 세계라는 점을 그가 철저하게 인식하고 있었다는 사실을 증명한다. 그는 인물의 묘사를 통해서 삶의 아이러니와 비극성을 간접적으로 전달할 뿐이다. 그의 작품이 식민지적 현실과 괴리된 경향을 띠지 않은 이유는 여러 가지이겠으나, 그중에서 다음에 거례하는 그의 언급은 시사적이다.

더군다나 조선에서 예술에 뜻을 두는 이 - 물질로나 명예로나 영(零)에 가까운 보수밖에 기대할 수 없는 그들은, 예술이 길다는 맛에나마, 까마득한 미래에 희망을 걸고나마 붓을 잡을 뿐이다. - 때를 못 만난 탓으로 알아주는 이 없어, 오늘은 역경에 전전(轉輾)하지마는 빛나는 앞날의 태양과 함께 영롱히 번쩍이는 칠보관이 나를 기다렸다 - 하는 것이, 보수는 그만 두고 턱없는 빈정거림과 까닭없는 비웃음을 참아가며 예술의 길에 매진하

---

3) 구수경, 『한국 소설과 시점』, 아세아문화사, 1996, 157쪽.

는 우리 글쓰는 이의 안타까운 희망일 것이다.(「이러쿵 저러쿵」, 『개벽』,
1924. 2)

　당시의 작가들이 처한 열악한 환경을 점검하면서 자신의 결의를
다짐하는 글이다. 식민지 사회에서 지식인으로서의 소설가가 나아
갈 수 있는 길은 당국에 의해 철저히 봉쇄되어 있었다. 그들은 식
민지 원주민으로서 사상의 자유를 누릴 수 없었을 뿐만 아니라, 도
처에 설치된 사회적 감시망 때문에 운신의 폭을 구속당하였다. 그
들은 글을 쓰는 동안에 검열의 시각을 의식하지 않을 수 없었고,
물질적 토대가 구축되지 못한 문단 풍토에서 '물질로나 명예로나
영에 가까운 보수밖에 기대할 수 없는 그들'이었다. 이러한 조건을
파악하고 있었던 현진건은 예술에 대한 몰이해를 원망하지 않으면
서 '턱없는 빈정거림과 까닭없는 비웃음을 참아가며 예술의 길에
매진'할 것을 강조하고 있다. 사실 그는 위에 서술한 내용에 기반
하여 일관된 서술 태도를 견지하고자 노력한 신념의 작가였다. 그
런 까닭에 현진건의 작품에서 주제를 찾는 일은 어렵지 않다. 그것
은 "나는 한번 완성한 것이면 없앨 생각은 꿈에도 없다"(「설 때의
유쾌와 나흘 때의 고통」, 『조선문단』, 1925. 5)는 주제관 위에서,
그가 착상 단계에 설정한 주제의식을 특별한 사유가 없는 한 변경
하지 않기 때문이다.
　이러한 그의 예술관이 정직하게 반영된 작품이 「빈처」(『개벽』,
1921. 1)이다. 그는 이 작품에서 '오늘은 역경에 전전하지마는 빛나
는 앞날의 태양과 함께 영롱히 번쩍이는 칠보관이 나를 기다렸다'
고 믿는 소설가와 그의 가난한 아내를 성공적으로 형상화하여 작
가로서의 명성을 얻게 되었다. 자전적 요소가 현저한 이 작품에서

확인할 수 있듯이, 그는 가난한 아내의 순종적 자세를 변경하지 않으면서 예정된 주제의식을 달성하였다. 그는 무능하고 융통성 없으며 정신적 세계를 우선시하는 소설가 남편에게 무조건 복종하는 아내의 형상을 단조하게 서술하고 있다. 이처럼 그는 소설 속에 "자기 경험의 일부를 이용하였지만, 능숙한 작가답게 그것을 왜곡, 수정하였다"[4]는 점에서, 여느 작가들의 신변잡담과 궤를 달리한다. 그런 배경 요인 중의 하나가 현진건이 스토리를 파노라마적으로 제시하기보다는 장면에 초점을 맞추는 방법을 선호했다는 점이다. 그는 이 작품의 첫 문장을 "「그것이 어째 없을까?」"라는 아내의 독백으로 시작하여 독자의 주의를 환기하면서 빈궁한 가정 형편을 간접적으로 제시한다. 그의 이러한 서술 태도는 현실에 대한 객관적 묘사를 중시하는 서사 전략으로 실천되었다.

> 「나도 어서 출세를 하여 비단신 한 켤레 쯤은 사주게 되었으면 좋으련만…….」
>
> 아내가 이런 말을 듣기는 처음이다.
>
> 「네에?」
>
> 아내는 제 귀를 못 미더워하는 듯이 의아한 눈으로 나를 보더니 얼굴에 살짝 열기가 오르며,
>
> 「얼마 안 되어 그렇게 될 것이야요!」
>
> 하고 힘있게 말하였다.
>
> 「정말 그럴 것 같소?」
>
> 나는 약간 흥분하여 반문하였다.
>
> 「그러문요, 그렇고말고요.」
>
> 아직 아무도 인정해주지 않은 무명작가인 나를 저 하나가 깊이깊이 인정해준다.

---

4) 이상섭, 「현진건의 신변소설」, 『언어와 상상』, 문학과지성사, 1980, 260쪽.

그러기에 그 강한 물질에 대한 본능적 요구도 참아가며 오늘날까지 몹시 눈살을 찌푸리지 아니하고 나를 도와준 것이다.

(아 아, 나에게 위안을 주고 원조를 주는 천사여!)

마음속으로 이렇게 부르짖으며 두 팔로 덤썩 아내의 허리를 내 가슴에 바짝 안았다.

그 다음 순간에는 뜨거운 두 입술이……

그의 눈에도 나의 눈에도 그렁그렁한 눈물이 물끓듯 넘친다.(52~53쪽)[5]

이 작품에는 현진건의 인물 형상화 방식이 잘 드러나 있다. 이 작품은 K, 즉 '나'의 아내에 대한 관찰이 주를 이룬다. 그는 소설로 일가를 이루기를 소망하지만, 그를 둘러싼 제반 여건은 만만치 않다. K는 소설가로서 신식 교육을 받은 남성우위론자이고 비생활인이다. 어느 것 하나 마땅하게 내세울 것 없는 그지만, 아내에게는 큰소리를 치며 억지 논리를 구사한다. 그는 오로지 '까마득한 미래에 희망을 걸고나마 붓을 잡을 뿐', 가장으로서의 책무를 이행할 계획조차 수립하지 않는 인물이다. 빈처는 그와 대조적으로 구식인물이고 봉건적 부도를 준수하는 생활인이다. 그녀는 "꼭 당신의 이름이 세상에 빛날 날이 있을 줄 믿어요"라면서 K를 향한 맹목적 사랑을 실천하는 여성이다. 지극히 무능한 남편의 성공을 확신하는 그녀의 발언이 결말부에 마련된 것은 작가의 의도이다. 그는 부부의 포옹으로 작품을 종료하면서 K의 출세욕과 가장의식을 완화시키고 있다. 곧 부부의 감정적 반응이 합치되는 순간에 지식인의 몰염치한 위선이 극명하게 드러나도록 장치한 것이다.

현진건은 식민지의 지식인의 나약하면서도 불안한 심리를 세밀히 묘사하고 있다. 그는 K의 친구로 은행원 T를 등장시켜서 물질

---

5) 본고의 인용 작품은 『현진건전집 4』(문학과비평사, 1988)에 의하고, 관련 쪽수만 표기한다.

적 가치관과 정신적 가치관의 대립을 도모하였다. 전혀 어울리지 않는 두 인물을 병치한 작가의 의도는 명확하다. T야말로 타락한 세계의 표상이고, K는 자신을 포함한 식자층을 대표하는 인물형이다. T의 출현은 K의 무능력과 성격을 드러내는 데 기여한다. K는 세계와 타협하기를 거부하는 인물로서, 가정의 가난과 사회적 조건 사이에서 방황한다. 그는 "「나도 어서 출세를 하여 비단신 한 켤레쯤은 사주게 되었으면 좋으련만…….」" 하고 출세욕을 드러내어 아내에 대한 미안한 감정을 탕감받으려고 하면서도, 한편으로는 T나 물질적 가치관을 지닌 처형에게는 반감을 드러내는 이중성을 보인다. 이러한 감정의 진폭은 그의 성격상 특징으로 드러나면서, 서사를 추동하는 원동력으로 작용하고 있다. 작가가 K의 심리적 불안감을 표나게 강조할수록 묘사의 객관성은 증가하여 "동시대 여타의 작중 인물에 비할 때, 아내에 대한 K의 이중 심리가 그 자체로 작품의 신빙성을 더해주고 있음"[6]을 알 수 있다.

또 K의 무능은 직업 선택의 기회를 차단당한 지식인의 불만을 담보한다. 곧 그는 가정경제의 궁핍상을 익히 알고 있을 뿐만 아니라, 그로 인한 아내의 수고에 일말의 미안한 감정을 갖고 있는 인물이다. 그는 아내에게 "계집이란 할 수 없어"라고 구박하면서도, 아내의 존재를 '위안을 주고 원조를 주는 천사', '유일의 신앙자이고 위로자'라고 인식한다. 다만 자신을 포위하고 있는 주변 환경을 돌파할 만한 안목과 방법론을 습득하지 못하고 "내가 무자격한 탓이야"라고 자신을 책망하고 있을 뿐이다. 이런 인물에게서는 세계와의 대결 의지를 찾아볼 수 없다. 그는 자신의 성취 가능성을 인정하지 않는 사회를 원망한다. 그는 문제 사태에 직면할수록 해결

---

6) 박상준, 『한국 근대문학의 형상과 신경향파』, 소명출판, 2000, 91쪽.

할 방도를 찾지 않으며, 평상시에는 사태의 진전에 무감하다. 그야 말로 자의식으로 충만한 그는 자신을 둘러싼 문제의 본질을 규명 하지 못하고, 자신의 무능력을 해소할 방안을 모색하지 않으면서 심리적 강박관념에 노출되어 있을 따름이다.

> 가슴이 어째 답답해지며 누구하고 싸움이나 좀 해보았으면, 소리껏 고 함이나 질러보았으면, 실컷 맞아보았으면 하는 일종 이상한 감정이 부글 부글 피어오르며 전신에 이가 스멀스멀 기어 다니는 듯 옷이 어째 몸에 끼이며 견딜 수가 없다.(39쪽)

당시 언론계에 종사하던 이익상이 "글을 쓰는 그 조자(調子)가 침잠(沈潛)하고 온화한 것과 붓이 부드럽게 나아간 것이며, 제재가 금일 우리 문단에서 볼 수 없는 우리 생활과 부합되는 것이며, 따 라서 독자로 하여금 심각한 기분을 일으키게 하는 것"(「빙허 군의 '빈처'와 목성 군의 '그날밤'을 읽은 인상」, 『개벽』, 1921. 5)이라고 공감한 걸로 미루어 볼 때, K는 지식인 소설가의 고뇌와 한계를 동시에 포괄하고 있는 인물이다. 그들은 식자로서 민중에 대한 지 적 우위와 사회적 책임감을 의식하고 있었으나, 지배 담론을 격파 하는 데 필요한 용기를 지니지 못한 소시민에 불과하였다. 그러므 로 심리적 좌절감으로 인해 생긴 K의 피학적 증상은, 식민지의 중 심부로 편입하지 못하는 지식인의 자의식이 결과한 심리적 반응이 다. 그들은 '조선에서 예술에 뜻을 두는 이'들을 당혹케 하는 문제 장면들이 전개될수록, 자신들의 현실적 무능 때문에 고생하는 '빈 처'에 대한 부채의식을 느꼈던 것이다. 이 경우에 '빈처'는 가난한 아내로 국한되지 않고, 무능한 '남편'의 기약 없는 성공을 체념적 으로 기대하는 원주민 여성으로 확대되어도 무방하다.

2. 연애와 질병의 사회학

연애는 1910년대부터 한국문학의 보편적 화두였다. 그것은 이광수의 소설에서 확인할 수 있듯이, 봉건적 남녀관의 타파를 통해서 여성을 계몽힐 목적으로 기획되었다. 당시의 작품에서 남성 주인공이 개화파 지식인이면서 자유연애를 찬양하는 인물이었던 사실은 계몽의 왜곡상을 증명하기에 충분하지만, 연애가 조혼 풍조를 위시한 구시대적 가치관을 소진시키는 데 일면 기여한 것은 부인할 수 없는 사실이다. 이런 측면에서 연애 담론은 "전통적 인습에 얽매인 부모 세대와 신지식을 습득하지 못한 일반 대중으로부터 그들 자신을 분리하고, 서구적 가치와 문화를 지향하는 신문명적 인간으로의 재탄생을 기약했던 지식인들의 근대화 권력 작용의 일부"[7]였다. 연애는 문화 권력층의 교체 과정에서 대두된 표상이었던 셈이다. 그러므로 이때 작가들이 연애를 즐겨 소재화하고 요정 출입을 문학계의 통과의례로 미화할 수 있었던 이면에는, 전 세대와의 차별성을 강조하여 자신들의 세대적 정체성을 확보하려는 욕망이 내재되어 있다.

노자영의 『사랑의 불꽃』(한성도서, 1922)이 출판되면서 붐이 조성된 연애편지는, 1923년에 발생한 기생 강명화의 비극적인 자살 사건과 복합적으로 작용하면서 1920년대의 대표적인 문화상품으로 거래되었다. 이 시기의 청춘남녀는 연애를 문명화의 척도로 간주하였고, 일부에서는 정사를 연애의 완성이라고 칭송하기를 주저하지 않았다. 이러한 낭만적 연애관에 비판적 견해를 지고 있던 작가가 현진건이다. 그는 「빈처」, 「타락자」 등에서 전통적인 여인상을 의도

7) 김지영, 『연애라는 표상』, 소명출판, 2007, 175 - 176쪽.

적으로 등장시켜서 작품의 주제의식을 고양하는 동시에, 신여성을 절대선으로 추앙하는 사회 풍조를 힐난하였다. 그 실례로 「빈처」의 남편은 아내의 사랑이 '이기적 사랑이 아니고 헌신적 사랑'인 줄 알고 있으며, 또한 「타락자」의 남편은 "아무리 춘심의 지주망(蜘蛛網)에 감긴 나인들 어찌 그의 고충을 살피지 못하랴"고 말하며 반성하는 모습을 보인다. 위 작품의 주제면을 고려할 때, 현진건은 당시에 유행하던 연애 풍조에 대해서 비판적 의견을 지녔던 것으로 파악된다.

이러한 그의 성향이 결집된 작품이 소설 「B사감과 러브레타」(『조선문단』, 1925. 2)이다. C여학교의 사감 B는 '딱장대요 독신주의자요 찰진 야소군'이다. 그녀는 사십대의 노처녀로서, 평소에 "사내란 믿지 못할 것, 우리 여성을 잡아먹으려는 마귀인 것"이라고 강변하는 자신의 왜곡된 남성상을 여학생들에게 설파한다. 그녀는 여학생들에게 도착되는 연서들을 풍기문란을 예방한다는 명분으로 취침시간을 이용하여 검열한다. 사감은 기숙하는 학생들에게 절대적 권위를 지닌 감시자이기 때문에, 각종 훈시와 적발사항은 규범 지향적 언행으로 실천되어야 마땅하다. 그러나 B사감은 여학생들의 기대에 어긋나는 행동으로 스스로 권위를 상실한다. 그녀의 추락은 작가의 면밀한 주선에 의해 희극화되면서, 절대 권력의 몰락 광경을 목도하는 여학생들에게 페이소스를 선사한다.

이 어쩐 기괴한 광경이냐! 전등불은 아직 끄지 않았는데 침대 위에는 기숙생에게 온 소위 '러브레터'의 봉투가 너저분하게 흩어졌고 그 알맹이도 여기저기 두서없이 펼쳐진 가운데 B여사 혼자 – 아무도 없이 제 혼자 일어나 앉았다. 누구를 끌어당길 듯이 두 팔을 벌리고 안경을 벗은 근시안으로 잔뜩 한 곳을 노리며 그 굴비쪽 같은 얼굴에 말할 수 없이 애원하는 표정을 짓고는 '키스'를 기다리는 것같이 입을 쫑긋이 내어민 채 사내의 목청을 내어가면서 아깟말을 중얼거린다. 그러다가 그 넋두리가 끝날 겨를도 없이 급작스리 앵돌아서는 시늉을 내며 누구를 뿌리치는 듯이 연해 손짓을 하며 이번에는 톡톡 쏘는 계집의 음성을 지어.

「난 싫어요. 당신 같은 사내는 싫어요.」

하다가 제물에 자지러지게 웃는다. 그러더니 문득 편지 한 장을(물론 기숙생에게 온 '러브레터'의 하나) 집어들어 얼굴에 문지르며.

「정 말씀이야요? 나를 그렇게 사랑하셔요? 당신의 목숨같이 나를 사랑하셔요? 나를, 이 나를.」(201쪽)

연애를 '악마가 지어낸 소리'라고 주장하는 B사감은 밀실에서 연애편지를 일인극으로 구연하며 가상의 연애 체험에 탐닉한다. 서술자는 그 순간에 개입하여 인물에 대한 생각을 제시하고, 피서술자의 동조를 요구한다. 그의 자상한 논평에 힘입어 B사감의 행동은 우스꽝스럽게 희화화된다. 이 점이야말로 작가가 서술상의 약화를 예측하면서도 적극적으로 개입한 이유이다. 그는 B사감의 실체를 기이한 광경으로 과장하여 여학생들에게 발각되도록 장치함으로써, 신여성들이 지녔던 연애 담론의 허구성을 폭로하고 있다. 그녀는 자신의 권위를 이용하여 불법적인 편지 검열을 자행하는 동안에 소정의 직무 범위를 벗어난다. 급기야 그녀는 학생들의 연애 감정을 자신의 것으로 차압하여 역할놀이로 실연하면서 자아의 혼란을 겪게 된다. 타인의 감정을 강제로 소유한 사감의 행태를 통해 작가는 지식인의 위선이 야기할게 될 정신적 파국을 예고한 셈이다.

또한 그녀의 연극적 행태는 욕망의 배출구가 봉쇄된 기숙사라는 금남의 공간이라는 감시 사회의 부산물이다. 종래에 연구자들은 감금되다시피 생활했던 기숙사생들의 증언을 토대로 B사감의 행동에 내재된 위선을 포착하는 데 집중하였다. 하지만 B사감은 여학생들의 행실을 감독할 권한을 부여받았으나, 정작 자신의 본능을 해소하지 못하고 차압당한 희생자이기도 하다. 그녀의 이상 행동은 여학생들의 감정과 예상 행동을 압류하여 대리 충족함으로써, 자신의 성적 무능과 억압된 욕망을 해소하려는 본능적 몸부림이다. 따라서 그녀의 추태는 세속적 유혹을 초월하게 되는 불혹의 연령과 결부되어 정신 이상적 양상으로 파악하지 않을 수 없다. 그녀에게 여학생들의 풍속을 단속할 권한을 부여한 '보이지 않는 손'의 명령은, 결국 검열자의 성적 욕구를 누출시키는 망외의 부작용을 초래하고 말았다. 곧 인간의 본능조차 억류하는 당국의 성적 기망은 규범과 행동의 불일치가 초래할 권력자의 이상 징후를 배태하고 있었던 것이다. 물론 그녀에 대한 관찰자적 시선이 더 이상의 권력 비판으로 진전되지 못한 것은 사실이다. 하지만 이 무렵에 현진건이 과장스러운 묘사를 통해서 질병에 관심을 표명한 사실은 주목을 요한다.

비록 소박하기는 하지만 1920년대에 이르러 염상섭의 「표본실의 청개구리」(1921)를 비롯한 소설 작품에 질병이 수용되었다. 이 시기에 "심리적 또는 정신적 이상성에 대한 병리학적 관심의 가치 인상 내지 증대 현상"[8]이 목격되는 것은, 작가들이 병리학적 징후들의 문학적 담론화를 시도한 사례이다. 이 시기에 이르러 '정신적 이상성'을 취급하게 된 까닭인즉, 당시의 사회적 억압기제에 적당한 대처 방안을 구비하지 못한 작가들의 불안의식이 정향성을 확보하지 못한 채 잉여적으로 투사되었기 때문이다. 당시 발간된 동인지 『폐허』(1920~1921)가 퇴폐적 낭만주의를 공공연하게 표방한 것이나, 순문예지로 출발한 『백조』(1922~1923)가 유미주의적 성향을 뚜렷이 내세운 것은 3·1독립만세운동의 좌절로 인한 식민지

---

8) 이재선, 『현대소설의 서사주제학』, 문학과지성사, 2007, 62쪽.

지식인들의 불안의식을 반영하고 있다. 그들이 체험했던 정신적 공황 상태는 감정의 과잉 반응으로 표면화되었다. 그들은 현실에 대한 절망감을 과도한 감정으로 표출하였는바, 그 대강은 다음의 증언을 통해서 그들에게 만연되었던 '낭만성의 생활화' 현상의 실체를 유추할 수 있다.

> 『백조』 동인들을 보면 전부가 재산가는 아니었지만 그렇다고 빈난(貧難)한 사람도 없었다. 이러한 생활에 원인도 있었겠지마는 그들은 그들의 감정과 정서의 요구에 따라 그대로 아무 구속 없이 자기 생활의 발전을 꾀하였던 것이다. 첫째로 낭만성의 생활화를 말할 수 있으니, 전래하는 완고한 도덕적 규범에서 벗어나서 자유스러운 인간성의 정열을 표현하려는 문학 창조를 위하여 먼저 그들은 그 분위기를 요정에서 미녀들과 더불어 만들려고 하였다. 더욱이 데카단(퇴폐파)적 경향이 많아짐을 따라 그들이 요정 생활은 더욱 그 범위가 넓어졌으며, 직접 데카단 문학자가 아니라 하더라도 그 때의 문단적 기풍은 그러한 데로 휩쓸려 들어갔던 것이었다.[9]

동인의 입장에서 동료들의 방황을 합리화하는 기미가 농후하나, 위의 회고사를 통해 추측할 만한 내용은 달라지지 않는다. 그들은 요정을 방문하는 것은 '순례'라고 칭하였거니와, 기생과 정화(情話)를 주고받으며 현실적 압력으로부터 일탈을 꿈꾸었다. 그들은 "인생의 추악면을 드러내는 데도 요정과 기생이 필요하였고, 청춘의 정열을 나타내는 데도 기생 이외에 없었고, 여성을 「모델」로 하는 데도 기생이 편리하였다"는 사람들이다. 물론 "격동하는 청춘의 감각과 급변하는 자본주의적 근대의 자극이 적절하게 만남으로써 요

---

9) 박영희, 「초창기의 문단측면사」, 이동희·노상래 편, 『박영희전집 Ⅱ』, 영남대출판부, 1997, 300쪽.

리집과 기생은 초창기 문단의 '예술적 기질'을 설명해주는 중요한 문화적 코드가 된 것"[10]이지만, 그것이 동인들로 하여금 식민지시대의 사회적 조건을 외면하도록 일조한 것 또한 부인할 수 없다. 동인들에게는 기생들이 일제의 이른바 '농촌진흥정책'에 의해 농토를 상실하고 도시 주변부 인물로 편입된 사실이 중요하지 않았다. 그들은 오로지 '낭만성의 생활화'를 실천하기 위한 수단으로 기생이 필요했을 뿐이고, 그것은 '전래하는 완고한 도덕적 규범에서 벗어나서 자유스러운 인간성의 정열을 표현하려는 문학 창조를 위하여 먼저 그들은 그 분위기를 요정에서 미녀들과 더불어 만들려고 하였다'는 변명에 의해 실체가 드러난다.

작가들이 요정에 출입하게 되면서 성병에 대한 관심을 제고한 것은 예정된 수순이었다. 당시의 작가들이 요정과 기생을 찾아 나선 것은 가정을 봉건적 속박의 소굴로 보고, 소위 신여성의 교양 수준에 이르지 못한 아내의 무지를 포용하지 않는 자세로부터 기인하였다. 그들은 외적으로 '문학 창조'를 표방했으나, 내적으로는 '감정과 정서의 요구에 따라 그대로 아무 구속 없이 자기 생활의 발전을 꾀하였던 것'이다. 이 시기의 작품에서 매독이나 임질과 같은 성병 증세를 쉽게 검출할 수 있거니와, 현진건은 소설 「타락자」(1922)에서 임질이라는 신체적 질병을 문제 삼았다. 이 작품은 일본 유학파 지식인으로 결혼한 '나'가 춘심이라는 기생을 만나서 타락하게 된 경과를 서술하고 있다. '나'는 일본 유학생 출신의 회사원으로 "기생이라면 남의 피를 빨고 뼈를 긁어내는 요물이고 사갈(蛇蝎)"이라고 여기면서, 요정 출입자를 '부랑자, 타락자, 말 못할 인간'이라고 비난하던 사람이다. '나'의 타락은 가정으로부터의 탈

---

10) 김춘식, 『미적 근대성과 동인지 문단』, 소명출판, 2003, 120쪽.

출을 기도하는 순간에 예정되어 있었다. 「빈처」의 '나'가 평범한 직장인으로 취직하여 집을 나서는 찰나, 그의 앞에는 육체적 타락이 기다리고 있었던 것이다.

> 나는 임질에 걸리고 말았다. 공교하게 그 몹쓸 병은 옮았을 그때로 나타나지 않고 며칠 후에야 증세가 드러났다. 거의 행보를 못하리만큼 남몰래 아팠다. 춘심으로 하여 이런 고통을 겪건만 조금도 그가 괘씸치 않았다. 나의 머리는 아주 이지적이었다. 그야 무슨 죄랴. 짐승 같은 남자 하나가 그의 정조를 유린하고 그의 육체를 多毒하였다. 저도 모를 사이에 그 독균은 또다른 남자에게로 옮겨갔다. 저주할 것은 이 사회이고 한할 것은 내 자신이라 하였다.(126쪽)

서술자 '나'는 임질을 옮긴 춘심을 원망하는 대신에 '저주할 것은 이 사회이고 한할 것은 내 자신'이라고 자복한 뒤에, 이것을 '아주 이지적'인 행동이라고 합리화한다. 그의 변명은 "매춘 문화 유입에 얽힌 온갖 부정적 가치관들의 혼재 현상은 바로 역사의 강압적 전개가 빚어낸 불가피한 퇴적물"[11]이었다는 사실을 확인시켜 준다. 이러한 '나'의 태도는 "내게 술을 권하는 것은 홧증도 아니고 '하이칼라'도 아니요, 이 사회란 것이 내게 술을 권한다오"(「술 권하는 사회」)라고 변명하던 '나'의 반복적 출현이다. 두 작품의 '나'는 개화한 지식인이고, 그의 아내는 미개한 봉건적 여인이라는 점에서 유사한 인물군이다. 그들은 여성의 몸을 타자화하는 근대인이면서도 자신의 과오에 대한 윤리적 검열은 생략하였다. 이 점에서 자신들의 비교 우위를 이용하여 과실을 은폐하고, 타락의 원인을 사회의 탓으로 돌리는 '나'의 발언은 비겁하고 위선적이다. 이처럼

---

11) 박종성, 『한국의 매춘』, 인간사랑, 1994, 76쪽.

현진건의 소설에서 끈질기게 문제시되는 인물형은 지식인이다. 그 만큼 그의 자의식은 일관되게 작동하고 있었으며, 그것은 작가적 양심의 존폐와 연계되었다.

'나'는 춘심에게서 옮은 임질균이 '또다른 남자'에게 전염되는 것을 탓하기에 앞서, 한편으로 '태중에는 지금 새로운 생명이 움직이고 있다'고 아내에게 병을 전염시킨 자책감을 토로하기도 한다. 이러한 태도는 지식인의 이중성을 드러내면서, 성병을 낭만적 질병으로 주관화했던 작가들의 자세를 적시한 것이다. 남녀 간의 성적 타락은 일제가 식민지를 강점할 때부터 예고되어 있었다. 그들은 성 문제에 관한 방임적 정책과 제도적 공고화로 원주민들의 성 담론을 조종하기 시작하였다. 구체적으로 일제는 을사늑약을 체결한 후 성병 검사 제도를 도입하였고, 기생과 창기의 단속령을 발표했으며, 공창화 정책을 시행하였다. 그들의 교묘한 술책에 의해 성에 관한 도덕적 불감증이 양산되고 성병은 당국자에 의해 '문명의 병'으로 호도되었거니와, 그들의 궁극적 목표는 개인의 신체를 제압하기 위한 권력의 확보였다. 성병의 보균자인 여성들은 피지배민족으로서의 인권 유린과 성적 수탈 상태에 처해 있었을 뿐만 아니라, 가정의 여성들로부터는 성병을 전염시키고 가정을 파괴하는 범죄자로 증오되었다. 이런 실정을 인정하면, 임질은 개인적 질병인 동시에 사회적 질병이다. 따라서 이 시기의 작품에서 산견되는 성병은 결핵과 함께 정치적 메타포로서의 지위를 획득하게 된다.

그와 달리 「사립정신병원장」(『개벽』, 1926. 1)은 정신적 질병을 다룬 작품이다. W는 낙천적 기질의 은행원이었으나, 구조조정 조치로 인해 해고된 뒤 삼 남매를 부양하고자 실성한 친구 P의 간병인으로 취직한다. 그의 일상은 P의 감금 생활을 감시하는 일정으로 구성되었기에, 친구들은 그를 '사립정신병원장'이라고 호칭한다. P 는 "「어이구 저놈들이 또 온다. 아이구, 저놈이 나를 잡으러 온다.」" 고 대인공포증상을 보이는 환자이다. 공포증은 특정한 대상에 대한 공포감이 강박적 행동으로 나타나는 심리적 이상반응이다. 대인공포 증은 적면 증상을 포함한 강박 관념의 결과로 나타난다는 점에서 심인성 질환이다. P는 불특정 대상에 대한 두려운 감정 때문에 공 인증을 얻게 되었는데, 문제는 그를 간호하던 W가 정신 이상 징후 를 보인다는 점이다. 본래 낙관주의자였던 그는 경제적 궁핍 상태에 직면하게 되자, 자식들용으로 회식석상의 음식을 싸던 중에 울분을 터뜨리며 친자 살해 욕망을 노출한다. 가장의 범죄 의사는 전적으로 가난 때문에 발아한 것으로, 누군가가 자신을 잡으러 온다는 P의 공인증과 대비되면서 정신 이상 증세의 사회적 배경을 암시한다.

　「복돌아, 약식 안 먹어도 산다. 복돌아, 송편 안 먹어도 산다.」
　한동안 그는 제 아들 이름을 부르며 목을 놓고 울었다. 문득 울음을 뚝 그친 그는 무엇을 노리는 듯이 제 앞을 바라보더니만 나를 향하며,
　「여보게, 칼로 푹 찔러 죽이는 것이 어떻겠나?」
　우리는 어리둥절하며 그의 입만 바라보았다.
　「아니 그럴 일이 아니다. 고 어린 것을 칼로 찌를 거야 있나. 차라리 목을 눌러 죽이지. 목을 누르면 내 손아귀 밑에서 파득파득하겠지.」
　「여보게, 누구를 죽인단 말인가?」
　마침내 나는 물어보았다.
　「우리 아들 복돌이를 말일세. 하나씩 하나씩 죽이는 것보다 모두 비꼬러매 놓고 불을 질러버릴까.」
　나는 그 말을 듣고 전신에 소름이 끼치었다.
　「흥. 내 자식 죽이면 저희들은 성할 줄 알고. 흥. 그놈들도 내 손에 좀 죽어야 될 걸.」
　하고 그는 별안간 소리쳐 웃었다.(211쪽)

정신병은 개인적 여건에 영향받는 신체상의 질병보다 사회적 요인이 크게 작용한다. 일제 강점기처럼 억압기제가 범사회적으로 팽배한 환경은 지배 규범에 대한 절대적인 복종심을 요구한다. 사회는 개인의 신체적 조종이 가능한 생체권력을 보유하고 있으므로, 개인은 신체상의 발병으로 원하는 바를 이룰 수 없다. 이에 개인은 사회의 구성원으로서 억제된 분노와 항거를 광기로 분출하여 사회로부터의 탈출을 기도한다. 그들의 정신 이상 증세는 이민족에 의해 강요되는 지배 담론의 변경을 승인하지 않으려는 심리적 저항선에 근간하고 있기 때문에, 대부분 "급격한 사회 변동, 그에 따른 사회의 복잡성의 증가, 욕망의 증가와 좌절은 이러한 상황에 적응하지 못한 개인들에게 큰 고통으로 작용하여 정신병의 만연으로 이어졌을 것"[12]이다. 따라서 그들의 증상은 개인의 천부적 자유를 결박하는 완강한 사회에 대한 절망감의 표현이다.

그런 까닭에 현진건의 소설상 인물들은 실명보다 두 종류의 익명으로 등장한다. 먼저 영문 이니셜로 등장하는 인물들을 살펴보면 S, K(「희생화」), K, T(「빈처」), C, M, P, D, K(「타락자」), K(「유린」), B(「B사감과 러브레타」), L, S, W, K, P(「사립정신병원장」) 등이다. 다른 보기는 아예 무명씨로 처리한 ○○○(「할머니의 죽음」), ×××, ○○○(「우편국에서」) 등이다. 당시의 소설에서 영문 두문자로 처리한 인물명은 두루 검출된다. 그런 보기들은 일본 유학 경력을 소지한 작가들에게서 쉽게 찾아볼 수 있는 바, 그들은 선진 문물의 세례를 받은 허구적 인물의 우위적 자질을 강조하기 위한 방편으로 영문 두문자를 차용하였다. 또한 작가들 중에는 그런 경향을 근

---

12) 한귀영, 「'근대적 사회사업'과 권력의 시선」, 김진균·정근식 편, 『근대 주체와 식민지 규율 권력』, 문화과학사, 2000, 328쪽.

대성의 기호적 실천인 양 생각하거나, 자신들의 지적 우위를 드러
내는 방편으로 활용한 부류도 있었다. 그러나 등단 이후 일관되게
민족의 비애를 초점화한 현진건에게서는 인물명이 식민지 사회를
구성하는 무명의 민중들에 다름 아니라는 사실을 드러내기 위한 명
명법으로 보인다. 그만큼 그가 형상화한 인물들은 시대적 보편성을
획득하고 있다.

3. 공간의 확대와 사회의식의 심화

현진건은 사실 보도를 앞세우는 기자의 감각에 기초하여 사회의
단면을 포착한 뒤 작품 속에 반영하였다. 그의 작품들이 비판적 리
얼리즘에 속하는 이유도 근본적으로는 기자의 윤리 감각과 연결된
다. 기자의 역할은 사실의 기술에 한정될 뿐, 진실을 추구하지 않
는다. 그는 사건에 대한 면밀한 서술로 사실관계를 규명할 뿐이다.
그 결과 현진건은 "일관된 사실주의적 태도와 탁월한 반어적 기법
의 사용으로 우리 민족의 당시대적 모습을 절실히 묘사하여 하나
하나의 가치 있는 작품으로 형상화"[13]했다는 평가를 받게 되었다.
그가 당시 문단의 문제점이었던 감상성의 과다노출을 배제하고 세
태를 성실하게 묘사할 수 있었던 것은 "조선 문학인 다음에야 조선
의 땅을 든든히 디디고 서야 될 줄 안다"(「조선혼과 현대 정신의
파악」, 『개벽』, 1926. 1)던 신념의 결과였다. 그는 식민지의 물질적
토대와 현실적 조건을 망각하지 않고, 객관적인 시각으로 관찰할

---

13) 김영민, 「어두운 시대상과 사회의식의 심화 - 현진건론」, 김용성 · 우한용 편, 『한국근대작가
연구』, 삼지원, 1987, 135쪽.

것을 다짐하고 있다. 그는 '조선의 땅'에서 문제시될 과제로 가난과 사랑을 선정하였다. 그의 소설적 관심은 등단 초기에 가난과 사랑을 두 축으로 분산되거니와, 양자는 그의 시대를 증명하는 사회적 표지이자 문화적 기호였다. 식민지 사회가 제도화 과정을 거치면서 여러 가지 모순을 고착화시키게 되자, 그의 시선은 식민지의 특성상 양자가 혼화되어 있는 사실을 깨닫게 된다. 그것은 가난과 사랑이 영역의 차이에도 불구하고 동일하게 정치적 영향권으로부터 자유롭지 못하다는 시대적 관점의 획득이었다. 따라서 그의 소설적 관심이 개인의 궁핍에서 나아가 빈곤의 악순환을 초래하는 구조적 원인을 천착하게 된 것은 바람직한 행로였다.

현진건은 작품상의 인물들이 처한 곤궁 상태의 원인을 탐색하기 위해 공간의 확장을 시도하였다. 그간 집과 기숙사 등의 폐쇄공간에서 생활하던 인물들은 작가의 배려에 힘입어 현실적 문제를 경험할 수 있는 외부 세계로 나아갔다. 하지만 그들은 여전히 행동성을 결여하고 있어서 현실상의 부조리 상황에 적극적으로 항거하지 않는다. 그래도 그들은 행동하는 인물은 아닐지라도, 불의와 야합하는 우를 범하지 않는다. 그들이 나약한 지식인이거나, 사회의 주변부 인물이면서도 비교적 주관을 지킬 수 있었던 이유는 두 가지이다. 하나는 '한번 완성한 것이면 없앨 생각은 꿈에도 없다'는 작가의 주제관이고, 다른 하나는 현진건이 자주 사용하는 반어적 기법이다. 반어는 세태에 대한 풍자를 기반으로 성립하는 까닭에, 주인물의 일탈을 예방할 수 있는 효과적 수사 전략이다. 이런 측면에서 소설 「운수 좋은 날」(『개벽』, 1924. 6)은 현진건 특유의 급격한 반전을 비롯하여 불안한 심리 묘사, 인물의 과장된 행동, 서술자의 논평, 반어 등을 두루 살피기에 알맞다.

「남대문 정거장까지 말씀입니까.」

하고, 김 첨지는 잠깐 주저하였다. 그는 이 우중에 우장도 없이 그 먼 곳을 철벅거리고 가기가 싫었음일까? 처음 것, 둘째 것으로 고만 만족하였음일까? 아니다. 결코 아니다. 이상하게도 꼬리를 맞물고 덤비는 이 행운 앞에 조금 겁이 났음이다. 그리고 집을 나올 제 아내의 부탁이 마음에 켈기었다. ─ 앞집 마나님한테서 부르러 왔을 제 병인은 그 뼈만 남은 얼굴에 유일의 샘물 같은 유달리 크고 움푹한 눈에 애걸하는 빛을 띠우며,

「오늘은 나가지 말아요. 제발 덕분에 집에 붙어 있어요. 내가 이렇게 아픈데…….」

라고, 모기 소리같이 중얼거리고 숨을 걸그렁걸그렁 하였다. 그때에 김 첨지는 대수롭지 않은 듯이,

「압다, 젠장맞을 년, 별 빌어먹을 소리를 다 하네. 맞붙들고 앉았으면 누가 먹여살릴 줄 알아.」

하고, 훌쩍 뛰어나오려니까 환자는 붙잡을 듯이 팔을 내저으며,

「나가지 말라도 그래. 그러면 일찌기 들어와요.」

하고, 목메인 소리가 뒤를 따랐다. ─

정거장까지 가잔 말을 들은 순간에 경련적으로 떠는 손, 유달리 큼직한 눈, 울 듯한 아내의 얼굴이 김 첨지의 눈앞에 어른어른하였다.(177쪽)

이 작품에서는 결말에 관한 정보의 과다 노출로 반전의 의미가 약화된다. 서술자는 김 첨지의 아내가 죽을 것이라는 정보를 기회 있을 때마다 상기시킨다. 그의 태도는 작위적 반전을 완화하기 위한 전략상의 조처이지만, 김 첨지라는 인물의 불안 심리를 드러내기에는 적합하다. 그렇다면 서술자의 개입이 초래할 부정적 효과를 예상하면서도 작가가 시도한 이유는 피서술자의 시선이 남편의 심리적 불안 상태에 주의하기를 희망하는 것이라 보아야 한다. 아무리 열심히 일해도 아내를 살릴 수 없는 세상이야말로 식민지의 제도적 모순이라는 사실을 드러내기 위해서, 작가는 '운수 좋은 날' 아내가 죽는 급하강 구조를 준비하여 주제의 완성을 추구한 것이

다. 그것은 곧 식민치하의 행운이란 "행운이 아니라 더 큰 불행을 가져온다는 것이며, 이는 모순된 사회의 구조에 있음을 밝히려는 작가의식의 발로"[14]이다. 모순은 반어적 구조를 통해 정체를 드러내는 태생적 속성을 지니고 있어서, 현진건이 채택한 서사 기법의 진면목은 절로 드러난다.

남편이 인력거꾼으로 등장하는 이 작품에서 아내는 가난 때문에 죽음에 이른다. K가 생업을 위해 인력거를 몰고 있으나, 빈처는 치료는커녕 투약조차 못한 채 죽음을 예감하고 남편의 출근을 말린다. 남편은 아내의 병간호를 고려하지도 않은 채 '젠장맞을 년'이라는 욕설로 사회에 대한 원망을 감추지 않는다. 그에게는 지식인의 허위의식이 발본되어 있으며, 가난을 자신의 탓으로 돌리지도 않는다. 도리어 그는 "이 원수엣 돈! 이 육시를 할 돈!"이라고 돈을 저주하는 언사를 남발함으로써, 초보적이나마 비인간적인 식민자본주의의 모순을 감지하고 있다. 하지만 그는 그 돈으로 주점에 들르고, 아내가 원하던 설렁탕을 살 수 있었다. 그 역시 자본주의 사회의 구성원으로서 자신에게 부과된 역할을 충실히 수행한 셈이다. 또한 가난으로 인한 좌절감을 체험하면서도 궁극적 원인을 인식하지 못한다는 점에서, 그는 앞으로 의식화되어야 할 원주민의 하나이다.

따라서 현진건이 이후의 작품에서 "물질적인 면에서의 궁핍상과 정신적인 면에서의 박탈감을 1920년대 한국인의 집단의식 혹은 세계관의 핵심으로 파악"[15]하게 된 것은 우연이 아니다. 그의 작가적 가능성이 최고조에 달한 작품은 액자소설 「고향」(『조선의 얼굴』, 글벗집, 1926)이다. 그는 이 작품에서 그동안 발표했던 작품들에

---

14) 조진기, 『한국근대리얼리즘소설연구』, 새문사, 1989, 272쪽.
15) 조남현, 「현진건의 단편소설, 그 비의」, 『한국현대소설연구』, 민음사, 1987, 247쪽.

나타난 문제적 사안들을 압축적으로 형상화하였다. 길지 않은 분량에도 불구하고, 이 작품은 지식인이며 신문 기자이자 소설가로서의 현진건이 아우를 수 있는 식민지의 사회적 단면을 포괄하면서 사실적으로 묘사하고 있다. 이 작품을 전후로 그의 소설적 관심은 식민지적 조건의 구조적 탐색으로 이동된다. 그만큼 작품의 의의는 중후하여, 일제는 1940년 치안을 이유로 이 작품을 수록한 소설집을 압수하였다. 그는 고향에서 추방당한 자의 고토 회복이 지난하다는 사실과 함께, 당시에 만연되었던 민족의 유이민 현상을 소설적으로 보여 주고 있다.

작품의 서두는 "두루마기격으로 기모노를 둘렀고, 그 안에서 옥양목 저고리가 내어 보이며, 아랫도리엔 중국식 바지"를 입은 '그'를 만나는 '나'의 관찰로 시작된다. 내 옆에는 중국인이 앉고, 일본인의 옆에 "동양 삼국 옷을 한 몸에 감은 보람이 있어 일본말도 곧잘 철철대이거니와 중국말에도 그리 서툴지 않은 모양"의 '그'가 앉아 있다. 그는 삼국의 의복을 합쳐 놓은 듯한 전혀 어울리지 않는 복장과 함께, 삼 개 국어를 구사하여 청중들의 시선을 사로잡는다. 그의 낯선 복장과 외국어의 구사는 생존의 이력이 평범하지 않았다는 사실을 웅변하고 있다. 그의 옷차림은 전승되던 의복생활을 잃어버리고 이국의 복장을 착용하게 된 식민지 민중들, 곧 고향 사람들이 당면한 정체성의 혼란상을 증거한다. 그리고 그가 구사하는 삼국어는 역둔토를 잃고 외국으로 유랑하며 살지 않으면 안 되었던 생의 비극적 단면을 응축하고 있어서, 긍지감보다는 민족의 처연한 실상을 담보하고 있을 뿐이다. 작가가 도입부부터 그에 대한 타인, 특히 외국인의 외면하는 시선을 묘사하게 된 배면에는 이처럼 당대를 응시하는 현진건의 비극적 현실 인식이 자리 잡고 있다.

「도꼬마네 오이데 데수까(어디까지 가십니까)?하고 첫마디를 걸더니만, 동경이 어떠니, 대판이 어떠니, 조선사람은 고추를 많이 먹는다는 둥, 일본 음식은 너무 싱거워서 처음에는 속이 뉘엿거린다는 둥, 횡설수설 지껄이다가 일본 사람이 엄지와 검지 손가락으로 짜르게 끊은 꼿꼿한 윗수염을 비비면서 마지못해 깟댁깟댁하는 고개와 함께 「소우데수까(그렇습니까?)」란 한 마디로 코대답을 할 따름이요, 잘 받아주지 않으매, 그는 또 중국인을 붙들고서 실랑이를 하였다. 「니쌍나올취 ─ 」「니씽섬마」하고 덤벼 보았으나 중국인 또한 그 기름 낀 뚜우한 얼굴에 수수께끼 같은 웃음을 띄울 뿐이요, 별로 대꾸를 하지 않았건만, 그래도 무에라고 연해 웅얼거리면서 나를 보고 웃어 보였다.

그것은 마치 짐승을 놀리는 요술쟁이가 구경군을 바라볼 때처럼 훌륭한 제 재주를 갈채해 달라는 웃음이었다. 나는 쌀쌀하게 그의 시선을 피해 버렸다. 그 주적대는 꼴이 어줍지 않고 밉살스러웠다. 그는 잠깐 입을 닫치고 무료한 듯이 머리를 덕억덕억 긁기도 하며, 손톱을 이로 물어뜯기도 하고, 멀거니 창밖을 내다보기도 하다가, 암만해도 주절대지 않고는 못 참겠던지 문득 나에게로 향하며, 「어디꺼정 가는기오?」라고 경상도 사투리로 말을 붙인다.(230~231쪽)

현진건은 차중에서 열외된 인물 '그'의 객관적 묘사로 작품을 시작한다. '그'는 식민지의 궁핍상을 온몸에 체현하는 인물이다. '그'의 인물 형상을 통해서 작가가 1920년대의 사회상을 사실적으로 묘사하면서, 당대의 전형적 인물 형상을 탁월하게 빚어낼 수 있었다. 이런 측면에서 그가 선정한 액자형 서술 방식은 적절하다. 구체적 사정은 '그'를 외면하던 '나'의 감정이 연민으로 변했다가 공감으로 변주되는 과정에서 절로 드러난다. '그'는 일본인에게 대화를 시도했다가 실패하자, 중국인에게 재차 대화를 걸지만 그마저 실패한다. 처음에 '나' 역시 일본인과 중국인처럼 기이한 복장의 '그'를 외면하며 대화의 기회를 차단하지만, 경상도 사투리로 행선지는 묻는 통에 주목하게 된다. 고향의 언어로 접근 전략을 변경한 '그'의 시도는 성공하여 '나'는 '그'의 발언을 경청하게 된다. 사연인즉, 이국에서의 신산스러운 삶을 청산하고 귀국했다가 '그'는 "꼭 무덤을 파서 해골을 헐어 젖혀 놓은 것" 같은 고향의 모습을 발견한다 이미 동양척식회사에 농토를 강제 수용당한 '그'는 어머니가 죽고, 혼사가 오갔던 여인조차 유곽에 팔려 버린 사실에 분노하면서 고향을 재차 떠나게 된다. 고향의 아름다운 추억을 잃어버린 그가 기억할 수 있는 것은 어린 시절의 노래뿐이다.

> 볏섬이나 나는 전토는
> 신작로가 되고요 −
> 말 마디나 하는 친구는
> 감옥소로 가고요 −
> 담뱃대나 따는 노인은
> 공동 묘지로 가고요 −
> 인물이나 좋은 계집은
> 유곽으로 가고요 −(236쪽)

두 사람이 함께 부르는 '어릴 때 뭣 모르고 부르던 노래'는 식민지 현실의 단층이다. 노래는 '∼는(은)'과 '∼고요 −'에 의해 운율적 효과를 조성하면서 양인의 정서적 공감대를 확장하는 데 기여한다. '나'는 기차에서 만난 '그'에게서 '우리'의 모습을 발견하고, 어린 시절에 불렀던 노래를 합창한다. 노래는 소리의 풍경이다. 노래를 부르는 사람은 가사를 따라 고향의 풍경을 생각하고, 리듬에 의탁하여 그 시대의 생활 모습을 연상하게 된다. 고향의 소리는 사람들의 기억에서 결코 망각되지 않는 것이다. 따라서 소리의 상실은 "누군가가 우리를 이해하거나 도울 수 있을 것이라는 희망을 완전히 제거해버린다"[16]는 점에서 절망적이다. 비로소 '나'는 '그'의 소리를 통해서 고향으로 돌아갈 수 있다. 작가의 고향에 대한 관심은 유년기의 공간 체험 혹은 모성 회귀 본능에 다름 아니다. 그의 이런 징후는 이미 「타락자」에서 '나'가 "우리 고향을 함께 가"자는 춘심의 노래에 "그 노래는 마치 봄바람 모양으로 나의 마음을 어루만져주었다"고 행복감을 표현한 대목에서 예고된 바 있다. 초면에 수줍어하던 그의 마음을 어루만져 준 춘심의 노래는 일종의 '음악을 통한 유도의 심상'[17]이다. '나'는 춘심이의 노랫소리에 고향의 봄바람을 기억하고, 잊었던 유년기의 추억을 회상할 수 있었다. 이와 같이 현진건은 청각을 이용하여 과거적 시간의 고향 풍경을 재구성한다.

아울러 '그'를 통해 고향의 원시적 질서를 회상할 수 있었던 것은 간접화 기법의 소산이다. 그것은 「운수 좋은 날」의 인력거가 존재의 비극성을 발견한 매개물이었다면, 다중을 승객으로 수용한 기차는 식민지 원주민 집단의 비극적 참상을 체감한 매개물이었다는 사실을 증좌한다. 이러한 인식에 도달하게 된 것은 현진건의 공간 의식이 확대된 결과이다. 그것은 백수생활을 하며 자의식에 포위된 소설가가 사회생활을 하는 도중에 식민자본주의의 모순을 체험하고, 마침내 우연히 만난 '그'로부터 잃어버린 고향을 발견하기까지의 과정이다. 결국 현진건의 소설은 한 지식인이 타자로 외면했던 '그'가 '나'라는 사실을 깨닫기까지의 역정이었다. 그는 이 소설에서 식민지 사회의 구조적 모순에 신음하는 민족의 집단적 정서에

---

16) David B. Morris, 「고통에 대하여」, Arthur Kleiman 외, 안종설 역, 『사회적 고통』, 그린비, 2002, 229쪽.

17) Diane Ackerman, 백영미 역, 『감각의 박물학』, 작가정신, 2004, 325쪽.

주의를 기울이고 역사소설로 나아가던 중에 요절하였다. 그로 인해 그의 소설적 장기들이 획득했을 영지를 더 이상 구경하지 못한 점은 문학사적 아쉬움으로 남는다.

Ⅲ. 결 론

이상에서 살펴본 바와 같이, 현진건은 3·1독립만세운동의 실패로 인해 식민지의 지식인들이 극심한 허무의식에 빠져 있던 당시의 세태를 사실적으로 묘사하였다. 그의 작품들이 식민지적 현실과 밀착된 배경에는 자전적 소재를 소설화하는 과정에서 감정적 요소를 배격하고, 인물의 성격 묘사를 통해서 삶의 아이러니와 비극성을 간접적으로 전달하려는 노력이 자리하고 있다. 그는 지식인들의 허위의식을 폭로하는 자기검열을 통해 작가의 윤리와 글쓰기의 엄정성을 확보하고자 전력하였다. 그의 노력에 의해 1920년대의 소설적 형상화 수준이 향상될 수 있었고, 사실주의적 기법을 비롯한 형식적 요소가 발전할 수 있는 토대가 마련되었다. 이 점은 그의 선구적 업적에 속하며, 그를 단편소설의 개척자로 평가하는 근거이다.

현진건의 소설 세계는 식민지시대의 가난과 사랑의 사회적 의미를 탐색하다가 민족주의적 안목을 확보하는 단계로 나아갔다. 이것은 민족의 비애를 초래한 일제의 식민자본주의에 대한 작가의 태도를 입증한다. 그는 사회적으로 만연된 궁핍이야말로 식민 지배의 산물이라는 사실을 직시하고 있었다. 그가 '조선 땅'을 강조하고 세계와의 대결에서 패퇴하는 가난한 인물들에게 서술상의 초점을 맞추는 것이나, 무능력한 지식인의 위선을 빈번히 취급한 이유도 거기에 있다. 자신의 정체성을 확보하지 못한 지식인들은 규범과 행동, 관념과 실천 간의 괴리를 의식하지 않을 수 없었고, 그로 인해 그들은 심각한 자의식을 바탕으로 위선적 행동을 감당하였다. 이런 현실은 현진건으로 하여금 고향의 환유를 통해 식민지의 객관적 세계를 응시하도록 추동하였고, 그는 동족의 현실을 자신과 동일시하면서 잃어버린 고향을 찾을 수 있었다.

참고문헌

⟨기본 자료⟩

『현진건전집 · 4』, 문학과비평사, 1988.

⟨단행본 및 논문⟩

구수경, 『한국 소설과 시점』, 아세아문화사, 1996.
김영민, 「어두운 시대상과 사회의식의 심화 - 현진건론」, 김용성 · 우한
　　용 편, 『한국근대작가연구』, 삼지원, 1987.
김우종, 『한국현대소설사』, 성문각, 1995
김지영, 『연애라는 표상』, 소명출판, 2007.
김춘식, 『미적 근대성과 동인지 문단』, 소명출판, 2003.
박상준, 『한국 근대문학의 형상과 신경향파』, 소명출판, 2000.
박영희, 「초창기의 문단측면사」, 이동희 · 노상래 편, 『박영희전집 · Ⅱ』,
　　영남대출판부, 1997.
박종성, 『한국의 매춘』, 인간사랑, 1994.
이상섭, 『언어와 상상』, 문학과지성사, 1980.
이재선, 『현대소설의 서사주제학』, 문학과지성사, 2007.
이주형, 『한국근대소설연구』, 창작과비평사, 1995.
조남현, 『한국현대소설연구』, 민음사, 1987.
조진기, 『한국근대리얼리즘소설연구』, 새문사, 1989.
한귀영, 「'근대적 사회사업'과 권력의 시선」, 김진균 · 정근식 편, 『근대
　　주체와 식민지 규율 권력』, 문화과학사, 2000.
David B. Morris, 「고통에 대하여」, Arthur Kleiman 외, 안종설 역, 『사
　　회적 고통』, 그린비, 2002.
Diane Ackerman, 백영미 역, 『감각의 박물학』, 작가정신, 2004.

궁핍한 날들의 삽화

— 채만식론

궁핍한 날들의 삽화

- 채만식론

Ⅰ. 서 론

백릉 채만식(1902~1950)은 민족사적으로 곤궁했던 시대를 온몸으로 살아냈고, 그 과정을 탄탄한 소설어로 증언해 낸 소설가이다. 그는 민족의 언어가 훼손되어 가는 무렵에 살았다는 버거운 짐 때문에, 평생 동안 모국어의 수호와 빈자들의 삶을 소설적으로 형상화하는 데 진력하였다. 식민지시대 문학의 나아갈 길을 밝히는 글에서 그는 "조선의 문학도 그가 참으로 '조선문학'이자면, 조선적인 독자 독특한 성격과 색채를 가진 문학적 개성을 체득하여야만 하고, 그리함으로써 비로소 세계문학과 오(伍)하여 자기를 내세우되 굽힘이 없게 되는 것"[1]이라고 주장하는 한편, 스스로 다양한 갈래에 걸쳐 문학적 형식의 실험을 시도하였다. 그의 작품은 소설뿐만 아니라, 소위 '대화소설'이라든가, 희곡, 평론, 서평, 수필, 잡문, 동화, 소년소설에 이르기까지 갈래상의 넘나듦이 허다하다. 이와 함께 그는 소설 속에 판소리의 문체와 극 양식을 도입하는 등,

---

1) 채만식, 「모방에서 창조로」, 『동아일보』, 1939. 2. 8

새로운 방법론을 적용하기를 마다하지 않았다.

암울한 시대 형편 속에서도 문학의 형식과 내용에 대한 치열한 고뇌를 실천한 실험정신과 소설적 노력은 그의 문학관으로부터 유래된 것이다. 채만식은 "문학이 적으나마 인류 역사를 밀고 나가는 한 개의 힘일진대, 한인(閑人)의 소장(消長)거리나 아녀자의 완롱물에 그칠 수 없는 것"[2]이라고 주장하였다. 곧 그에게 문학은 역사의 증언이었다. 그는 시대의 "부정면을 통하여 긍정면을 주장하기 위해서" 부정적인 측면을 들추었다. 그는 사회의 모순 구조를 고발하고 투쟁하여 승리를 쟁취하는 긍정적 측면을 중시하기를 권유하는 문단의 압력을 물리치고, 소위 '동반자 작가'의 범주에 국한된 글쓰기를 지속하였다. 그런 까닭에 그는 카프 작가들처럼 투사적 풍모를 보일 수 없었고, 단지 사회적 사실에 충실한 증언으로서의 소설을 택하였다. 그러므로 그의 소설에는 다른 작가들과 달리 세태에 대한 풍자, 동시대인들의 행태에 대한 야유 그리고 역사적 진실에 대한 소설적 추구 등이 주류를 이루고 있다.

채만식은 기성세대보다는 자라나는 소년에게 지대한 관심을 표명하였다. 많은 연구자들이 그의 소설에 나타난 미래적 전망과 진보에의 신념에 동의하는 것을 보아도, 그가 소년들의 처지와 내일의 운명에 기울였던 애정을 짐작할 수 있다. 그는 소년소설 「어머니를 찾아서」를 비롯하여 동화 「쥐들은 고양이 목에 방울을 달러 나섰다」, 「왕치와 소새와 개미와」 그리고 「이상한 선생님」 등을 발표하였다. 본고에서는 이 작품들에 나타난 서사 지평을 분석함으로써, 그의 소년에 대한 관심의 표현 방식을 살펴보고자 한다.

---

2) 채만식, 「자작 안내」, 『청색지』, 1935. 5.

Ⅱ. 소년, 미래의 희망

1. 촌뜨기 소년의 엄마 찾아 상경기

　다양한 기능 단위들로 조직된 서사물은 크게 이야기 차원과 담론 차원이라는 이원화한 조직을 그 특징으로 삼는다. 이 가운데 이야기 차원의 지배소는 더 말할 나위도 없이 인물이다. 등장인물들의 행동들이 조직하는 사건들이 이야기의 핵심 단위인 까닭이다. 이야기 차원을 지배하는 인물을 규정하는 것은, 결국 작가의 세계관에 귀착될 수밖에 없다. 존재와 세계의 해석이라는 작가의 세계관은 두 가지 측면에서 접근이 가능한데, 이야기 차원에서는 인물을 통하여 드러날 수밖에 없다. 물론 다른 하나는 담론 차원의 서술자를 가리킨다. 따라서 등장인물의 성격과 행동을 꼼꼼하게 살피는 일은 서사구조를 이해하는 데 아주 긴요하다. 담론 차원의 지배소는 작가가 갖고 있는 세계관이나 서술자이다. 서술자를 담론 차원에서 지배소로 삼는 근본적인 이유인즉, 서사장르의 본질적 속성에 기인한다. 등장인물들의 이야기를 직접적으로 전달하지 못하는 서사장르는 중간에 서술자가 개입하여 독자들에게 비직접적으로 전달한다. 그러므로 서술자의 중개를 통한 이야기 전달 방식이야말로, 서술자의 태도나 방식을 중시하게 만드는 요인이고, 다른 장르와 구별되는 서사장르의 독자적 자질이다. 담론 차원을 지배하는 서술자는 작가의 세계관에 의해 규정되는 바, 존재와 세계의 해석이라는 작가의 세계관은 서술자의 태도나 방식을 통하여 드러난다.
　서술자의 태도는 동화보다는 소설 작품을 통해 살펴보는 것이

효율적이다. 그것은 서술자의 절대적 우위를 전제하는 동화보다는, 대상의 특성에 따라 서술자의 위치 조절이 가능한 소설 장르의 속성에서 기인한다. 채만식의 소년소설 「어머니를 찾아서」[3]는 초점인물 부룩쇠가 처한 서술 상황을 축으로 삼아 세 개의 독립된 서사 단위로 구분할 수 있다. 그것은 '부룩쇠의 가출-윤 영감네 집에서의 삶-상경 및 어머니 상봉'이다. 상황 축에 대응하는 시퀀스들은 부룩쇠가 처한 공간을 축으로 삼으면, 각각 '자기 집-윤 영감네 집-서울'로 구획된다. 그러나 이것은 물리적 시간 순서에 따른 기술인 바, 소설적 서술은 인물의 회상을 통해 제시되고 있다. 그리고 서사단위의 인물 축은 '부룩쇠-윤 영감, 부룩쇠-거지, 부룩쇠-어머니'에 대응한다. 채만식은 비교적 간소하고 명확한 서사 구조를 기반으로 서술 시점과 공간을 확보하고 있는 셈이다.

이 작품의 서두 부분은 작자의 명작 『탁류』와 흡사하다. 채만식은 『탁류』의 첫 부분에서 금강의 유장한 묘사를 통해 서사의 진행 방향과 등장인물의 인생 역정을 암시한 바 있다. 그는 「어머니를 찾아서」의 허두에서 초점인물의 묘사를 통해 그의 앞날을 예견하고 있다. 이러한 서술 방식은 독자로 하여금 서사의 나아갈 바를 짐작케 하여 작품과 인물의 선이해를 도와준다.

> 이름은 부룩쇠.
> 부룩송아지 같대서 부룩쇠라고 이름을 지은 것입니다. 아닌게 아니라

---

3) 『소년』, 1937. 4~8. 이 작품의 전체 분량은 120매 가량 되고, 9절로 분절되어 있으며 작가 스스로 '장편'이라고 하였다. 연재분 가운데 3회분은 아직 자료가 발굴되지 못하였다. 연재된 절은 4절까지 게재된 뒤에 건너뛰어서 8절부터 9절까지 이어지고 있다. 그러므로 누락된 3회 분 속에는 5, 6절의 전량과 7절의 앞부분이 빠진 것으로 보인다. 각 절은 작가가 매긴 번호의 순차에 따른 것이다. 본고에서는 『채만식전집』(창작과비평사, 1989)에서 인용하고, 권수와 쪽 수만 표기하기로 한다.

조금 미련하고 고집은 대단하고 기운은 무척 세어서…… 그리고 또 노란 머리가 곱슬곱슬한 것이라든지 넓죽한 얼굴이 끝이 빨고 두 눈방울은 두 리두리 코는 벌씸한 게 뒤로 젖혀진 것이라든지 흡사 부룩송아지 같기는 했읍니다.4)

인용문을 통해 알 수 있듯이, 부룩쇠는 '조금 미련하고 고집은 대단하고 기운은 무척 세어서' 옛날 머슴을 떠올리는 촌뜨기이다. 그는 어머니의 가출에 이어 아버지마저 "서울 가서 엄마 데리고 오께 그새 울지 말고 있으라"는 당부와 함께 훌쩍 가출해 버린 뒤, 할머니와 외롭게 살아가고 있는 어리석은 아이이다. 생김새가 '부룩송아지 같대서' 지어진 이름도 그러려니와, 성도 나이도 모르고 집이 어딘지도 모르는 바보 같은 아이이다. 그가 가히 백치에 가까운 지능으로 문제를 해결해 가는 태도에서 웃음이 절로 나온다. 그러나 이때의 웃음은 쾌락적 웃음이 아니라, 초점인물이 소설적 상황 속에서 자아내는 비극적 웃음이다. 이 작품의 발표 연대에 주목해 보면, 1930년대 후반은 식민지 전역에서 유이민이 대량 발생했던 시기이다. 부모의 보호 없이 생명을 유지해야 하는 부룩쇠의 입장에서는 어리석음을 앞세워 험한 세상을 살아내는 일보다 시급한 과제는 없었다.

생계를 해결하기 위해 부모가 집을 나가서 졸지에 고아가 된 부룩쇠의 처지는 "뒤구두 옷해 입히면 살끔 달아나서는 못쓴다"는 윤영감네 집에 와서야 비로소 제시된다. 이 집에 눌러 사는 동안에 나이를 물어보면 "열한 살이라고도 하고 열두 살이라고도 하고 껑충 뛰어서 열아홉 살이나 뚝 떨어져 다섯 살이라고" 대답하는 어수

---

4) 『채만식전집·7』, 227쪽.

룩한 촌뜨기 부룩쇠의 성격은 이 소설의 희화화를 거드는 주요 요소이다. 채만식은 특유의 풍자 기법을 내세워서 못난 아이를 놀려 먹는 셈이다. 못난 부룩쇠의 어수룩한 행동은 이야기의 재미를 고조시키는 동시에, 세상의 위선 앞에서 좌절하는 소년의 절망감을 극내화시킨다. 부룩쇠의 우행은 작품의 희극적 재미를 점증시키고, 독자들은 그의 처지를 동정하게 되는 것이다. 이에 반하여 부룩쇠를 데려다가 혹사시키는 윤 영감의 부도덕성은 실체를 드러내게 된다. 그것은 기성세대의 위선을 고발하는 것이며, 동시에 소년 앞에 놓인 세계의 부조리한 측면을 포착하여 제시한 것이다.

> "허허 그놈 참⋯⋯좌우간 쓰기는 쓰겠다."
> 윤호장 영감은 끝엣말을 혼자 이렇게 중얼중얼합니다. 못나고 숫두름한 게 괜찮다는 말이지요.
> "너 이녀석 뒤두구 옷해 입히면 실끔 달아나서는 못쓴다 응."
> 윤호장 영감은 큼직한 대문 앞에 다다랐을 때에 이렇게 다집니다.
> "네 안 달아나유."
> "안 달어난댔겠다?"
> "네."
> 이렇게 해서 부룩쇠는 서울을 가던 중간에 무엇하러 서울길을 나섰는지 그것은 차차 알려니와 윤호장 영감집에 꼬마동이로 들어왔습니다. 그런지가 벌써 여섯 해가 된 것입니다.
> 처음은 윤호장 집에서 그때 세 살 먹은 애기를 업어주었습니다. 그러다가 애기가 자라니까 재작년부터는 아궁이마다 군불때기, 쇠물쑤기, 소꼴 먹이기 그리고 나무하기, 안팎 심부름하기, 이래서 지금은 거진 장정 몫을 하고 있습니다.[5]

윤호장 영감은 어리벙병한 부룩쇠를 줍듯이 데려다가 아무런 보

5) 『채만식전집·7』, 229-230쪽.

수 없이 집안일을 시키면서도, 달아나지 말도록 어르고 위협하는 부정적 인물이다. 그는 이중적인 성격의 소유자로 제시되고 있는데, 이런 할아버지 세대의 이중성은 할머니의 피동성과 아울러 부룩쇠의 처지를 한층 극적이게 거들고 있다. 윤 영감은 그의 대표작 「태평천하」의 윤직원 영감과 성격을 같이한다. 두 노인 간의 공통점으로는 매우 풍족한 집안의 수장으로, 남의 어려움은 도외시하고 일신상의 이익만을 추구하는 인물이다. 윤 영감은 부룩쇠의 귀가조치는 생각해 보지도 않고, 오로지 자기 집에 잡아 두고 사역시킬 궁리만 한다. 그는 민족이 처한 상황이나 부룩쇠의 처지는 안중에도 없다. 그는 봉건 제도의 유복자로서 가문의 흥륭을 위해 일신의 안녕을 도모하고, 타인의 노동력을 착취하기를 서슴지 않는다.

아버지와 어머니 역시 부정적인 부모상이다. 혈육을 남겨 두고 가출하는 어머니나, 그녀를 찾고자 어린 아들과 늙은 어머니를 홀로 두고 집을 나서는 아버지의 행동에서, 우리는 당대의 부모상을 심각하게 유추할 수 있다. 이들 부부는 삶의 터전을 상실당한 곤궁한 사람들이라는 점에서, 당시의 황폐화한 농촌 실상을 대변하고 있다. 무작정 서울로 간 어머니나 그녀를 찾는다고 상경한 아버지의 행동은 가난으로 인한 윤리관의 타락상을 대신하고 있다. 특히 부룩쇠의 어머니가 "고향에서 못된 사람의 꼬임을 받아 서울로 왔다가 어느 좋지 못한 곳에 팔려 있었다"는 사정을 고려하더라도, 어린 피붙이를 떼어 놓고 상경한 행위는 정상적인 어머니의 모습이 아니다. 또한 할머니는 며느리의 가출이나 아들, 손자의 집 나가는 행동을 전혀 제어하지 못하는 수동적인 인물상으로 나타나 있다.

이와 같이 어른이 제 역할을 포기할 수밖에 없는 상황은 식민지 사회의 산물이다. 부모의 권위를 내세우는 것조차 사치스러운 시대 형편 속에서, 아이들은 호구지책을 찾아 유랑할 수밖에 없었다. 부룩쇠는 이러한 시대의 모순과 가정의 사정을 감당하는 인물이다. 그가 막무가내로 강 선생에게 '학교 좀 댕깁시다.'라고 조르는 사회의 풍경은 만만하지 않다. 부룩쇠는 학교에 가고 싶어도 갈 수 없고, 강 선생으로 대표되는 식민지 제도는 그를 포용하지 않는다. 그는 국외자인 셈이다. 그는 윤 영감의 꾐에 넘어갈 수밖에 없었고, 영감의 '보호' 속에서 연명하며 후일을 기다리는 수밖에 달리 선택할 여지가 없었다. 애초 그에게는 자의에 의한 미래 선택의 기회가 봉쇄되어 있었던 것이다. 자신의 삶을 개척할 수 없도록 가로막는 세계의 완고함 앞에서, 부룩쇠는 같은 또래의 거지에게조차 보기 좋게 농락당한다. 윤 영감으로 대표되는 보수적 질서 체계 속에서 '보호'된 그로서는, 식민자본주의 체제를 습득한 거지에게조차 동무로 취급받지 못한 채 희롱의 대상으로 전락하게 된 것이다.

> "너 돈 있지?"하고 묻습니다.
> 부룩쇠는 있으니까 있다고 했습니다.
> 눈만 빠꼼하지 얼굴도 손도 입은 옷도 다 새까만 거지아이는 부룩쇠가 돈이 있다고 하니까 통조림통을 달랑달랑하면서 바싹 다가섭니다.
> "정말 돈 있어? 어데?"
> 부룩쇠는 손바닥을 펴보입니다.
> "나 호떡 하나만 아니 두 개만 사주면 늬 어머니 찾어주지."
> 이 말에 부룩쇠는 아주 귀가 반짝 뜨입니다.
> "정말?"
> "응."
> "네가 우리 어머니 아니?"
> 그새 물어보는 데마다 모른다고 했는데 이 애가 찾아준다니까 반갑기는 반가와도 한편으로는 좀 미심찍어서 다져보는 것입니다.[6]

작가는 소설 속에서 부룩쇠와 거지의 대화를 통하여 도시와 시골의 대비적 측면을 적시하고 있다. 부룩쇠가 영악한 서울 거지에게 농락당하는 것은, 견고한 식민자본에 대항할 만한 힘을 비축하지 못한 민족자본의 취약성과 대응한다. 식민 종주국의 모조 공간으로서의 서울은, 식민지 조선의 현실을 감당하는 시골아이에게 결코 적수가 될 수 없다. 채만식은 서울 거지에게 농락당하는 부룩쇠의 어리석은 행위와 촌뜨기를 단번에 속이는 도시아이의 영악함을 대비함으로써, 도시화와 식민 자본주의에 대한 부정적 인식 태도를 보여 준다. 그것은 서울이라는 식민지 모조 공간에 대한 거부의지를 나타낸 것이며, 동시에 제국주의의 거대한 자본에 대항하기에는 역부족인 식민지 경제의 구조적 위선을 드러낸 것이다.

채만식은 이 작품에서 비극적 상황을 설정한 뒤 이를 극복하는 소년의 행동을 초점화함으로써, 현실 인식의 기반이 어디에 있는지를 명확하게 보여 주고 있다. 이것은 그가 줄기차게 보여 주고 있는 소설적 기법 중의 하나이다. 작가의 소설적 장기인 짙은 페이소스가 '못난 아이 골려먹기'로 구체화되어 나타났다. 못난 아이를 골려 먹는 행위가 되풀이될수록 당대 사회의 모순 구조는 극명하게 드러난다. 작자는 어리석은 주인공의 행동을 통하여 판소리 주제의 이중 구조 형태, 즉 표면적인 주제와 이면적인 주제를 차입함으로써, 주제의식의 표출과 함께 문학적 실험정신을 실천하고 있다. 이 점은 그가 판소리의 고장에서 나서 자랐다는 사실과 연루되어 있다.

이 작품에서 이야기의 초점은 부룩쇠라는 '소년'에게 주목되어 있다. 이 점은 해방 후에 창작되었으나 유작이 된 「소년은 자란다」

6) 『채만식전집·7』, 241쪽.

(『월간문학』, 1972. 9)의 영호와 같이 자라나는 신세대에게 희망을 가지려는 작가 특유의 개인적 기대감 혹은 시대적 대망 의지의 표출로 보인다. 작가는 순박한 시골소년의 무작정 상경기를 통해 기성세대의 위선을 희롱하는 한편, 주권 회복 후의 담당 주체에 대한 가없는 기대심리를 표출하고 있다. 채만식의 소년에 대한 남다른 애정은 민족의 식민지 상황과 긴밀하게 연관되어 있다. 양친 모두 집을 나간 부룩쇠의 처지와 서울 거지의 처지는 별다르지 않다. 하지만 서울 거지는 자신과 비슷한 또래의 부룩쇠를 기만하여 먹을 것을 해결하고 순간의 배고픔으로부터 탈출한다. 이에 비해 부룩쇠는 거지 소년의 속임수에 넘어가서 빈털터리가 되지만, 꿈에 그리던 어머니와 상봉하여 고아 이전의 상태를 회복하게 된다.

채만식은 「어머니를 찾아서」에서 시골 소년의 무작정 상경기를 통해 식민주의 경제의 구조적 악폐를 고발하고 있다. 이른바 '농촌진흥 정책'과 '농공병진 정책' 등은 식민지 농촌 사회를 조속히 해체하려는 일제의 기만술이었다. 그 결과 이농현상의 가속화에 따라 가족은 해체되었으며, 대다수 농민들은 유이민이 되거나 도시 빈민 계급으로 편입되었다. 이러한 시대 상황 속에서 부룩쇠의 부모는 자식마저 버리고 가출했으며, 그는 토착 지주 윤호장 영감네 집에서 호구하는 대신에 사역을 담당하였다. 또한 어머니를 찾아 상경한 그는 상대방의 이윤을 취하고 폐기하는 자본주의의 처세술을 체득한 서울거지에게 농락당하여 무일푼 신세가 되었다.

이와 같은 계속되는 절망 속에서 부룩쇠 모자의 극적 해후는 작자의 세계관을 추측케 한다. 채만식은 비록 자식을 버리고 낯선 사내의 꾐에 빠져 집을 나간 어머니이지만, 그녀에게 부정할 수 없는 모정의 불씨를 되살려줌으로써, 당대 사회에 횡행하던 기아와 소년들의 유랑 실태를 문제 삼은 것이다. 이렇게 판에 박힌 결말을 통해 그는 동시대의 윤리 파탄에 대한 작가적 관심과 상식적 답안을 제출하였다. 곧 작자는 궁극적으로 신구 세대 간의 단절을 획책하는 식민지 경제의 '보이지 않는 손'을 드러내고 싶었던 것이다.

2. 친일주의자와 친미주의자의 동일성

8·15 해방은 한국 근대사에서 외국에 대한 문호 개방 이후 다가온 변혁기이며, 자주적으로 민족문제들을 해결할 수 있었던 선택과 결단의 기회였다. 이 무렵 대두되었던 민족 문제는 자주적 민족국가의 수립, 일제 잔재의 청산 그리고 민족적 역량의 극대화로 요약할 수 있다. 이 세 가지는 상호 긴밀하게 연관되어 있으며, 그중에서 우선적인 것은 자주적 민족국가의 수립이었다. 이 문제를 해결하기 위해서는 다른 두 가지가 뒷받침되어야 했으며, 이러한 역사적 조건들은 문학과 정치의 경계를 무너뜨리는 데 작용하였다. 그러므로 해방 직후 문학의 운동 방향은 당연히 민족문학의 건설 문제로 초점화될 수밖에 없었고, 이것은 해방 직후의 문학가들로 하여금 상호 간의 현격한 이념차를 인식하면서도 합작하도록 강요한 배경적 요인이었다.

그러나 이러한 혼란기를 이용하여 친일의 기록을 가진 작가들은 정치가들과 합세하여 자주적 민족국가의 수립을 훼방하였다. 그들은 외세를 동원하여 자신들의 이념적 선택을 합리화하려고 시도하였으며, 새로운 정치 상황의 선점을 통해 과거의 허물을 은폐시키려고 노력하였다. 그들의 반민족 행위는 반공 이데올로기와 결탁하여 분단시대를 획정하는 데 공헌하였으며, 자신들의 과오에 대한 적절한 반성은 시도하지도 않았다. 채만식은 해방 후에 다들 부일의 전력을 감추거나 구차하게 궤변하였을 때에도, 스스로 소설 「민족의 죄인」(『백민』, 1948. 10~11)을 발표하여 일련의 친일 행각과 독전하는 글을 썼던 허물을 준열한 자기재판으로 기록하였다.

그의 「이상한 선생님」(『어린이나라』, 1949)은 친일파 선생의 생활을 다룬 작품이다. 박 선생은 키가 한 뼘밖에 안 되기 때문에 '뼘상', '뼘박'으로 불리거나, 또는 "한 줌만한 몸집의 한 뼘 만한 키 위에 가서, 그런데 이건 깜짝 놀랄 만큼 큰 머리통이 보내 위테위태하게 올라앉아 있"어서 '대갈장군'으로 불린다. 그는 "일본 정치 때에 혈서로 지원병을 지원했다 체격검사에서 키가 제 척수에 차지 못해 낙방"하여 땅을 치고 울 정도로 철저한 친일 행각으로 점철된 인물이다. 이와 같이 친일적 자질이 두드러진 박 선생은 '조선말로 쌈하는 녀석'의 넓적다리를 구둣발길로 걷어차는 등, 아이들로 하여금 일제의 꼭두각시 노릇을 하도록 가르친다.

이와 대비적 인물이 강 선생이다. 그는 "키가 크고, 몸집도 크고, 얼굴이 너브릇하고, 얼굴이 검기는 하여도 순하지 사남이 든 데가 없고, 눈은 더 순하고, 허허 웃기를 잘하고, 별로 성을 내는 일이 없고, 아무하고나 장난을 잘하"는 사람이다. 그는 "'국어(일본말)'가 서툴러서 그런다"는 핑계를 대며, 아이들과 한글로 얘기하는 사람이다. 상극의 민족관과 성격을 가진 두 사람은 만나면 싸움이다. 물론 싸움은 언제나 장난꾸러기 같은 강 선생의 건들기로 시작되는 말장난에 불과하지만, 박 선생의 직설적 대응을 통해 강 선생의 도덕적 우위는 확보된다. 그러던 어느 날 해방이 되자, 박 선생은 인정할 수 없는 현실을 부정하면서 위축되어 갔다. 이때 강 선생은 태극기 만드는 일에 박 선생을 동참시킴으로써, 학생들과의 화해를 매개한다.

그렇지만 박 선생의 화해는 정국의 추이에 따라 민첩하게 변신하는 과정에서 거짓으로 판명되었다. 박 선생은 영어 공부를 열심히 하여 미군들의 통역을 담당했다. 그는 채만식의 소설 「미스터 방」(『대조』, 1946. 7)의 방삼복과 쟁쟁한 인물이다. 두 사람은 서투른 영어를 바탕으로 미국의 국익을 대변하며 동족에게 횡포를 일삼는 인물이다. 미군의 양담배를 피우다가 교장이 된 강 선생으로부터 핀잔을 들을 만큼, 박 선생은 일제강점기의 처세술을 되살려서 철두철미하게 친미주의자로 변모하게 된다. 마침내 박 선생은 당국의 힘을 빌려 강 선생을 빨갱이로 몰아서 내쫓고, 자신이 교장의 자리에 오른다. 그는 교장이 된 후 해방 이전의 일제에 대한 충성심을 되풀이하여 학생들에게 미국에 대한 감사의 마음을 강조한다.

> 우리는 뼘박 박 선생님더러, 미국에도 '덴노헤이까(천황폐하)'가 있느냐고 물었다. 미국에도 덴노헤이까가 있지 않고서야 우리 조선 사람을 그렇게 일본의 '덴노헤이까'처럼 친아들(赤子)과 같이 사랑하고, 우리 조선 사람들이 잘 살도록 근심을 하며, 온갖 물건을 가져다 주고 할 이치가 없기 때문이다.(해방 전에 뼘박 박 선생님은 덴노헤이까는 우리 조선 사람들을 일본 사람들과 같이 사랑하고, 우리 조선 사람들이 잘 살기를 근심하신다고 늘 가르쳐주고 하였었다.)
> 뼘박 박 선생님은 미국에는 덴노헤이까는 없고, 덴노헤이까보다 훌륭한 '돌맹이'라는 양반이 있다고 대답하였다.
> 우리는 그럼, 이번에는 그 '돌맹이'라는 훌륭한 양반을 위하여 '미국신민노세이시(미국신민서사)'를 부르고, 기미가요 대신 돌맹이 가요를 부르고 하여야 하나보다고 생각하였다.
> 아뭏든 뼘박 박 선생님은 참 이상한 선생님이었다.[7]

---

7) 『채만식전집·8』, 606쪽.

채만식은 친일파 선생이 친미 반공주의자로 변모하게 되는 과정을 서술하면서도, 시종일관 경쾌한 어조를 유지하고 있다. 정치적으로 무거운 주제를 취급하면서도, 작자는 독자를 고려하여 고의적으로 가볍게 서술한 것이다. 작자는 박 선생의 인물과 행동의 묘사 부분에서는 과장된 익살로 희화화함으로써, 그의 올바르지 못한 '이상한' 행동을 클로즈업시키는 효과를 거두고 있다. 또한 작자는 시종일관 어린 서술자가 반신반의하는 태도를 보임으로써, 세대 간의 시대 인식의 차이를 드러내고 있다. 곧 작자는 서술자로 하여금 박 선생과 강 선생의 대립 속에서 박 선생을 '이상한 선생님'으로 인식하도록 서술 방향을 제어하고 있다. 이것은 어린 세대가 시대 상황에 대한 정확인 인식 기반 위에서 기성세대의 가르침을 비판적으로 수용하기를 바라는 작자의 기대 심리를 드러낸 것이다.

이 작품은 한 정치 지향적 인물의 변신 과정을 통해 해방기의 혼란상을 고발하고 있다. 그 대상이 친일 교원이라는 점에서, 채만식의 발표 의도는 주목되어야 한다. 자주적 민족 국가의 건설 현장에서 사회의 어느 부문보다도 일제 잔재의 청산이 시급히 이루어져야 할 곳은 교육이었다. 물론 사회 체제의 이념형을 논의하고 국가의 정체를 결정하는 정치의 우위성은 인정되어야 한다. 그렇지만 완전한 자주독립 국가를 수립하기 위해서 교육 부문 종사자들의 도덕적 순결성은 국가의 정체성과 직결되는 것이다. 이에 작자는 친일 교원의 정치적 변신 과정을 소설화함으로써, 정치적 주도권 경쟁에 가려진 채 새로운 국가 주체에게 해악을 끼치게 될 친일교육자들의 척결을 주장하고 있다. 또한 이것은 당대의 혼란기에서 자라나는 소년들에게 희망을 찾으려는 그의 미래적 전망의 표현방식이라고 할 수 있다.

당시에 채만식은 해방 정국을 "호랑이 한 마리 내쫓고, 사자허구 곰허구 두 놈이 앞마당 뒷마당에 들어앉은 형국"(「소년은 자란다」)이라고 비판하면서, 미, 소 양국의 국내 정치 개입을 '미국식 조선'과 '소련식 조선'을 이식시키려는 정치판 꾸미기로 보았다. 이처럼 그는 해방기의 정치 상황을 정확하게 인식하고 있었으며, 그것을 소년 독자에게 변용한 것이 이 작품이다. 그는 민족 분열과 조국의 분단 징후를 개탄하는 한편, 미국과 소련, 좌익과 우익 양편을 모두 비판하였다. 이것은 당대의 소설가 염상섭이 「엉덩이에 남은 발자국」(『구국』, 1948. 1)에서 친일파에 대한 관용을 주장한 것과 대비된다. 채만식은 해방 정국의 현안 과제의 하나였던 친일 잔재의 소탕에 원칙론을 견지하고 있었던 것이다. 따라서 그에게 '뺌박' 선생으로 대표되는 친일파들의 변신과 영달은 용납될 수 없는 사건이었다.

3. 주체의 참을 수 없는 부정 정신

채만식은 소설 작품에서 현실에 대한 끊임없는 부정의식을 보여주었다. 그는 자신의 개인적 불만보다는 집단적 혹은 민족적 불만을 소설로 형상화하려고 노력한 작가였다. 물론 그러한 부정의식의 근저에는 민족의 운명에 대한 증인으로서의 소설가라는 진지하고 치열한 작가정신이 자리 잡고 있었다. 이러한 자세는 소설집 『祭饗날』(박문출판사, 1946)의 「작자 소기」에서 유추할 수 있다. 그는 일제강점기에 발표한 작품을 해방 후에 출판하는 의도를 "엄밀한 검열과 가혹한 문화 말살 정치 밑에서 그래도 붓끝만은 굴복하지 아니하고 그만침한 것들을 써내었다는 각각 작자들의 조금치라도 부끄러움이 없는" 일이라고 부연하였다. 그는 시대 상황의 충실한 증언자로서, 기록물로서의 소설을 일제에게 정신적으로 굴복하지 않은 역사적 사실로 제출한 것이다.

그가 '서동산'이라는 필명으로 발표한 동화 「쥐들은 고양이의 목에 방울을 달러 나섰다」(『신가정』, 1933. 10)는 이러한 세계관을 여실히 보여 준 작품이다. 도저히 성공할 수 없는 고양이의 목에 방울 달기는 주체의 실천의지를 정면에서 취급하고 있다. 비록 실패가 예정된 고난의 길이라 할지라도, 동족의 연대에 기초하여 부단히 전진하는 것이야말로 주체의 존재 이유라는 사실이다. 쥐들은 날마다 고양이에게 포획되어 죽어가는 동족의 비참한 운명을 망연자실한 채 관망하거나, 자기 자신에게 닥쳐올 죽음을 기다리며 살아가는 소극적 인생관을 폐기하고, 천적의 목에 방울을 달아서 동족과 후손들의 목숨을 수호하려는 엄숙한 결의를 다진다.

> "지금 집집마다 장정을 하나나 둘씩 뽑아서 그 수가 백 명이 되건 이백 명이 되건 많을수록 좋으니까……그리구 한 번 갔다가 못허면 두 번 세 번이라두 기어이 그놈의 목에 방울을 달어놓을 때까지 응, 자."
> "자."
> "자."
> "자."
> "자."
> 쥐들은 이렇게 용감하게 외치며 고양이의 목에 방울을 달러나섰다.[8]

박 서방의 제안으로 이루어진 고양이 목에 방울 달기는 "한 번 갔다가 못허면 두 번 세 번이라두 기어이 그놈의 목에 방울을 달어

---

8) 『채만식전집·8』, 566쪽.

놀 때까지" 시도되어야 할 종족의 현안과제이다. 자신의 목숨을 걸고 종족의 목숨을 지키려는 쥐들의 행동은 결국 도로에 그칠 것이 뻔하다. 하지만 쥐들은 '기어이' 그 일을 행동으로 옮긴다. 후손의 안녕을 위해 자신들의 목숨을 담보로 투쟁을 독려하는 쥐들의 행동은 패배주의를 불식시키고, 종족의 미래를 스스로 개척하려는 순교자적 정신에서 비롯된 것이다. 작가는 물리적 힘과 정신의 대결 국면에서 정신의 승리를 확신하고 있는 셈이다.

이 작품이 발표된 1930년대의 시대 형편은 일제의 군국주의화가 강화되면서 민족 내부에 패배의식이 팽배해질 때였다. 작가 자신도 이후에 친일 행각에 나서지 않으면 안 될 정도로, 민족운동전선을 궤멸시키려는 일제의 방해공작은 집요하게 계속되었다. 작가는 이 작품에서 동화의 형식적 특성을 차용하여 당대의 객관적 정세를 격파하는 하나의 방법론을 제시하고 있다. 민족해방운동이라는 시대적 과업은 상대의 위세에 굴복하지 않는 정신과 그에 맞서 당당히 겨룰 만한 행동의 실천 의지와 결부된 것이다. 이런 측면에서 일제 말기 독전 행렬에 가담할 수밖에 없었던 그의 행동은 일종의 '위장 전향'이라는 사실이 판명된다.

4. 교훈의 익살스러움

채만식의 「왕치와 소새와 개미와」(『문장』, 1941. 4)의 길이는 40매가량 되는 대표적 동화이다. 이 작품은 "왕치의 대머리와 소새의 주둥이 나온 것과 개미의 허리 부러진 것과는 이만저만찮은 내력"을 적은 것이다. 개미와 소새와 왕치는 한집에서 살고 있었다. 개미는 부지런하고, 소새는 바지런해서 제 앞가림을 할 수 있었으나, 왕치는 "파리 한 마리 건드릴 근력도 없는 약질"이면서도 양통은 커서 먹기는 남의 갑절이나 먹었다. 왕치는 방아깨비 암컷이다. 소새는 아메리카 흑조로서, 소 떼를 따라다니며 다른 새의 둥지에 알을 낳는 특이한 속성을 갖고 있다.

가을 어느 날 소새의 발의로 셋은 하루씩 번갈아 가며 잔치를 벌이기로 한다. 개미의 첫날 잔치와 소새의 다음날 잔치는 성례되었다. 문제는 왕치의 차례였다. 왕치는 갖은 핑계를 대어서 잔치판을 미룰 심산이었으나, 소새의 '패앵팽한 눈살'이 무서워 음식을 장만하러 밖으로 나갔다. 왕치는 들과 산에서 여러 동물들을 발견했으나, 끝내 잡지 못하여 잔칫상에 올릴 수 없었다. 왕치는 마침 물가에서 소새가 잡아 와서 맛있게 먹었던 잉어를 발견하였지만, 도리어 잉어의 밥이 되고 말았다. 집에서 왕치의 돌아오기를 손꼽아 기다리던 개미와 소새는 왕치를 찾아 집을 나섰다. 소새는 잉어 한 마리를 잡게 되어 개미와 함께 잔치판을 벌였다.

별안간 후루룩하더니, 둘이가 먹고 있는 잉어 배때기 속에서, 왕치가 별안간 뛰어나오는 것이었었다. 아까, 왕치를 산 채로 차 먹은 그 잉어를 공교로이 소새가 잡아온 것이었다.

소새와 개미는(반가운 것도 반가운 것이지만 깜짝 놀라) 뒤로 나가자 빠지는데, 풀쩍 그렇게 잉어 배때기 속에서 뛰어나오면서 왕치의 하는 거동이 과연 절창이었다.

"휘! 더워! 어서들 먹게! 아, 이 놈의 걸 내가 잡느라고 어떻게 그만 앨 썼던지! 에이 덥다! 어서들 먹게!"

이렇게 너스레를 떨면서, 땀 밴 이마를 쓱쓱 손바닥으로 씻으면서.

소새는 반가운 것도 놀란 것도 인제는 어디로 가고 슬그머니 배알이 상했다. 잡기를 번연히 소새 제가 잡아, 그 덕에, 생선 배때기 속에서 귀신도 모르게 죽을 것을 살려냈어. 한 것을, 넉살좋게, 제가 잡느라고 앨 쓴 건 무어며, 숫제 어서들 먹으라고 연성 생색을 내니, 세상 그런 비윗장 도 있더냐 말이었다.

소새는 그래서 주둥이가 한 자나 되게 뚜우하니 나와 가지고는 샐룩한 눈을 깔아트리고 앉아 말이 없었다.

개미가 비로소 정신을 차려 둘이를 다시금 보니, 참 우스워 기절을 하겠 었다.

속을 못차리고, 공것을 너무 밧치고 하면 이마가 벗어진다더니, 정말 왕치는 이마의 땀을 쓱쓱 씻는데, 보기 좋게 빈대머리가 훌러덩 단박에 벗어지고 만 것이었다.

소새는 또 주둥이가 한 발이나 나와버렸고.

개미는 하도 우습다 못해 대굴대굴 굴다가 그만 허리가 부러지고 말았다.9)

왕치의 허풍으로 인해 왕치는 대머리가 되고, 소새는 주둥이가 나오고, 개미는 허리가 잘록해졌다는 얘기이다. 이 작품에서 작자 는 특유의 입담을 구사하며 발랄한 어조를 유지하고 있다. 이 작품 은 등장인물의 희극적 행동을 통해 수분 지족하는 삶을 강조하고 있다. 작자는 소새와 개미와 왕치의 신체적 특징과 행동 특성을 우 화 형식에 적절하게 용해시키고 있다.

Ⅲ. 결 론

채만식은 동화와 소년소설을 통해 자신의 진보적 세계관과 증인 으로서의 소설가 정신을 드러내었다. 그는 「어머니를 찾아서」에서 식민 경제의 제도화가 진행되면서 해체되어 가는 가족의 소중함을

---

9) 『채만식전집・8』, 597쪽.

취급하였다. 그는 시적 정의를 통해 식민자본주의 체제 속에서도 훼손되지 않아야 할 윤리적 가치를 강조한 것이다. 이것은 역으로 천륜마저 파손하는 일제 식민지 정책의 포악성을 드러내는 데 기여하였다.

작자는 「이상한 선생님」에서 한 교사의 정치적 변신 과정을 보여줌으로써, 해방기 현안과제였던 친일 잔재 청산의 지난함을 보여주었다. 특히 친일 교사들의 반성 없는 변신은 해방 이후 교육의 정체성을 상실하도록 조장한다는 점에서, 그들은 민족 독립운동 전선에서 배제되어야 할 대상이었다. 그러나 친일파들은 신속히 친미 반공주의자로 변모하여 자주 독립 국가의 건설을 조직적으로 방해하였으며, 기득권의 수호를 통해 조국의 분단현상을 촉진하였다. 작자는 대척적인 두 교사의 행동을 통해 당대의 문제를 초점화하였고, 그것은 소년들이 올곧게 자라기를 바라는 소설적 희망이었다.

동화 「쥐들은 고양이 목에 방울을 달러 나섰다」는 일제의 군국주의화가 강화되면서 민족 내부에 패배주의가 만연하던 시기의 작품이다. 작자는 이 작품에서 민족해방전선에 대한 일제의 방해공작에 대응하는 투쟁 방법론을 동화의 형식적 특성을 차용하여 제시하고 있다. 또 「왕치와 소새와 개미와」에서 작자는 우화의 형식적 특성을 살리는 발랄한 어조로 안분지족하는 삶을 강조하고 있다.

이와 같이 채만식은 일련의 소년소설과 동화 작품에서 소년에 대한 애정을 표명하였다. 이것은 식민지시대의 굴절이 소년들에게 되풀이되지 않기를 바라는 그의 작가적 기대감과 의무감의 발로였다. 그가 가난한 날들의 삽화 속에서 소년을 통해 미래적 전망을 표현하게 된 이면에는, 당대 사회를 부정하는 의식이 자리 잡고 있다. 그는 개인적 불만보다는 민족의 집단적 불만을 소설적으로 형상화하는 데 전력하였고, 그러한 노력이 소년을 대상으로 한 작품에서 미래에 대한 진보적 의식으로 표출된 것이었다.

참고문헌

〈기본 자료〉

채만식, 「자작 안내」, 『청색지』, 1935. 5.
채만식, 「모방에서 창조로」, 『동아일보』, 1939. 2. 8
『채만식전집·7-8』, 창작과비평사, 1989.

과거지향 의식과 현재의 고아의식

- 이태준론

과거지향 의식과 현재의 고아의식

– 이태준론

Ⅰ. 서 론

1929년 10월 미국의 증시 폭락으로 촉발된 경제 대공황은 세계 질서의 재편을 야기하였다. 그것은 제1차 세계대전의 연장선상에서 2차 세계대전의 발발 가능성을 축적시켜 준 경제적 매개항이었다. 1930년대는 경제 문제가 사회의 각 부문을 충격하며 다가왔다. 일찍이 유례없는 경제 공황은 "그 시대를 살았던 사람들에게는 직접적이고도 실제적인 타격이었고, 심각한 정신적·육체적 상처를 입혔을 뿐만 아니라, 서구 사회 전반에 걸친 위기를 여실히 드러내보였다"[1]는 점에서 충격적이었다. 이런 불안에 틈타 등장한 파시즘이 전 세계적으로 기승을 부리기 시작하자, 일제는 그에 편승하여 국내 최대의 이념 결사체 카프에 대한 해체 공작에 착수하였다. 1931년 카프 조직원들이 검거되면서 조성된 문단 탄압 분위기는 반제국주의 이념을 중시하는 세력보다는 문학의 내적 형식을 강조하는

---

1) Didie Ottinger 외, 이화여대통역번역대학원 공동번역연구회 역, 『1930년대』, 창해, 2000, 41쪽.

부류의 대두를 초래하게 되었다. 그들은 카프를 타자로 설정하며 문학의 자율성을 표방하였다. 이른바 일제의 입장에서 보면 '풍선 효과'로 설명할 수 있는 이 시기 문학 세력의 교체는 한국문학사의 맥락에서 본다면 변증법적 발전 과정이었다.

그런 이유로 한국 근대문학사에서 1930년대가 지닌 의의는 실로 막중하다. 이 시기는 카프로 대표되는 계급주의 문학이 퇴조하는 대신에, 소위 순수문학 계열의 작가들이 문단의 주류 세력으로 등장한 시기이다. 말하자면 문학 행위에서 집단의 이념을 내세우기보다는, 개인의 조건을 우선적으로 표현하는 무리들이 문단의 흐름을 주도하기 시작한 시기이다. 그들이 결성한 구인회의 출현으로 동일한 문학 성향을 지닌 작가들의 집단화와 문단의 권력 교체가 가능해졌다. 그들에 의해 카프의 현장밀착형 문학관을 극복하고자 노력한 공로가 인정되지만, 동시에 탈현장성을 강조하여 복고적 문학관으로 진입하는 오류를 범한 것도 사실이다. 그러한 움직임의 주동자는 당시 『조선중앙일보』에 재직하던 상허 이태준이었다. 그는 '구인회'를 주도적으로 결성하고 『문장』지를 주관하며 열심히 문단 활동에 참여한 뒤에, 광복될 때까지 고향에서 칩거하다가 상경하였다. 그는 조선문학가동맹에 가담한 뒤 월북하였으나, 과거의 행적에 대한 비판을 받고 숙청되었다.

이태준은 1925년 소설 「오몽녀」으로 『조선문단』의 추천을 받았지만[2], 1930년대에 접어들어서 작품 활동을 시작하였다. 그는 생애 내내 극심한 가난과 고아의식 속에 살았다. 그는 강원도의 궁벽한 지방에서 태어나 서울과 일본에서 학업을 계속했던 유학파지만, 적

---

2) 이태준의 등단작은 추천지가 아닌 『시대일보』에 연재되었다. 그 배경에 대해서는 김영민, 「이태준의 등단 과정과 '오몽녀' 연구」, 『현대문학이론연구』 제22집, 현대문학이론학회, 2004. 8, 117 - 148쪽 참조.

빈의 생활은 숱한 좌절과 고난을 안겨 주며 그를 단련시켰다. 그 영향으로 인해 그의 소설 속에는 가난한 날들의 풍속들이 서사적 배경을 형성하고 있다. 차라리 그는 가난을 주요 소재로 다루어서 성공한 소설가이다. 그의 가난 애호 성향을 간파한 최재서는 "비속한 물건을 갖이고 그 실재성을 왜곡함이 없이 예술화할 줄 아는 희소한 조선 작가"[3]라고 평하였다. 가난은 고아의식과 함께 그의 문학 세계를 해명하기 위한 키워드로서, 매우 중요한 역할을 담당하고 있는 것이다. 식민지 후기에 집중적으로 형상화된 이러한 주제들은 궁핍한 상황에 노출된 당대 민중들의 물질적 조건들을 폭로하는 동시에, 자신의 체험을 문학적으로 형상화한 범례에 속한다.

이태준은 휘문고보 재학 중에 「물고기이약이」(『휘문』, 1924. 6)를 발표한 것을 비롯하여, 문단에 등장한 이후 본격적인 작품 활동을 시작하기 직전에 여러 편의 아동문학물을 발표했다. 그가 1929년부터 1932년에 집중적으로 발표한 아동문학물을 살펴보면, 그가 "고아라는 특수한 신분에서 연유한 경제적 궁핍과 소외의식으로 말미암아 세상을 한탄하고 고뇌하였을 뿐 아니라, 내면적으로는 감상적 열정이 솟구치는 뜨거운 가슴과 아울러 어린이처럼 순수하게 살고 싶은 꿈을 동시에 지니고 있었음"[4]을 알 수 있다. 더욱이 이들 작품은 훗날의 소설세계를 이룬 자양이었다는 점에서, 그의 소설 세계를 온전하게 이해하기 위해서는 동화와 소년소설들에 우선적으로 관심을 가져야 한다. 그가 등단 후에도 소년들의 삶에 지속적인 관심을 기울인 까닭은, 앞에서 살펴본 시대 상황에 포위된 식민지의 고아들의 처지를 자신의 고아 체험과 동일시한데서 비롯된

---

3) 최재서, 「빈곤과 문학」, 『문학과 지성』, 인문사, 1938, 122쪽.
4) 민충환, 『이태준연구』, 깊은샘, 1988, 44쪽.

것이다. 그는 자신의 궁핍한 성장기를 돌아보며 당대의 어린이들이 처한 폭력적 상황에 소설적 우려를 표명한 것이다. 그의 소년소설에 관한 본격적인 접근이 필요함에도 불구하고, 기왕의 논의는 몇 편을 제외하고 소설을 중심으로 진행되어 왔다. 이에 본고는 고아의식과 상고주의를 매개항으로 설정하여 이태준의 소년소설과 동화작품을 분석하고자 한다.

Ⅱ. 상고주의와 고아의식의 구현 양상

1. 가족으로서의 구인회

이태준의 소설 작품에서 공통적으로 추출되는 것은 고아의식이다. 그는 고아의식에 기반을 둔 부정적 세계관에 입각하여 자신의 문학적 체험을 형성하고 있는 원체험들을 보여 주었다. 그의 소설들은 동화적 세계에 출현한 고아들의 성장기라고 해도 과언이 아니다. 그만큼 고아의식은 이태준 문학의 원형을 이루는 심리적 자질이었다. 그가 어려운 가정 형편에도 불구하고 고학으로 학업을 마치고 나서 성인이 되어도 고아의식은 사라지지 않았다. 그러한 의식 성향은 "말씀이 없으시고 깔끔한 성격의 소유자"[5]로 성장하도록 조장하였고, 그는 서자 출신의 고아 신분이라는 열등감을 극복하기 위해 묵언과 결벽을 언행의 본으로 삼았다. 이러한 모습은 문단 생활에서도 반영되었는데, 그는 정지용을 비롯한 일부 작가들

---

5) 이동진, 「근접하기 어려웠던 아저씨」, 상허문학회 편, 『이태준문학연구』, 깊은샘, 1993, 417쪽.

과 허교하며 친분을 유지했을 뿐이다. 그의 폐쇄적인 대인관계는 문학단체를 결성하는 과정에서도 여실히 드러났다.

구인회는 이태준에 의해 주도되었다.[6] 구인회는 명칭부터 일본 문단에서 모더니즘을 지향하는 신감각파의 '13인 구락부'를 모방한 것이 분명하지만, 그들이 표방한 문학은 카프의 이념 지향적 행태를 지양하기 위한 모색의 산물이었다. 문학관이 상이한 작가들이 이합 집산하는 움직임은 비난할 일이 아니거니와, 구인회에 이르러 카프가 추구했던 사회주의 리얼리즘의 대타항으로서의 모더니즘이 동조자들을 결속하는 집단화의 구실로 가능해졌다. 아울러 이 모임이 주목되어야 할 이유로는 주도자가 이태준과 정지용이라는 사실이다. 두 사람은 나중에 『문장』을 주재하면서 신인 발굴을 비롯하여 이전의 문학에서 소홀히 취급되었던 이른바 문학성 혹은 예술성을 앞세우거니와, 그들의 주장을 예감할 수 있는 모임이 구인회였다. 물론 구인회는 도성의 각 언론사 학예 담당자들이 주축을 이루어 구성된 결사체인 까닭에, 카프의 해체 이후 주인 없는 문단 권력의 인수도 겨냥하고 있었다.[7] 당대의 명민한 비평가였던 임화가 이른바 '세대론'을 통해 문단의 세대 단절을 논박하였으나, 그의 주장인즉 객관적 정세의 악화로 인해 이양된 문단의 주도권을 회복하려는 정치적 의도를 은폐하고 있다.[8] 카프의 서기장까지 역임한 임화로서는 권력의 상실로 초래된 상한 자존심을 해방기에 조선문학가동맹을 출범시키면서 회복할 수 있었다. 이처럼 탁월한

---

6) 구인회 결성 과정에 대해서는 조용만, 『30년대의 문화예술인들』, 범양사출판부, 1988, 95–139쪽 참조.

7) 구인회의 참가자들은 『매일신보』(조용만), 『동아일보』(이무영), 『조선일보』(김기림), 『조선중앙일보』(이태준) 등, 주요 언론기관에 재직하고 있었다.

8) 그에 대해서는 김윤식, 『한국근대문예비평사연구』, 일지사, 1984, 348–350쪽 참조.

조직운동가 임화조차 직접적 언사로 공격할 수 없을 만큼, 구인회의 출범은 1930년대의 문단 지형도를 바꾼 문학사적 사건이었다.

구인회는 이광수, 주요한, 김동인, 염상섭 등의 민족주의 계열의 작가들에 대해서는 비판을 시도하면서도, 카프 측에서 '무의지파'(백철, 「사악한 예원의 분위기 (하)」, 『동아일보』 1933. 10. 1), '반동시대의 매개 형태로 나타나는 그러한 예술단체'(홍효민, 「1934년과 조선문단 (4)」, 『동아일보』 1934. 1. 10), '신흥부르조아지 문예'(박승극, 「조선문학의 재건설」(『신동아』, 1935. 6)라고 비판해도 무대응으로 일관하였다. 그들의 모순된 반응은 두 가지 사유에서 비롯된 듯하다. 하나는 민족주의 계열의 작가들이 지닌 명성에 대한 비판이다. 구인회원들은 적어도 유사계열에 속하는 선배들을 선공함으로써, 그들을 무장 해제시키고 일거에 동렬에 놓이기를 희망했다. 그것은 문단의 신세대에 속하는 그들이 맞닥뜨려야 할 숙명의 한판이었다. 다른 하나는 카프 측 작가들의 반응에 무대응함으로써, 작품 본위의 설립 취지를 웅변하는 방법이다. 이것은 앞의 움직임과 대척적인 것으로, 성향이 다른 집단의 비판을 고의적으로 외면하여 필력을 둔화시키는 전략이었다. 그들의 분리 대응 전략은 비판적 논조를 보인 카프 측 작가들로부터 문단의 일파로 인정받는 소기의 성과를 거두었다.

또한 그들의 전략은 양 계파로부터 『시문학』의 발간으로 인해 발아하기 시작한 순수문학의 명맥을 유지하는 데 도움을 주었다. 그들은 구인회라는 결사체를 통해 1930년대 이후의 문단 주류 세력을 양성할 수 있게 되었다. 그러기 위해서는 민족주의 계열의 선배 작가들이 물려준 문학적 자양을 비판적으로 계승할 필요가 있었다. 그 과정에서 구인회의 실질적 주도자였던 이태준과 정지용은 상고주의 혹은 동양 정신을 찾게 된 것이다. 그것은 문학사적으로 선대의 유산을 발전시키는 시대적 과업이며, 자신들의 입지를 공고히 다지는 문학적 기반이었다. 그러므로 정지용이 동양적 산수시의 세계로 나아가고, 이태준이 상고주의적 질서를 형상화하고, 박태원이 모더니즘의 기법을 차용하여 세태를 묘사하는 일련의 작업들이 결국 전통적 사유방식의 분화 과정이라고 볼 수 있다. 그리고 구인회의 출범이 문단의 권력과 문학판을 주도하는 조류의 이동을 상징적으로 증거한다는 점, 앞으로의 문단 활동이 문학적 신념에 동조하는 세력의 규합과 발표지면의 확보에 집중될 징후를 보여 주었다는 점, 무엇보다도 구인회의 구성원들이 각자의 문학관에 입각하여 열심히 작품의 생산과 발표에 전력했다는 점, 구인회의 기관지 성격을 띤 『시와 소설』이 평론을 제외하고 순수 창작물만 수록하여 자신들의 의지를 실천했다는 점은 각별히 평가되어야 한다. 또한 그들은 각기 아동문학에 대한 관심을 작품으로 발표하기도 했다[9].

구인회의 구성원들은 상호 협조체제 속에서 발표 지면을 공유하였다. 이 점에서 그들의 움직임은 배타적 성향에 기인한 집단이기주의로 비판될 수 있거니와, 그 중심에는 이태준이 있다. 그의 고아의식은 유사한 성향을 가진 부류에게는 관대한 포용으로 나타나지만, 그를 비판하거나 이념적으로 반대 측에 선 이들에게는 단호한 거부의 움직임으로 나타났다. 곧 그의 고아의식이 조직과 편내용주의를 중시하는 마르크스주의자들과의 차별화를 시도하는 동인이었다. 이러한 경력은 1955년 동료 소설가 한설야로부터 비판을 받아 숙청되는 빌미로 작용하였다. 그들이 지닌 엘리트의식과 순수

---

9) 구인회원들의 아동문학 작품에 대해서는 원종찬, 「구인회 문인들의 아동문학」, 『동화와 번역』 제11집, 건국대동화와번역연구소, 2006. 6. 291‒320쪽 참조.

문학관은 타자와 친밀한 관계를 설정하는 것을 방해하였다. 그들은 식민지 종주국의 문화적 우월성에 압도된 유학파 지식인으로서, 식민지의 토착적 지식인들과 달리 외국문학의 세례를 받은 문학 엘리트들이었다. 특히 이태준의 선민의식은 고아의식과 결합하여 회원 외의 작가들과 교류할 기회를 차난하였고, 그는 회원들 간의 결속을 가족의식의 체험 기회로 활용하였다. 결국 구인회는 이태준의 고아의식을 완화시켜 주는 심리적 거소였으며, 그를 순수문학의 절대적 후원자로 성장시켜 준 문단의 권력 집단이었던 것이다.

2. '돌다리', 상고와 근대의 충돌

이태준의 작품은 '상고주의'[10]의 색채가 두드러지게 배어 있다는 평가를 받아 왔다. 상고주의란 역사의 인식 태도 중에서 선조적 시간관에 입각해 있다. 그러한 접근 자세는 역사의 하강 국면을 강조하며, 미래 국면을 강조하는 마르크스주의 시간관과 대척점에 놓인다. 이 점에서 이태준의 월북은 의문점을 남긴다. 상고주의는 항상 과거적 세계에 대한 향수를 포착하기 때문에, 문학상으로는 원시주의와 동열에 속한다. 그러므로 상고주의적 역사관을 지닌 작가들은 당대의 사회를 구성하고 있는 여러 가지 조건에 대한 불만족을 포착하려고 노력한다. 그들은 현실에 강력한 거부반응을 보이며, 현재 상태의 이전으로 회귀할 것을 소망한다. 이태준의 소설에 나타난 상고주의적 세계관이 현실적 조건에 대한 도피적 성격을 함의하게 된 것도 그 때문이다. 그는 현재적 상황에 대한 심리적 반동

10) 이재선, 『한국현대소설사』, 홍성사, 1979, 365 – 368쪽.

으로 상고를 추구하게 된 것이고, 이 점에서 카프 측 작가들과 소통할 회로를 확보할 수 없었다. 그 세계는 가부장적 질서가 유지되었던 유교적 사유체계로 이루어져 있다. 이태준은 상고의 행위를 통해 멸망한 나라를 구하려다가 이국에서 유명을 달리한 아버지의 유업을 계승하며 자신의 정체성을 확인하려고 시도한 것이다. 그것은 부권 상실과 고아의식이 동전의 양면에 다름 아니라는 사실을 증명한다. 그러므로 이태준의 고아의식은 "우리 근대 사회의 비극성을 반영한 것으로, 그 극복이 아비 찾기를 통해 이루어져야 함"[11]을 보여 준다. 그는 작가로서 이러한 과업을 소설적 임무로 파악하여 실천하였다. 그 구체적 사례는 소년소설 「돌다리」(『국민문학』, 1943. 1: 원작 「石橋」)에서 찾아볼 수 있다.

이태준은 이 작품에서 가치관의 변천 과정에서 필연적으로 돌출하는 세대 간의 갈등을 다루었다. 그가 '돌다리'라는 상징적 매개물을 통해 탐색한 갈등은 필연적으로 문명의 충돌을 수반한다. 더군다나 그 시기가 1930년대로 설정되어 있는 것은 작가의 생존 조건과 관련된 것이기도 하지만, 이 시기가 전형기에 해당한다는 사실을 고려하면 작품의 시대적 배경은 만만한 것이 아니다. 서사가 진행되는 샘말은 근대 문명이 침입하기 전의 오지 상태로서, 조상들의 유지가 아버지에 의해 계승되어 구현되는 곳이다. 그런 궁벽한 마을에서는 새로운 의학을 전공하여 경성에서 성공한 아들의 입지가 존재하지 않는다. 그가 병원의 확장에 소요되는 자금을 조달하기 위해 고향을 방문했다손 치더라도, 그것은 부모에게 문안인사를 드리는 효심이 아니라 물질적 욕망을 노출할 뿐이다. 그것은 작품에서 차지하는 그의 비중이 아버지에 비해 적다는 사실에서도

---

11) 서석준, 『현대 소설의 아비 상실』, 시학사, 1992, 201쪽.

추측 가능하다. 따라서 농지를 매매하여 병원 확장 대금을 충당하려는 아들의 바람은 여지없이 봉쇄될 수밖에 없다.

돌다리를 건너는 순간, 창섭은 아버지가 견고하게 지키고 있는 주자학적 가치관의 세계로 진입한다. 그곳은 고향의 이름으로 근대 이전의 풍습이 ㄱ스란히 보존되어 있는 곳이다. 그는 이미 고농으로 진학하라는 아버지의 명령에 역행하고 의전에 진학하여 부자간의 소통관계를 훼손한 전력이 있다. 창섭이 의사로서 성공할수록 부모와의 관계는 소원해지고, 대가족제도의 재현을 기대하는 부모세대의 소망은 억압된다. 그의 세속적 성공은 행복으로 전이되지 못하고, 병원의 확장이라는 물질적 욕망으로 변모하는 것이다. 근대와의 교섭을 시도한 아들의 행위를 용납하지 못하는 아버지의 노여움은 땅에 대한 종교적 신념으로부터 발현되었다. 창섭이 '아버지와 자기와의 세계가 격리되는 일종의 결별의 심사'를 체험하며 아버지의 거부의사를 수용하게 된 것은 가치관의 차이에 따라 전근대의 세계로부터 벗어나기 위한 선택이다. 그것은 외견상 아들의 패배로 보이지만, 미구에 만연하게 될 물질적 가치관의 도래를 예시하는 징후이다. 그 증거는 아버지처럼 신념을 가진 인물이 패퇴하는 이태준의 소설 「영월영감」(『문장』, 1939. 2~3)에서 확인할 수 있다. 동화와 소설의 장르성이 서사 방향을 결정한 것이다.

> "너두 그런 소릴 허는구나. 나무가 돌만허다든? 넌 그 다리서 고기잡던 생각두 안 나니? 서울루 공부 갈 때 그 다리 건너서 떠나던 생각 안나니? 시쳇사람들은 모두 인정이란 게 사람헌테만 쓰는 건 줄 알드라! 내 할아버지 산소에 상돌을 그 다리로 건네다 모셨구, 내가 천잘 끼구 그 다리루 글 읽으러 댕겼다. 네 어미두 그 다리루 가말 타구 내 집에 왔어. 나죽건 그 다리루 건네다 묻어라……. 난 서울 갈 생각 없다."

"네?"

"천금이 쏟아진대두 난 땅은 못 팔겠다. 내 아버님께서 손수 이룩하시는 걸 내 눈으로 본 밭이구, 내 할아버님께서 손수 피땀을 흘려 모으신 돈으루 장만허신 논들이야. 돈 있다구 어디가 느르지논 같은 게 있구, 독시장밭 같은 걸 사? 느르지논둑에 선 느티나문 할아버님께서 심으신 거구, 저 사랑 마당에 은행나무는 아버님께서 심으신 거다. 그 나무 밑에를 설 때마다 난 그 어룬들 동상이나 다름없이 경건한 마음이 솟아 우러러보군 헌다. 땅이란 걸 어떻게 일시 이해를 따져 사구 팔구 허느냐? 땅 없어 봐라, 집이 어딨으며 나라가 어딨는 줄 아니? 땅이란 천지만물의 근거야. 돈 있다구 땅이 뭔지두 모르구 욕심만 내 문서쪽으로만 사 모으기만 하는 사람들, 돈놀이처럼 변리만 생각허구 제 조상들과 그 땅과 어떤 인연이란 건 도시 생각지 않구 헌신짝 버리듯 하는 사람들, 다 내 눈엔 괴이한 사람들루밖엔 뵈지 않드라."[12]

인용 부분은 아들의 서구적인 물질적 가치와 아버지의 전통적인 정신적 가치가 첨예하게 대립하는 형국이다. 이 작품이 쓰인 시기는 일제 강점기라는 특수한 상황 외에도, 서구적인 가치관이 유입되면서 전래의 가치관이 붕괴되던 때였다. 이런 상황 속에서 작가는 부자간의 가치관을 충돌시켜, 식민 자본주의 사회로 진입하는 시대적 상황을 비판하는 소기의 목적을 달성하고 있다. 그것은 '돌다리'가 갖는 상징성에서 기인한다. 돌다리는 아버지에게 단순한 교량이 아니라, 조상들과의 소통수단이며 외부 문명의 차단을 담당하는 상징적 기호이다. 그 점에서 돌다리는 다양한 의미를 띠게 된다.

첫째, 돌다리는 아버지가 글을 배우러 다니던 다리이다. 그는 서당에서 주자학적 사유방식의 모형을 학습한 세대이다. 그의 세대가 지닌 세계관은 나라 잃은 책임감으로부터 자유로울 수 없기 때문

---

12) 이태준, 「돌다리」, 『돌다리』, 다림, 2004, 70−71쪽.

에, 국권을 상실한 현실 상황을 수긍하기 싫다. 임금이 없는 나라는 그들의 나라가 아니며, 땅이 없는 농투산이는 존재의 이유를 상실한다. 그러므로 가업을 계승하지 않고 상경한 아들의 물질적 행복을 위해 농토를 처분하는 일은 용납할 수 없다. 아버지의 소유물보다는 가문의 유산으로 인식된 농토는 "천지만물의 근거"로서, 그것은 "땅 없어 봐라, 집이 어딨으며 나라가 어딨는 줄 아니?"라는 아버지의 교훈에서 극에 달한다. 그의 신념은 "사람이란 하늘 밑에 사는 날까진 하루라도 천리에 방심을 해선 안 되는 거"라는 결구에서 확인된다.

둘째, 돌다리는 어머니가 시집올 때 가마 타고 건너온 다리이다. 어머니의 세대는 아버지의 결정에 의해 혼처를 물색하도록 의식화된 세대이다. 그녀는 누대에 걸쳐 구축된 관습에 의해 동일한 문법을 지닌 지아비에게 시집와서 기존의 문화를 재생산할 임무를 부여받았다. 혼인이란 이와 같이 한 가문과 한 가문의 결합을 통해 집단의 규범을 실천하고, 후대에 계승할 책임을 교환하는 사회적 제도이다. 이런 점에서 어머니가 다리를 건넌 것은 단순한 혼례의식이 아니라, 문화적 재생산의 세대 간 책임을 승계하는 통과의례이다. 누구도 통과의례를 거치지 않고 성인이 될 수 없듯이, 어머니는 돌다리를 건넘으로써 전래의 규범과 습속을 재현하여 자손에게 승계시킬 책무를 부여받았다. 어머니의 책임의식은 "제발 아이들허구 한데서 살아 봤음 원이 없겠다"는 원망으로 변주되면서 세대 간의 단절을 예비한다.

셋째, 돌다리는 조상의 상돌을 옮긴 다리이면서, 아버지가 죽어서 건널 다리이다. 다리는 세대와 세대의 계승을 담보하는 물적 징표이다. 아버지의 시신은 다리를 건넘으로써 저승의 조상들에게 인도된다. 그곳의 시간은 나라 잃은 현재적 시간이 아니라, 임금이 구존하며 주자학적 질서로 충만한 세계이다. 따라서 아버지가 돌다리의 보수에 전력하는 이유야말로, 선조로부터 물려받은 세계의 질서를 보수하려는 책임감의 발로이다. 그는 나라의 멸망과 자식의 분가로 인해 다리 공사가 더 이상 승계되지 않을 것이라는 예감 때문에, 더욱 다리를 수선하는 일에 진력한다. 이로서 아버지의 작업은 관념의 세계로 진입하고, 자식이 아니라 땅을 소중히 여기는 이에게 농토를 양도할 것이라는 유언으로 완성된다. 아버지에게 논은 부동산으로서의 가치를 지닌 것이 아니라, 조상과 후손을 연결해 주는 물적 정표로서 가치를 갖는 것이다.

넷째, '돌'다리는 전근대적 물표이다. 그것은 회산물로 대표되는 식민지 근대 문명의 물적 표지들에 대응하며, 자연과 인공물의 가치 충돌을 양상으로 보여 준다. 1919년 평양의 한 공장을 건축하며 시작된 한국의 시멘트 역사는 일제에 의해 도입된 근대적 토목 방식이다. 시멘트의 사용으로 석축 문화는 구시대의 유물로 밀려나고, 그 자리에는 포틀랜드시멘트로 혼합된 콘크리트 다리가 놓이게 되었다. 회색빛의 시멘트는 식민지 당국의 토목 계획에 의해 경향 각지에 파급되었다. 그러므로 이 작품의 돌다리는 아버지의 사후에 보수자를 찾지 못하여 철거되고, 그 자리에는 견고한 콘크리트공법에 의한 근사한 다리가 가설될 터이다. 그것은 식민지 근대화론의 구체적 실천에 해당하며, 원주민들의 교량 축조 공법에 대한 부정을 의미한다. 누대에 걸쳐 내려온 지식의 소멸 현상을 돌다리가 감당하는 것이다.

이런 측면에서 돌다리는 과거와 현재, 미래를 연결해 주는 상징물이다. 아버지가 돌다리를 보수하는 행위는 과거부터 전해지던 정신적인 문화가 후대에까지 이어지기를 바라는 염원의 표현이다. 그러므로 다리를 건너서 진입하는 농토를 팔고 상경하자는 아들의 성화는 애초부터 설자리가 마련되어 있지 않았다. 작가는 예정된 결과를 향해 나아가기 위해 아들로 하여금 다리를 건너도록 사주하였다. 돌다리를 건너 귀향한 이들의 행로는 이태준의 자전소설 「토끼 이야기」(『문장』, 1941. 2)에서 찾아볼 수 있다. 현은 날마다 신문소설을 쓰는 것보다는 심리적 압박감이 덜할 것이라는 생각에 토끼를 사서 기른다. 현은 「패강랭」(『삼천리문학』, 1938. 1)과 「해방 전후」 등에서도 서사를 주도하며 작가의 고뇌를 대행하는 인물이다. 그는 '일신수생사(一身數生死)'라는 청나라 시인의 시구를 떠올리며 "예전 사람들은 일생에 한번이나 겪을지 말지 한 사상의 날리를 현대인은 일생동안 얼마나 자조 겪어야 하는가"라고 자문한다. 현의 고민은 '신문소설을 쓰는 것'이 아니라, 난세에서 살아남는 방법이었던 셈이다. 그것은 향리에서 토끼를 사육하는 것이라기보다는 '신문소설 쓰는 것'으로부터 도피하는 것이다. 실제로 이태준은 잠시 글쓰기를 멈추고 만주를 여행한 다음, 1943년부터 낙향하여 해방을 기다렸다.

이런 사실로부터 추론해 보면, 창섭의 고향 방문은 낙향할 명분을 탐색하는 작가의 의도를 대행한 셈이다. 그의 낙향은 소설을 이루는 문자적 세계와의 결별이며, 구술적 사고가 지배하는 유년기의 공간으로 이동하는 것이다. 그가 고향으로 돌아가기 위해서는 식민지 수도 생활에서 체득했던 근대적 사고방식을 폐기하고 상고주의를 채택해야 했다. 마침내 이태준은 부자간의 상이한 가치관을 의도적으로 대립시켜서 불가능한 화해를 모색하고, 상호 격리시키는 명분을 획득하며 서사를 종결한다. 그것은 아버지의 샘말에 아들의 물질적 욕망이 진입하기를 차단하는 것이고, 아버지의 교훈을 수용하는 일이다. 이처럼 「돌다리」는 상고주의를 옹호하면서, 일제에 의해 주도되는 식민지 근대화에 대한 이태준의 거부 의사를 은폐하고 있다. 이 점에서 그의 상고주의는 "부정적 현실에 대한 반대급부로 이루어진 것"[13]이다. 이태준이 부자를 격리시키는 수법은 다른 작품에서도 반복적으로 출현한다. 그는 순수한 성정을 지닌 주인공 소년들이 어른들로부터 핍박받는 상황에 처할 적마다, 그들을 가출시키거나 상경하도록 하여 오염된 성인 세계로부터 격리시킨다.

3. '고아', 시대의 음화

이태준의 문제작 「해방 전후」(『문학』, 1946. 8)는 발표할 당시에 '한 작가의 수기'라는 부제를 달았거니와, 해방 정국을 응시하는 그의 고민을 여실히 보여 준다. 이태준이 "'모든 권력은 인민에게로!' 이런 깃발과 노래는 이들의 회관에서 거리를 향해 나붓기고 울려나왔다. 그것이 진리이긴 하나 아직 민중의 귀에만은 일른 것이었다"고 단정했을 때, 그것은 절실한 고아 체험에서 우러나온 소설적 발언이다. 고아로서 자라난 그와 같이, 해방 조국에서 주권재민의 민주주의를 경험하지 못한 무리들의 당혹감은 막중하였다. 일례로 이태준이 허명으로 내세운 인물 현은 김직원과의 언쟁을 통해 자신의 선택에 정당성을 확보하려고 시도한다. 해방 이전에는 스스로 '무슨 사상가도, 주의자도, 무슨 전과자도' 아니라던 현은

---

13) 이도연, 「이태준의 전통주의 연구」, 『한국문학이론과 비평』 제35집, 한국문학이론과 비평학회, 2007. 6, 344쪽.

해방정국에서 김직원과 의견 대립 끝에 공산주의를 선택하게 된다. 이러한 태도는 일제의 어용단체인 조선문인협회에 가담하였고, 해방 후에는 좌익 측의 동맹에 참여했던 경력에 대응하여 이태준의 확호하지 못한 이념적 잣대를 증명한다. 그것은 "시대의 한계성이 작가에게는 너무 준엄했고, 지극히 어려운 선택의 문제로 하여 희생당한 한 지식인의 운명을 보게 된다"[14]는 평가를 야기한 원인이지만, 조실부모하고 고아로 자수성가한 그에게 선택의 순간에 취해야 할 태도를 가르쳐 줄 부모가 없었던 가정환경을 여실히 보여 준다.

이태준이 왕정복고를 희망하는 김직원과의 언쟁에서 획득하려고 했던 것은 의사 정체성이었다. 그는 1945년 12월 말에 열린 봉황각의 좌담회에서 김사량의 일본어 사용 문제를 시비함으로써, 자신의 조선어 의식을 은근히 선양한 바 있다. 이태준이 아무리 "나는 8·15 이전에 가장 위협을 느낀 것은 문학보다 문화요, 문화보다 다시 언어였습니다"라고 주장한들, 부일 혐의로부터 자유로울 수 없었다. 더욱이 해방기에 가장 시급한 화두였던 부역 문제는 자기비판으로 청산될 성질이 아니라, 범민족적 동의 과정을 거쳐야 종결 처리의 수순을 밟을 수 있는 것이었다. 따라서 언쟁에서 나타난 그의 본심은 상황에 따라 변화하는 자기동일성의 확인에 있었다. 해방 전까지 무이념의 생활로 식민지시대를 살았던 그로서는 "일제강점기에 그처럼 구박과 멸시를 받으면서도 끝내 부지해 온 그 상투 그대로, '대한'을 찾아 삼팔선을 모험해 한양성에 올라왔다가 오늘, 이 세계사의 대사조 속에 한 조각 티끌처럼 아득히 가라앉아 가는 김직원의 표표한 뒷모양"을 이해하기 힘들었던 이유인즉, 그

---

14) 신동욱, 「분단시대 문학관의 분화 사례 연구」, 『삶의 투시로서의 문학』, 문학과지성사, 1988, 389쪽.

의 모습에서 상고주의적 세계관을 지닌 자기의 본모습을 발견했기 때문이다. 사실 김직원은 땅을 종교화하던 「돌다리」의 아버지가 재출현한 인물이기 때문에, 현으로서는 작품의 서두처럼 그의 논리에 대적할 논리가 부족한 편이다. 그럼에도 불구하고 그는 김직원과의 결별을 통해 상고주의와 단절할 것을 선언한다. 그는 흥분하여 자랑스럽게 자립을 표방하고 있으나, 자신이 '고아'라는 출신상의 한계를 망각하고 있다. 이 점에서 그는 "자기는 될 수 있으면 근대적인 공부와 지식과 안목을 배우고 몸에 갖추고 있으면서, 다른 사람들이 그러한 수준으로 기어오르는 것에 대해서는 참을 수 없는 불쾌감을 갖고 있는 이중심리"[15]의 소유자이다.

그러므로 이태준이 해방기에 보여 준 행동의 이면에는 고아로서의 원체험이 굳건히 자리 잡고 있다. 일례로 그는 "冊만은 '책'보다 '冊'으로 쓰고 싶다"(『무서록』, 박문서관, 1944)고 공공연하게 말하여 교착어로서의 한글이 지닌 고유한 자질을 간과한 바 있다. 한글은 상형문자가 아니어서 형상을 표현하기에 적합하지 않음에도 불구하고, 그는 책의 형상에 집착하는 모순을 보인다. 그는 한글에 대한 애정을 토로하는 동안에, 한자의 특성을 교묘하게 중첩시키며 혼동한 것이다. 이것은 그가 사물의 정체성을 포착하기 위해 내면에 잠복한 상고주의적 사고방식을 스스로 부인하는 형국이다. 곧 이태준은 의사 정체성을 정체성인 양 오해한 인식선상에서 해방기의 혼란을 극복하려고 시도한 셈이다. 그는 친척집을 전전하며 고학으로 학업을 마쳤기 때문에, 본격적으로 정체성의 실체를 학습할 기회가 없었다. 단지 그는 성장기에 주체적 입장에서 문제를 해결하는 순간마다, 9살 이전에 부모를 잃은 고아라는 존재의 인식을 정체성으로

---

15) 김윤식, 『해방공간의 문학사론』, 서울대출판부, 1991, 268쪽.

습득했을 뿐이다. 그런 이유로 그의 아동문학물에서는 작가와 고아가 미분리된 채, 서사의 방향을 주도적으로 결정하고 있다.

이태준의 고아 체험은 작품의 도처에서 산견되거니와, 부모의 상실감에 기반을 둔 "'슬픔'과 '설움'이라는 정서로서 자기를 인식하는 계기"[16]로 작용한다. 고아는 부모라는 제도권의 보호자를 잃어버린 아이를 일컫는 말이므로, 그에게 고아의식은 자신의 권리를 보장해 줄 나라의 멸망으로 인한 상실감과 등가이다. 그에게는 부모도 국가도 없었던 것이다. 이런 이중적 상실감으로부터 출발한 그의 문학은 불가피하게 고아의 역사적 의미를 환기시킨다. 더욱이 그가 살았던 시대가 1930년대였다는 사실은, 파시즘의 진군 앞에 무방비 상태로 노출된 국제적 고아로서의 식민지 원주민을 이르는 은유이다. 그들은 보호자가 없었기 때문에 난국을 타개할 지혜를 구할 수 없었고, 당면하는 온갖 고난을 자력으로 해결해야 할 운명에 처해 있었다. 이 시기의 작가들은 저마다 고아의식을 자의식으로 설정하고 작품 활동에 임하게 된 정치적 사정이다. 따라서 고아 출신 이태준의 입장에서는 아이들을 대상으로 한 작품에서 "그들의 아픔과 상처를 그대로 드러내면서 험한 세상을 직시하고 굳건한 힘을 주는 그러한 용기를 그들에게 심어주어야 한다"[17]는 점을 잊어서는 안 되었다.

이런 측면에서 이태준이 고아들의 비참한 삶을 묘사한 「불상한 소년 미술가」(『어린이』, 1929. 2), 동물에게 자신의 신세를 의탁한 「불상한 삼형제」(『어린이』, 1929. 7·8) 등은 일정한 문학적 의미

---

16) 이선미, 「이태준 동화 연구」, 상허학회 편, 『1920년대 문학의 재인식』, 깊은샘, 2001, 298쪽.
17) 이명희, 「상허 이태준의 동화 연구」, 『아침햇살』, 1996. 가을호, 198쪽.

를 획득하게 된다. 그것들은 여느 작품처럼 작가의 곤궁했던 시절의 회고담이고, 고아 생활의 면면을 체험한 기록물이다. 그는 부모 없음으로 인해 파생한 아이들의 갖가지 어려움을 절실하게 묘파함으로써, 당대 사회에서 고통스러운 삶을 영위하는 고아들을 위로하고 싶었던 것이다. 그는 더러 모자간의 화목한 장면을 포착한 「몰라쟁이 엄마」(『어린이』, 1931. 2)나 「꽃장수」(『새동무』, 1947. 4) 등에서 온화한 생활 모습을 제시하기도 했다. 하지만 작품 속에 포착된 가정의 화목이 부모와 형제가 구존한 상태로부터 남상된 것이 아니라, 온전하지 못한 결손가정이란 설정은 변함없다. 이러한 사례는 「어린 수문장」(『어린이』, 1929. 1)도 예외가 아니다. 작품의 진행 과정을 주목해 보면, 강아지의 죽음을 통해 생명의 존귀함을 깨닫는 과정인 듯하다. 그렇지만 작가가 제목으로 정한 '어린 수문장'은 중의적이다. 표면상으로는 집을 지키는 강아지의 이름이지만, 속으로는 어린 나이에 호주가 된 소년을 지칭한다. 그 증거를 강아지가 개울에 빠져 죽은 다음 장면에서 소년의 옷차림을 시비한 결말 부분에서 확인할 수 있다.

그 후 며칠 못 되어 나는 윗말에 갔다가 그 어미 개와 마주치게 되었습니다.
그는 자기 자식 하나를 그처럼 비참한 운명으로 끌어내인 나임을 아는 듯이 불덩어리 같은 눈알을 알른거리며 이빨을 벌리고 한 걸음 나섰다 한 걸음 물러섰다 하면서 원수를 갚으려는 듯한 기세를 돋구고 있었습니다.
그 때 마침 그 댁 할머님이 나오시다가,
"네가 양복을 입고 와서 그렇게 짖는구나. 이게 이게."
하고 개를 쫓아주셨습니다.
딴은 내가 양복을 입고 가기는 하였습니다.[18]

─────────────

18) 이태준, 「어린 수문장」, 『돌다리』, 22-24쪽.

개가 짖는 것은 당연한 현상일 터인데, 할머니는 주인공이 양복을 입고 왔기 때문에 짖는 것이라고 해명한다. 어미 개가 짖는 이유를 옷차림에서 찾아내는 할머니의 시선은 시사적이다. 낯선 사람의 내방에 본능적으로 반응하는 개의 반응을 소년은 '원수를 갚으려는 듯한 기세'로 파악한다. 양복장이를 원수와 동일시하는 개의 짖음과 양복을 입어서 짖는다고 생각하는 할머니의 발언은 동일한 문제 사태에 대한 음성적 표현이다. 소년이 할머니의 공간으로 진입하지 못하는 까닭은 전적으로 그의 옷차림에서 기인한다. 서양의 복을 착용했다는 이유로 소년조차 입장하지 못하는 것이다. 양복은 근대의 의상 표지로서, 그의 작품 「점경」(『중앙』, 1934. 9)에서 화신 백화점의 쇼윈도를 보고 호기심을 표하는 주인공을 쫓아내는 게이트보이와 순사의 제복으로 변주되어 폭력을 수반한다. 이와 같이 그의 소설에서 반복적으로 제시되는 전언은 "근대와 적극적으로 교섭하고자 하는 사람들은 그 동기가 무엇이든지간에 무참한 희생을 당하게 되어 있다"[19]는 사실이다. 이것은 「돌다리」의 창섭이 서양의학을 전공하여 세속적 성공을 거둘수록 부모와의 세대간 단절이 심화되는 것과 동일한 맥락이다. 이태준은 이처럼 여러 작품에서 근대와 반근대를 이항대립으로 설정하고, 당대 사회를 유린하는 근대의 폐해를 고발하고 있다.

이태준의 작품에 등장하는 인물들은 한결같이 무력하다. 그들은 가난하여 사회로부터 소외되고, 삶의 무기력증에 이력난 인물들이다. 이것은 시대적 상황을 타개할 만한 전략을 확보하지 못한 이태준의 한계이며, 미래적 전망에 불철저한 상고주의의 예고된 결말이

---

19) 황종연, 「미적 자율성과 근대 비판」, 『해방전후 외』 한국소설문학대계 20. 동아출판사, 1995, 452쪽.

다. 그는 자신과 유사한 가난을 체험하거나 고아의식의 인물들을 형상화하는 데 탁월한 역량을 보였으나, 사건이나 행동의 묘사에는 소홀하였다. 이것은 "외적 초점화를 통한 객관적 서술이 지배적"[20] 인 이태준의 작법에서 기인한다. 가령 을손이와 정손이가 추석 명절을 앞두고 쫓겨나는 「슬픈 명일 추석」(『어린이』, 1929. 5), 여관집 소년 귀남이가 을룡이네 부자로부터 품삯은커녕, 심한 폭행을 당하고 쫓겨나다시피 서울행을 결심하는 「눈물의 입학」(『어린이』, 1930. 1), 인근이가 담배를 피우는 비행소년의 누명을 쓰면서도 속사정을 말하지 못하는 「외로운 아이」(『어린이』, 1930. 11) 등에서 쉽게 찾아볼 수 있다. 위 작품에서는 소년들의 무력한 모습이 자세하게 드러나 있으며, 그들은 문제 사태에 효율적으로 대처하지 못한다. 그 구체적 장면은 「쓸쓸한 밤길」(『어린이』, 1929. 6)에서도 확인 가능하다.

> 사실 지금 대근이가 사는 집은 영남이네 집이었습니다. 영남이가 어머니 한 분과 바둑이, 그리고 일꾼을 두고 남의 땅을 부치면서도 재미있게 살아가던 영남이네집을 영남의 어머니가 돌아가시자 대근이네가 옛날에 돈 받을 것이 있다는 핑계와 영남이를 데리고 있으면서 길러주겠다는 핑계로 자기네집은 팔아가지고 영남이네집으로 왔던 것입니다.
>
> 그러므로 영남이는 영남이 자기집에 있으면서도 아주머니와 아저씨에게 안방을 빼앗기고 대근이에게 건넌방까지 빼앗겨 영남이는 할 수 없이 일꾼이나 자던 더러운 사랑방으로 밀려나오고 말았던 것입니다.
>
> 그러나 어디 그것뿐입니까. 이제 열세 살밖에 안 되는 영남이는 사랑에서 자는 만큼 일꾼의 할 일을 모두 맡아 하게 되었고, 부엌에서 밥을 먹는 만큼 숭늉 가져오너라 하면 숭늉 떠 가고, 설거지하여라 하면 설거지도 하야 부엌어멈의 할 일까지 모두 영남이가 하면서도 아저씨에게 아

---

20) 이종호, 「이태준 동화의 시점 연구」, 『동화와 번역』 제7집, 건국대동화와번역연구소, 2004. 6. 114쪽.

주머니에게 대근이에게 걸핏하면 매 맞고 욕먹고 하는 것입니다.[21]

인용부에서 이태준이 한국 단편소설의 명가로 평가받는 이유를 짐작할 수 있다. 단편은 작가로 하여금 다양한 인물들의 형상을 보여 주는 데 유효하나, 그들이 장차 겪게 될 미래의 사태를 제시하기에는 역부족이다. 주요 인물들이 서사적 상황에 알맞도록 행동하기 위해서는 좀 더 많은 지면을 필요로 한다. 이태준은 자신의 장기를 활용한 단편에서 인물들을 공간상으로 이주시켜 이 문제를 해결하고 있다. 이와 같이 그가 가출과 상경 모티프를 애용하여 주인공들을 핍박받는 현장으로부터 격리시키는 이유인즉, 그들의 나이어림에서 기인한다. 그들은 자신을 보호해 줄 부모가 없는 물리적 상황을 정확하게 인식하고 있다. 부모가 없는 가정이란 이미 가정의 기능을 상실한 것이다. 따라서 아이들은 어른들의 폭력에 맞설 만한 물리력을 확보하지 못한 까닭에, 가출하여 폭력 상황으로부터 벗어나거나 자신의 운명을 개척할 사명을 띠고 태어났다. 집을 나선 미성년자의 앞에 놓인 삶이란 성인의 것과 동일하므로, 더 이상 작가는 아이들의 미래를 장담할 수 없었다. 왜냐하면 그것은 동화적 세계가 아니라, 실패를 예정하고 있는 소설의 영지이기 때문이다. 이 점에서 그는 사건 중심의 서사를 추구하기보다는, 인물의 성격묘사와 인물 간의 갈등을 소설적 장치들을 활용하여 "'보여 주는' 작가로 자족해 한 것"[22]인지도 모른다.

---

21) 이태준, 「쓸쓸한 밤길」, 『몰라쟁이 엄마』, 우리교육, 2004, 105 - 106쪽.
22) 조남현, 「이태준의 소설 세계」, 『한국현대문학사상논구』, 서울대출판부, 1999, 211쪽.

Ⅲ. 결 론

이상에서 살펴본 바와 같이, 이태준은 1930년대의 전형기를 진지하게 살았던 인물이다. 그는 구인회를 통해 자신과 문학적 신념을 공유하는 동지들을 규합하였다. 그들은 엘리트의식에 기반을 두어 순수문학관을 내세우며 전대와의 차별을 기도했으며, 그런 움직임은 배타적 성향에 기인한 집단이기주의의 발로로 비판될 수 있다. 구인회는 이태준에게 고아의식을 완화시켜 주는 심리적 처소였다. 구인회 활동을 통해서 그의 고아의식은 유사한 성향을 가진 부류에게는 관대한 포용으로 나타나지만, 그를 비판하거나 이념적으로 반대 측에 선 이들에게는 완강한 거부의사로 나타났다.

그의 소년소설 「돌다리」에 나타난 상고주의적 세계는 과거적 시간에 속하며, 현실적 조건에 대한 도피적 성격을 띤다. 멸망한 나라를 구하려던 아버지를 잃어버린 이태준은 현재적 상황에 대한 반동으로 상고의 행위를 통해 아버지의 유업을 계승하며 자신의 정체성을 확인하려고 시도하였다. 그는 작가로서 이러한 과업을 소설적 임무로 파악하고, 이 작품에서 '돌다리'라는 상징적 매개물을 통해 가치관의 변천 과정에서 필연적으로 돌출하는 세대 간의 갈등을 다루었다. 서사가 진행되는 고향은 궁벽한 오지로서, 조상들의 유지가 아버지에 의해 계승되어 구현되는 곳이어서, 새로운 의학을 전공하여 성공한 아들의 물욕은 설자리를 찾을 수 없다. 이처럼 전근대적 문물에 대한 이태준의 소설적 관심은 각별하였다.

이태준의 작품에서 빈번하게 출현하는 고아의식은 나라를 잃은 상실감과 어우러져 복합적으로 작용하였다. 부모도 국가도 존재하

지 않는 이중적 상실감으로 시작한 그의 문학은 고아의 역사적 의
미를 환기시킨다. 그것은 1930년대에 창궐하는 파시즘 앞에 노출된
국제적 고아로서의 식민지 원주민을 이르는 은유이다. 그들은 난국
을 타개할 지혜를 구할 수 없었으므로, 당면한 고난을 자력으로 해
결해야 할 운명이었다. 따라서 이 무렵에 발표된 작품들에서 고아
들이 주요 인물로 등장하는 것은, 고아들의 아픔과 상처를 포용하
고 위로할 수 있는 문학적 모색을 시도한 이태준의 의도적 배려로
보인다. 그것은 자신의 내면적 상처를 위로하고 싶은 작가적 욕망
을 글쓰기로 구현한 사례이다.

참고문헌

〈기본 자료〉

이태준, 『돌다리』, 다림, 2004.
이태준, 『몰라쟁이 엄마』, 우리교육, 2004.

〈단행본 및 논문〉

김영민, 「이태준의 등단 과정과 '오몽녀' 연구」, 『현대문학이론연구』
          제22집, 현대문학이론학회, 2004. 8.
김윤식, 『한국근대문예비평사연구』, 일지사, 1984.
김윤식, 『해방공간의 문학사론』, 서울대출판부, 1991.
민충환, 『이태준연구』, 깊은샘, 1988.
서석준, 『현대 소설의 아비 상실』, 시학사, 1992.

신동욱, 『삶의 투시로서의 문학』, 문학과지성사, 1988.

원종찬, 「구인회 문인들의 아동문학」, 『동화와 번역』 제11집, 건국대동화와번역연구소, 2006. 6.

이도연, 「이태준의 전통주의 연구」, 『한국문학이론과 비평』 제35집, 한국문학이론과 비평학회, 2007. 6.

이동진, 「근접하기 어려웠던 아저씨」, 상허문학회 편, 『이태준문학연구』, 깊은샘, 1993.

이명희, 「상허 이태준의 동화 연구」, 『아침햇살』, 1996. 가을호.

이선미, 「이태준 동화 연구」, 상허학회 편, 『1920년대 문학의 재인식』, 깊은샘, 2001.

이재선, 『한국현대소설사』, 홍성사, 1979.

이종호, 「이태준 동화의 시점 연구」, 『동화와 번역』 제7집, 건국대동화와번역연구소, 2004. 6.

조남현, 「이태준의 소설 세계」, 『한국현대문학사상논구』, 서울대출판부, 1999.

조용만, 『30년대의 문화예술인들』, 범양사출판부, 1988.

최재서, 『문학과 지성』, 인문사, 1938.

황종연, 「미적 자율성과 근대 비판」, 『해방전후 외』 한국소설문학대계 20, 동아출판사, 1995.

Didie. Ottinger 외, 이화여대통역번역대학원 공동번역연구회 역, 『1930년대』, 창해, 2000.

고향의 서사와 서사의 고향

- 이주홍의 소년소설 『아름다운 고향』론

고향의 서사와 서사의 고향

- 이주홍의 소년소설 『아름다운 고향』론

Ⅰ. 서 론

고향은 사람들을 평화로운 원시의 세계로 인도한다. 사람들
은 어린 시절의 추억을 되살리며 현재적 삶의 괴로움과 고통을 탕
감받기 위해 고향을 찾는다. 그것이야말로 고향이 사람들에게 줄
수 있는 최대의 선물이고, 사람들이 고향을 즐겨 찾고 예찬하는 근
거이다. 고향은 사람들이 최초로 체험하는 공간이기에, 언제나 심
리적 안정감을 선사하고 육체적 긴장을 이완하여 평온한 상태로
환원시킨다. 그러므로 고향이 없거나 잃어버린 사람은 흉중의 공백
상태에 시달리며 원초적 상실감에 젖을 수밖에 없다. 더욱이 나라
잃은 시기의 고향은 조국과 등가관계를 이루면서 국망의 슬픔과
복합적으로 배가되어 사람들에게 극심한 상실감을 체험하도록 강
권하였다. 타인에 의해 왜곡된 고향은 온전한 상태로 복원되기를
희망하며 사람들의 무의식을 지배하였고, 고향이 원상태로 회복되
기를 바라는 사람들의 희망은 독립의 요구로 승화되기에 이르렀었
다. 문학 작품이라고 예외가 아니어서, 이주홍처럼 일제에 피검된

바 있는 작가들 중에는 고향의 중의적 의미를 작품화하는 경향을
띤다.

　이주홍(1906~1987)은 "부산·경남지역의 근대문학사의 충실한
증언자이며 중심 작가였을 뿐 아니라, 뒷세대 문인을 위한 훌륭한
후원자"[1]였다. 그는 일제에 의한 국권침탈기에 『신소년』(1923. 10~
1934. 5) 등을 비롯한 문학잡지의 편집과 발간 부문에서 혁혁한 공
적을 남겼고, 다년간 교직에 종사하며 연극 활동에도 심혈을 기울였
다. 그는 동화 「배암새끼의 舞蹈」(『신소년』, 1928. 5)[2]로 등단한 뒤,
문학의 전 장르를 넘나들며 정력적으로 활동한 작가이다. 아동문학
부문에서 이주홍은 동시와 동화, 소년소설 등을 망라하며 다량의 작
품들을 발표하였다. 그의 전 방위적 활약상은 아동문학 작품에서도
여실히 발휘되었는데, 가령 "한 편의 아동문학 작품이기 전에 완전
한 성인문학 작품으로서도 읽혀질 수 있는 것"[3]이란 평가가 그에 대
한 반증이다. 그의 문학적 업적에 관해서는 제자와 후학들에 의해
'이주홍문학재단'이 설립되어 체계적으로 조명되는 중이다.[4]

　본고는 이주홍의 소년소설 『아름다운 고향』을 분석하고자 한다.

1) 박태일, 「이주홍론」, 『경남·부산지역문학연구·1』, 청동거울, 2004, 258쪽.

2) 지금까지 아동문학 관련 저서나 연구물에서는 이주홍의 등단작품을 발표지면조차 확인하지 않
　은 채 「뱀새끼의 舞蹈」(『신소년』, 1925)라고 거론해 왔다. 그러나 박태일은 「이주홍의 초기
　아동문학과 『신소년』」(『현대문학이론연구』 제18집, 현대문학이론학회, 2002. 12, 205-
　234쪽), 「이주홍의 등단작 시비」(제2회 이주홍문학제 주제 발표, 2003. 5. 31: 『이주홍문학
　저널』 창간호, 이주홍문학재단, 2003, 224-240쪽)에서 「배암새끼의 舞蹈」의 원작을 제시
　하며 1928년 5월 『신소년』에 발표되었음을 변증하였다. 앞으로의 논의에서는 이러한 연구
　성과가 반영되어야 할 것이다.

3) 이재철, 『한국현대아동문학사』, 일지사, 1978, 251쪽.

4) 이주홍문학재단에서는 매년 '이주홍문학제'를 개최하고 그 결과물을 연구서로 발간하여 보급
　하고 있으며, 당국의 지원을 받아 '이주홍문학관'을 설립하여 운영하고 있다. 지금까지 『이주
　홍소설전집·1-6』(세종출판사, 2006), 『이주홍극문학전집·1-3』(세종출판사, 2006), 『이
　주홍아동문학연구·1-2』(대산, 2000), 『이주홍문학저널』(이주홍문학재단, 2003), 『이주홍
　의 문학과 인생』(세한, 2001) 등이 발간되었으나, 아동문학 작품들은 산일된 채 제대로 수습
　되지 못한 실정이다.

모두에 언급한 바와 같이, 그에게 고향은 물리적 의미를 초월하여 복합적인 의미망을 형성하고 있다. 그는 주권이 늑탈되었던 시기에 아동문학을 시작하였기 때문에, 어린이들에게 고향의 중요성을 고양할 필요성을 절감하였다. 이런 까닭에 본고에서 살피고자 하는 『아름다운 고향』에 형상화된 고향의식은 그의 아동문학 세계를 온전히 재구하는 데 일정 부분 기여하게 될 것이다. 이 소설은 1952년 『소년세계』에 연재되었다가, 1954년 남향문화사에서 출간되었던 것을 1981년에 재간한 것이다. 이러한 사실은 그의 문학 작품에 관한 서지 정리 작업의 착수를 요청하고 있으나, 본고에서는 편의상 2006년 창비에서 간행한 판본을 텍스트로 활용하기로 한다.

II. 향수의 서사적 구현 양상

1. 소문으로 구성된 고향

고향은 소문으로 구성된 곳이다. 사람들은 저마다 자신의 고향을 찬양하기에 앞을 다툰다. 그들의 경쟁 속에서 고향은 절대적 공간으로 왜곡되어 타인의 침입을 차단한다. 소문이 고향의 공간적 특성을 규정하는 것이다. 이처럼 "소문의 생성은 거의 시스템 내재적인 것"[5]이다. 그 이유는 소문이 문자언어로 기록되기보다는 음성언어로 유포되는 속성을 지니고 있기 때문이다. 구어에 의존하는 소문의 구술 문화적 특성은 문어에 기반을 둔 세계와 다른 독자적 양

5) Michael Scheele, 김수은 역, 『소문, 나를 파괴하는 정체불명의 괴물』, 열대림, 2007, 278쪽.

상을 띤다. 구술문화에 익숙한 사고와 표현은 '종속적이라기보다는 첨가적이고, 분석적이라기보다는 집합적이며, 장황하거나 다변적이고, 보수적이거나 전통적이며, 인간의 생활세계에 밀착되어 있고, 논쟁적인 어조가 강하며, 객관적 거리 유지보다는 감정 이입적 혹은 참여적이고, 항상성이 있으며, 추상적이라기보다는 상황의존적인 특징'[6]을 지니고 있다. 구술문화의 세계는 공동체적 우위의 원시적 질서가 충만한 곳이기 때문에, 소문의 세력권은 그 영역에 한정되는 특징을 띤다. 동일 공간을 폐쇄하거나 당사자를 추방하게 되면, 소문은 금세 세력을 잃고 만다. 예로부터 소문이 횡행할 때마다 당사자를 영역 밖으로 축출한 것이 역사적 실례이다.

이주홍의 소설 『아름다운 고향』은 소문으로 시작된다. 삼월이는 주인마님과의 사이에서 아들을 낳았다. 어엿한 부인을 두고 있으나 가문을 계승할 사내아이를 갖지 못한 허 별감으로서는, 계집종과 관계하여 얻은 것이지만 기득이가 소중하기만 하다. 그렇지만 그의 의지와 달리, 마을 사람들은 기득의 출신 성분을 거론하며 소문을 생산하느라 부산하다. 더욱이 양반과 계집종의 애정관계는 사람들의 편견과 질투심을 자극하여 소문을 숙성시키기에 적합한 조건을 갖추고 있다. 그들은 동일한 신분의 소지자들 사이에 유효한 언어로 소문을 생산하여 신속히 유통시킨다. 소문이 사람들의 화제를 장악하게 되면, 소문은 본래의 지위에서 진실로 격상된다. 그것이 진실이든 허위이든, 계층 상승을 이룬 소문은 당사자에게 수긍하거나 항복할 것을 강요한다. 소문이 담론으로서의 권위를 확보하게 되면, 작가는 소문의 추이를 서사의 진행 과정에 반영할 수밖에 없다. 그의 움직임은 일차적으로 인물의 공간 이동에서 찾아볼 수 있

---

6) Walter J. Ong, 이기우·임명진 역, 『구술문화와 문자문화』, 문예출판사, 1995, 60-92쪽.

다. 소문은 발각되는 순간부터 인물의 물질적 공간을 강제로 이동시키는 위력을 행사하면서, 인물의 실존적 기반을 일거에 변화시킨다. 소문은 현실뿐만 아니라 작품 속에서도 권위를 유지하며 서사 구조를 충격하는 것이다.

> 아니나 다를까. 남 모르는 사이에 아이를 낳자 허 별감 집 마나님에게 그게 뉘 자식이냐고 추달을 받기 시작했다.
> 삼월이는 아무 대답도 할 수 없었다.
> "아이 코하며 큼지막한 귀하며가 꼭 허 별감 닮았어."
> 보는 사람마다 신기해하는 말에 삼월이는 몸서리가 날 지경이었다.
> "이년, 바른 대로 말 않으면!"
> 하고는 마나님은 화로 속에 들어 있는 벌건 인두를 집어 들었다. 몸집보다도 얼굴이 유난스레 크게 생긴, 광대뼈가 남자처럼 쑥 나오고 옴팍한 눈이 짐승처럼 무섭게 생긴 마나님은, 어린 것을 품고 있는 이불자락을 헤쳐 던지면서 삼월이 앞으로 바싹 다가앉았다.
> "너 이년, 이래도 바른 말을 못할까?"
> 삼월이는 그냥 입을 꼭 다물고만 있었다.
> 마나님은 지르르륵 소리가 나도록 산모의 허벅지에다 인두를 들이댔다.
> "아악!"
> 소리를 치다가도 삼월이는 그냥 입을 다물었다.(23~24쪽)

주인과 불륜을 범한 계집종 삼월이는 소문의 당사자이다. 그녀는 감히 범접할 수 없는 주인의 유혹에 속수무책으로 당할 수밖에 없었듯이, 마나님의 추달에도 일언의 변명조차 시도할 수 없다. 그녀의 신분상 주종관계는 이야기를 배태시킨 제도적 뒷받침이고, 소문은 진실하기 때문에 삼월이의 추방을 기정사실화한다. 이처럼 사람들이 사는 곳에는 소문이 더불어 살아간다. 소문은 사람의 움직임과 말을 숙주로 삼아서 자가 번식하며 세력을 확장하는 속성을 지니고 있다. 소문은 친밀하거나 낯선 사람들을 불문하고 단일 화제로 관련시키면서 당자를 고난의 경지로 몰고 간다. 소문은 순식간에 인구에 회자되면서 진위 여부에 상관없이 당자를 소문의 장면에 고정시켜 버린다. 당자는 소문에 저항할 기회를 갖지 못한 채, 소문의 중심부에서 소문이 소멸하기를 기대할 뿐이다. 만약 그가 소문에 대항하는 순간, 소문은 확대 재생산되면서 소문의 진실성을 누적시키게 된다. 대부분의 사람들이 소문에 무대응으로 일관하는 경향은 이러한 속성을 인지하고 있는 까닭이다.

삼월이는 마나님에게 변변히 항변하지 못한 채, 허 별감의 배려로 김동이란 종과 쫓겨난다. 그녀는 기존의 공간으로부터 축출된 채, 이전과 달라진 생의 조건들을 수락하지 않으면 안 된다. 피붙이를 두고 새로운 사내와 신접살림을 차린 그녀가 고대한 것은 두고 온 아들의 안위를 둘러싼 소문이다. 그녀는 소문의 희생자이면서 동시에 소문의 소비자인 셈이다. 이런 움직임은 소문에 관심을 기울이는 당대의 문화현상을 고스란히 적시하고 있다. 소문은 가부장적 질서를 위협하는 인물들의 성향을 주밀하게 관찰하고, 그들의 신분을 분류하며 체제에 종속시키는 지배계급의 문화행위를 대행하는 것이다. 소문의 객체이면서 제대로 해명하지도 못하는 그녀가 도리어 소문의 대상으로 잔류하기를 소원하는 이중적 태도는 차라리 운명적이다. 그것은 그녀가 소문의 권위에 도전할 의사조차 표시할 수 없는 폐쇄적 소통구조의 구성원이란 사실을 노정하면서, 일인을 향한 다수의 폭력이 초래한 비극적 사태를 노정시킨다. 그런 사회에서는 소문이 유일한 소통수단이고, 무저항은 집단의 언어적 폭력으로부터 자신을 보호할 수 있는 무이한 방안이다. 오로지 그녀는 소문 속에서 존재하는 것이다.

'기득이는 지금 어떻게 지내는고.'

김 서방네는 현우에게 젖꼭지를 물리고 내려다보면서 때마다 기득이를 생각해 눈물을 지었다. 소문으로 기득이가 유모의 젖으로 지금도 밤 마을 허 별감 집에서 튼튼히 자라고 있다는 것을 알고 있던 다음이었기 때문이다.(32~33쪽)

삼월이는 비록 소문의 세력에 육체를 점령당하여 주인집으로부터 쫓겨났지만, 자신의 분신인 기득을 남겨 두었기 때문에 여전히 소문에 구속되어 있다. 소문에 의해 추방된 그녀가 도리어 소문의 확산을 열망하는 소비자로 변모한 것이다. 그녀의 신분 변경은 기득의 안부가 궁금한 어미의 심정으로부터 기인한 것으로서, 그녀는 직접 확인할 방도가 없기 때문에 소문의 방문을 기다린다. 어떠한 정보 제공자도 소유하지 못한 삼월이의 궁금증을 해결해 주는 유용한 수단으로 소문이 필요한 것이다. 소문을 통해서 기득의 안부를 확인하고 안도하는 그녀지만, 신분상의 한계 때문에 소문의 생산자로 변신하지는 못한다. 그녀는 사회의 집단 규범을 위반한 범법자이기 때문에, 마을 공동체는 그녀를 추방함으로써 소문의 확산을 경계한다. 더 이상 이전의 공간으로 복귀할 수 없게 된 사실을 알고 있는 그녀에게 소문의 중단은 도리어 관심을 증폭시킨다. 그것은 소문의 유통지대에 아들을 남겨 둔 삼월이가 이전의 공간으로 재진입할 기회를 노리고 있다는 증표이다. 그녀의 은밀한 기획은 소문의 생명을 연장시키며 자신의 존재를 증명하는 데 이바지한다.

이런 점을 고려해 보면, 소문은 세대 간에 계승되는 문화의 형성 기제이다. 사람들은 소문의 생산과 소비를 통해서 마을의 문화현상을 음성언어로 기록한다. 음성언어를 통한 발화자와 수화자의 의사소통은 소문의 교환을 촉진시킨다. 그들의 노력 속에 소문은 전대와 후대의 문화적 가교 역할을 수행한다. 개인들은 "소문을 통해 세계의 음모와 은폐된 진실을 추측하면서 자신의 실존적 자각을 경험하게 된다"[7]는 점에서, 소문은 개인의 발화인 동시에 사회적 발화이다. 마을 사람들은 익명으로 소문의 생산 과정에 참여함으로써, 집단적 소속감을 공유하며 자신의 문화적 성체성을 검증한다. 그들의 자기검열은 소문의 진위 여부와 상관없이 확산 과정에 공헌할 뿐이지만, 공공재로서 소문이 지니고 있는 가치를 보증하기에 충분하다. 그들은 소문을 집단의 구별 표지로 활용하여 타자의 틈입을 사전에 봉쇄한다. 소문이 문화적 기호로 기능하기 위해서는 집단의 성원들에 의해 수시로 발화될 필요가 있다. 이러한 속성을 내포하고 있는 소문은 서사물의 여러 국면에 조직적으로 개입하여 진행 방향을 제어하거나, 인물 간의 대립 국면을 조성하는 빌미로 장치된다.

> 가만히 들으려니까 한 놈이 "종!"하고 소리를 길게 빼었다. 그러니까 또 한 놈이 그 다음을 받아서 "의!"하고 빼었다. 셋째놈은 "자!"하고. 마지막 놈은 "식!"했다. 현우는 약이 올라 죽을 것만 같았다. 그렇지만 어찌할 수가 없었다.(64쪽)

인용문에서 알 수 있듯이, 마을 어른들이 소문을 생산하여 전달하는 방식은 어린이들에게 그대로 답습된다. 현우는 서당 동료들의 놀림에 분노하면서도, 사실이기 때문에 저항할 명분을 갖지 못한다. 단지 그는 소문을 통해 자기정체성을 확인하면서, 내면적으로 분노를 억제하며 순치시킬 뿐이다. 현우는 내성적 성격을 지닌 인

---

7) 최명표, 「강인한의 시에 나타난 소문의 양상」, 『한국언어문학』 제59집, 한국언어문학회, 2006. 12. 459쪽.

물이기 때문에, 또래들과의 충돌을 최소화하면서 심리적 단련의 기회로 활용한다. 그의 행동을 대단원으로 나아가는 서사적 징후로 파악할 수 있다면, 현우는 친구들과 화해 국면에 진입하기 위해 마을 소년들과 원만한 관계를 유지하며 세속적 성공을 거두어야 한다. 그것은 그로 하여금 소문에 저항하기 보다는, 무관심과 비저항으로 반응하면서 사태의 진정을 도모하도록 인도한다. 소문에 노출된 현우는 고향으로부터의 탈출 욕망을 자극하여 향학열로 승화시킨다. 그러므로 그의 출향은 소문의 진원지로부터의 해방이 아니라, 고향에 미만한 소문의 잔해를 수거하기 위한 세대적 책임감의 행동화이다. 그는 소문으로 구성된 고향의 공간 의미를 변화시키기 위해 반드시 귀향하지 않으면 안 되는 것이다.

2. 고향의 공간 의미 변화

고향은 사람들에게 여러 가지 기억으로 존재한다. 고향은 곧잘 어머니의 품과 동격으로 처리되거니와, 사람들은 고향을 그리워하면서 이승의 삶에서 당면하는 각종 간난신고를 견딘, 그들은 고향을 심리적 기반으로 활용하여 현재의 난국을 돌파할 수 있는 동력을 확보하는 것이다. 지금까지 발표된 고향 이야기들이 흔한 소재와 번연한 주제에도 불구하고 수없이 되풀이되는 이유인즉, 바로 사람들에게 내재된 보편적 정서를 체험할 기회를 제공하기 때문이다. 사람들은 고향의 이야기를 통해서 잃어버린 과거의 추억을 오늘에 되살리며 미래를 개척할 심정적 결의를 다지는 것이다. 이런 측면에서 고향을 작품화하고 싶은 욕구는 작가들에게 공통적으로 잠재된 성향이라고 할 수 있다. 그것은 고향이라는 장소의 원형적 특질을 타인과 공유하고 싶은 작가적 욕망의 발현이기도 하다. 그들은 고향의 추억을 소설화하는 단계에서 소기의 목적을 달성하고자 의도하는 까닭에, 남다른 애향심의 문자적 구현이라는 협의의 글쓰기 차원을 초월히여 고향을 국토의 비유물로 파악하는 광의의 글쓰기로 구체화된다. 그것은 기억이 "경험 자체를 담아두는 것이라기보다 그에 대한 기록"[8]이란 사실과 상관된다.

이주홍의 소년소설 『아름다운 고향』은 고향 사람들의 이야기를 다루고 있다. 대부분의 고향이 그렇듯이, 작품 속에 묘사된 정경은 한반도의 산야에서 흔히 볼 수 있는 곳이다. 등장인물들도 전국 어디서나 쉽게 찾아볼 수 있는 장삼이사이다. 이런 사실은 친밀성을 매개로 작품의 보편성을 획득하도록 추동한다. 한편으로는 그것들이 망실되기 이전에 소설적 기록으로 되풀이 거론되어야 할 당위성이기도 하다. 나라의 주체인 민중들의 의사에 반하여 일방적으로 가해진 역사의 하중은 세세한 기록으로 보존되어야 한다. 개인의 일상적 영역까지 간섭하는 역사의 횡포를 정치한 묘사로 기록하는 행위야말로 후세를 위한 선대의 책임 이행인 동시에, 동시대의 민중들에게 슬픔의 기억을 상기시켜서 개인의 존엄성을 위협하는 역사의 폭력 사태를 만천하에 공개하는 것이다. 이 점에서 기억은 "저장 기억이 아니라, 현재의 관점에서 과거를 구성하는 힘"[9]인 것이다. 아무리 자잘한 개인의 기억일지라도, 그것은 집단적 차원에서 역사의 구성 요소인 셈이다. 이주홍이 작품집의 서문에 해당하는 「고향의 품」에서 언급한 대목도 예서 크게 다를 바 없다.

8) Douwe Draaisma, 정준형 역, 『기억의 메타포』, 에코리브르, 2006, 80쪽.
9) 변학수, 『문학적 기억의 탄생』, 열린책들, 2008, 188쪽.

나는 이 정답고 아름다운 고향을 길이길이 내 가슴 속에 간직해 두기 위해서 그림으로도 허다하게 그렸고 노래로도 불렀고 또 이렇게 소설로도 써 본 터이다.

그러나 이것이 꼭 내 고향인 것은 아니다. 한국이면 어디라도 있음직한 고향일 뿐이다. 이야기 가운데에 나오는 인물들도 꼭 내 고향사람들은 아니다. 한국이면 어느 지방, 어느 곳에서도 만날 수 있는 그런 친한 사람들일뿐이다. 지나고 보면 모두가 정든 사람들뿐! 그때는 밉고 무섭고 더러운 인간들이었다 하더라도 지금 아선 모두가 그리운 사람들이 된다. 기쁜 일도 즐거운 일도 많았지만 또 한편 슬픈 일도 눈물나는 일도 많았던 곳이 고향이다.(6쪽)

이 작품의 시간적 배경이 되었던 3·1독립만세 당시에 '열 살 남짓의 어린 소년'이었다고 작가가 고백하였듯이, 영재는 작가의 분신이다. 예술가를 작중인물로 즐겨 등장시키어 공공연하게 개입하는 것은 이주홍 소설의 특징적 자질이다. 그런 습관은 작품의 리얼리티를 제고할 필요로 동원된 것이면서, 소년소설이라는 장르상의 특수성을 감안한 작가의 배려이고, 또한 주제상으로는 예술가를 소망하는 어른의 기대로 나타난다. 그는 소년소설 『피리부는 소년』에서 주인공 영구에게 장래 예술가가 될 거라고 격려하며, 동화 「돌소」에서 돌이에게 '훌륭한 예술가'가 되기를 바라고, 동화 「이사 가는 쪽군 부부」에서는 아예 동화작가로 등장하기도 한다. 이러한 사례는 "인간은 무엇인가? 이 세상을 어떻게 살아야 할 것인가? 이 기본적 의문을 풀고, 닫힌 문을 열어젖뜨리면서 인간의 욕구를 충족시키기 위해 예술이 필요한 것"[10]이라는 문학적 소신의 실천이다. 그에게 예술은 현실적 삶의 찰나적 의미를 초월하여 영원한 본질적 가치를 탐구할 수 있는 유일한 영역이다. 곧 그는 자신의 신

---

10) 이주홍, 「나의 동화·소년소설관」, 『이주홍 문학 연구－작가·작품론』, 대산, 2000, 22쪽.

념을 구현하기 위한 서사적 목적으로 예술가들을 출연시킨 것이다.

작품 속의 현우는 바이올리니스트이고, 영재는 아버지를 따라서 '장래에 큰 문학가가 될 양으로, 벌써 국민학교 사학년 적부터 힘써 소설이나 시를 읽'고 있는 소년이다. 작가가 영재의 눈을 빌려 자신이 보았던 만세운동의 현장을 전달하고 있다는 사실을 암시한 셈이다. 그는 고향의 역사를 관찰하는 기록원으로서 '기쁜 일도 즐거운 일도 많았지만 또 한편 슬픈 일도 눈물나는 일도 많았던 곳'의 이면에 각인된 의미를 추적한다. 그는 고향 사람들의 이야기를 체험으로 기억하면서 공간의 의미가 변주되는 양상을 점검하느라 분주하다. 그가 고향의 공간성에 착목한 이유는, 사람들이 고향에서 공간에 적응하는 방법을 습득하여 타향이라는 이질적 공간으로 나아가기 때문이다. 개인의 공간 체험은 실제적 차원, 추상적(기호적) 차원, 상징적(신화적) 차원으로 구성된다.[11] 이 작품에서 김동이와 삼월이는 실제적 고향으로부터 추방되며, 아들 현우는 신분이 미천한 부모의 행적을 뛰어넘어 추상화되고, 손자 영재는 비로소 고향을 신화적 공간으로 인식하게 된다. 이처럼 삼대의 공간 체험에 소요된 시간은 역사의 전개 과정에 대응하면서, 한 가문의 영욕을 빠짐없이 포함시킨다.

> 태어나서 십리 길을 나가 보지 못한 삼월이었다. 어두운 탓도 있었지만, 밝다 하더라도 어디로 가야 할지를 모르는 그였다. 사실 그는 어디론들 갈 데가 없었다.
> 한 십리 쯤 나오니 넓은 신작로를 끼고서 번쩍번쩍하는 것이 눈에 띄었다. 넓으나넓은 강물이었다. 소리 없이 흐르는 강물은 괴물처럼 꿈틀거리고 있었다.

---

11) Yi-Fu Tuan, 구동회·심승희 역, 『공간과 장소』, 대윤, 1993, 36쪽.

삼월이의 귓가론 젖먹이의 울음소리가 들려왔다. 삼월이는 바늘이 전신을 찌르는 듯 괴로웠다.

'기득이는 괜찮을까?'

이런 것을 생각하니 금방 미칠 것만 같았다.

"기득아, 기득아, 이 죄 많은 어미는 간다. 부디 잘 있어라."(26쪽)

삼월이가 자식을 버린 죄책감에 강물로 투신하려는 찰나이다. 그녀의 돌발적 행동은 일차적으로 모성애를 다하지 못한 과실에 대한 자기징벌이지만, 그녀의 의사에 반한 겁탈과 추방을 거리낌 없이 자행하는 사회의 폭력성이 원인이라는 점에서 희생양의 성격을 내포하고 있다. 그녀는 지배적 이념체계였던 유교적 사유방식과 가부장적 질서 체제가 완강하게 작동하는 시대적 조건뿐만 아니라, 신분상의 제약 요소까지 두루 갖추고 있어서 시대적 고통을 감당하기에 적합한 인물이다. 그녀가 실제적 공간으로부터 강제 추방된 근본적 이유는 금기의 위반이었기에, 그녀는 '태어나서 십리 길을 나가 보지 못한' 처지에서 생소한 공간으로 편입하지 않으면 안 된다. 그녀의 위기는 성적 과오에 의한 것이지만, 내면적으로는 사회를 지탱하는 반상 차별적 제도가 근인이다. 그런 까닭에 사회 제도가 그녀의 추방 조치를 통해 메커니즘의 작동을 현실화하듯이, 이질적 공간으로 진입해야 될 그녀의 현실은 불가항력적이다. 그녀는 공간의 자유를 속박당한 채, 허용된 반경 내에서만 움직일 수 있는 제한된 삶을 영위할 수밖에 없다.

이에 비해 현우의 귀향은 공간의 의미를 회복하기 위한 의지의 실행이다. 그는 고향에서 생장하는 동안에 부모의 비극과 가문의 계보를 정확히 인식하게 된다. 그가 부모의 전폭적인 성원으로 학업을 계속할 수 있었던 것은 결국 이전 세대의 공간 의미를 복원할 수 있는 역량을 축적하는 기회였다. 곧 그로서는 종의 신분으로 애국운동에 앞장섰다가 비명횡사한 아버지의 행적을 바로잡음으로써, 가족사의 비극이 각인된 고향의 구체적 장소성을 민족사적 투쟁이 전개되었던 추상적 공간으로 기호화할 의무가 있다. 그는 자신에게 부여된 가문의 현안과제를 수행하여 고향의 과거적 기록을 무화시키고, 미래적 전망을 획득하고자 현재적 실천에 진력한다. 소기의 목적을 달성하기 위한 전제로 그는 시험적 환경에 직면하게 된다. 마을 동료들의 조롱과 어른들의 수군거림을 감내하면서, 그는 바이올리니스트가 되기 위한 계획에 착수한다. 그의 상경과 도일은 꿈의 성취를 향한 결행인데, 공간의 이동 속에서도 부모를 그리워하는 애틋한 성정을 유지하고 있다. 그의 효심이야말로 금전상의 궁핍과 자존심을 훼손당하면서도 일본에 유학하여 연주회를 성황리에 마치고 귀국할 수 있도록 지탱해 주는 정서적 기반이다.

> 밤이었다. 눈을 떠 보니, 호롱불이 빤한 옆으로 태호와 상호와 그 밖의 서당 동무들이 삥 둘러앉아 있었다. 귓결엔 그냥 상여 소리만 들려왔다. 참으로 꿈이었다.
>
> "너 보고 싶다고. 어머닌 돌아가실 때까지 너만 부르고 계셨어. 울지 마라. 어떡하니. 그래도 넌 성공을 해서 고맙다. 신문에서 봤어. 네 사진 보고 난 고마워서 자꾸만 울었어."
>
> 태호는 현우의 손에 얼굴을 비비면서 울었다.
>
> 장례를 치러 준 마을 어른들께 일일이 인사를 드리고 나서 현우는 서울로 올라갔다.
>
> …(중략)…
>
> 서울 연주를 끝낸 다음날. 신문은 특히 현우의 천분을 찬양해 그의 앞길을 축복해 주었다. 고달픈 동포들의 영혼 위에 한줄기의 마음의 비를 뿌려 주는 위문 음악단. 나라 안 곳곳을 돌아다니던 음악단은, 구월의 신학기를 맞으러 다시 일본으로 돌아갔으나 현우만은 혼자 남아 새안골에 머물러

있었다.

　아버지가 살던 곳, 어머니가 살던 곳. 또한 아버지가 돌아가신 곳, 어
머니가 돌아가신 곳. 현우는 돌아가신 엄마 아빠의 영혼의 지킴을 받으면
서 길이 이 고향에서 엄마 아빠가 하던 대로의 일을 하고 살리라 결심했
다.(230 - 231쪽)

　현우는 세속적 성공을 거두고 금의환향하여 부모의 신분상 허물
을 제척한다. 마을 사람들은 만세운동에 헌신한 아버지의 덕행을
다투어 추앙하며 어머니의 장례를 공동으로 치른다. 부모의 희생은
현우가 바이올리니스트로 출세할 수 있었던 토양이었지만, 현우의
귀향을 야유하는 요인들을 사전에 제거하기 위해 필수적이란 점에
서 제의적 성격을 함의하고 있다. 자식의 온전한 귀향을 마련하기
위해 자신을 희생하는 부모의 노력은 일신공양의 의미와 동격이다.
현우 역시 귀향 후에 서당의 교사 역할을 담당하는 등, 고향의 발
전에 기여하면서 '아버지가 살던 곳, 어머니가 살던 곳'을 추상적
차원으로 편입시키기에 필요한 조건들을 확보하고자 노력한다. 일
례로 그가 상경하는 단원들과 합류하지 않고 고향에 잔류하는 것
은, 그의 부모들이 실행했던 공간의 의미 변경을 도모하기 위한 선
택이다. 이처럼 이대에 걸친 노력에 의해 소문으로 만연된 고향의
공간이 함유하던 의미역은 변하기 시작한다.

　현우의 아들 영재는 아버지의 자상한 배려를 토대로 고향을 신
화적 공간으로 전환시키는 인물이다. 그는 현우의 성공에 힘입어
삶의 방해 조건들이 소멸된 고향에서 특별한 갈등 없이 살아간다.
비록 유복자로 태어나서 아버지를 직접 대면한 경험은 없다고 할
지라도, 그는 학교를 비롯하여 도처에 산재된 아버지의 흔적을 확
인하면서 부자간의 혈연적 유대를 체험한다. 혈연은 시공간을 초월

한 부자의 조우를 가능케 해 주는 연결고리인 것이다. 그뿐만 아니라 혈연은 이복 삼촌 기득의 경제적 지원을 기대할 수 있는 매개항이기도 하다. 이대에 걸친 삼촌의 물질적 도움은 숙질간의 화해뿐만 아니라, 이복형제간의 화해에 기초한 삼대의 화합을 수반하여 작품의 행복한 결말을 예고한다. 그것은 기득을 두고 나온 죄책감으로 구천을 맴도는 삼월이의 한이 해원되는 순간이다. 이러한 종결처리는 인간의 도리를 절대적 가치로 상정하여 윤리의식을 강조하기 위한 작가의 서술 전략이다.

> 영재는 아버지가 돌아가신 다음해에 난 유복자였기 때문에 노상 아버지의 얼굴을 못 본 것이 한이었다.
> 도배를 하고 나던 다음 일요일 아침. 영재는 삼촌 기득 아저씨가 사주신 하얀 운동화를 신고 나섰다.
> "어머니, 나 새안골 갔다 올래요."
> "불시에 새안골엔 왜?"
> "그냥."
> 하늘이 바닷빛보다 진했다. 아버지의 무덤은 뒷산의 밤숲 옆이었다.
> …(중략)…
> 영재는 풀 위에 드러누워 파란 하늘을 쳐다본다. 수정같이 맑고도 한정 없이 드높은 하늘, 바르고 훌륭한 사람이 되기를 꿈꾸고서 매양 아버지가 눈빛으로 쳐다보시는 저 하늘! 영재는 이 하늘을 인 이 마을에서 영원히 살고 싶었다.(236〜238쪽)

부자간의 화해는 '돌아가신 엄마 아빠의 영혼의 지킴을 받으면서 길이 이 고향에서 엄마 아빠가 하던 대로의 일을 하고 살리라 결심했다'는 현우의 결의가 '이 하늘을 인 이 마을에서 영원히 살고 싶었다'는 영재의 다짐으로 계승되면서 확인된다. 종의 후손으로서의 부자가 지닌 원죄의식이 삭제된 고향은 부자를 평화한 상태로 인도하면서, 마침내 '매양 아버지가 눈빛으로 처다보시는 저 하늘'처럼 신화적 시간으로 변모한다. 영재에게 할당된 과업은 아버지의 유업을 계승하여 새롭게 전개된 고향의 시간적 질서를 유지하는 것이다. 그것은 결국 신화의 지속으로 구현될 터이지만, 우선 영재의 행동은 고향에서 살아가겠다는 자기결의로 구체화된다. 이와 같이 삼월이, 현우, 영재의 공간 체험은 세대의 속성을 대표하면서 연결된다. 삼대의 공간은 영재의 반복적 진술에 의해 상징적 공간으로 승화된다. 더 이상 그곳은 삼월이나 현우의 비극을 배태한 실체적 공간이 아니며, 민족의 보편적 체험을 공유한 공간으로 자리매김되는 것이다. 그것은 한 공간에 각인된 경험이 상징화되기 위해서는 삼대의 시간이 필요하다는 사실을 입증하면서, 이 소설에 삼대담의 형식을 채택한 근거로 작용한다.

3. 고향의 소설적 형식

한국의 근대사에서 삼대는 '경술국치 – 을유해방 – 한국전쟁' 등으로 이어지는 역사적 사건을 포괄한다. 이 시대는 생존과 몰락의 기로에 처한 민족의 곤혹스러운 입장을 가감 없이 보여 준다. 외족에 점령당한 민족의 처지는 이념의 대립과 충돌로 계속되면서 민족의 주체적 의지와 선택의 중요성을 각성시켰다. 작가들이 이 무렵의 역사에 관심을 표명하는 것은 당대의 사회현상에 관한 호기심의 발로이기도 하지만, 자신의 역사적 정체성을 탐색하려는 의지의 소산이기도 하다. 모름지기 작가는 당대의 과거와 미래상을 점검하고 전망할 역량을 구비해야 한다. 이주홍에게서 그것은 『아름다운 고향』을 삼대담으로 전개하도록 견인하였다. 작가는 당대에 대한 관심의 외연으로 개인의 존엄성이 훼손되고 복원되는 과정을 형상화하기 위해 삼대담의 형식을 취한 것이다. 따라서 이 작품은 그가 살았던 시대의 증언이자 후대에게 전하고 싶었던 문학적 유언이라고 할 수 있다. 이 점이야말로 그의 역사의식과 민족관을 여실히 파악할 수 있는 대목이다.

영재가 아버지 현우의 일기장을 읽으면서 이 작품은 시작된다. 유복자로 태어나서 아버지의 생애가 궁금한 그에게 어머니 선희는 정확한 정보를 제공하지 않는다. 그녀로서는 비극적으로 생을 마친 지아비의 생을 반추하는 동안에 직면하게 될 슬픔의 순간이 괴로웠을 터이다. 그녀의 침묵은 허 별감의 종이었던 삼월이와 김동이 사이에서 태어난 지아비 현우의 신산어린 삶을 은폐한다. 또한 그것은 가족 이야기의 이면에 은닉된 선대의 유별난 가족사를 침묵하도록 강요하는 시대적 환경과 밀접하게 연루되어 있기도 하다. 침묵은 "언어적으로 표현할 수 있는 것에 하나의 새로운 차원을 부가하는 효과를 내기 위한 수단"[12]이라는 점에서, 작가는 그녀의 침묵이 의미하는 사회적 발화에 주목할 것을 요구한다. 어미로서 선희는 아들의 생에 낙인으로 작용하게 될지도 모를 가족사적 사연을 표백하는 대신에, 침묵으로 그녀 세대의 가치관을 체현하면서 어미로서의 도리를 수행한다. 하지만 우연한 기회에 발견된 현우의 일기장은 영재로 하여금 선대의 가슴 아픈 내력을 통해 조-부-손 삼대가 화해할 계기로 작용한다. 그런 작자의 의도에 부합되는 서사적 형식은 당연히 액자 형태이다. 이 작품에서 액자는 내부 이야기, 곧 현우의 이야기를 도입하기 위한 서술상의 장치라는 고전

---

12) Anold Hauser, 최성만·이병진 역, 『예술의 사회학』, 한길사, 1984, 483쪽.

적 용례를 충실히 따르고 있다.

> ─무궁한 세월.
>
> 시작한 데도 없고 끝간 데도 없이 세월은 흘러만 흘러만 가고 있다.
>
> 이 영원한 어머니 같은 세월의 품속에서 모든 새로운 역사들이 어린 젖먹이처럼 뒤를 이어 자라고, 커 나가고 있다.
>
> 큰 역사, 작은 역사.
>
> 천만년 뒷세상에 전해지는 역사.
>
> 물거품처럼 금방 일어났다 금방 꺼져버리고 마는 역사.
>
> 나의 이 한 토막의 서글픈 역사도 물거품처럼, 오직 나만이 알다가 꺼 져버릴 세월 속의 한 기록이다.(20쪽)

인용문은 현우의 일기장에서 서두 부분으로, 내부 이야기가 시작 되는 대목이다. 머리말에서 자신이 3·1독립만세운동 당시에 '열 살 남짓의 소년'이었다고 고백한 작가로서는 이야기의 신빙성을 제 고하기 위해 액자형 서술방식을 주저 없이 취했을 터이다. 본래 액 자소설은 민담의 구술 과정에서 신뢰도를 확보하기 위해 채택했던 서술 전략이 근대 소설에 착근된 것이다. 서술의 측면에서 보면 액 자소설은 한 텍스트에 층위를 달리 하는 서술행위가 중첩적으로 이루어지는 양상을 보인다. 이 소설에서 허구적 서술자는 소설의 근원 상황, 곧 "서술자, 서술된 사건, 청중이라고 하는 그 삼면성을 강화하기 위한 한낱 수단에 불과"[13]하다. 그러므로 독자와 사건에 대한 작가의 관계, 즉 서술 태도를 정확히 파악하는 것은 작품 이 해의 선결 요건이다. 일반적으로 장편소설의 작가는 독자들과 동일 한 위치에 존재한다는 소설적 전제를 고려하면, 작가가 작품 속의 등장인물로 자리 잡는 것은 충분히 용인될 수 있다. 더욱이 '소년'소

---

13) Wolfgang Kayser, 김윤섭 역, 『언어예술작품론』, 시인사, 1988, 315쪽.

설이라는 장르적 속성을 고려한다면, 작가의 개입은 서사의 방향을 통제하며 사실성을 제고하려는 배려라고 할 수 있다.

이주홍이 작가나 예술가를 작품에 자주 등장시키는 배면에는 그의 내성적 취향이 관련되어 있는 듯하다. 주지하다시피, 작가나 예술가들은 내적 가치를 우선시하는 부류이다. 그들은 외적 환경의 변화에 직접적으로 대응하기보다는 성찰적 사유를 기반으로 현상의 본질을 통찰하면서 예술적 신념을 추구한다. 이 작품의 주인공 현우도 그에 속한다. 그는 궁상맞은 처지에도 불구하고, 예술적 소양을 고무하는 주위의 도움으로 바이올린 연주 기능의 습득에 진력한다. 현우는 고향에서 또래집단으로부터 따돌림과 놀림을 받으면서도 자신의 꿈을 포기하지 않는다. 그의 예술적 소망은 일본 유학 후의 귀국 연주회를 성공적으로 마치면서 개화한다. 이즈음에 그는 고향으로 돌아가서 죽당 선생의 유지를 받들며 '새로운 역사들이 어린 젖먹이처럼 뒤를 이어 자라고, 커 나가고 있다'는 서사적 완성의 대열에 합류하게 된다. 결국 그의 귀향은 작가의 희망사항을 실현하는 행위이다. 곧 이주홍은 현우와 같은 내성적 인물들이 사회와 타협하며 허명과 실리를 추구하는 약삭빠른 처세술은 지니지 못했더라도, 그들이야말로 "거짓된 가치가 난무하는 세상의 허위 속에서 진정한 가치를 추구하고, 인간을 구원하며, 사회의 건강성을 회복하고, 역사 발전에 기여할 수 있는 약하면서도 꺼지지 않는 희망을 보여준다는 점"[14]을 강조하고 있다.

현우에게 '세월의 품'은 '영원한 어머니'이다. 고향을 어머니의 품이라고 칭하기보다는, 고향을 세월로 대체한 그의 언급은 주의를 요한다. 그는 원래의 공간으로부터 강제적으로 격리된 부모의 위상

---

14) 송명희, 「현대문학사의 산 증인, 향파 이주홍」, 『이주홍 문학 연구 – 작가 · 작품론』, 107쪽.

을 원상 복귀시켜서, 구체적 공간이 아니라 추상적 공간에 위치시킨다. 그에게 고향의 시간이 각별할 수밖에 없는 배경이다. 유년 시절에 자신이 체험했던 시간들이 부모의 희생에 의한 긴장의 연속이었다면, 그 즈음의 시간에서 현우는 부모의 고생조차 추상화할 명분을 획득한 셈이다. 그는 일기장이 '오직 나만이 알다가 꺼져버릴 세월 속의 한 기록'이기를 바라지만, 그의 자술은 진심이 아니다. 일기는 당자의 사후에 발각되어 기록자의 생애가 공개될 것을 상정하며 기록된다. 작품에서 선희가 유품 수습 과정상의 부주의로 인해 자식에게 발견되면서, 현우의 일기는 일인의 비망록이 아니라 역사적 기록으로 승격된다. 이 점이야말로 이주홍이 편재하는 고향 이야기를 작품화한 동기이다. 역사의 뒤편에서 본의와 무관하게 희생을 강요당한 민중들의 일상을 서사적 기록으로 상기하는 것, 그것이 작가에게 기대한 고향 사람들의 간절한 바람이었다. 역사의 요구에 절망하면서도 고향이라는 원시적 공간을 지켜 나가는 그들의 의사는 다소 허무적인 어조로 표현되어 세계와 인생에 관한 의미론적 질문으로 표출된다.

'세상은 무엇이고 인생은 무엇인가?'
영재의 머릿속엔 아버지의 공책이 떠올랐다.
시작한 데도 끝간 데도 없이 흘러만 가는 세월. 큰 역사 작은 역사. 천만년 뒷세상에 전해지는 역사. 물거품처럼 금방 일어났다 금방 꺼져버리고 마는 역사.
허 별감도, 마나님도, 죽당 선생도, 감나무집 할아버지도 없는 지금. 지그시 눈을 감으니 아버지의 얼굴이 커다랗게 떠오른다. 오오, 이 세상에서 누구보다도 훌륭하신 아버지의 늠름한 얼굴.(237쪽)

종결부에서 인용한 예문이다. 영재는 현우의 무덤에서 '세상은 무엇이고 인생은 무엇인가?'를 반복한다. 그의 물음은 한 소년이 더 넓은 세상으로 나아가기 위한 질문이며, 성인이 되기 위해 반드시 선행되어야 할 구각의 파괴행위이다. 또한 '인간은 무엇인가? 인생은 어떻게 살아야 할 것인가?'를 평생 동안 소설적 화두로 삼았던 작가의 질문이기도 하다. 그의 질문에 대한 답은 '이 세상에서 누구보다도 훌륭하신 아버지의 늠름한 얼굴'을 회상하는 것으로 제출되었다. 그것은 아버지처럼 친근한 마을 사람들의 일상이 지닌 의미를 옹호하는 것이 역사를 지속시킨 원동력이라는 소박한 사실의 재언에 다름 아니다. 그것은 역사를 위시한 거대서사일지라도 사람들의 사소한 일상이 지닌 진정성을 훼손할 수 없다는 진리를 확인시켜 준다. 역사의 위세에 억압되었던 일상의 세목들이 여전히 소설의 소재로 수용되어야 하는 것이다.

이와 같이 이주홍의 소설적 주제는 고향에 거주하는 평범한 사람들의 일생에 각인된 삶의 곡절을 형상화하는 데 집중되었다. 역사의 진전과는 상관없을 것으로 생각되는 민중들이 사실은 역사의 가장 큰 희생자요 주체라는 그의 전언은 오래 기억되어야 한다. 그가 묘사에 탁월한 소질을 발휘하고 있는 것은, 바로 현실적 삶의 단면을 응시하는 안목과 생의 단층에 대한 집요한 천착의 결과이다. 아울러 이대에 걸쳐 아비 없는 자식으로 살아가는 현우와 영재의 가족사를 훼손한 역사의 과오는 온전히 소설 장르의 존재 이유를 증명한다. 특히 그들이 정체성을 찾아가는 도중에 역사로부터의 소외의식을 체험하기보다는 인물 간의 화해를 추구하는 모습은 소년소설의 나아갈 바를 시사하고 있다. 이 점은 그가 생전에 이룩한 소설적 업적이 현재적 시점에서 활발하게 논의되어야 할 까닭이고,

소년소설이 성장 소설적 요소를 함유해야 될 근거이다.

Ⅲ. 결 론

이상에서 살펴본 바와 같이, 이주홍의 소년소설 『아름다운 고향』
은 '향수의 시학'이라고 이를 수 있을 정도로 고향의 이모저모를
다룬 작품이다. 그에게 고향은 여러 가지 기억으로 존재한다. 작품
에서 삼대에 걸친 주인공들의 공간 체험은 실제적 차원, 추상적 차
원, 상징적 차원으로 이루어져 있다. 먼저 김동이와 삼월이는 실제
적 고향으로부터 추방되고, 아들 현우는 신분이 미천한 부모의 행
적을 뛰어넘어 추상화되자, 손자 영재는 비로소 고향을 신화적 공
간으로 인식하게 된다. 이처럼 삼대의 공간 체험에 소요된 시간은
한국 근대사의 전개 과정에 대응한다. 이 작품은 개인의 생장 과정
에서 공간이 차지하는 의미의 폭이 상당하다는 사실을 가문의 역
사를 통해 역설하고 있다.

한편 이 작품에서 소문이 차지하는 비중은 실로 크다. 소문은 사
람들의 화제로 회자되면서 담론적 권위를 확보하고, 작품의 서사
과정에 개입하여 인물의 공간 이동에 간여한다. 또한 소문은 세대
간에 계승되는 문화 형성기제이다. 사람들은 소문을 마을의 문화현
상을 음성언어로 기록하여 단순한 개인의 발화를 초월하여 사회적
발화로 확장시킨다. 이주홍은 이 소설에서 소문을 적절하게 장치하
여 서술상의 효과를 거두고 있다. 작품 속에서 삼월이가 고향에서
추방되고, 현우가 갈등하는 일련의 모습은 작가가 면밀하게 확산시

킨 소문의 서사적 수행 덕분이다.

끝으로 이 작품은 성장 소설적 요소를 포함하고 있는 삼대담이다. 이주홍은 자신의 세대가 숙명적으로 짐 지고 있는 역사적 중간자 역할을 성실하게 완수하기 위해 노력하였다. 그의 소설적 장기에 의지하여 과서적 역사를 기록하는 작가의 윤리의식을 점검할 수 있었고, 삼대담의 채택에 필요한 조건들을 확인할 수 있다. 그가 삼대에 걸친 서사적 시간을 통해서 집중적으로 형상화하려고 시도했던 한 가족의 비극과 극복 과정은 개인의 성장과 역사의 발전 과정에 비견될 수 있다. 이런 점에서 소년소설 『아름다운 고향』은 기존의 작품들이 '소년'에 초점을 맞추느라 소홀히 취급했던 '성장'의 요소들을 아우르고 있는 작품이다. 말하자면, 그가 출생한 고향의 사연들을 구구하게 기억하는 것은 그의 성장을 세세하게 기록하는 것과 동일하다는 것이다. 그것은 작가의 고향에 대한 서사가 서사의 고향을 탐색하는 행위에 다름 아니라는 사실을 입증한다. 이주홍은 고향의 추억들을 서사화하는 과정에서 고향과 심미적 거리를 확보하게 하고, 비로소 그 거리를 통해 자신의 서사적 고향을 확인하게 되는 것이다.

참고문헌

〈기본 자료〉

류종열 편, 『이주홍소설전집 · 1 - 6』, 세종출판사, 2006.
류종열 편, 『이주홍극문학전집 · 1 - 3』, 세종출판사, 2006.
이주홍문학재단 편, 『이주홍아동문학연구 · 1 - 2』, 대산, 2000.
이주홍문학재단 편, 『이주홍문학저널』, 이주홍문학재단, 2003.
이주홍문학재단 편, 『이주홍의 문학과 인생』, 세한, 2001.
이주홍, 「나의 동화 · 소년소설관」, 『이주홍 문학 연구 - 작가 · 작품론』,
　　　대산, 2000.

〈단행본 및 논문〉

박태일, 「이주홍의 초기 아동문학과 『신소년』」, 『현대문학이론연구』 제
　　　18집, 현대문학이론학회, 2002. 12
박태일, 「이주홍의 등단작 시비」, 『이주홍문학저널』 창간호, 이주홍문
　　　학재단, 2003.
박태일, 「이주홍론」, 『경남 · 부산지역문학연구 · 1』, 청동거울, 2004, 258쪽.
변학수, 『문학적 기억의 탄생』, 열린책들, 2008.
송명희, 「현대문학사의 산 증인, 향파 이주홍」, 『이주홍 문학 연구 - 작
　　　가 · 작품론』, 대산, 2000.
이재철, 『한국현대아동문학사』, 일지사, 1978.
최명표, 「강인한의 시에 나타난 소문의 양상」, 『한국언어문학』 제59집,
　　　한국언어문학회, 2006. 12.
Anold Hauser, 최성만 · 이병진 역, 『예술의 사회학』, 한길사, 1984.
Douwe Draaisma, 정준형 역, 『기억의 메타포』, 에코리브르, 2006.
Michael Scheele, 김수은 역, 『소문, 나를 파괴하는 정체불명의 괴물』,
　　　열대림, 2007.
Walter J. Ong, 이기우 · 임명진 역, 『구술문화와 문자문화』, 문예출판
　　　사, 1995.
Wolfgang Kayser, 김윤섭 역, 『언어예술작품론』, 시인사, 1988.
Yi - Fu Tuan, 구동회 · 심승희 역, 『공간과 장소』, 대윤, 1993.

반근대 의식과 반근대주의 문학론

― 김동리의 '소년소녀소설'론

반근대 의식과 반근대주의 문학론

— 김동리의 '소년소녀소설'론

I. 서 론

김동리(1913~1995)는 식민지시대와 해방, 민족 내부의 전쟁, 군
사독재정권으로 이어지는 제3세계 국가의 전형을 담보하는 한국에
서 적어도 작가적 신념과 소설적 이상이 충돌하지 않는 작가에 속
한다. 그는 시 「백로」(『조선일보』, 1934), 소설 「화랑의 후예」(『조
선중앙일보』, 1935)와 「산화」(『동아일보』, 1936) 등이 신춘문예에
당선되면서 화려하게 등장하였다. 또한 그는 1930년대 후반의 세대
논쟁에 가담하여 비평적 견해를 적극적으로 개진하였으며, 광복 직
후에는 곽종원, 조연현 등과 청년문학가협회를 결성하고 민족주의
문학 진영에 가담하여 김동석과 순수문학 논쟁을 벌이는 등, 좌익
문단에 맞서는 우익 측의 문학 논리를 대변한 논객이었다. 이와 같
이 그는 장르를 넘나들면서 문학적 신념을 표명하고 문단 활동에도
왕성하게 참여하였다. 그의 비평적 의견들은 한국의 전통사상과 외
래사상 사이에서 충돌하는 인간을 형상화하는 데 전력한 작품 세계
와 맞물려서 그를 '전통지향적 보수주의 작가'[1]로 자리매김하도록

만들었다.

생전에 그는 소설집 『무녀도』(을유문화사, 1947), 『황토기』(수선사, 1949), 『귀환장정』(수도문화사, 1951), 『실존무』(인간사, 1955), 『사반의 십자가』(일신사, 1958), 『등신불』(정음사, 1963), 『까치소리』(일지사, 1973), 『을화』(문학사상사, 1978)를 비롯하여, 평론집 『문학과 인간』(백민문화사, 1948), 시집 『바위』(일지사, 1973), 『패랭이꽃』(현대문학사, 1983), 그리고 '소년소녀소설집' 『꿈 같은 여름』(자유문화사, 1979) 등을 남겼다. 60여 년에 걸친 그의 문학세계에 관해서는 비교적 활발하게 연구 결과로 정리되고 있다. 또한 그의 성품이나 문단 활동도 제자와 후학들에 의해 소상히 회고되었다.[2] 하지만 그가 관심을 기울이고 발표했던 '소년소녀소설'에 대한 분석은 거의 이루어지지 않았다. 그 원인으로는 연구자들의 아동문학에 대한 무관심, 작품 정리에 소홀한 유족 측의 사정 그리고 기간된 전집의 편집상 오류 등을 들 수 있다.

그의 사후에 출판된 『김동리전집·1-8』(민음사, 1995~1997)은 아동문학을 포함하여 전 작품을 아우르지 못한 근본적인 한계를 갖고 있다. 특히 그는 『꿈 같은 여름』을 발행하면서 생소하게 '소년소녀소설집'이라는 용어를 사용하였다. 그렇지만 이 책에 수록된 작품 중에서 「꽃」과 「상정」을 민음사 판 『전집』의 편집위원들은 단편소설로 분류하여 『전집 4』에 수록하고, 다른 작품들은 동화로 분류하여 『전집 5』에 수록하였다. 이러한 분류 태도는 작품의 애매한 장르성이 초래한 결과이기도 하겠지만, 편집자들은 작가의 의도

<hr />

1) 이동하, 『김동리』, 건국대출판부, 1996, 24쪽.

2) 김동리기념사업회 편, 서거 10주기 추모 문집 『영원으로 가는 나귀』(계간문예, 2005)에는 박경리 외 71명의 작가와 제자들이 그를 추억하고 있다.

를 존중하여 '소년소녀소설'로 표기했어야 옳았다. 더군다나 작가가 「상정」을 「아버지와 아들」로 개제하여 『꿈 같은 여름』에 수록했다는 점에서, 작가의 의도를 무시한 편집 의도는 재고되어야 할 것이다. 또 지적되어야 할 서지상의 문제점은 김동리의 시작품을 제외하고 있다는 것이다. 추후에 발간된 권영민 편 『김동리가 남긴 시』(문학사상사, 1998)조차 시작품 전량을 수록한 것이 아니어서 불완전하기는 마찬가지이다. 그가 "중학교 다닐 때 「초파일 밤의 추억」이란 제목으로 동시를 지었다"[3]고 술회한 것 등으로 미루건대, 생전에 남긴 동시 작품들이 상당할 터인데도 불구하고 철저히 누락되었다. 이러한 편집 방침은 본격적인 작가 연구를 위해서 신속히 철회되어야 하고, 그가 남긴 아동문학 작품들은 하루빨리 수습되어야 할 것이다. 이에 본고에서는 『김동리전집』에 재수록된 '소년소녀소설'과 김동리의 반근대주의적 문학론이 지닌 상관관계를 살핌으로써, 차후의 김동리 문학을 연구하는 기반으로 삼고자 한다.

Ⅱ. 반근대주의 문학론과 소설의 상관관계

1. 순수문학론과 '소년소녀소설' 선택의 조건

김동리가 등단했던 1930년대는 일제에 의해 식민지 경제 체제가 심각하게 왜곡되던 시기였다. 일제는 한국을 강점하자마자 토지조

---

3) 김동리, 「나의 유년 시절」, 『김동리전집 · 8: 나를 찾아서』, 민음사, 1997, 18쪽. 이하 본문 인용은 『전집』과 쪽수로 약칭한다.

사사업을 통해 식민지 경제 기반의 재편성을 기도하였다. 그로 인해 수천 년간 지속되던 전통적인 농촌공동체는 해체되고, 사회 구성원들의 계급적 분화는 재촉되었다. 해를 거듭할수록 종주국의 경제에 예속된 식민지 원주민들은 비참한 일상을 영위하게 되었고, 그들의 현실적 삶에 대한 작가들의 대응 전략은 다양한 갈래로 나타났다. 더욱이 1930년대 중반에 이르러 문학의 사회적 측면을 강조하던 카프 조직이 해체되면서, 작가들은 해외 문단의 조류에 주목하는 양상을 보였다. 하지만 어떤 문학사조도 식민지 현실을 타개하는 데 곧바로 적용할 수 없었고, 식민지의 작가들은 위급한 국면에서 수입되는 외국사상을 주체적 입장에서 비판하고 검증할 만한 논리적 척도와 정치적 자유를 갖지 못했다. 그들의 담론은 식민 권력의 허용 범주 내에서만 생성될 수 있었으므로, 필연적으로 일정한 한계를 띨 수밖에 없었다. 거기다가 수입된 외국사상은 모두 제국주의로부터 기원한 이념이라는 출생 배경을 은폐하고 있었다. 그러므로 그것들은 식민지 현실에 적합할 수 없었으며, 양식 있는 작가들은 이 점을 놓치지 않았다.

그러한 움직임은 이 시기에 등단한 김동리와 황순원, 정비석 등의 작품에서 공통적으로 발견할 수 있다. 그들은 이전의 세대에서 활발하게 소재화되었던 도회지의 풍물을 고의로 배격하였다. 그들은 제국주의자들에 의해 생산된 각종 근대 담론을 외면함으로써, 이민족과 외래문명으로부터 식민지의 정서를 방어할 수 있을 것으로 기대했다. 이 점은 소위 모더니즘을 추종했던 선배작가들이 해방 후에 보여 준 행적과 비교할 때 새삼 강조되어야 할 터이다. 모더니즘에 침윤했던 김기림, 박태원, 오장환 등은 조국이 독립되자 극심한 혼란에 빠진 채, 문학적 전환을 감행하지 않으면 안 되었다.

그들은 이전에 추구했던 모더니즘으로부터 민중의 현실과 역사로 관심을 이동하게 되었는바, 그것은 민족이 당면한 객관적 조건의 재발견에 다름 아니었다. 그들과 달리 전기한 작가들은 전통적인 세계에 주목하였다. 특히 김동리는 "인간의 근원적 삶을 해치는 것들에 대한 강한 비판은 제도를 비롯한 모든 인공적인 것으로부터 벗어난 세계를 꿈꾸는 것"[4]이라고 규정하며, 자신의 논리를 인간성 옹호론으로 체계화하였다. 곧 그가 작품상으로 구현한 근대 이전의 현실은 일제에 의해 기획된 식민지 근대화를 거부하는 반근대주의자로서 추구한 토속적인 세계였던 것이다.

이러한 관점에서 김동리가 1939년 일제의 어용단체였던 문인보국회와 국민문학연맹 등의 참여 권유를 거절하고 만주 유랑을 선택했던 것은 일천한 문단 경력 탓이기도 하지만, 그보다는 작가로서 선택했던 주제의식과 신념의 차이로 보는 편이 타당하다. 그는 "작가가 그의 작가적 생애를 어떤 일관된 정신 밑에 종사한다는 것은 지극히 중대한 일이며 또 필요하기도 한 것"(「자연주의의 구경」)이라고 믿었기 때문에, 토착적 정서를 형상화할 수 없는 사회적 조건이 근절되기 전까지 방랑으로 신념을 고수하는 길로 나아갔다. 이러한 신념에 근거하여 그가 취급한 소재들이 토속적이고 낯익은 것임에도 불구하고 보편적인 감동을 획득할 수 있었던 것은 그의 고유한 문학적 재능과 함께 그것들이 "원시적인 것의 범위에 머무르지 않고 원형적인 의미를 지니고 있기 때문"[5]이었다. 그는 토착적 세계의 원형성을 인간성 옹호의 문학적 견해로 정교하게 논리

---

4) 김재용, 「1930년대 후반 한국 소설의 세 가지 표정」, 『한국현대대표소설선·5』, 창작과비평사, 1996, 436쪽.

5) 이태동, 「한국 순수문학의 위대한 집념」, 『김동리』, 벽호, 1993, 263쪽.

화하는 한편, 현실적 삶의 현장에서도 실천하였다. 김동리가 광명 학원을 개설하여 계몽 사업에 투신했던 이유도 강제적으로 부과된 식민지 근대를 거부하기 위한 민족적 역량을 축적하려는 실천행위 였다. 그 연장선상에서 김동리가 해방 후에 사천청년회장을 역임하 고 청년문학가협회를 결성하여 좌파 민족문학에 대항했던 것도 외 래사상에 대한 거부감의 발로로 승인되어야 할 것이다. 그에게 문학 을 비롯한 모든 사회적 제도는 인간을 억압하거나 인간보다 우위에 존립할 수 없었다. 그는 "나에게서 있어서는 시고 소설이고 평론이 고 일체의 문학이란 다만 인간을 인식하고 인간을 정화하고 인간을 구제하기 위한 함께 방법에 불과한 것"(「후기」, 『문학과 인간』)이라 고 선언한 바 있거니와, 그가 보편적 인간성의 소설적 구상화에 투 신한 것은 인간을 최우선시하는 신념의 소산이었다.

김동리의 인간성 옹호론은 근대비평사의 세대 논쟁에 참여하면 서 형성되었다. 1939년 1월 『조광』의 특집 「신진작가 좌담회」에서 시작된 세대론은 순수문학론으로 외연을 확대되면서 작가와 비평 가, 기성작가와 신진작가의 대립 구도로 전개되었다. 기성작가와 비평에 대한 불신에서 기인한 이 논쟁은 저널리즘의 기획 의도에 작가와 비평가들이 편승한 형국으로 진행되어, 한국비평사에서 매 체와 문학 간의 건전한 관계 설정 문제를 후유증으로 남겼다. 이 논쟁에 참여한 김동리는 「문자우상」(『조광』, 1939. 4)에서 문단에 유행하던 외국문학에 대한 사대 풍조를 비판하였다. 이어서 그는 유진오의 「'순수'에의 지향」(『문장』, 1939. 6)을 비판하는 「'순수' 이의」(『문장』, 1939. 8)에서 기성작가들에 비해 신진작가들이 문학 의 순수성을 지키고 있다고 주장하였다. 그 후에 김동리는 「신세대 의 문학 정신」(『매일신보』, 1940. 2. 21~22)에 이르러 기성작가와 신진작가의 작품 세계를 정치적 / 철학적, 사회적 / 인생적, 공리적 / 윤리적, 물질적 / 영혼적 세계로 구분한 다음, 느닷없이 유진오의 인간성 옹호론을 차용하였다. 그의 논리적 당착은 전대의 휴머니즘논쟁에 대한 비평사적 성찰을 결여한 작가로서의 본분과 한계를 동시에 드러낸 것이다. 말하자면 그는 작가였지 비평가가 아니었으며, 그러한 자세는 추후의 논전에서도 반복되었다. 이를 계기로 김동리의 문학적 신념은 인간성 옹호로 결정되었다. 김동리 등이 세대 논의에서 주장한 인간성 옹호론은 해방 후에 순수문학론의 논리적 거점으로 기능하였고, 동시에 "인간성 옹호는 현실 속의 인간 문제를 떠나 원초적 · 자연적 인간성을 찾는 일을 의미하며, 그것은 곧 모든 현실상의 주의와 사상을 떠났을 때 가능하다는 왜곡된 해석"6)을 확대 생산하였다. 환언하면 당시의 시대 사정을 고려할 때 인간성 옹호의 논리가 지닌 한계는, 반근대주의자로서의 김동리가 가졌던 비평적 안목과 신념을 투명하게 노출시켰다고 볼 수 있다.

따라서 반근대주의자로서 그가 갖고 있던 미학적 심급은 논리 이전에 형성된 것으로 보아야 할 것이다. 왜냐하면 김동리가 옹호하는 인간성이란 근대 이전의 질서 체계에 해당하는 토속적 세계에 존재하는 실존적 덕목을 가리키기 때문이다. 그 증거는 "처음 아동문학에 손을 대일 때부터 내가 시나 소설이나 평론이나 수필 따위를 쓰는 것처럼 당연히 해야 할 일을 하는 거라고 생각"(「후기」, 『꿈 같은 여름』)했다는 그의 발언에서 확인된다. 그가 아동문학에 대한 관심을 표출하게 된 것은 '당연히 해야 할 일'에 지나지 않았다. 그의 고백은 일찍이 시작품으로 신춘문예를 통과한 다음 1937년에 서정주, 오장환 등과 <시인부락>을 결성하고, 해방을 전후하

---

6) 김영민, 『한국문학비평논쟁사』, 한길사, 1994, 525쪽.

여 세대논쟁과 순수문학논쟁의 전면에 나서서 평문을 발표하는 등, 문학의 전 부문에서 활동했던 사실로서 증명된다. 특히 1960년대에 그가 강소천, 조지훈 등과 함께 편집위원을 맡았던 『아동문학』은 "일련의 기획적 특집인 지상 심포지움을 통해 장기간에 걸친 아동문학의 본질, 장르의식 확립, 문제점 및 방향에 대한 최초의 진지한 분석적 검토"[7]를 통해 아동문학의 논리를 공고히 구축하는 데 기여했다. 그가 아동문학의 논리적 체계를 수립하는 데 헌신하게 된 배경은 아동문학에서 추구하는 원초적 인간성의 옹호가 '모든 현실상의 주의와 사상을 떠났을 때 가능하다'는 문학적 신념에서 비롯된 것이다. 그동안 그가 발표한 평문을 검토해 보면, 인간성 옹호론이 아동문학으로 외연을 확대하게 된 이유를 추측할 수 있다.

> "참다운 사상의 문학적 주체는 시대와 사회를 초월하여 인간이 영원히 가지지 않을 수 없는 인간의 보편적이요 근본적(구경적)인 문제 – 다시 말하면 자연과 인생의 일반적 운명 – 에 대한 독자적 해석이나 비평에서만 가능한 것이며, 〈시대적 사회적 의의〉니 공리성이니 하는 것들은 이 〈주체적인 것〉의 환경으로써 제이의적 부수적 의의를 가지는 데서 지니지 못하기 때문이다."[8]

다른 장르에 비해 한국의 아동문학은 비교적 탈이념적·탈정치적 성격이 강하다. 그 이유는 생리적으로 아동문학의 대상성과 관련된 것이기도 하지만, 그것이 본격적으로 전개된 일제강점기에 천도교 중심의 문화운동가들에 의해 어린이가 발견되었던 역사적 사실과 결부된다.[9] 물론 1930년대에 프롤레타리아 아동문학이 주장

---

7) 이재철, 『한국현대아동문학사』, 일지사, 1978, 584쪽.
8) 김동리, 「문학적 사상의 주체와 환경」, 『전집·7』, 69쪽.
9) 이에 대해서는 최명표, 「문화운동과 식민 담론의 상관관계」, 『한국언어문학』, 한국언어문학회

된 적도 있으나, 아동에게 특정 사상이나 이념을 강요하는 태도는 예나 지금이나 여러 사람들로부터 외면당하기 십상이다. 김동리는 "우리들에게 부여된 우리의 공통된 운명을 발견하고 이것의 전개에 저항하지 않으면 안 된다"(「문학하는 것에 대한 사고」)고 주장하면서, 이러한 태도를 '생의 구경적 차원'을 탐구하는 작가의 임무로 파악했다. 그는 "자신의 인생관을 적극적으로 표출할 수 있는 유력한 장르 가운데 하나로 생각"[10]한 아동문학에 참여하는 방법으로 관련 잡지 편집과 '소년소녀소설'을 발표했던 것이다. 그러므로 그가 아동문학에 관심을 기울인 것은 '시대와 사회를 초월하여 인간이 영원히 가지지 않을 수 없는 인간의 보편적이요 근본적(구경적)인 문제'를 수용하기 위한 전략의 일환이었고 '당연히 해야 할 일'일 뿐, 아동문학에 대한 특별한 애정을 반영한 것은 아니었다. 또한 '<시대적 사회적 의의>니 공리성이니 하는 것들'을 부수적인 것으로 파악하는 그의 주장에서 '소년소녀소설'의 의의를 구할 수 있다.

소년소녀소설은 동화에서 성인소설로 나아가는 시기의 소년소녀들을 대상으로 현실 세계에 대한 비판의식을 제고하기에 적합한 장르이다. 동화는 소설과 달리 화해를 지향한다. 이 점은 동화의 존립에 필요조건이며, 동화의 대상성을 국한하는 충분조건이다. 이에 비해 소설은 환상적인 동화에서 삼가는 세계의 모순을 폭로한다는 점에서 비극적이다. 소설에서 제시되는 사회의 구조적 모순은 등장인물들에게 갈등사태를 제공하여 사건의 현실성을 명료화하는데 기여한다. 그러므로 김동리가 동화가 아닌 소설 장르를 도입하

제52집, 2004. 6, 541-562쪽 참조.

10) 진정석, 「역사에서 설화로, 설화에서 우화로」, 『전집·4』, 464쪽.

여 작가의식을 표현하고자 한 까닭은 명백하다. 그는 동화에서 제약되는 각종 서술상의 장치들을 효과적으로 활용하고, 동시에 자신의 반근대 논리를 작품으로 실천하기에 유용한 장르로 '소년소녀소설'을 선택했던 것이다. 동화가 지향하는 원시적 평화주의에 비해, 소설은 장르 특성상 그가 경험한 각종 비극적 체험들을 사건화하여 인간의 보편적 속성을 포착하기에 용이하다. 곧 동화의 환상성과 무시간성에 의탁하여 인간의 보편성을 드러내기에는 그가 겪은 정치적·사회적 체험이 자심했던 것이다.

이런 측면에서 김동리의 '소년소녀소설'은 시대를 초월한 순수 세계의 구경적 의미를 서술하는 데 효과적인 장르였다. 그는 이 작품들을 통해 세계의 폭력 속에서 순수성을 훼손하지 않은 '소년소녀'를 등장시켜 근대 이전의 모습을 형상화했다. 이것은 그가 "평생 순수문학을 주장하고 지향했다는 사실은 문학 정신(창작)의 차원에서 끊임없이 근대주의와 맞서고 있었다는 증거"[11]라는 점에서, 장르 선택의 정치적 조건을 드러내 준다. 일찍이 그가 "민족 단위의 휴머니즘을 세계사적 각도에서 내포하고 있는 것이 오늘날 순수문학의 정신"(「순수문학의 진의」)이라고 주장했던 바를 관련시키면, 태생적으로 휴머니즘에 기반을 두는 아동문학은 김동리의 비평적 논리와 작품의 일체화를 견인하는 데 최적의 장르였다. 곧 그에게 아동문학은 '본령정계의 문학'에 속하므로, 평소 지론이었던 '민족 단위의 휴머니즘'을 문학적으로 실천하는 데 유용한 장르로 선택된 것이다. 따라서 그에게 아동문학은 소설과 동일한 차원에서 구체적 성과일 뿐만 아니라, 근대와의 대결에서 그가 추억하게 될

---

11) 홍기돈, 「김동리와 문학 권력」, 문학과비평연구회 편, 『한국 문학권력의 계보』, 한국출판마케팅연구소, 2004, 134쪽.

순수문학의 고향이었다. 비록 그가 아동문학에 대한 의견을 적극적으로 제출하지 않았더라도 이러한 결론에 도달할 수 있는 이유인즉, 그가 발표했던 문학론들이 근본적으로 반근대주의적 순수 세계를 지향하는 아동문학의 특수성과 긴밀한 상관관계를 형성하고 있기 때문이다.

2. 소년기 추억의 '소년소녀소설'적 재구성

김동리가 남긴 아동문학 작품의 분량은 현재까지 자세하게 밝혀지지 않았다. 그러므로 우선 민음사 판 『전집』에 수록된 작품을 통해서 논의하는 수밖에 없는 실정이다. 이 책에 수록된 그의 '소년소녀소설'은 대부분 시골을 배경으로 하여 전개된다. 이것은 그의 소설 작품들에서 나타나는 공간적 배경과 다르지 않다. 그곳은 도회지와 달리 과거적이며, 원시적이고, 자연친화적이며, 토속적인 공간이다. 이러한 배경 요소는 그의 작품에 지방적 색채를 한층 심화시키는 데 기여한다. 이 점은 김동리의 체험과 관련되어 있다. 한국인들 가운데 식민지 체험과 해방, 그리고 한국전쟁을 체험한 세대는 불행하다. 그들처럼 한국 현대사의 흔적을 고스란히 체험한 작가들에게서 검출되는 공통점은 원시적 세계에 대한 그리움이다. 물론 이러한 바람은 대부분의 작가들에게서 산견되는 것이지만, 해방 전후사의 격동기를 살았던 그들이 찾아가는 고향의 아늑함은 동시대 작가보다 훨씬 각별하고 소중하다. 고도 경주는 그가 등단한 뒤에 일제에 의한 근대를 거부하도록 부단히 자극하는 역사적 공간이었고, 근대화의 물결이 틈입하기 이전의 질서가 온전하게 존재했던 장소였다. 그곳은 그가 반근대주의자로서 추구했던 '순수' 혹은 '생의 구경적 형식'을 탐구하는 데 유효적절한 공간이었던 것이다.

김동리의 「일요일」은 자전적 요소가 강한 작품이다. 정수는 계성중학교에 다니는 학생으로, 작가의 전기적 사실과 일치하는 인물이다. 김동리는 고향을 떠나 대구에서 중학시절을 보내면서 친구들과 어울리지 못하는 부적응 행동을 보였다고 회고한 바 있다. 그의 태도는 도회지 아이에 대한 촌놈 콤플렉스의 발로이다. 그의 고향 경주는 대구와 달리 천년고도였으나, 근대화에 밀려 예전의 화려한 명성을 찾아볼 수 없는 역사적 유적지일 뿐이다. 따라서 경주에서 유학 온 김동리에게 공원 야유회니, 야구시합 관람 등은 생소한 근대의 풍경이었다. 정수는 근대의 문물과 동화되기를 거부하지만, 스스로 고독을 선택하여 근대로 진입한다. 그는 고독의 근대적 성격을 인식하지 못한 채, 주체적 의지에 따라 근대의 표지를 선택하고 있다. 이처럼 모순되는 태도는 "근대 자체를 받아들이되, 이를 전면적으로 부정·거부하는 방식"[12]으로 근대를 수용했던 김동리의 독특한 선택이며, 근대 문물과의 동화를 거부한다는 점에서 그의 반근대적 행동 특성을 보여 준다.

> −엿새 동안이나 그렇게 바라고 기다리던 일요일을 겨우 예배당엘 가고 말아?
> 정수는 이런 생각을 하며 예배당엘 가지 않는 것이다.
> −엿새 동안이나 그렇게 바라고 기다리던 일요일을 겨우 공원이나 가고 말아?
> 정수는 이런 생각을 하며 공원에도 가지 않는 것이다.
> −엿새 동안이나 그렇게 바라고 기다리던 일요일을 겨우 야구 시합 구경이나 가고 말아?

---

12) 김윤식, 『김동리와 그의 시대』, 민음사, 1995, 138쪽.

정수는 이런 생각을 하며 야구 시합 구경도 가지 않는 것이다.

물론 사과밭에도, 음악회에도, 극장에도 모두 이러한 생각 때문에 가지 않는 것이다.

그리하여 그는 기숙사 앞 플라타너스 아래 혼자 서 있는 것이다.[13]

인용문에서 알 수 있듯이, 김동리의 문체는 묘사에 치중하기보다는 화자의 견해를 표명하는 데 익숙하다. 그러한 특성은 작가가 작품의 구도와 인물들의 행동을 장악하는 기반이 된다. 그 이유는 이 작품에서 정수가 대구 계성학교로 진학했던 김동리의 학창시절을 대역하듯이, 작품 속의 등장인물들이 그의 역할을 대행하기 때문이다. 그는 친구들과 어울리지 않고 '기숙사 앞 플라타너스 아래 혼자' 논다. 정수는 "무언지 서글픈 생각을 하며 고개를 들어 하늘의 별을 바라보고"(「새벽의 잔치」) 있던 소년이다. 새벽녘에 송아지를 찾아 마을 사람들과 호랑이를 쫓던 정수는 중학생이 되어서도 친구들의 권유와 유혹을 단호하게 거절하고, 기꺼이 고독을 선택한다. 정수는 일요일을 기다리며 스스로 근대의 특성인 시간의 분절에 참여하지만, 행동상으로는 근대와의 융화를 거부하는 모순된 태도를 취한다. 열네 살 소년에게 어울리지 않는 그의 행동은 '예배당, 공원, 야구 시합 구경'이라는 종교적·세속적 차원을 초월한다. 곧 정수는 기독학교에 재학 중이면서도 예배당에 가지 않고, 중학생이면서도 운동 구경에 무관심하다. 오직 정수가 일주일 동안 기다리던 것은 '혼자' 있는 것이다. 그가 혼자 있는 상태를 습관화하게 된 원인은 작가의 회고담에서 찾아볼 수 있다.

중학교에 진학을 하면서 생활 환경이 바뀌자 나의 고독은 뼛속을 쑤시

---

13) 김동리, 「일요일」, 『전집·4』, 389－390쪽.

기 시작했다. 기숙사에 들게 되었는데, 불행하게도 그때까지 친구를 사귀지 못하고 있었다.

　친구를 가지지 못한 중학 1학년짜리의 기숙사 생활이란 것을 상상해 보라. 나는 하학을 하는 대로 책가방을 (기숙사의) 내 책상 위에 내던지고는 기숙사 앞 플라타너스 아래 멍하니 혼자 서 있거나, 그렇지 않으면 낮부터 이불을 깔고 잠을 자거나 했다.14)

위 글에 나타난 김동리의 회고에 주목하면 「일요일」은 소설이 아니라 자전적 수필이고, 작품에 출현하는 화자는 작가와 동일 인물이다. 그의 막연한 외로움은 객지에서 생활하는 처지에서 비롯된 것이다. 그의 "나는 어려서부터 몹시 고독을 느꼈다"(「내 속에 있는 늪」)는 고백에서 짐작할 수 있다시피, 고독은 그에게 생래적인 정서였다. 그러므로 그가 말기에 이르러 '소년소녀소설집'을 상재한 사실은 "작품 활동 초기부터 지향했던 인간성의 옹호, 생의 구경적 형식의 보편화를 동심에서 찾아보려 했다는 증좌"15)이다. 그는 이 작품에서 소설적 허구를 추구한 것이 아니라, 전기적 서술을 시도했던 셈이다. 따라서 그가 발표했던 '소년소녀소설'들은 소년기의 체험을 소설적 형식으로 재현한 것에 불과하다. 그의 이러한 태도는 시골 느티나무에 올라서 매미를 잡던 날의 풍경화 「매미」, 부모의 성화에 못 이겨 버린 고양이를 그리워하는 재홍이의 동물 사랑을 그린 「고양이」 등에서 반복되었다. 그에게 '소년소녀소설'을 쓴다는 것은 유년시절의 추억을 재구성하는 행위에 다름 아니었던 것이다. 이런 측면에서 「꿈 같은 여름」에서 추구한 작가의 소망은 '꿈 같은 여름'날의 추억을 오늘에 되살리려는 은밀한 욕망의

14) 김동리, 「문학에 대한 왕성한 식욕」, 『전집·8』, 86쪽.
15) 김용재, 「꿈 같은 삶을 위하여 - 김동리 소년소녀소설론」, 『아침햇살』, 1995. 겨울호, 173쪽.

표현이다. 그는 그것이 현실적으로 불가능한 줄 알기 때문에, 그 시절의 추억을 서사적으로 재현하는 데 집중하였다.

> ―벌레들도 우리들처럼 여름이 즐거웠을까?
> 철홍이는 문득 이런 생각을 했다. 그러자 그와 동시, 그들이 한 스무날 전에 다녀온 시골의 고모님 댁이 생각났다.
> 〈어머, 여섯시가 언제냐? 아침도 점심도 꼬박 굶었겠구나〉
> 하시던 고모님의 얼굴과 고모부님의 볕에 그을어 시꺼멓던 얼굴과, 그리고 정식이의 스러워하던 얼굴…… . 그와 동시에, 그 냄새가 코를 찌르던 삼밭과 시원한 바람이 불던 원두막과, 물을 푸던 웅덩이와 논둑의 강낭콩 포기를 지나던 뱀과, 그 새하얀 모래 위로 흐르던 냇물과, 그리고 그 이시미가 산다던 검푸른 소와, 그 위의 멧새가 울던 돌 벼랑과, 그런 것들이 모두 어렴풋한 꿈과 같이 그리워진다. 그 물줄기 같이 퍼붓던 여름날의 환한 햇볕도 지금은 다 꿈속 같기만 했다.16)

철홍이가 번잡하게 열거하고 있는 풍경들은 여름날의 추억이 갖는 강도를 증명해 준다. 그가 풍경을 회상할수록 고모 댁에서의 추억은 배가되며, 상대적으로 꿈속 같지 않은 현실 세계의 추악성은 도드라진다. 그것은 추억으로 가득한 어린 시절에 비해, 현실적 장애로 점철된 어른들의 고단한 삶을 징표한다. 더욱이 작품의 시간적 배경으로 설정된 여름이 놀이로 충만한 어린이의 계절이라는 점에서, 작가의 주제의식을 표나게 도와준다. 그가 회상하는 추억의 내밀성은 고모 댁이라는 장소성에 힘입고 있다. 즉 가정 체험에 불만족스러운 작가의 은밀한 심리를 드러내는 이 장면은, 가족과 불화 상태에 놓였던 작가의 처지를 담보해 준다. 그리하여 작가의 유년기 공간을 점령한 근대의 풍광들은 작품 속으로 수용되지 못

---

16) 김동리, 「꿈 같은 여름」, 『전집·4』, 399-400쪽.

한 채, 서사적 시간의 표면 위에서 유리되어 흐른다. 이에 그는 온전한 가족을 향한 욕망에 따라 결손 된 아버지의 위상을 복원하려고 시도한다.

이러한 심리상의 변화를 확보하고 있는 작품이 「아버지의 초상화」이다. 전쟁으로 아버지를 잃은 경재는 공부는 뒷전으로 미루고 '미술가'라는 별명에 걸맞게 그림을 그리는 수험생이다. 경재는 한 집에 살면서 사촌 영재의 유복한 환경과 달리, 어머니와 누나와 함께 삼촌 집에 얹혀사는 형편이다. 두 인물은 "딱지치기를 하다가 공받기를 하다가 씨름내기를 하다가 곧잘 싸움"(「실근이와 순근이」)을 하던 사촌의 재출현이다. 자기보다 우월한 조건의 인물이 나타나자 자존심 상한 어머니는 "올해 떨어지면 너도 죽고 나도 죽는다."고 경재를 위협하면서, 그의 중학 진학을 학수고대한다. 그녀는 교육을 신분 상승의 수단으로 인식하던 시절의 기성세대가 지닌 가치관을 표상하는 인물이다. 하지만 경재는 어머니의 기대를 배반하고 그림 그리기에 열중한다. 그에게는 그림을 그리는 동안에 아버지를 만나는 것이 유일한 기쁨이다. 왜냐하면 그는 이 순간에 '마술사'가 되어 부자간의 상봉을 실현하고, 자신을 억압하는 어머니의 압력으로부터 해방될 수 있기 때문이다. 결국 어머니는 경재로부터 아버지의 초상화를 빼앗아 불태우려고 시도한다.

경재는 자기도 모르게 처마 밑에서 뛰어나왔다. 그리하여 한달음으로 어머니 곁으로 뛰어가 그 초상화 뭉치를 뺏어 안았다. 그러나 다음 순간 그는 어머니의 손에 뒷멱이 잡혀 있었다. 그러나 그때 이미 경재는 아무 것도 무섭지 않았다. 어머니가 그를 죽인다 해도 겁나지 않을 것 같았다. 그는 초상화 뭉치를 안은 채 하늘의 별을 멍하니 쳐다보고 있었다.[17]

17) 김동리, 「아버지의 초상화」, 『전집·4』, 411-412쪽.

어머니는 처자식을 남긴 채 먼저 죽은 아버지에게 애착을 보이는 아들의 행동이 못마땅하다. 그녀는 가족 부양의 책임을 남기고 떠나간 지아비를 원망하는 마음에, 공부를 등한시하고 아버지를 그리는 아들의 철없는 짓이 불만족스럽다. 어머니의 불만은 이세교육으로 투사되어 김동리에게 압박을 가하는 심리기제이다. 하지만 아들은 이미 성장하여 아버지에 대한 연민과 그리움을 내면화시키고 있었다. 「농구화」에서 '찢어진 고무신'으로 '운동화'를 신은 용이에게 대립하던 재혁이가 어느덧 장성하여 어머니와 대립하는 세계에 진입했던 것이다. 모자간의 대결은 당연히 어머니의 패배로 귀결되지만, 가계의 전승이라는 차원에서 다른 문제를 제기한다. 김동리는 일찍이 아버지의 주사로 인해 "차츰 아버지가 무섭고 밉고 원망스럽기만 했고, 그 아버지에게 곤욕을 겪어야만 하는 어머니가 한없이 애처롭고 분하고 억울하게"(「나의 어머니」) 여기는 등, 가정불화로 인해 불우한 소년시절을 경험했다. 그가 기독계열의 중등학교를 다니게 된 사연도 어머니의 강권에 의한 것이거니와, 어머니는 지아비의 술버릇을 끊기 위하여 교회에 다니기 시작했을 정도로 의지가 강한 성격이었다. 그렇지만 아들은 아버지의 초상화를 지키는 상징적 행위를 통해 어머니와 대립한다. 그의 결연한 의지는 '어머니가 그를 죽인다 해도 겁나지 않을 것 같았다'는 문장으로 선언된다. 그가 부재하는 아버지를 복원하는 것은 다른 작품 「상정」에서 구현되었듯이, 한국전쟁 통에도 병구완해야 하는 자식으로서의 숙명이고, 인간으로서 반드시 지켜야 할 벼리이다. 그의 아버지에 대한 한없는 효행은 혈연을 중시하는 한국 사회의 문법체계를 보전하는 일이며, 마침내 "아버지도 모든 것을 승준에게 맡겼다"는 진술을 통해 가문의 수호 책임을 계승하게 된다. 아들은 피란길에 아버지를 등에 업고 감으로써 가장의식을 승계하는 의식을 거행한다. 호주로서의 책임을 내외에 천명한 아들이 누나의 현재적 삶에 관심을 표하는 것은 당연하다.

김동리의 누나에 대한 그리움은 유별하여 대부분의 작품에서 누나를 등장시키고 있다. 누나는 그림을 태우려는 어머니를 말려 주고, 그가 '꿈 같은 여름'을 보낼 수 있도록 고모 댁에 데려다 준 피붙이다. 그의 「우물과 고양이와 감나무가 있는 집」은 누나의 불우한 결혼생활을 '우물, 고양이, 감나무'의 상징물을 통해 묘사한 작품이다. 고양이는 남편 사별 후에 매형을 해군 소위로 입대시키고, 지금은 '누님 곁에 따라와 앉아 있는 샛노란 고양이'처럼 누나의 일거수일투족을 감시하며 재산을 무기로 자신처럼 살아가기를 기대하는 사돈댁 마누라이다. 감나무는 어머니와 부인과 한 점 혈육의 삶을 공중에서 감시하는 매형이다. 우물은 한국전쟁 중에 전사한 남편이 남기고 간 성아를 키우며 시어머니와 살아가는 누나의 깊이 모를 한을 상징한다. 그 누나는 "밖에 나가 무 구덩이에서 무를 들여와 깎아"(「어린 시절의 여름과 가을과 겨울」)주고, 아버지의 술주정에 놀라 우는 "나를 업고 같이 울곤"(「나의 어머니」) 하던 누나였다. 그만큼 각별한 애정으로 보살펴 준 누나가 남편을 여의고 불행하게 시집살이하는 광경을 목도하는 것은 경규에게 견디기 어려운 고통이었다. 이에 그는 누나의 만류를 뿌리치고 "누나, 담에 또 올게"라는 말을 남긴 채, 일 년 만의 누나 댁 방문을 거두어야 했다. 누나의 현실적 삶의 질을 향상시킬 수 없는 무능력은 소년에게 극심한 절망감을 안겨 준다. 지금까지 그의 삶은 누나 덕분에 구성될 수 있었지만, 정작 자신은 누나에게 아무것도 해 줄 수 없다는 한계의식은 소년에게 도저한 좌절감을 안겨 주어 비극적 탐미주의로 나아가도록 재촉한다. 그 세계는 현실적으로 구원받을 수 없는 소년에게 환상을 안겨 줌으로써, 마침내 근대와 반근대의 경계가 무화된 절체절명의 경지이다.

> ─아, 이럴 때 난이 누나가 치맛자락을 펼쳐서 드리워준다면, 꿈에서처럼 선녀가 되어 나를 끼고 벼랑 위로 날아 올라가 준다면.
>   그러나 검잿빛 바위는 그가 조그만 몸을 움직여도 사정없이 그를 떠밀어내기만 한다. 눈 위에는 벌건 진달래가 꽃뭉치 같이 엉겨 있다. 아, 저걸 한 아름 따다 누나에게 주었으면……. 바람벽(바위)이 한두 길만 된대도……. 그러나 몸은 움직일 수 없다. 꼼짝만 해도 바람벽에 떠밀린다. 그런 채 시간이 지날수록 어깨는 저려 들고 잔등은 빳빳해 오고 엉덩이는 무거워진다. 눈 위에서 꽃은 곧장 더 붉기만 하다. 아, 저걸 한 아름 따다 누나에게 주었으면…….[18]

일곱 살배기 영기는 난이 누나에게 바칠 진달래를 꺾기 위해 비선골 골짜기로 들어간다. 그는 난이 누나가 선녀가 되어 거미로 변한 자신을 데리고 가던 간밤의 꿈을 생각하며 죽음을 맞는다. 누나는 김동리의 소설 작품에서 자주 출현하는 '소녀주의'[19]의 전기적 기원과 연루되어 있다. 그는 소녀주의와 함께 극단적 탐미주의를 작품 속에서 추구하였던바, 이 작품에서 영기가 난이 누나를 위해 벼랑의 진달래꽃을 따려다가 미끄러져서 죽음을 맞게 되는 것이 그 한 예이다. 영기는 죽음 앞에서도 '아, 저걸 한 아름 따다 누나에게 주었으면……' 하는 간절한 소망을 피력한다. 그렇지만 이미 그의 바람은 검잿빛 바위의 색채 이미지에 의해 비극적 종말로 귀결될 징후를 보여 주고 있다. 누나를 향한 지고지순한 사랑이 도리

---

18) 김동리, 「꽃」, 『전집·3』, 198-199쪽.
19) 김윤식, 『사반과의 대화: 김동리와 그의 시대·3』, 민음사, 1997, 238-245쪽.

어 암흑계로 진입하는 비표였던 셈이다.

이렇게 김동리가 서사적 진행 방향을 비극적 극정으로 설정하게 된 배경으로 "죽음은 나에게 늪과 같이 아름답고 신비하지만, 언제나 슬픔과 두려움과 서글픔과 우울을 곁들이고 있다"(「내 속에 있는 늪」)는 그의 언급을 들 수 있다. 그는 실제로 늪을 소재로 한 동시 1편, 시 2편, 단편소설 1편, 수필집 『명상의 늪가에서』를 남긴 바 있다. 죽음에 호의적인 그는 영기로 하여금 난이 누나에게 꽃을 바치는 대신에, 바람벽에 떠밀리도록 방치한다. 영기의 발이 닿는 곳은 작가가 동경하던 '늪과 같이 아름답고 신비'한 세계이다. 작가는 나이어린 소년의 사랑이 훼손되지 않으면서 작품이 종결될 수 있도록 영기를 비극의 길로 인도한다. 이러한 결말은 인간의 순수성을 극한까지 옹호하려는 그의 소설적 신념에 따른 것이고, 대리인물의 신비적 죽음을 통해 '늪'의 실체를 부단히 확인하고 싶었던 그의 내면의지에서 비롯된 것이다. 곧 이 작품에 형상화된 비극적 탐미주의는 반근대주의적 신념을 추구했던 김동리의 소설미학이다.

Ⅲ. 결 론

김동리는 등단 이래 한국 근대문학사의 중심에서 한 번도 일탈한 적이 없을 정도로 주도적 역할을 수행하였다. 그의 행적에 대한 비판적 견해들이 상존하는 것이 사실이지만, 그가 결코 문학적 신념을 훼절하지 않았다는 사실은 부인할 수 없다. 이것만으로도 그는 정치적 상황에 함몰되어 작가적 의견을 철회하거나 훼절하기를 서슴지 않았던 한국의 현대문학사에서 검토 대상이다. 그가 일관되게 개진했던 인간성 옹호의 문학론은 소설적 실천으로 구체화되었다. 이런 측면에서 그의 '소년소녀소설'은 '생의 구경적 형식'을 탐구하게 된 작가의 심리적 원형을 살필 수 있는 작품들이다. 말년에 발표한 이 작품들에서 그의 소설적 주제의식을 담지한 순수한 모습의 인간상을 찾아볼 수 있다. 등장인물들은 그의 소년기를 추억하는 인간들로, 비평적 논리의 기반을 형성했던 반근대주의적 성격을 획득하고 있다. 이런 측면에서 그가 발표했던 '소년소녀소설'들은 연구자들에게 필독되어야 할 텍스트이다.

본고는 기왕에 제출된 김동리 연구물처럼 부실하게 진행된 미완의 소론이다. 앞에서 언급했다시피, 김동리의 문학 세계를 탐구하기 위한 전제조건으로 정본 전집이 속히 간행되어야 한다. 앞으로 발행하게 될 그의 문학전집은 지금까지 간행된 것과 달리, 장르를 불문하고 그가 남긴 전 작품이 원형대로 수록되어야 할 것이다. 두말할 필요도 없이, 한 작가의 전집은 편집자의 비평적 척도로 재단되어 출판되어서는 안 된다. 그것은 편집자의 권한을 남용한 사례로서, 한국문학에서 유독 성행하는 문학사적 과오라 아니할 수 없다. 설령 편집자들의 기준이 객관적 타당성을 확보했다고 할지라도, 그것으로 편집상의 정당성을 대체할 수는 없다. 한 작가의 작품은 고스란히 문학사의 구성물이며 연구 대상이란 점에서, 전집 편집자들의 역할은 수집 가능한 작품과 참고자료들을 독자와 연구자들에게 충실히 제공하는 데 한정되어야 할 것이다.

참고문헌

〈기본 자료〉

『김동리전집·3-4, 8』, 민음사, 1997.
김동리기념사업회 편, 『영원으로 가는 나귀』, 계간문예, 2005.

〈단행본 및 논문〉

김영민, 『한국문학비평논쟁사』, 한길사, 1994.
김용재, 「꿈 같은 삶을 위하여 - 김동리 소년소녀소설론」, 『아침햇살』,
    1995. 겨울호.
김윤식, 『김동리와 그의 시대』, 민음사, 1995.
김윤식, 『사반과의 대화: 김동리와 그의 시대·3』, 민음사, 1997.
이동하, 『김동리』, 건국대출판부, 1996.
이재철, 『한국현대아동문학사』, 일지사, 1978.
이태동, 「한국 순수문학의 위대한 집념」, 『김동리』, 벽호, 1993.
진정석, 「역사에서 설화로, 설화에서 우화로」, 『김동리전집·4』, 민음
    사, 1997.
홍기돈, 「김동리와 문학 권력」, 문학과비평연구회 편, 『한국 문학권력
    의 계보』, 한국출판마케팅연구소, 2004.

설화적 세계에 대한 소설적 미련

- 황순원론

설화적 세계에 대한 소설적 미련

- 황순원론

I. 서 론

황순원(1915 ~ 2000)은 1931년 『동광』에 시 「나의 꿈」 등을 발표하며 작품 활동을 시작하였다. 1934년 『삼사문학』 동인으로 참가한 그는 소설 「거리의 副詞」(『창작』, 1937. 7)를 발표한 이후부터 본격적으로 소설 창작에 주력했다. 그의 작품 속에는 소년소녀와 동물들이 자주 등장한다. 그의 "아이들 것을 쓸 때면 언제나 즐겁다"(「책끝에」, 『목넘이 마을의 개』)는 고백에 주목하여 작품 속에 삼투된 동심의식을 검출할 수도 있겠지만, 그보다는 세계의 위선을 혐오하는 작가의 의식적인 언술이라고 볼 만하다. 그가 독립운동가의 일족이라는 사실, 생전에 잡문을 발표하거나 인터뷰하지 않기로 유명했던 일, 황순원의 소설의 주인공들이 대부분 내성적 인물이라는 점 등은, 외적 발언보다는 내적 동기를 중시하는 그의 인생관을 그대로 보여 준다. 그가 우선시한 것은 외화가 아니라 내실이었고, 사회현상의 묘사가 아니라 인간들의 실존상황이었던 셈이다. 이러한 삶의 태도는 그의 소설에서 장황한 서술보다는 명료한 묘사를 추구하도록 조장하였고, 이러한 경력 덕분에 그의 문체는 군살 하나 없이 매끈하기로 정평이 나 있다.

그간 연구자들에 의해 황순원 소설의 문제점으로 지적된 것은 역사 인식의 결여 문제이다. 그러나 한 걸음 물러나서 생각해 본다면, 그의 세대처럼 굴곡 많은 정치적 사건을 체험한 부류에게 인간의 실존과 유리된 관념 유희는 경멸과 증오의 대상이었을 것이다. 식민지시대와 해방 후의 정치 혼란 그리고 한국전쟁 등으로 이어지는 현대사들은 인간의 실존 조건을 철저하게 기만하고 외면한 이념주의자들이 일으킨 사건이다. 그러한 격동의 사건 속에서 사람들에게 우선적으로 요구되는 것은 사람답게 살아갈 수 있는 소박한 조건일 뿐, 그것을 이용하는 정치적 놀음이란 생경한 관념 유희에 지나지 않았을 것이다. 황순원에게서 역사성의 결여를 시비하는 논자들은 "그의 작품은 그의 삶과 마찬가지로 단편집 『늪』이 발간된 1940년부터 현재까지 한국의 역사와 현실에 밀접하게 관련되어 있다"[1]는 문학사적 평가를 기억할 필요가 있다. 그들은 작가가 이른바 '대하소설'을 발표하지 않았거나, 역사적 현실을 정면에서 취급하지 않았다는 점을 지적하며 논의를 이어가고 싶겠지만, 문학작품들은 그들의 바람과 달리 사건과 전면전을 치룰 이유도 없을 뿐더러, 사건의 한 국면을 다루거나 인물의 심리와 행동을 통해서 충분히 현실을 수용할 수 있다.

한 예로 황순원의 단편소설 「두꺼비」(『우리 공론』, 1947. 4)는 해방을 맞아 만주 등지에서 귀국한 전재민들의 이야기를 다룬 작품이다. 당시 전재민 문제는 사회의 현안과제로 대두될 정도로, 여러 가지 복합적인 문제를 안고 있었다. 시인 이용악이 1946년 12월 개최

---

1) 김윤식 · 김현, 『한국문학사』, 민음사, 1987, 242쪽.

된 '전재 동포 구제 시의 밤'에서 "거북네는 만주서 왔단다 두터운 얼음짱과 거센 바람 속을 세월을 흘러 거북이는 만주서 나고 할배는 만주서 묻히고 세월이 무심찮아 봄을 본다고 쫓겨서 울면서 가던 길 돌아왔단다"(「하늘만 곱구나」)라고 낭독한 바와 같이, 이듬해까지 계속된 100여 만 명에 달한 재외동포들의 귀국은 남북의 인구 이동과 함께 심각한 사회문제였다. 그들은 일가친척의 방 한 칸, 공동숙박소, 전재민수용소, 방공호, 움집, 토굴, 한강철교 밑이나 거리에서 거적을 깔고 한파를 견뎌야 했다. 그러므로 전재민 친구를 속이고 사욕을 채우는 두갑이와 전재민들을 쫓아내는 김장로와 같은 인물은 독기를 품은 두꺼비처럼 위협적인 존재였다. 따라서 두꺼비들에 의해 생존을 위협받고 있는 전재민들이 "전쟁이 끝난 것이 아니라 지금 한창 하는 중이라는 생각"을 갖는 것은 당연하다. 그의 전재민에 대한 관심은 「담배 한 대 피울 동안」(『신천지』, 1947. 9)에서도 계속되었다.

아울러 1946년 5월에 "평양에서 상경한 순원을 내가 처음 만난 곳은 시인 용악의 소개로 청운동 어떤 노점 술집"(강형구, 「발」, 『목넘이마을의 개』)이었다는 증언을 떠올리면, 그가 북녘에서 내려온 전재민들과 동질감을 느꼈을 뿐만 아니라, 그들의 참상에 소설적 관심을 표명하지 않을 수 없었던 저간의 사정을 유추해 볼 수 있다. 따라서 그가 역사적 현실에 소극적으로 반응했다는 비난은 철회되어야 마땅할 것이다. 왜냐하면 그는 한국전쟁의 후일담 외에도, 해방 전 소작농들의 궁핍상을 묘사한 『별과 같이 살다』(정음사, 1950), 해방 후 북한의 토지개혁 문제를 다룬 『카인의 후예』(중앙문화사, 1954), 제주 4·3사건을 취급한 「비바리」(『문학예술』, 1956. 10), 4·19민주혁명을 배경으로 한 「온기 있는 파편」(『신동아』, 1965. 6)과 「숫자풀이」(『문학사상』, 1974. 7) 등에서 역사적 사건을 소설적으로 수용하려고 노력했기 때문이다. 이런 점만 보아도 황순원의 소설에서 역사 인식의 부족을 거론하기는 어렵다. 논의의 활성화를 도모하려면 그보다는 다양한 접근 방식을 동원하여 그의 소설 세계에 대한 정치한 분석과 비판이 수반되어야 할 터이다.

이에 본고는 『황순원전집』(문학과지성사)을 텍스트로 삼아서 그의 소년소설 작품에 나타난 설화적 세계에 대해 탐색하고자 한다. 설화적 세계는 황순원 문학의 지향처로서, 그의 작품에서 동심지향성과 화해지향성 등으로 다양하게 변주되면서 작품의 주제의식을 도출하는 데 기여한다. 설화적 세계는 그가 현실 상황에서 좌절된 욕망과 바람직한 가치관의 훼손 광경을 목도하게 되면, 과거의 부정적 잔상을 제거한 채 지난 시절의 경험을 심미적으로 합리화했던 문학적 '고향'이다. 그곳에서 과거는 원시적 질서가 충만한 이상적 공간으로 변모하기 때문에, 작가는 현실 세계와 이상적 꿈이 충돌할 때마다 설화적 세계에 대한 소설적 미련을 보인다. 그의 미련은 과거적 시간에 대한 회복의지의 표현이고, 소년기 공간에 대한 그리움의 발로이다. 그곳은 순환적 시간관에 의해 지배되는 세상으로 오로지 공간의 절대성이 존중될 뿐이며, 구성원들의 윤리적 덕목은 전래의 사유방식과 가치관을 유지하여 후대에 전달하는 일에 한정적으로 행사된다. 그의 소년소설은 설화적 세계에 대한 탐구 결과였고, 대개 한국전쟁 후로 한정되는 제2기까지 집중적으로 발표되었다.[2] 그러므로 그의 소년소설은 시대가 경과하면서 점차

---

2) 황순원의 문학적 시기 구분은 제1기(1930~1949: 『늪』, 『기러기』, 『별과 같이 살다』, 『목넘이마을의 개』), 제2기(1950~1955: 『곡예사』, 『학』, 『카인의 후예』, 『인간 접목』), 제3기(1955~1964: 『잃어버린 사람들』, 『너와 나만의 시간』, 『나무들 비탈에 서다』), 제4기(1964~1975: 『일월』, 『탈』, 『움직이는 성』), 제5기(1976~2000: 『신들의 주사위』 외)

확대되고 심화되는 본격적인 소설세계로 나아가기 위한 전 단계로서의 성격을 갖는다. 그의 소년소설이 결코 소홀하게 취급될 수 없는 이유이다. 이에 본고에서는 황순원의 소년소설을 중심으로 논의를 진행하되, 그의 다른 소설들도 거론하여 소년소설과의 관련성을 탐색하기로 한다.

Ⅱ. 순수 세계에 대한 미련의 양상

1. 이념을 무화시키는 소년

일찍이 황순원은 "진정한 작가나 시인이 자기는 문예사조의 어느 주의를 신봉한다든가 무슨 주의자라고 자처하는 걸 나는 믿지 않는다"(「말과 삶과 자유」, 『전집 11』)고 선언한 바 있거니와, 이 발언은 '무슨 주의'가 예술의 자율성을 구속할 위험성을 내포하고 있다는 점을 지적한 것이다. 그는 작품상으로 특정 이념을 추종하거나 선양하지 않았을 뿐만 아니라, 행동 면에서도 문학의 집단화 풍조에 동의하지 않았다. 이러한 대응방식은 수상한 세월에 대한 혐오의 표시였고, 그의 소설적 움직임은 한국적 혹은 토속적 세계의 전통적 질서에 대한 일관된 탐구로 실천되었다. 그는 토착적 정서에 기반을 두어 전통적 여인상으로 '곰녀'(『별과 같이 살다』)와 '오작녀'(『카인의 후예』) 등을 창조했는바, 이와 같이 "전형적인 한국적 인간상을 빚어내려는 그의 노력은 청상의 여인상을 그려냄으

로 나뉜다. - 장현숙, 『황순원문학연구』, 시와시학사, 1994, 35 - 36쪽.

로써 한 구체적인 예술적 표상을 성취하게 되었다"[3]고 할 때, 그것은 설화적 세계에 존재하는 인간상을 지칭한 것이다. 그가 그리워하고 염려하던 '고향'은 지리적으로 평남 대동군 재경면 빙장리이면서, 동시에 근대 이전의 공동체적 질서가 공존하는 문학적 이상향을 가리킨다. 그곳은 '소년, 아이'가 근대적 이성에 의해 훼손되기 이전의 순수성을 간직한 채 살아 있던 곳이다. 황순원은 '고향'의 소설적 의미를 구현하기 위해 소년소설을 썼던 것이다. 세계는 선악의 충돌로 이루어진 이분법적 세계가 아니다. 선악의 대결 못지않게 사람들에게 필요한 것은 각종 대결에서 실패한 상처를 안아 주고 치유해 주는 일이다. 오작녀가 훈의 얼굴과 목줄기, 손등, 팔목의 생채기를 빨아 주다가, 나중에는 "이마며 어깨며 가슴이며 모조리 돌아가며 핥아주는 것"은 상처의 포용과 치료행위에 다름 아니다. 그것은 원시적 질서에 따르는 동물의 세계에서 어미가 새끼에게 베푸는 본능적 몸짓이다. 그러나 그 세계는 작가가 "그에 푹 잠겨 있는 세계라기보다는, 삶의 가능한 한 부분으로서 의식적으로 던져 놓은 세계"[4]이다. 곧 그곳은 실제적으로 존재하는 공간이 아니라, 작품상으로 구상된 모조 '고향'인 셈이다.

황순원이 '고향'의 대체 공간을 쉼 없이 제시한 것은 그의 세대가 '한국의 역사와 현실에 밀접하게 관련되어 있다'는 책임감의 소산이다. 한국전쟁은 이산가족과 함께 200만 명 이상의 사상자를 발생시켰을 뿐만 아니라, 현재까지도 그 후유증이 계속되고 있는 현대사의 가장 비극적인 사건이다. 전무후무한 피해를 남기고 3년간의 전쟁이 휴전되자, 사회의 각 부문에서는 전후 복구사업에 전력

---

3) 천이두, 「토속적 상황 설정과 한국 소설」, 『한국 소설의 관점』, 문학과지성사, 1981, 39쪽.
4) 진형준, 「모성으로 감싸기, 그에 안기기」, 『깊이의 시학』, 문학과지성사, 1986, 188쪽.

하였다. 사조상으로는 전쟁에 대한 비판과 함께 실존주의 철학이 유행하였고, 작가들은 휴머니즘의 기치를 내걸고 전쟁의 후일담을 서술하는 데 진력하였다. 그들의 노력에 힘입어 소위 '전후문학'이 탄생하였고, 다양한 인간 군상들이 전쟁의 피해를 생생한 음성으로 증언하였다. 그들 중에서 황순원의 소설적 기여를 빼놓을 수 없다. 그는 전쟁으로 인해 실향민으로 전락한 피해자로서, 그의 전후소설들은 여느 작가에 비해 '고향'의 훼손을 문제시한다. 대표적으로 그의 단편소설 「학」(『신천지』, 1953. 5)은 친구 간의 우정에 의해 이념의 충돌 기억을 삭제하고 싶은 간절한 욕망이 발현된 작품이다. 이것은 '무슨 주의'를 신봉하는 자들에 의해 일방적으로 자행된 전쟁의 비인간적 상황이 전개되기 전에, 즉 전쟁에 편입되어 "구원받을 수 없는 인간"(『나무들 비탈에 서다』)으로 전락하기 전 단계의 인간으로 돌아가자는 사회적 문제 제기이다. 그런 측면에서 이 작품은 "민족 분열의 비극적 현실을 분열 이전의 공동 생활체의 경험을 회복시킴으로써 치유하는 인간애의 정신을 펼쳐 보이고 있다"[5]고 할 수 있다. 이것은 성삼과 덕재의 우정이 돈독하던 과거적 시간을 재현하려는 작가의 의도를 포착한 평어이다. 작가의 메시지는 전쟁으로 인해 친구관계에서 적으로 둔갑한 두 인물이 어린 시절의 학몰이를 통해 화해하는 순간에 의해 확인된다.

> "얘, 우리 학사냥이나 한번 하구 가자."
> 성삼이가 불쑥 이런 말을 했다.
> 덕재는 무슨 영문인지 몰라 어리둥절해 있는데,
> "내 이걸루 올가밀 만들어 놀게 너 학을 몰아오너라."

---

5) 신동욱, 「황순원 소설에 있어서 한국적 삶의 인식 연구」, 『삶의 투시로서의 문학』, 문학과지성사, 1988, 190쪽.

포승줄을 풀어 쥐더니, 어느 새 성삼이는 잡풀 새로 기는 걸음을 했다.

　대번 덕재의 얼굴에서 핏기가 걷혔다. 좀전에, 너는 총살감이라던 말이 퍼뜩 머리를 스치고 지나갔다. 이제 성삼이가 기어가는 쪽 어디서 총알이 날아오리라.

　저만치서 성삼이가 휙 고개를 돌렸다.

　"어이, 왜 맹추같이 게 섰는 게야? 이시 흭이나 몰아오너라!"

　그제서야 덕재도 무엇을 깨달은 듯 잡풀 새를 기기 시작했다.

　때마침 단정학 두세 마리가 높푸른 가을 하늘에 큰 날개를 펴고 유유히 날고 있었다.(『전집 3』, 55~56쪽)

　덕재와 성삼이는 어릴 적 동무이지만, 전쟁을 계기로 대립하는 사이로 갈라졌다. 농민연맹 부위원장으로 동네사람들을 탄압하던 덕재는 전세가 바뀌어 성삼에게 잡혀간다. 성삼이는 상당한 설명 과정을 생략한 채 대뜸 어릴 적의 학놀이를 권하며 친구의 포승줄을 풀어 준다. 그가 친구에게 학몰이를 제의하기까지 생략된 서술상황들은 내면에서 진행된 무수한 갈등과 번민을 함축하고 있다. 이 대목을 가리켜 한 평론가가 소설로 분류하기를 주저하자 황순원은 이에 동의하지 못하는 사유를 제출하기도 했지만,[6] 소설론의 견지에서 보면 비현실적 요소가 동화적 성격을 고양하는 데 기여하는 점은 분명하다. 문제는 그러한 요소가 작가의 주제의식을 은연중에 드러내고 있다는 사실이다. 황순원은 소설 「술 이야기」(『신천지』, 1947. 2)와 「아버지」(『문학』, 1947. 2)를 동시에 발표하면서 이념 과잉으로 갈등하는 해방정국의 사회상을 재현한 바 있거니와, 그가 후자에서 신탁통치를 둘러싼 혼란을 목격한 뒤에 아버지의 입을 빌려 "어느 모루든 왜놈식의 무단정티가 이 땅에 다시 활개를 테서는 안 된다"고 발언하는 것은 성삼의 행동을 예징한 것이다. 성삼

---

6) 황순원, 「말과 삶과 자유」, 『전집 11』, 217-223쪽.

이 덕재를 압송할 책임을 다하지 않은 채 학몰이에 나서도록 채근하는 행위는 '고향'의 소년 시절로 회귀하고 싶은 욕망의 발현이다. 소년기는 정치적 이념에 의해 유지되는 시기가 아니라, 친구 간의 놀이에 의해 시간을 소비하는 시기이다. 성삼은 놀이를 통해 갈등과 대립 이전의 소년 덕재의 순수한 모습을 회복시켜 주고 싶었던 것이다. 그의 노력에 힘입어 덕재는 이념의 허망이 야기한 비극적 결말을 통절하게 깨달을 것이다.

황순원이 한사코 배격했던 이념은 "불안에 허덕이고 먹고 살기에 시달려 아침저녁 눈살만 찌푸리게 되는 어른들의 세계 한 옆에는 이렇듯 아직 사랑스러운 어린애들의 구김살없는 생활도 있기는 한 것"(「아이들」, 1950. 12)이라는 소박한 생각에 의해 유해성이 탄로 난다. 이념은 인간의 이성적 산물이지만, 체계화되는 순간부터 인간의 자유를 구속하는 속성을 지니고 있다. 그가 이념 앞에 무방비 상태로 노출된 '어린애들의 구김살없는 생활'을 거론하고 있는 까닭은 "사람의 목숨이 이렇게 죽어서 된단 말이냐"(「목숨」, 『주간문학예술』, 1952. 5)라고 절규하며 인민군으로 차출된 14세 소년의 목숨을 구하기 위해 인민군이라는 자신의 신분 발각 위험을 감수하는 강서방의 행동에서 재확인된다. 그것은 이념의 폭력성에 희생된 생명의 존엄성에 대한 자기 결의로서, 그의 단편소설 「모든 영광은」(『현대문학』, 1958. 7)에서도 반복적으로 제시된다. 이와 같이 황순원의 전쟁 후일담들은 전쟁의 직접적 서술보다는, 미증유의 사건을 겪으면서 상처받은 인간들의 영혼을 치유하는 데 집중되고 있다. 그들은 상처를 치료받는 과정에서 이념의 미망으로부터 벗어나게 되고, 마침내 생명을 중시하는 '고향' 사람들의 사유방식을 받아들여 이념이 존재하지 않는 설화적 세계로 돌아가게 된다.

2. 동물들에 미련을 갖는 아이들

황순원은 소설 속에 동물담을 즐겨 차용하였다. 예컨대 그는 '소'(「송아지」, 「황소들」), '기러기'(「기러기」), '닭'(「닭祭」), '돼지'(「돼지系」), '사마귀'(「사마귀」), '노새'(「노새」), '개'(「목넘이마을의 개」), '게'(「달과 발과」), '두꺼비'(「두꺼비」), '솔개, 고양이, 매'(「솔개와 고양이와 매」, 「무서운 웃음」의 원제), '고양이'(「골목 안 아이」), '나비'(「병든 나비」), '이리'(「이리도」), '학'(「학」), '매'(「매」) 등, 여러 가지 동물을 소설의 소재로 등장시킨 바 있다. 이 동물들은 전래담의 주요 소재로서, 그의 세계관에 내재된 동심의식을 살필 수 있는 근거가 된다. 예로부터 동물담은 성장기의 아이들에게 익숙한 얘기거니와, 아이들은 동물 이야기를 통해 호기심을 충족하면서 소설적 시간의 확장에 참여한다. 황순원의 동물에 대한 애정은 상처 입은 아이들을 포용하는 심리적 기반으로 작용한다. 그가 소설 속에서 동물들을 자주 도입하는 까닭인즉, 아이들의 시선으로 물상을 응시하고 조직하기 위한 전략적 선택이다. 아이들은 어른들과 달리 동물을 친구나 가족의 범주에서 파악한다. 그들은 동물을 동생처럼 돌보고, 친구 삼아 동물들과 논다. 그러므로 황순원이 선택한 동물들은 약육강식의 야생 질서를 보여 주려고 동원된 것이 아니라, 그의 작품에서 자주 토로되는 소년이나 아이들의 고독을 위로해 주는 동료로 취택된 것이다. 그것은 현실적 요소로 집적된 소설적 세계가 아니라, 비현실적 설화의 세계에서만 실현 가능한 것이다.

그의 「골목 안 아이」(1951. 6)는 들고양이를 집에서 기르던 골목 안 아이의 이야기이다. 아이는 "아주 더러운 얼룩고양이 새끼"를 골목 밖 쓰레기통 옆에서 데려온다. 이 점은 아이와 동물의 친연성을 전제한 설화적 요소이다. 변변한 놀이를 장만하지 못한 아이는 고양이를 단장시켜서 같이 노는 일로 일과를 구성한다. 그러나 궁상맞은 살림을 꾸려가느라 피곤한 어머니는 "사람 먹을 양식두 아쉬운 판"에 고양이를 데려온 아이를 나무란다. 아이는 부족한 식량 때문에 고양이를 위해 개구리와 참새 새끼를 구해 오지만, 고양이는 앞집 아이가 주었던 "고깃국물에 만 밥"을 잊지 못하고 그 집에서 눌러 지낸다. 고양이는 동물적 본능에 충실한 행동으로 아이의 기대를 배반한 것이다. 그러던 어느 날 앞집 아이로부터 고양이를 "할아버지 약에 쓰신다고 잡았다"는 소리를 듣고 아이는 깜짝 놀란다.

> 아이는 머릿속이 아찔함을 느낀다.
> 앞집 아이는 자기가 한 말이 그렇듯 상대편을 놀래어주는 게 신명이 나는 듯
> "자, 우리 저기 괭이가죽 말리는 거 가 봐."
> 하고, 아이의 팔까지 이끈다.
> 아이는 세 개 그 손을 뿌리쳤다. 그리고는 내달리기 시작했다. 골목 밖으로, 골목 밖으로.
> 고양이 새끼가 자꾸 뒤따라온다 그건 요즈음의 살찐 고양이의 모습이었다. 아이는 달리면서 눈을 꼭 감는다. 처음 주워왔을 때의 그 파리하고도 더러운 꼴을 한 고양이 새끼의 모양이 떠오른다.
> 그만 아이는 그 자리에 멈춰서서 두 손으로 귀까지 막는다. 처음 고양이 새끼 발견했을 때의 니야아아 하는 울음소리가 들려오는 것 같았다.
> 아이는 눈을 감고 귀를 막은 채 세게 머리를 몇 번이고 흔들고는, 와아, 울음을 터뜨리고야 말았다.(『전집 2』, 216-217쪽)

아이와 달리, 고양이는 어른들에게 노환 치료용 동물성 약재에 불과하다. 어른들은 고양이를 죽이는 것도 부족하여 가죽을 벗겨

내 볕에 말리기를 서슴지 않는다. 어른의 행동을 무비판적으로 목격하여 전달하는 앞집 아이와 아이는 대립관계를 형성한다. 두 아이는 선과 악의 구도 속에서 아이와 어른의 세계를 상징적으로 대행한다. 이 부분에서 황순원은 아이를 세계의 폭력 앞에 노출시킨다. 아이가 '눈을 감고 귀를 막은 채 세게 머리를 몇 번이고 흔들'어도 고양이의 죽음을 되돌릴 수 없다. 세계의 일상화된 폭력에 직면한 아이는 '와아' 울음으로 자신의 무력을 실토한다. 그 순간 아이는 거부할 수 없는 폭력의 세계를 목격하고, 설화와 소설의 세계가 판이하다는 사실을 깨닫는다. 그것은 고양이가 죽었다는 사실과 함께 어른들의 잔인한 수법에 도전할 수 없는 자신의 현실적 한계를 드러내 준다. 아이가 '니야아아' 하는 울음소리를 회상하며 고양이와의 첫 만남을 상기하지만, 어른들은 아이에게 '와아' 하는 체념의 울음소리를 부여한 것이다. 이와 같이 어른의 개입으로 인해 아이와 고양이의 평화는 파괴되고, 아이는 세계와의 대결 국면으로 초대된다. 작가는 어른들의 탐욕에 의해 아이들의 순수한 세계가 훼손되고 있다는 사실을 고양이의 죽음으로 웅변하는 것이다.

황순원의 소설에서 동물담을 검색할 수 있다면, 그것은 필연적으로 설화적 세계에 대한 친근감으로 연결된다. 그는 소설 속에 이야기를 자주 차용하였다. 그러한 경향은 "6·25동란을 겪은 어느 시골 국민학교 어린이가 피난 때 자기 동무의 당한 일을 쓴 작문에 기초를 두고 있다"는 「송아지」(『사상계』, 1961. 11), 『고려사악지』에 수록된 「명주가」의 유래에 얽힌 이야기와 경포호수의 잉어 얘기를 차용한 소설 「비늘」(『현대문학』, 1963. 10), 통영 지방의 '고해평열녀기실비'에 얽힌 사연을 인용한 「잃어버린 사람들」(『현대문학』, 1956. 1) 등에서 볼 수 있는 바와 같이, 소설 속에 전설 등의 이야기를 도입한 사례는 풍부하다. 이처럼 그의 작품에서 설화를 비롯한 이야기의 차용과 그것의 소설적 수용은 훼손되기 이전의 세계, 곧 '고향'에 대한 향수의 발현이다. 그것은 "행복한 시절에 대한 그리움과 꿈을 현재화(소설화)시키려는 욕망과 벗어나야 할 현실의 암담함을 과거화(소설화)시켜서 무화시키려는 욕망"[7]과 관련되어 있다. 설화는 어른들의 세계로 편입되기 이전을 지배하는 담론 방식이기 때문에, 설화를 채용한 작품은 필연적으로 과거시제를 구사하게 된다. 시간의 가역반응 속에서 어른은 아이가 되어 과거적 꿈의 세계로 접어든다. 그 세계는 아직 분화되지 않은 설화가 가득한 곳으로, 아이가 된 어른의 현실적 삶의 무게를 위무해 준다.

황순원의 소설 「송아지」는 송아지와 돌이의 우정을 그려낸 가작이다. 한때 초등학교 국어 교과서에 실렸던 이 작품은 아이들의 내면에 차지하고 있는 동물의 중요성을 확인시켜 주기에 충분하다. 돌이는 "왕방울처럼 큰 눈에는 눈곱이 끼고, 엉덩이뼈가 앙상하게 드러난 볼기짝에는 똥딱지가 다닥다닥 붙어 있었"던 송아지를 정성껏 키운다. 돌이는 학교가 파하고 집에 와서 송아지에게 꼴을 먹이고 여물을 주는 단조로운 일과를 반복하면서도 전혀 지루하게 생각하지 않는다. 왜냐하면 어느덧 송아지는 돌이와 같이 달리기 경주를 하는 등, 이미 친구가 되었기 때문이다. 그에게 송아지 외의 친구가 없다는 점, 대상 동물을 지극한 정성으로 돌보는 점, 아이가 고독한 상황에 처한 점 등은 그의 여느 작품과 별반 다르지 않다. 이것은 아이들로 표상되는 순수의 세계가 어른들로부터 외면당하고 있다는 사실을 징표하는 동시에, 궁벽한 시골 아이들에게만

---

7) 홍정선, 「이야기의 소설화와 소설의 이야기화」, 『역사적 삶과 비평』, 문학과지성사, 1986, 201쪽.

남아 있는 본연의 순수성을 옹호하고 싶은 작가의 심리적 배려이기도 하다. 아이들이 고독한 환경에 처할수록, 그들이 구축한 순수의 성채는 안전을 보장받는 것이다.

> 강을 반 남아 건넜을 즈음 돌이는 무심코 집 쪽을 돌아다보았다. 뜻밖에도 송아지가 외양간에서 나와 싸리울타리 너머로 이쪽을 바라보고 있는 게 아닌가. 그리고 별안간 송아지가 버둥거리는 것 같더니 싸리울타리를 뚫고 달려나오는 게 아닌가. 고삐를 끊은 것이다.
>
> 송아지는 쏜살같이 언덕배기를 내려 이리 달려오는 것이었다. 먼발치로도 꼬리가 뻗쳐져 있는 걸 알 수 있었다. 야, 빠르다, 빠르다. 방죽을 지나 얼음판에 들어섰다. 요행 흙과 재를 깔아놓은 데로 달려오긴 하지만 저러다 미끄러져 넘어지기라도 하면 어쩌나. 돌이는 송아지가 달려오는 쪽으로 마주 걸어나갔다.
>
> 쥐에서 어머니와 아버지의 돌이야, 돌이야 하는 깨진 목소리가 연달아 들렸다. 그러나 그 소리가 귀에 들어오지 않는 듯 그냥 마주 걸어나가는 돌이의 얼굴은 환히 웃고 있었다. 이제 조금만 더, 이제 조금만 더.
>
> 송아지와 돌이가 서로 만났는가 하는 순간이었다. 우저적 얼음장이 꺼져 들어갔다.
>
> 한동안 송아지는 허우적거리며 헤엄을 치려고 안간힘을 썼으나 얼음물 속에서 사지가 말을 안 듣는 듯 그대로 얼음장 밑으로 가라앉기 시작했다. 그러한 송아지의 목을 돌이가 그러안고 있었다.(『전집 4』, 153쪽)

돌이는 피난 대열에 동참하면서 송아지와 이별한다. 돌이가 거주하는 오지에도 전쟁의 참화는 예외 없이 찾아오는 것이다. 집을 나서는 돌이에게는 생명의 포기에 대한 죄책감과 다가올 미지의 세계에 대한 불안감이 엄습해야 한다. 하지만 작가는 전쟁의 시간적 배경에 의탁하여 돌이와 송아지 간의 우정이 단절되는 점에 간단없이 안타까움을 표출한다. 그것은 아이와 송아지가 공존하는 세계에 대한 고토 회복의지의 발로이다. 황순원은 만약 전쟁이 일어나지 않았다면 돌이와 송아지의 우정이 지속되었을 것이라는 소박한 사실을 통해서 전쟁의 무자비성과 파괴 본능을 전달하는 것이다. 그러한 생각은 '송아지의 목을 돌이가 그러안고 있었다'는 결구에 의해 더욱 비감미를 획득하며 확인된다. 전쟁은 무죄의 소년과 송아지를 사지로 내몰아서 비극적 결과를 초래하는 원인이다. 결국 결말부에서 둘이 '얼음판' 속으로 빠지는 상황은 전쟁이 그들의 죽음을 예정할지라도, 종국에는 그들에 의해 순수 세계가 재생될 것이라는 작가적 소망을 담보하고 있다.

그러므로 소설의 최종 장면에 물의 재생 이미지를 동원한 작가의 서사적 선택은 주목을 요한다. 물은 설화상으로 생명이 재탄생하는 원천이다. 이런 점에서 그의 소설에서 자주 차용된 동물담과 설화적 소재들은 "작중인물의 조형이나 세부의 진실에 기여하면서, 동시에 황순원의 작품을 우리의 옛 전통과 이어줌으로써 그에게 겨레의 기억의 전수자로서의 위치를 굳혀주고 있다"[8]고 볼 수 있다. 그것은 소설적 '고향'을 구성하는 요소이며, 설화에 의한 시대 간 소통은 작가의 향수를 자극하는 심리기제이다. 그러므로 그의 소설에 도입된 설화적 요소들은 과거적 기억을 현재적 시점에서 재현하는 데 필수적으로 요청되는 것이며, 설화와 친연관계를 형성하는 아이들은 '겨레의 기억의 전수자'로서 부여받은 임무를 수행할 정당성을 확보하게 되는 것이다. 작가는 아이들에게 시대적 업무를 배당하는 조건으로 설화적 소재와 동물담을 끌어들여서, 그들로 하여금 민족적 정서의 세대 간 인수인계 과정에 동참할 것을 요구하고 있다.

---

8) 유종호, 「겨레의 기억과 그 전수」, 『동시대의 시와 진실』, 민음사, 1982, 314쪽.

3. 산 자에게 미련을 남기는 죽음

아이들은 동물의 죽음과 함께 가족의 죽음도 쉽게 받아들이지 못한다. 아이들은 사춘기 이전까지 물활론적 사고방식을 미처 청산하지 못하기 때문에, 가족과의 이별 경험을 현실적으로 수용하지 못하고 다른 대상물에 투사하여 이별의 슬픔을 지속시킨다. 그에 따라 슬픔은 기억으로 저장되며, 아이의 일상에서 특수하게 각인된 대상을 통해서 출현한다. 그렇지만 기억의 현재화는 아이의 정상적 발달을 저해할 뿐만 아니라, 아이로 하여금 과거와 현재의 시간적 경계를 혼란케 한다. 시간에 의해 아이의 정서적 발달이 지체될수록 사사의 속도도 지연된다. 유독 황순원의 소설에서 과거체 문장이 많은 양을 차지하는 이유도 이런 속도와 관련된다. 그의 소설적 시간들은 끊임없이 지연되는 서사 기법에 의해 진보적 개념을 획득하지 못한다. 이것이야말로 그가 설화적 세계에 미련을 갖고 있다는 확실한 물증이다. 그런 작법 태도는 작품 속에 동화적 요소를 장치하거나, 소년을 소설의 등장인물로 설정하도록 추동한다.

그의 소설 「별」(『인문평론』, 1941. 2)은 동화적 요소에 의해 지배되는 작품이다. 어머니의 얼굴을 모르는 아이는 어머니가 세상에서 가장 아름다운 얼굴을 지녔다고 생각한다. 그러나 누이는 그의 기대와 달리 어머니가 못 생겼다고 말한다. 상상계의 모습과 현실계의 모습이 어긋나게 되자, 아이는 어머니 노릇을 해 주면서 자신을 돌봐 주던 누이를 어머니와 동일시하던 감정을 미움으로 대체한다. 하지만 시집간 누이의 갑작스러운 죽음을 맞아 누이에 대한 미움을 폐기한다. 아이는 보지도 못한 어머니에 대한 과도한 집착으로 인해 상상계에서 상징계로 진입하지 못하고 있다. 그는 왜곡된 어머니상에 억압되어 부성의 질서가 지배하는 세계로 나아가기를 거부하고 있는 것이다. 부성의 세계는 악이 존재하고 대결 국면이 상존하는 곳이지만, 아이가 어른으로 성장하기 위해서는 반드시 거쳐야 할 성장 단계이다. 아이가 상징계의 질서를 수용하지 못하는 이유는, 역으로 그가 설화적 세계에 미련을 갖고 있다는 사실을 함의한다.

> 어느새 어두워지는 하늘에 별이 돋아났다가 눈물 괸 아이의 눈에 내려왔다. 아이는 지금 자기의 오른쪽 눈에 내려온 별이 돌아간 어머니라고 느끼면서, 그럼 왼쪽 눈에 내려온 별은 죽은 누이가 아니냐는 생각에 미치자 아무래도 누이는 어머니와 같은 아름다운 별이 되어서는 안 된다고 머리를 옆으로 저으며 눈을 감아 눈 속의 별을 내몰았다.(『전집 1』, 226쪽)

황순원은 고아에 대한 집요한 애착을 보여 준 작가이다. 소년은 바로 그의 소설에 내재된 고아의식을 체현하는 인물이다. 그는 태어난 이래 고아의식 속에 살아가면서 어머니에 대한 그리움을 천상의 '별'로 이미지화한다. 별은 소년의 꿈으로 구축된 이상적 세계의 이상적 인물을 표상한다. 별의 세계는 잘 생긴 어머니가 존재하는 밝음의 세계이다. 그에 반해 현실은 못 생긴 어머니를 닮은 누이가 실존하는 어둠의 세계이다. 작가는 밝음과 어둠의 대립적 이미지를 통해 아이의 내면에 형성된 선과 악의 이분적 세계를 드러낸다. 하지만 그는 '아무래도 누이는 어머니와 같은 아름다운 별이 되어서는 안 된다'고 부정하는 아이의 '왼쪽 눈에 내려온 별'을 구체적 모습으로 제시하지 않은 채 작품을 종결하여 윤리적 판단을 유보한다. 그 이유는 「윤삼이」(『신천지』, 1954. 1)에서 아편쟁이로 전락한 부정적 어머니상에서 살필 수 있다. 돌이는 그리워하던 어머니가 아편을 구하기 위해 귀가하여 자신의 지갑을 훔치고, 돌이를 원망하는 신세한탄을 하며 아편을 애걸하자 어머니를 살해한다. 돌이의 살해 충동은 타락하기 이전의 이상적 어머니상을 회복하려는 몸부림이다. 그는 어머니의 재탄생을 소망하며 성인의 세계로 진입하는 것이다. 따라서 아이의 '왼쪽 눈에 내려온 별'은 부정적 어머니의 모습이 제격이다. 곧 작가가 판단을 보류한 '별'은 세상에는 밝음과 어둠 그리고 선과 악이 병존한다는 것, 그것들은 어머니에게도 공존할 수 있다는 것, 그렇지만 악은 선에 의해 반드시 정화되어야 한다는 전언의 표현일 따름이다. 그의 일관된 모성 옹호 성향은 「어머니가 있는 6월의 대화」(『현대문학』, 1965. 7)와 「뿌리(『주간조선』, 1975. 6) 등에서도 지속적으로 구현된다.

이와 달리 부모가 구존할 때, 소년은 사랑하는 또래의 갑작스러운 죽음을 통해서 자아의 성장을 촉진하게 된다. 이 계열을 대표하는 작품으로 명품 「소나기」(『신문학』, 1953. 5)를 들 수 있다. 이 작품은 대다수 연구자들이 동의하듯이 "소년과 소녀의 마음의 교류 과정을 아늑한 서정적 세계로 형상화한 것"[9]이면서, 동시에 죽음에 대한 두려움과 순수한 세계의 훼손 가능성에 대한 불안의식을 중첩적으로 후경화한 작품이다. 황순원 소설에서 사랑은 죽음을 동반하여 인물의 인식 지평을 확장시키는 성장기제로 작용한다. 이런 시각은 작품 전체를 관통하고 있는 분위기를 살필 때 그렇거니와, 특히 작가가 도처에 장치한 상징들은 단순히 나이 어린 소년소녀의 사랑 이야기로 수용되기를 거부한다. 이미 이루어질 수 없는 사랑의 제약 조건들을 소년은 깨닫고 있었다. 구체적으로 소년은 개울에서 윤 초시네 증손녀에게 길을 비켜 달라고 말하지 못하고

---

9) 송준호, 「순수와 서정의 세계 – 황순원의 소년소설」, 『아침햇살』, 1996. 봄호, 183쪽.

주저한다. 이 부분을 두고 소년의 내성적 성격과 시골 출신의 배타적 성향을 결부시킬 수 있겠지만, 그런 점이 소년 소녀의 비련을 담보하지는 못한다. 소년은 세계와의 대결 국면에서 패퇴하게 될 자신의 계급적 조건을 인지하고 있었던 것이다. 그런 측면에서 이 작품은 현실과 유리된 추상적인 이야기가 아니라, 현실에 기반을 둔 실존주의적 상징성을 내포하고 있다.

> "이 바보."
> 조약돌이 날아왔다.
> 소년은 저도 모르게 벌떡 일어섰다.
> 단발머리를 나풀거리며 소녀가 막 달린다. 갈밭 사잇길로 들어섰다. 뒤에는 청량한 가을햇살 아래 빛나는 갈꽃뿐.
> 이제 저쯤 갈밭머리로 소녀가 나타나리라. 꽤 오랜 시간이 지났다고 생각됐다. 그런데도 소녀는 나타나지 않는다. 발돋음을 했다. 그러고도 상당한 시간이 지났다고 생각됐다.
> 저쪽 갈밭머리에서 갈꽃이 한 옴큼 움직였다. 소녀가 갈꽃을 안고 있었다. 그리고 이제는 천천한 걸음이었다. 유난히 맑은 가을 햇살이 소녀의 갈꽃머리에서 반짝거렸다. 소녀 아닌 갈꽃이 들길을 걸어가는 것만 같았다.
> 소년은 이 갈꽃이 아주 뵈지 않게 되기까지 그대로 서 있었다. 문득, 소녀가 조약돌을 내려다보았다. 물기가 걷혀 있었다. 소년은 조약돌을 집어 주머니에 넣었다.(『전집 3』, 12쪽)

중학교 국어 교과서에 수록된 이 소설은 소년소녀의 순백색 사랑을 기름기 없이 잘 빠진 문장으로 드러내어 많은 한국인들에게 사랑의 교과서 역할을 수행한 작품이다. 그러한 평가는 주로 서정적인 문체와 순결한 소년소녀의 성격과 독자들이 지닌 연령대에 한정한 결과이다. 이러한 수용 태도를 힐난할 것은 아니로되, 그보다 이작품은 황순원 특유의 상징적 장치들이 도처에 잠복하여 그의 소설기법을 학습하는 데 효과적인 시각을 제공한다. 특히 소나기 내리는 계절이 가을이라는 점과 조약돌, 갈밭의 상징적 의미들은 이 작품을 관습적인 사랑이야기로 읽는 태도를 거부한다. 예를 들어 '소녀 아닌 갈꽃이 들길을 걸어가는 것만 같았다'는 구절에서 독자들은 이 작품의 비극적 결말을 예감할 수 있으며, 조약돌을 호주머니에 집어넣는 소년의 행동에서 사랑의 감정이 은폐되는 광경을 목격할 수 있다. 조약돌은 소녀가 임종 시에 입혀 달라고 부탁하던 분홍 스웨터와 함께 두 사람의 감정적 교류관계를 증거하는 객관적 상관물이다. 소년은 조약돌을 호주머니에 넣고, 소녀는 분홍 스웨터를 입어서 둘 사이의 은밀한 추억을 기억으로 변환시킨다.

이 작품은 황순원 소설의 장점으로 고평되는 서정적 문체의 실상이 고스란히 드러난 작품이다. 그의 소설에 나타나는 서정적 문체란 시적 출발점으로부터 소설로 이행되는 과정에서 전이된 것이다. 스스로 "시가 없어 뵈는 나 자신에 대해 소설로써 내게도 시가 있다는 확인을 해 보인 것"(「자기 확인의 길」, 『작가수업』, 수도문화사, 1951)이라고 언급할 만큼, 서정적 문체는 그의 존재증명이다. 그가 과거체 문장을 통해 소년소녀의 심리 묘사와 서정적 묘사에 치중하는 것은, 결국 시적 자아로부터 소설적 자아로 완벽하게 이행되지 못한 그의 문장관에 기인한다. 그로 인해 서사적 요소는 서정적 묘사에 밀려나게 되고, 행동을 요구하는 장면에서 꿈에 의한 예시를 보여 주고, 정약하고 상처받은 인물들에게 서술상의 비중을 더 할애하게 된다. 이와 같은 황순원의 작법은 "시간의 흐름이나 행위의 연속성을 정태화하려는, 그럼으로써 동적인 서사성을 정적인 서정성으로 치환하려는 어떤 시적인 욕망과 긴밀한 관련을 맺고 있는 것"[10]이다. 그 욕망은 소년소녀의 사랑을 호주머니 속에 은폐된 조약돌로 상징화된다. 사랑은 필요에 의해 회상되는 추억이 아니라 소년의 기억 속에서 일상적으로 재생되어야 하는 것이다. 이 점에서 황순원은 낭만주의자이다. 소년은 조약돌을 만지작거리며 소녀와의 기억을 연상하게 될 것이고, 그로 인해 소녀의 죽음은 완성되지 못한다. 지나간 시절에 대한 미련은 작가에게 과거체 문장을 요구하는 한편, 그 시절에 대한 그리움과 아쉬움을 반복하도록 재촉하게 된다.

Ⅲ. 결 론

설화로 구성된 소설의 세계는 주관성이 지배한다. 본고는 황순원의 소년소설들이 설화적 세계에 기원을 두고 있다는 전제하에서 이상의 논의를 진행하였다. 그러므로 그의 작품에서 서사적 박진감보다 서정적 정조를 쉽게 찾아볼 수 있는 이유가 주관적 서술을 중시하는 설화 중심적 묘사 기법에서 비롯된 것으로 보았다. 그의 문장을 가리켜 '시적 문장'이라고 규정할 수 있는 근거도 그와 같다. 그는 일상적 세계의 타락한 질서보다는, 인물의 순수한 성정이 훼손되지 않은 원시적 세계를 갈망하였다. 그의 이러한 바람은 작중 인물들에게 제의적 욕망을 불어넣어서 거부감 없이 통과 의례적 행위에 참여하도록 자극한다. 소년과 아이들이 고난의 장면에 노출되거나 죽음을 의식하게 되는 것은, 황순원이 소년소설의 성장 소설적 성격을 다분히 고려하고 있었다는 사실을 반증한다. 이 점에

10) 박혜경, 「현세적 가치의 긍정과 미학적 결벽증의 세계」, 『작가세계』, 1995. 봄호, 82쪽.

서 그의 소년소설들은 자아의 성장 과정을 살피기에 적합하다.

황순원의 소년소설에서 배경으로 장치된 설화적 세계는 이념을 무화하고, 동물들과 죽음에 미련을 갖는 결과를 낳았다. 그에게 설화는 소설적 '고향'을 구성하는 주요요소이며, 그것은 과거적 기억을 현재적 시점에서 재현하는 아이들과 친연성을 담보로 전래의 기억들을 오늘에 되살리는 데 유효하였다. 또한 설화적 요소는 작품에 과거 지향적 문장을 도입하도록 끊임없이 자극하였고, 그로 인해 행동의 박진감 있는 묘사보다는 서정적 배경을 창출하여 인물의 심리묘사에 탁월한 효과를 가져 온 요인이었다. 그리고 설화로 구성된 세계는 황순원이 지난 시절의 잔상을 제거하고 이룩한 심미적 '고향'이었다. 작가가 그곳에 소설적 관심을 지속적으로 기울이며 미련을 갖게 된 이유는 현실 세계의 좌절된 이상을 설화의 공간이 지닌 전통적 덕목에 있다. 그는 소년소설을 통해서 설화적 세계에 대한 탐구 결과를 제출하였고, 그의 노력에 힘입어 인간적인 삶의 조건과 객관적 현실의 비인간성을 동시에 파악할 수 있었다.

참고문헌

〈기본 자료〉

『황순원전집 · 1』, 문학과지성사, 1980.
『황순원전집 · 2』, 문학과지성사, 1992.
『황순원전집 · 3』, 문학과지성사, 1991.

『황순원전집 · 4』, 문학과지성사, 1991.
『황순원전집 · 11』, 문학과지성사, 1993.

〈단행본 및 논문〉

김윤식 · 김현, 『한국문학사』, 민음사, 1987.
박혜경, 「현세적 가치의 긍정과 미학적 결벽증의 세계」, 『작가세계』, 1995. 봄호.
송준호, 「순수와 서정의 세계 - 황순원의 소년소설」, 『아침햇살』, 1996. 봄호.
신동욱, 『삶의 투시로서의 문학』, 문학과지성사, 1988.
유종호, 『동시대의 시와 진실』, 민음사, 1982.
장현숙, 『황순원문학연구』, 시와시학사, 1994.
진형준, 『깊이의 시학』, 문학과지성사, 1986.
천이두, 『한국 소설의 관점』, 문학과지성사, 1981.
홍정선, 『역사적 삶과 비평』, 문학과지성사, 1986.

세계의 폭력성에 대한 탐구 방식

- 손창섭론

세계의 폭력성에 대한 탐구 방식

– 손창섭론

Ⅰ. 서 론

한국문학사에서 인간의 존재 조건에 대하여 심각하게 관심을 기울이게 된 계기는 한국전쟁이다. 전쟁은 인간의 신체를 불구화시킬 뿐만 아니라, 영혼을 파괴하여 그에게 극도의 정서 불안과 신경증적 반응을 야기하는 폭력 사태이다. 이 무렵에 데뷔한 작가들이 전쟁의 참극에 경악하면서, 그간 견지해 왔던 인간에 대한 생각들을 폐기하고 불신 풍조를 갖게 된 것은 자연스럽다. 전쟁의 비극은 인간의 존재 자체를 조롱하였고, 작가들은 인간이 인간을 향해 집단적으로 폭력을 행사할 수 있다는 사실에 절망하였다. 더군다나 동족 간에 치러진 전쟁의 성격은 작가들에게 극심한 좌절감을 안겨 주었고, 자신의 존재성을 새삼스럽게 재인식하는 동기를 제공하였다. 그에 따라 전후에 발표된 작품에서는 무엇보다도 인간의 존재에 대한 소설적 탐색이 최우선적 과제로 대두되었고, 작가들은 시대적 요청에 부응하기를 주저하지 않았다. 이런 점에서 1950년대 문학은 "역사상 유례없는 압도적인 체험들과 일시에 정면으로 맞

부딪치지 않으면 안 된 문학이었고, 따라서 한국문학의 지평을 일시에 극한지대까지 확산시켜 놓은 문학"1)이다.

이런 점에서 손창섭은 전형적인 1950년대 작가이다. 전후에 등단한 그는 천료 소감에서 "돌, 나무, 염소, 개, 제비, 두더지, 노루, 이런 것들의 어느 하나로 태어나지 않았는지 모르겠다. 허구 많은 물건 가운데서 어쩌자고 하필 인간으로 생겨났는지 모르겠다. 일찍이 나는 인간 행세를 할 수 있다는 것에 조금도 자랑을 느껴본 적은 없었다"(『문예』, 1953. 7)고 천명할 정도로, 차라리 "자조의식에만 일관하고 그런 문학만을 하기 위해서 태어난 작가"2)라고 해도 과언이 아니다. 그가 작품 활동을 전개하기 시작하던 때는 전후의 충격이 절로 자조감을 불러일으키는 시대였다. 작가 스스로 "나의 작품은 소설의 형식을 빌은 작자의 정신적 수기요, 韜晦의 취미를 띤 자기고백의 과장된 기록"(「아마튜어 작가의 변」)이라고 말한 바 있듯이, 그의 소설들은 대부분 자서전적 작품으로 평가된다. 이전의 소설사적 계보와 다른 그의 인물들은 사소설 형식을 빌려서 지속적으로 창조되었다. 그가 전후의 현실을 추상화하는 방법으로 선택한 이 작법은 "한국전쟁의 역사적 성격 규정이 가능하지 못했던 시기의 대응양식"3)이었다. 그의 사실적 문체에 힘입어 전후의 불안한 정치 상황과 일그러진 군상들이 비로소 소설작품에 출현할 수 있었다. 그의 작품에 나타난 세계에 대한 시니컬한 저주, 다혈질적 성격, 파국을 향한 질주 등은 전통적인 소설의 문법체계를 일거에 왜곡하고 타파한 소설사적 사건이었다. 그의 출현으로 한국 소설은

---

1) 천이두, 「50년대 문학의 재조명」, 『한국문학과 한』, 이우출판사, 1985, 116쪽.
2) 김우종, 『한국현대소설사』, 성문각, 1995, 326쪽.
3) 김동환, 「전후 소설에 나타난 현실의 추상화 방법」, 『한국 소설의 내적 형식』, 태학사, 1996, 208쪽.

비로소 인간의 실존 문제에 관심을 표명하게 되었다고 해도 지나친 말은 아니다. 곧 그는 인간의 제반 문제에 대한 깊은 사유와 내면의 갈등을 적나라하게 소설화하여 소외된 존재에 지속적으로 관심을 기울인 작가이다.

그에 상응하여 손창섭의 소설 세계에 대한 연구는 학위논문을 비롯하여 다량의 업적으로 축적되고 있다. 비록 이념 과잉으로 신음하는 조국의 궁핍한 현실에 적응하지 못하고 타국으로 거처를 옮겼으나, 그의 소설작품에 바친 존경의 산물들은 질량 면에서 타의 추종을 불허할 정도로 비축되고 있다. 소설에 관한 연구 물량의 대량 생산에 비해, 그의 소년소설[4]은 연구자들의 관심권 밖에서 조명받을 기회를 잡지 못하고 있는 실정이다. 이에 본고는 그의 소년소설집 『장님 강아지』(우리교육, 2001)와 장편소년소설 『싸우는 아이』(우리교육, 2001)에 빈번하게 표출된 폭력성에 집중하여 분석함으로써, 손창섭 소설 세계의 영지를 확대하는 데 기여하고자 한다.

II. 폭력의 위선과 위선의 폭력

1. 고아의식의 소설적 변주

한국 문학 작품에서 병리현상이 본격적으로 나타나기 시작한 때는 1960년대이다. 이 시기는 "전쟁과 관련된 충격과 공동 체험, 시

---

4) 손창섭의 소년소설은 「꼬마와 현주」(『새벗』, 1955. 11), 「심부름」(『새벗』, 1957. 5), 「장님 강아지」(『새벗』, 1958. 1), 「너 누구냐」(『새벗』, 1958. 7), 「돌아온 세리」(『새벗』, 1958. 11), 「싸움 동무」(『새벗』, 1959. 3), 「마지막 선물」(『손창섭 대표작 전집』, 예문관, 1969) 등이다.

대적(역사적)·정치적·사회적인 환경과 상황 및 사회경제적 구조가 주는 고통스런 압력과 긴장이 병인"[5]으로 출몰하여 일정한 사회적 세력을 형성하였다. 전쟁은 사회의 구성원들에게 거역할 수 없는 정신적 충격을 안겨 주었고, 사회는 자율적 정화 장치를 가동할 수 없을 만큼 피폐한 상태에 낭면하였다. 그들의 불구화된 신체에 입혀진 상처는 신체의 자유를 구속하였고, 뇌리에 각인된 심리적 상처는 구성원들의 정신적 자유를 감금하였다. 자유를 차압당한 개인들은 사회의 주체로서 살아가기 힘든 상황 속에서 각종 정신질환을 앓으며 시대와의 불화상을 육체적 행동으로 표현하였다. 그러므로 그들은 당대의 물질적 조건에 토대한 인물로서, 작가의 전형이라기보다는 사회의 현실을 담보하고 있다.

그런 인물을 배출한 작가 중에서 대표적인 경우가 손창섭이다. 그는 전후에 등단한 소위 '신세대 작가'의 일원으로서, 그의 소설 작품에 빈번히 등장하는 병자와 불구자의 초상은 궁핍하고 피폐화된 1950년대의 현실을 상징적으로 반영하고 있다. 그가 창조한 병적 인물들은 소설계에 상당한 충격을 가져다주었는바, 곱사등이 병준(「피해자」), 절름발이 동옥(「비 오는 날」)과 준석(「혈서」), 간질병 환자 창애(「혈서」), 위장병 환자 문선생(「미해결의 장」), 폐병환자 성규(「사연기」)와 순이(「생활적」), 아편장이 노왕(「유실몽」), 동성애자 주방장과 주사장(「인간동물원초」) 등, 그의 작품에 등장하는 인물들은 거의 비정상적인 신체의 소유자들이다. 그들은 '잉여인간'들로서, 그들의 생존 조건은 전후의 물질적 환경과 상응한다. 소위 '잉여인간'은 19세기 러시아 사회로부터 소외된 상황을 반영하는 인물로서, 당시의 문학작품에 보편적으로 구현된 인간상이다. 그들

5) 이재선, 『현대한국소설사: 1945 - 1990』, 민음사, 1994, 244쪽.

은 대부분 시대적 정향성을 확보하지 못하고 자아의 정체성을 상실한 채 국외자로 배회하는 무기력하고 나약한 국외자들이다. 손창섭이 창조한 인물들도 어김없는 '잉여인간'이지만, 러시아의 귀족 출신들과 달리 평범한 가문의 자손들이다.

이러한 인물군은 손창섭의 소년소설에서도 반복적으로 출현하는데, 사람이 아니라 동물로 변신하여 등장한다. 예를 들어서 '왼쪽 다리를 약간 저는 닭'(「꼬마와 현주」), '장님 강아지'(「장님 강아지」), '뒷다리를 지프차에 깔린 셰퍼드'(「돌아온 세리」) 등은 서사의 진행 방향을 결정하면서, 전쟁의 상처가 사람들뿐만 아니라 동물들에게까지 파급되고 있던 전후의 실상을 여실히 보여 준다. 곧 그것들이 지닌 비정상적 신체는 자유를 배제당한 인간의 우의물이다. 신체의 일부가 훼손된 동물들은 주인 소년으로부터 극진한 간호를 받는다. 이 점에서 동물들은 사회의 주변인으로 머무는 그의 소설에 등장하는 인물들에 견주면 행복한 편이다. 소년소녀들은 결손가정 출신이거나, 빈곤한 가정 형편으로 인해 세계의 폭력에 대항하기에는 역부족이다. 그들은 고아이기 때문에 우군을 가질 수 없었고, 어려움을 해결해 줄 부모가 없었다. 그러므로 고아들은 자신의 힘으로 세계와 대결해야 했는데, 그 와중에서 폭력 사태에 처하면 다양한 태도로 상황을 정리하였다.

손창섭 소년소설에서 두드러지게 표출되는 고아의식은 '부모도 형제도 고향도 집도 나라도 돈도 생일도 없는 완전한 영양실조에 걸린 육신과 정신의 고아'가 갖게 되는 전흔으로서, 작품상으로 강박적 심리상태를 행동화하는 데 동원된다. 아무 것도 가진 게 없는 등장인물들은 할머니와 사는 '찬수 남매'(『싸우는 아이』), 아버지 없이 사는 '종수'(「장님 강아지」), 여동생과 단둘이 사는 '문식'(「돌

아온 세리」), 남동생과 생이별하여 의붓어머니와 사는 '남숙'(「너
누구냐」), 누나와 둘이 사는 '덕기'(「싸움동무」), 아버지와 둘이 사
는 '덕수'(「마지막 선물」) 등과 같이, 구족한 가정에서 자라난 아이
들이 아니다. 그렇지만 그들은 불우한 환경에서 성장하면서도, 약
자에 대한 동정심과 사랑을 체현한다. 그들에 의해 작품의 서사는
긍정적 방향으로 나아가게 되는데, 이 점은 그의 소설과 소년소설
의 변별적 자질이다.

　그 한 예로서, 손창섭의 소년소설 「장님 강아지」에서는 약자에
대한 작가의 섬세한 배려를 살필 수 있다. 종수는 '남이 기르기 싫
어서 내다 버린 장님 강아지'에게 갖은 사랑을 베풀며 애지중지 기
른다. 종수는 장님 강아지가 마치 한국전쟁에 참가해서 실명한 아
버지로 보였기 때문에, 지극한 정성을 기울여 수발하고 먹이를 찾
아 주며 길렀다. 그의 사랑에도 불구하고, 앞을 못 보는 강아지는
다른 개들의 놀림감이 되어 괴롭힘을 당한다. 신체상의 약점을 지
닌 강아지에게 가해지는 폭력은 인간 세상의 양상을 복제한 것이
다. 종수는 어느 날 삼덕이가 정상적인 개를 풀어 장님 강아지를
괴롭히자, 그동안 가슴속에 켜켜이 쌓였던 분노가 폭발한다.

　　종수는 번개같이 그 몽둥이로 삼덕이네 개를 힘껏 후려쳤습니다. 그랬
　더니 그 누렁이는 종수에게 막 덤벼들려고 했습니다. 종수는 덜컥 겁이
　나면서도 더 화가 발끈 치밀어서 죽어라 하고 몽둥이로 냅다 갈겼습니다.
　그랬더니 삼덕이네 개는 캥 하고 비명을 지르고는 뱅글뱅글 돌아가기 시
　작했습니다. 종수는 두어 번 더 갈겨버렸습니다.
　　그러자 삼덕이네 개는 입에 거품을 물고 뻗어버리고 말았습니다. 참말
　이렇게 쉽사리 죽어버릴 줄은 몰랐습니다. 종수는 통쾌하기보다는 도리어
　겁이 났습니다.(「장님 강아지」, 『장님 강아지』, 42쪽)

종수의 폭력은 누렁이에게 행사되었으나, 실은 삼덕이를 가격한 것이다. 성한 개를 통해 약자를 괴롭히는 삼덕이의 야비한 음모는 어른들의 세계를 복사한 것이다. 종수의 폭력은 분노를 절제하지 못한 채 계속되어 마침내 개를 죽음에 이르게 만들지만, 그의 폭행 치사행위는 '저보다 약하고 불쌍한 개를 깔보고 행패부린 누렁이는 죽어야 마땅하다!'는 삼덕이 아버지의 판언에 의해 용서된다. 이처럼 손창섭의 인물들이 폭력을 사용하면서도 악한으로 규정되지 않는 까닭은 "역사 상황 또는 가족 제도에 의해 희생된 피해자"[6]로 둔갑하여 정당방위로 변호되기 때문이다. 아울러 종수의 폭력이 행해지기 전에 작가는 장님 강아지에 대한 사랑을 서술하여 이후에 진행될 폭력의 비정당성에 대한 면역을 기도한다. 그의 전략적 배려에 힘입어 종수의 폭행은 치사의 범죄적 행위가 아니라, 삼덕이의 악행에 대한 징치로 규정된다.

이와 같이 손창섭의 소년소설에 나타난 고아의식은 소설의 그것과 양상을 달리 한다. 그의 소년소설에서는 고아들이 정상적인 가정환경에서 자란 아이들보다도 더 관대하고 어른스럽다. 그들이 처한 경제적 조건은 물질적 궁핍상을 반영하고 있지만, 그들은 가난에 굴하지 않고 이웃을 사랑하며 살아간다. 또한 약자를 괴롭히는 폭력의 가해자를 필히 응징한다는 점에서, 소년들이 지닌 고아의식은 약자와의 동료의식의 발로이다. 그들은 자신들보다 힘센 자에 맞서서 약자의 권익을 보호하는 정의의 수행자지만, 한편으로는 약자를 한없이 친절하게 대해 주는 정약한 심지의 소유자들이다. 특히 「장님 강아지」의 종수와 「돌아온 세리」의 문식이가 보여 준 행동은 단순히 애완동물에 대한 사랑을 초월한다. 종수는 유기견의

---

6) 신경득, 『한국전후소설연구』, 일지사, 1983, 208쪽.

상처를 무조건적으로 포용하고, 문식이는 혼자 사는 할아버지의 동반자에 대한 세입자 소년으로서 순수한 사랑을 실천한다. 두 소년의 사랑은 제삼자에게 투사되어 주위의 동조를 이끌어 내면서 사랑의 확산에 기여한다.

> 그리고는 머리를 문식이 가슴에 묻고 킁킁 냄새를 맡아 보며 부벼댔습니다.
> 그제야 주인 할아버지도 달려나오고 어머니도 뛰쳐나왔습니다. 어느새 동네 사람들도 여럿이 모여 있었습니다. 그 가운데 한 사람이 세리가 뒷다리를 다친 까닭을 설명해주었습니다.
> 조금 전에 세리가 쏜살같이 한길을 가로질러 골목 어귀로 뛰어들려는 순간, 마침 지나가는 지프차에 뒷다리가 깔렸다는 것입니다. 그 말을 들은 주인 할아버지는 세리의 뒷다리를 조심히 만져보며,
> "세리야, 이놈아. 어이구 이걸 어떡하니."
> 그리고 눈물을 글썽하여 어찌할 바를 몰랐습니다.
> 문식은 이내 옆집의 젊은 아저씨에게 부탁해서 세리를 안고 가축병원으로 갔습니다. 그 옆에 바싹 붙어서 따라가는 문식은 반갑기도 하고 불쌍하기도 하여 눈물이 앞을 가려 길이 잘 보이지 않았습니다.(「돌아온 세리」, 『장님 강아지』, 61쪽)

문식은 여동생을 건사하며 세 들어 사는 소년이다. 그는 수위 생활로 근근이 살아가는 주인 할아버지의 개를 무척 귀여워한다. 그의 행위는 사랑의 실천이기에 앞서, 불완전한 가족에 대한 그리움의 표현이다. 세리에 대한 사랑으로 세계의 폭력을 제압하던 그는 세리의 교통사고를 맞아 이웃사람들과 함께 사랑의 진면목을 보여준다. 그들은 동물에 대한 사랑을 공유하며, 사람 사는 세상의 훈훈한 인정을 몸소 실천한다. 그들의 집단적 사랑은 심리적 저층부에 저장되어 있는 고아의식을 긍정적 차원으로 승화하는 문식의

행동과 결합하여 전란 후의 세태를 평정할 수 있는 현실적 방안으로 제시된다. 이런 측면에서 그의 소년소설은 소설 작품에서 누락되었던 주위 사람들에 대한 배려를 적절하게 보전하고 있다. 그중에서도 문식의 행동은 주인집 할아버지의 소감을 대행한다는 점에서 세대 간의 화합을 상징한다. 작가는 도래할 세계에서 사람들 사이의 폭력이 사라지고, 정을 나누며 살아가기를 기대하고 있는 것이다.

2. 폭력적 상황을 극복하는 고아들

손창섭의 소년소설에서 폭력은 일상화된 폭력이다. 아이들은 다른 아이들을 향해 폭력을 서슴없이 행사하고, 어른들 역시 아이들을 향해 망설이지 않고 폭력을 휘두른다. 세계의 폭력성에 노출된 아이들을 통해 작가는 무엇을 전하고자 했을까. 폭력은 개인이 세계와의 대결 국면에서 불가피하게 직면하게 되는 사회 현상이다. 폭력은 반드시 갈등 사태에서 발생하므로, 당자에게 대결과 굴복 중에서 양자택일할 것을 강요한다. 폭력은 태생적으로 물리력을 수반한다는 점에서, 약자의 일방적 희생을 전제로 성립한다. 폭력이나 폭력 사태, 폭력적 상황이 조속히 척결되어야 할 이유이다. 사회의 존립을 위협하는 폭력은 자기복제를 거듭하면서 다양한 층위로 확산된다. 그중 하나가 이혼이다. 이혼은 어른들이 고안한 사회적 제도의 일종이지만, 아이들에게 극심한 고통을 안겨 준다. 이혼은 부모의 선택에 의해 태어난 아이의 의사를 무시한 채 진행된다. 아이는 부모가 조성한 폭력 사태에서 주체로서의 의사결정권을 행사하지 못하고 폭력의 희생자로 전락한다. 아이들은 부모의 잘못된 행동으로 초래된 비극적 현실을 직접적으로 감당한다. 그들의 처지는 전적으로 부모의 선택에 좌우되는바, 그것은 기성세대로서의 부모가 갖는 권력이고 폭력이다. 이 점에서 아이들은 부모의 폭력 앞에 무방비 상태로 노출되어 있다.

> 제일 먼저 남철이가,
> "어머니! 어머니!"
> 하고 돌아가신 어머니의 팔을 흔들며 큰 소리로 울기 시작했습니다. 그걸 보던 남숙은 조금 무서우면서도 자기 이름을 부르다가 자기를 못 본 채 세상을 떠난 친어머니가 하도 가엾어서 두 손으로 얼굴을 가리고 소리내 울었습니다. 그러자 지금 어머니가 죽은 어머니의 손을 꼭 쥐고,
> "영림이, 날 용서해 줘! 응? 날 용서해 줘!"
> 그러며 울기 시작했습니다. 잇달아 아버지도 울음 섞인 목소리로,
> "영림이, 용서해주오. 옛날 일은 다 잊고 편히 눈을 감으오. 당신이 남긴 남숙이와 남철은 소중히 기르겠소!"
> 그렇게 산 사람에게 말하듯 하셨습니다.
> 그 옛날 아버지와 지금의 어머니가 불쌍히 돌아가신 친어머니를 무척 괴롭힌 일이 있었구나 생각하니, 남숙은 더 안타깝고 슬펐습니다.
> 그런 가운데도 지금까지 영 모르고 지내온 친동생을 찾은 것이 한편 반갑기도 하여서 남철을 껴안듯 했더니, 남철이도 젖은 얼굴을 남숙의 가슴에 묻었습니다. 둘이는 서로 꼭 껴안고 속이 후련하도록 실컷 울었습니다.(「너 누구냐」, 『장님 강아지』, 97-99쪽)

손창섭은 아버지가 없어서 어머니가 다른 남자와 성교하는 유곽에서 자랐다. 어머니는 바람피우는 장면을 목격한 아들에게 죽어버리라고 저주한 것도 모자라서 외간 남자와 함께 만주로 달아나 버렸다. 홀로 남은 아들은 일본으로 건너가서 네 곳의 중학교를 전

전하며 '정상적' 환경에서 성장한 아이들과 맞서 싸우며 외국인으로서, 또 고아로서 살아남아 학업을 계속해야 했다. 그가 "살아있는 사람이란 늘 싸워야 하는 거요. 싸울 줄 모르는 인간은 송장이오. 그러나 반드시 저보다 강대한 적과 싸우는 싸움만이 신성합니다. 약자끼리의 싸움이란 언제나 강자를 위한 자멸입니다."(「인간동물원초」)라고 우기게 된 배경에는, 이러한 성장기의 체험이 고스란히 배어 있다. 그의 인성은 차라리 싸움판에서 형성되었거니와, 소년소설에 폭력이 자주 등장하는 원인이기도 하다. 그 결과 손창섭은 역으로 폭력에 대한 증오를 가질 수 있었고, 그의 소설적 진술은 폭력이 거세된 평화한 세계로 나아갈 발판을 마련하게 되었다.

문면에 따르면, 남철과 남숙은 친남매이지만 아버지의 재혼으로 떨어져 살아간다. 남철은 죽어 가는 어머니의 부탁으로 누나를 찾았고, 누나는 부모와 함께 그의 집을 방문한다. 하지만 그들이 도착하기 전에 남숙의 생모는 임종하였고, 부부는 망자에게 생전의 불륜을 고백하며 용서를 빈다. 남숙의 계모는 생모와 안면이 있는 사이로서, 폭력이 가까운 이에 의해 행사될 때 당자의 상처는 자심해진다는 평범한 사실을 예증한다. 이 점에서 부부는 남매에게 두 번에 걸쳐 폭력을 행사한 셈이다. 하나는 혼외정사로 인해 가정을 파괴한 허물이요, 다른 하나는 남매에게서 혈육의 정을 제거해 버린 과오이다. 그들의 폭력에 피해를 입은 생모에 관한 서술이 생략되어 있는 이유는, 이 작품의 서사적 진행이 기성세대의 잘못에 의해 고아로 살아남은 남매에게 초점을 맞추고 있기 때문이다. 손창섭은 남매가 처한 조건의 검토를 통해 어른들이 자행한 폭력의 결과를 보여 주고, 나아가 그것을 치유할 수 있는 방책까지 모색하고 있다. 따라서 종결 문장에서 남매가 포옹하며 우는 장면은 어른들의 폭력을 용서하고 화해하는 상징적 몸짓이다.

세계의 폭력 앞에서 개인이 취할 만한 방도는 무엇이 있을까. 폭력은 권력에의 의지가 구체적 행위로 실천되는 현장이다. 권력은 생리적으로 성장 본능을 함유하고 있어서 필연적으로 수하에 추종 세력을 형성하려고 시도한다. 폭력은 권력이 세를 확장하거나, 존폐의 기로에 처했을 때 발동한다. 그러므로 권력과 폭력은 대립적인 동시에, 상호의존적 성향을 띤다. 권력은 폭력을 생산하지만, 폭력은 권력을 창조하지 못한다. 폭력은 근본적으로 위험 상태에 노출되어 있으므로, 폭력적 상황을 제거하면 신속히 소멸된다. 그러므로 "폭력의 실천은 사람들을 하나의 전체로 결속시키는데, 왜냐하면 각 개인이 거대한 사슬에서 폭력적인 고리를, 치솟아오르는 거대한 폭력 유기체에서 그 일부분을 이루기 때문"[7]이다. 곧 사람들에게 내재된 인정 욕구와 소속 욕구가 폭력을 야기하는 심리적 요인인 것이다. 따라서 사람들은 집단에서의 소속감을 확인하고, 그 집단에의 구성원으로서 인정받으려는 충동에 의해 전체를 위한 개인의 희생을 강제한다.

> 덕기는 계속해서 문수의 어깨와 등을 주먹으로 후려쳤습니다. 마침내 문수는 덕기 앞에 무릎을 꿇고 항복을 하고야 말았습니다. 창호도 겁을 집어먹은 얼굴로,
> "덕기야, 나도 너한테 잘못했어."
> 그렇게 사과를 했습니다.
> "야. 오늘부터 딕기를 우리들 대장으로 하자."
> 병걸은 신이 나서 그러고 동무들의 얼굴을 둘러보았습니다. 그러나 덕기는 좀 거북스런 얼굴로 이렇게 말했습니다.

---

7) Hannah Arendt, 김정한 역, 『폭력의 세기』, 이후, 2000, 105쪽.

"난 대장도 되고 싶지 않아. 그리고 부하 노릇도 하고 싶지 않아. 그저 우리들은 이제부터 사이좋게 지내면 되는 거야."(「싸움 동무」, 『장님 강아지』, 117쪽)

손창섭은 작품의 말미에서 덕기의 입을 빌려 진심을 토로한다. 작품 속에 등장하는 소년들을 시켜서 폭력을 행사했던 그의 의도는 '우리들은 이제부터 사이좋게 지내면 되는 거'라는 마지막 문장에 나타나 있다. 덕기는 문수 일당의 계속되는 폭언과 행패를 인내하면서 작가의 심중을 대행하는 인물이다. 문수는 덕기네 손수레의 널판을 도용하여 인간 썰매를 탈 정도로 극악한 '대장'이다. 덕기는 문수의 악행에 대항하여 벌인 싸움에서 승리하고, 또래에 의해 '우리들 대장'으로 추대된다. 그렇지만 덕기는 그들과의 관계를 복종적인 상하관계가 아니라, 수평적인 '싸움 동무'로 규정한다. 작가는 덕기와 아이들이 주축이 될 앞으로의 세계는 '주인과 노예의 변증법'이 지배 담론으로 작용하기보다는, 친밀한 동료애에 기초하여 더불어 살아가기를 희망하는 것이다. 그것은 덕기의 명명에 의해 서사적 상황이 종료되는 종결부를 통해 암시받을 수 있다.

한때 평단에서는 "그의 삶의 주변성과 거기서 빚어진 그의 굶주림의 문학은 삶의 비인간화와 소외를 극명하게 표현함으로써 순화되고 인간화된 삶의 절실성을 갑갑하게 부르짖고 있다"[8]고 우려를 표명하였으나, 그들의 기우는 그의 소년소설을 소홀하게 취급한 독법의 산물이고, 소년소설을 소설의 범주에 포함하여 다루지 않는 연구자들의 접근 자세가 예정한 결과이기도 하다. 손창섭은 위 두 편의 작품에서 확인한 바와 같이 '순화되고 인간화된 삶'의 모습을 구

---

8) 유종호, 「주변성의 탐구 – 손창섭의 단편」, 『동시대의 시와 진실』, 민음사, 1982, 337 – 338쪽.

체적으로 묘사하고 있다. 비록 그는 주변부적 삶을 영위하고 평단으로부터 우려와 찬사를 한 몸에 받았으나, 소년소설에서는 가난한 주변인으로서 소년들을 내세워 현실의 폭력성을 적극적으로 타개하는 모습을 보여 주었다. 일찍이 그는 "껄렁껄렁한 시나 소설이나 평론줄을 끄적거린다고 해서 그게 뭐 대단한 것처럼 우쭐대는 선민의식"(「신의 희작」)을 경멸했거니와, 작가에 대한 애정은 그의 전 작품을 연구 대상으로 설정하는 단계부터 개입되어야 할 덕목이다.

손창섭이 약자를 괴롭히는 악동들에 대해서 분노를 이기지 못하는 것도, 결국 자신을 사회로부터 소외된 자로 인식하는 자의식에 기인한다. 그것은 전적으로 전쟁의 참화 속에서 '우연'히 '살아남은 자의 슬픔'이다. 그의 소년소설 「마지막 선물」은 그들의 생존 방법에 대한 탐구의 결과물이다. 덕수 아버지가 전쟁 속에서 술주정뱅이로 살아남았다면, 그의 아들은 전쟁 후의 경제적 가난 때문에 학업을 중단해야 한다. 그것은 전쟁의 비극적 결과가 야기한 것이지만, 정전으로 살아남은 자들이 겪어야 할 피할 수 없는 현실이었다. 그런 측면에서 이 작품은 개인에 대한 집단의 폭력 문제를 다룬다. 아이들은 덕수에게 '왕눈깔, 뾰족이, 말라꽁이, 200, 012, 돌대가리, 빵구차, 히쭉이, 별명부자' 등, 무려 아홉 가지의 별명을 붙여 두고 놀린다. 그 아이는 늘 지각하기 때문에 '빵구차', 걸핏하면 히쭉하고 웃어서 '히쭉이', 턱이 지나치게 뾰족하여 '뾰족이'란 별명으로 불리며 집단의 언어폭력에 시달린다. 덕수는 아이들의 조롱에도 불구하고, 반의 구성원으로 버텨 간다. 그의 생존 방식은 집단적 괴롭힘을 침묵으로 견디는 것이다. 그가 보여 주는 인욕의 자세에 대하여 동조는 간헐적 위로를 표하며, 그에게 친구의 존재를 확인시켜 준다. 그의 소설에서 "절망적인 상황 속의 절망적인 인물들로

하여금 최소한 이상을 갖게 할 때, 그것은 실현 불가능한 비현실적 대상이 되고 마는 것"[9]과 달리, 이 작품에서는 '절망적인 인물'인 덕수가 또래친구 동조의 도움으로 구두닦이 통을 만듦으로써 '최소한 이상'을 발견한다.

> 아이들은 덕수를 우습게 여기고 못살게 굴었습니다. 자기네가 잘못한 일도 덮어놓고 덕수에게 뒤집어씌었습니다.
> 화나는 일이 있으면 공연히 트집을 걸어 덕수를 툭툭 갈겼습니다. 그때마다 동조는 덕수를 감싸 주노라고 몇 번이나 다른 아이들과 싸웠는지 모릅니다.
> 덕수는 공부는 잘 못해도 마음만은 착한 아이입니다. 남을 해치는 일이 없습니다. 골이 나거나 서러우면, 덕수는 얼굴이 빨개지곤 하였습니다. 그렇지만 좀처럼 울지도 않았습니다. 어떤 때에는 제 아버지에게 신짝으로 얻어맞고도 울지 않았습니다.(「마지막 선물」, 『장님 강아지』, 126쪽)

동조는 덕수를 옹호하는 유일한 친구이다. 덕수는 학교에서 또래 집단으로부터 철저하게 외면당하고, 집안에서는 주벽이 심한 아버지로부터 폭행당하는 부족한 아이이다. 그를 바라보는 동조의 동정심은 우정으로 변해 간다. 그의 시선은 전학 온 아이에 대한 호기심으로부터 출발하여, 친구로서 인격적으로 대접하는 긍정적 방향으로 나아간다. 그에 반해 아이들의 린치는 덕수에 대한 놀림으로부터 시작하여 폭행 등으로 이어지면서, 작품의 판별 기준을 선악의 대결장으로 편입시킨다. 성선설과 성악설의 대결 국면에서 언제나 승리는 악의 차지이다. 소수의 선을 추구하는 이들은 악의 집단이 조성한 폭력적 상황에 갇힌다. 마치 일인에 대한 만인의 폭력

---

9) 송하춘, 「전후 시각으로 쓴 첫 일제 체험 – 손창섭의 『낙서족』론」, 『작가연구』 창간호, 1996, 77쪽.

양상으로 전개되는 싸움판에서 '살아남은 자의 슬픔'은 항시 그와 같은 감금의 공포가 내재되어 있다. 덕수는 또래들의 집요한 희롱과 폭행에도 울지 않고 견디며 살아남는 법을 습득한 아이로서, 전란 속에서 생존할 수 있는 비법을 우의적으로 체현하는 인물이다.

그리고 덕수가 살고 있는 '찌그러진 판잣집'은 '우중충한 동굴' 같은 방(「사연기」), '빛없는 동굴'(「미해결의 장」), '몸을 움직이면 흔들리는 것 같은 판자집(「생활적」), '겨울 들어 불이라고는 지펴본 적이 없는 방'(「혈서」), '어두운 방과 쓰러져 가는 목조 건물'(「비오는 날」), '퇴락한 토막집'(「광야」) 등에서 등장인물이 기거하던 곳의 반복적 출현이다. 그곳은 온전한 거주공간이 아니기 때문에, 거주민들의 이동을 전제한다. 사람들의 공간 이동은 필연적으로 정서적 동선의 이동을 동반하게 되고, 거주 환경의 변화는 빈자들의 삶을 갱신하게 된다. 그러므로 이 작품의 결말부에서 덕수가 구두닦이 통을 만들어서 이사하는 것은, 그의 미래에 대한 작가의 소박한 기대심리가 내포되어 있다고 보아야 한다.

3. 위선의 세계로부터의 자유

지금까지 제출된 손창섭 소설에 관한 연구 성과에서 공통적으로 지적되는 문제는 "객관 현실에 대한 탐구와 반영에는 거의 관심을 두지 않았던 작가"[10]라는 평가이다. 말하자면 그의 작품에 구현된 질서가 인과관계보다는 우연에 의해 지배되고, 당대의 구체적 현실이 거세된 채 추상화되어 나타난다는 것이다. 연구자들은 작품의

---

10) 정호웅, 「손창섭 소설의 인물 성격과 형식」, 『작가연구』 창간호, 1996, 53쪽.

배경이 서사의 진행에 거의 영향력을 발휘하지 못하고, 미래를 향해 나아가는 시간의 전무 현상 등을 문제점인 양 지적하고 있다. 그러나 이른바 객관적 현실의 '탐구'와 '반영' 여부를 전후의 상황에 초점을 맞추면 의문은 답이 절로 나온다. 대다수의 생존자들은 한국전쟁 통에 "자기는 왜 죽지 않고 이렇게 멀쩡히 살아있을까"(「혈서」)라는 미안함으로 망자에 대한 조의를 표하였다. 그들의 생존은 전쟁의 위험을 고려할 때, 실로 우연한 사건일 뿐이다. 따라서 손창섭의 소설에서 필연보다 우연이 앞서는 것은 당연한 것이며, 그의 소설에 '객관적 현실'이 존재하지 않는 것도 이상한 일이 아니다.

그런 연장선상에서 손창섭이 소설작품을 통해 구현하고자 한 세상은 폭력으로 일그러진 곳이 아니요, 각종 병폐로 만연한 세상도 아니다. 그는 소설 「잉여인간」을 전후한 작품에서 병적 인물, 가령 '야스꼬'(「인간 시세」), '종배'(「포말의 의지」) 등으로부터 조소와 모멸의 시선을 거두어들인다. 이전의 작품에서 관례적으로 표출되던 모멸의식이 약해지는 것은, 그가 추구하는 소설적 세계의 궁극을 시사하는 징후인데, 그간 연구자들은 작품의 표면에 드러난 부정적 의식과 기괴한 정신현상을 논의하느라 이 점을 간과하였다. 그는 무의지적이고 수동적이며 자포자기적인 인물들이 '만기'(「잉여인간」)류의 성숙한 인물로 변모할 가능성을 작품상에 점진적으로 공표하고 있었다. 이 점에서 그는 절망의 나락에 빠진 인물들을 구원할 기회를 기다려 왔던 셈이다. 곧 손창섭은 "의지적이고 행동적인 인물들로 하여금 어두운 골방에서 밝은 광명의 세계로 탈출해 나올 수 있는 가능성"[11]을 끊임없이 모색하고 있었고, 그 증거는 소년소설에서 재확인할 수 있다.

---

11) 김상선, 『신세대작가론』, 일신사, 1982, 151쪽.

손창섭의 소년소설 「심부름」은 폭력 사태에 직면한 소년이 그것을 회피하는 방안을 제시한 작품이다. 폭력은 당자의 무의식에 침입하여 의식 세계를 지배한다. 폭력은 본질상으로 존재의 우위를 내세운 권력의 행사이기 때문에, 폭력적 장면을 경험한 사람은 심리적으로 억압되어 있다. 그가 억압 상태에서 탈출하기 위해서는 폭력이 존재하지 않는 상황에 진입해야 한다. 그렇지만 유사 이래 그런 상황은 존재하지 않았다. 그는 스스로 궁리하여 폭력적 상황에 대처할 요령을 습득해야 하는 것이다. 이것은 심부름하는 아이에게만 소용되는 것이 아니라, 모든 사람들이 구비해야 할 인생의 숙제였다. 더욱이 전쟁 체험으로부터 자유롭지 못한 작가에게 그것은 폭력적인 상황을 삭제할 수 있는 소설적 과제의 하나였다.

> 자신있게 대답하고 대문 밖으로 나서기는 했지만, 인철은 갑자기 걸음을 주춤했습니다. 뜻하지 않았던 걱정이 슬그머니 솟아올랐기 때문입니다.
> 옛 장터까지 가려면 중간에 샛마을이라는 조그만 동네를 지나야 합니다. 그 동네에 사는 상준이를 바로 며칠 전 인철이가 때려 준 일이 있는 것입니다.
> 상준이는 그 뒤로 학교에서 만날 적마다 벼르는 것이었습니다.
> "임마, 너 우리 동네 오기만 해 봐. 그냥 안 둘 테야."
> 그래서 지금 인철은 은근히 속이 켕기는 것입니다. 샛마을을 지나가다가는 영락없이 상준에게 붙들려 경을 칠 것만 같습니다. 물론 단 둘이만 붙는다면 그리 무서울 것도 없지만, 상준을 포함한 샛마을 패거리는 학교에서도 노상 으스대는 편이라 만만하지가 않습니다.(「심부름」, 『장님 강아지』, 64쪽)

단순히 어머니의 심부름을 하는 것이지만, 그것을 실행하기에 앞서 인철은 고민한다. 그 이유인즉 '상준이를 바로 며칠 전 인철이가 때려 준 일' 때문이다. 먼저 폭력을 행사한 전력 때문에, 이번에는 인철이가 상대의 잠재적 보복에 움츠리는 것이다. 그는 궁리 끝에 샛마을을 우회하기로 결정한다. 개인 간의 대결은 자신 있었지만, 패거리와의 싸움은 패배를 예정하므로 피하게 된 것이다. 그의 결정은 위선적 행동이다. 그는 여느 작품의 소년들처럼 집단의 폭력에 대한 당당한 태도를 철회하고, 태식에게 인절미를 미끼로 접근하여 우회로에 동반할 것을 부탁한다. 그가 자신의 열세를 인정하고, 불리한 세력을 비호해 줄 보호자를 찾은 것이다. 그것은 비겁한 선택이기는 하지만, 싸움판과 상거를 띠는 것이야말로 직접적인 폭력 사태를 모면할 수 있는 효과적 방법이라는 의견의 행동화이다.

이에 비해 손창섭의 장편 소년소설 『싸우는 아이』는 어른들의 위선에 맞서 '싸우는 아이'의 이야기이다. 찬수는 '아버지는 사변 때 납치당해 이북에 가시고, 어머니는 폭격에 돌아가시고, 예순이 넘은 할머니가 보따리 장사'를 하고, 누나는 작은 회사의 사환으로 근무하는 빈곤한 가정의 아이이다. 손창섭 소설에서 가난은 허다히 등장한다. 그가 월남한 실향민이었기에, 작품 속에서 가난이 주요 배경으로 설정되는 것은 심상하다. 한국전쟁이 발발하기 전에 이남한 숫자는 대략 백만 명에 달한다. 그들 중 반수 이상이 가난 때문에 월남을 결행하였다. 손창섭의 소설 속에서 가난은 월남 전후의 기록이기 때문에 생동하는 생체험이다. 가난은 등장인물들을 한계 상황으로 안내하거나 도저한 허무의식에 함몰시키지만, 그들로 하여금 생을 위해 안간힘을 쓰도록 견디게 해 준다는 점에서 '생활적'이다. 가난은 불편할 뿐이지, 생의 굴복을 요구하지 않는다. 가난은 그것을 극복하기 위한 동기를 부여하여 주체에게 생의 의지를 단련할 기회를 제공하기도 한다. 이 점은 소년소설이라고 해서 예외가 아니다. 그가 남긴 소년소설은 전편에 걸쳐 가난한 아이들이 서사의 진행을 담당한다.

찬수는 부모가 없으므로 집안의 어려움을 해결할 임무를 갖고 있다. 하지만 가난한 형편의 그에게 부모가 없다는 것은, 여러 사람들로부터 업신여김을 받는 빌미로 작용하였다. 상진이 어머니는 할머니의 외상값을 갚지 않은 채 이사한다. 설령 찬수가 수금하기 위해 방문하면 면박하며 내쫓기 일쑤다. 찬수는 기회를 틈타 그 아들을 폭행하고 미수금을 받아 낸다. 그 사건으로 인해 상진이 어머니는 교장에게 찬수의 퇴학 조치와 찬수의 편을 든 담임교사의 징계를 요구한다. 이어서 광진사의 사장이 누나의 월급을 체불하는 사건이 벌어진다. 사글세가 밀린 찬수는 누나의 회사를 쫓아가서 헐값의 임금을 받아 낸다. 그 뒤에 회사가 폐업하여 누나의 실직을 야기하고, 중학교 학비를 마련할 길이 없는 찬수는 아이스케키 장사를 시작한다. 그러던 어느 날 상진 일당으로부터 폭행을 당하고, 다시 앙갚음을 하여 폭력의 악순환을 가져오게 된다.

이러한 사건들은 어른의 위선이 자아낸 것이다. 부유한 형편의 상진이 어머니와 누나 회사의 사장이 외상값과 노임의 지불을 미루면서, 찬수의 폭력적 행동은 시작되었다. 말하자면 정당하지 못한 어른들의 행태가 그로 하여금 폭력을 행사하도록 강요한 것이다. 그들의 처신은 "인간이 습성화된 위선의 가면을 벗지 못하는 한, 그 생활 자체가 도저히 메로드라마 이상일 수 없을 거예요"(「설중행」)처럼, 관습화된 기성세대의 가치관을 반영하고 있다. 찬수는 세계의 위선 국면에 맞서 의연하게 제 몫의 권리를 주장한다. 그가 자신의 견해를 관철하는 과정에서 불법한 폭력을 동원하는 것을 가리켜 목적 달성을 위한 수단의 합리화라고 비난할 수 없다. 왜냐하면 그는 고아이고 약자이며, 무엇보다도 어른들의 불법적인 행동에 대응해야 하기 때문이다. 그에게 위선의 세계는 폭력적 상황보다 견고한 성채이며, 이 점에서 작가는 기존 질서의 모순 구조를 고발하고 있는 셈이다.

> "사람은 자유다, 자유다."
> 그렇게 외치면서 집을 향하여 한길을 마라톤 선수처럼 뛰었습니다.
> 그러한 찬수에게는 사월혁명 때, 자유를 어쩌라고 막 외치며 용감하게 데모를 하던 대학생들의 모습이 눈앞에 선히 떠올랐고, 자기 자신도 갑자기 훌륭해지는 것 같았습니다.
> 그래서 찬수는 숨이 찬 줄도 모르고 내처 뛰어돌아오면서,
> "사람은 자유다. 영실이도 자유다."
> 연방 그렇게 외쳤습니다.
> 지나가던 애들이 이상한 듯이 걸음을 멈추고 바라보기도 했습니다.
> 이튿날부터 찬수는 더욱 자신을 갖고 학교에서 돌아오는 길로 으레 인구네 집 대문 앞을 서성거리며 영실이가 나타나기만 기다렸습니다.(『싸우는 아이』, 152 – 153쪽)

찬수는 계속적으로 폭력과 위선의 장면에 연루되었다. 그때마다 '싸우는 아이'는 폭력으로 대응하면서 문제의 해결을 주도한다. 그러던 어느 날, 인구네 집의 식모 영실이가 비인간적 대우에 고생한다는 사실을 전해 듣고, 그녀를 도울 계획을 수립한다. 그녀는 그 집에서 허드렛일을 도우며 품삯도 못 받으며 인구 어머니의 폭력에 시달리고 있었다. 동네 사람들은 그런 상황을 익히 알고서 '모두들 영실이를 불쌍하다고 속으로 깊이 동정하면서도, 인구 어머니가 무서워서 도와주지 못하고 있었던 것'이다. 그들의 집단적인 침

묵은 인구 어머니로 하여금 폭력을 일상화하도록 조장하였다. 손창섭은 어른들의 위선이 인구 어머니의 영실에 대한 폭력을 용인하고, 그녀의 폭력은 어른들의 위선을 숙주로 삼아 강화된다는 사실을 표백하고 있다. 곧 위선이야말로 폭력을 발아시키고 성장시키며, 마침내 그것을 은폐하여 영실의 신체적 자유를 구속하게 된다는 것이다. 작가는 사회에서 폭력을 영구히 추방하기 위한 선결과제로 위선을 제거해야 한다는 것, 그로서 개인에게 허용된 자유를 되찾을 수 있다는 것, 그것이 폭력으로부터의 영원한 해방을 약속한다는 것을 찬구의 발언에 의탁하여 주장하고 있다.

그가 소설에서 자주 구사하는 '~것이다 / ~것이었다'라는 종지형은 "묘사를 거부하는 서술방식이며, 그 때문에 아무런 해결점도 없음을 표시하기 위한 기능적 기호"[12]이지만, 소년소설에서는 이러한 경향이 나타나지 않는다. 그것은 손창섭이 '해결점'을 모색하고 있다는 물질적 증거이다. 그는 소년소설의 형식적 특성을 차용하여 당대의 사회를 지배하는 폭력으로부터 해방될 방도를 제시하고 있다. 그 증거는 '사람은 자유다, 자유다.'라는 찬수의 외침에서 찾아볼 수 있는데, 작가는 개인에게 허락된 천부적인 자유의 행사를 방해하는 요소로 위선을 들고 있다. 세계의 위선은 아이들의 행동을 제약하고, 그에게 부여된 자유를 유예시켜서 영실이처럼 폭력의 공포를 내면화한다. 따라서 손창섭이 소년소설에서 강조하고 있는 바는 폭력의 비호세력이 위선이라는 것과 위선의 척결이 폭력적 상황을 종료시키는 우선 과제라는 점이다.

---

12) 김윤식, 「1945-50년대 소설」, 김동욱·이재선 편, 『한국소설사』, 현대문학사, 1990, 519쪽.

Ⅲ. 결 론

앞에서 살펴본 바와 같이, 손창섭은 "시시한 소설가로 통하는 S –
좀 더 정확히 말해서 삼류작가 손창섭씨"(「신의 희작」)라 칭할 정
도로 겸손했으나, 소년소설을 통해 전후의 사회적 현실을 심도 있
게 천착하였다. 그의 소설적 노력에 힘입어서 전후의 사회에서 소
외되었던 아이들의 실존적 조건들이 비로소 주목받을 수 있었고,
그의 움직임은 이런 점에서 소설사적 의의를 확보하고 있다. 대부
분의 소년소설이 '가난한 날의 삽화'를 오늘의 시점에서 추억하는
데 비해, 그의 작품들은 아이들의 삶을 구성하고 있는 폭력적 요소
들을 세밀하게 검토하였다.

첫째, 그의 소년소설에 등장하는 인물군은 대부분 고아이다. 그
들은 전쟁으로 인해 파괴된 가정의 실상을 감당하는 인물들로, 궁
핍한 시대의 물질적 토대 위에서 성장하는 소년들이다. 그들은 비
록 고아이지만, 정상적인 가정환경의 아이들보다도 관대하고 어른
스럽다. 그들은 가난에 굴복하지 않고 이웃을 사랑하며 살아간다.
또한 약자를 괴롭히는 가해자를 필히 응징하는 소년들의 고아의식
은 약자와의 동료의식의 발로이다. 그들은 강자에게 맞서 약자를
보호는 한편, 약자에게 더없이 정약한 심지를 지니고 있다.

둘째, 손창섭 소설에 자주 등장하는 폭력은 은폐된 권력에 대한
항거의 의미를 띠고 있다. 그가 살던 당시의 한국은 군사독재의 등
장으로 인해 개인의 자유가 침탈당하고, 관념적 차원의 국가 이데
올로기가 개인의 사생활에 개입하기를 서슴지 않았던 시대였다. 전
후의 실존적 자각 증상으로 인해 현실 생활의 모순을 누구보다 깊

이 인식하고 있던 그에게 이러한 사회적 형편은 참을 수 없는 모욕이었다. 이에 그는 각종 폭력 사태를 작품에 수용하여 사회적 약자의 처지를 강조하고, 그 과정에서 인간성을 말살하는 폭력의 위험 수준을 폭로하였다. 그의 소설적 성과는 집중적이고 치밀한 폭력의 묘사에 있는 것이 아니라, 폭력이 만연한 사회를 청산하고 앞으로 나아갈 바람직한 방향을 제시했다는 데 있다.

셋째, 손창섭은 전후에 시급히 회복되어야 할 개인의 '자유'를 갈망하였다. 그는 폭력으로 점철된 소년소설을 통해 싸우지 않고 더불어 살아가는 해법을 제시하였다. 그러므로 그의 작품에 자주 등장하는 폭력 사태는 전쟁의 성격을 대체하고 있으며, 전후의 병리적 징후들을 신속히 제압하는 방도를 개인의 자유를 확보하려는 노력에서 찾았다. 그는 폭력 속에 은닉된 위선의 실체를 직시하고, 그것의 제거를 최우선적 가제로 파악했다. 그의 소년소설에서 일상화된 폭력이 난무하는 것도, 결국 세계에 확산된 위선의 폐해를 적시하려는 의도의 소산이었다.

이상에서 논의한 것과 같이, 손창섭은 전후의 문제 작가이다. 그는 소설과 달리 아이들의 삶을 취급하는 소년소설의 특성을 살려서 전후의 세계가 나아갈 방향을 진지하게 탐색하였다. 그가 동원한 폭력 사태는 한국전쟁의 폭력적 성격을 축소한 것으로, 당대를 지배하는 모순 구조의 타파 의지를 형상화하기 위해 도입한 전략적 수단이었다. 그의 노력에 힘입어 전후 세계를 장악한 폭력의 실체가 규명되었고, 전쟁의 여파가 가져올 부정적 결과에 대한 현실적 처치 방안이 소설적으로 강구될 수 있었다. 그것은 폭력과 위선으로 충만한 세계 질서의 재구축을 위한 소년들의 움직임으로 구현되었다. 이 점에서 손창섭의 소년소설은 소설의 공백 부위를 상쇄하고 보완하며, 그에 대한 소설사적 평가의 반성을 요구하고 있다.

참고문헌

〈기본 자료〉

손창섭,『장님 강아지』, 우리교육, 2001.
손창섭,『싸우는 아이』, 우리교육, 2001.

〈단행본 및 논문〉

김동환,『한국 소설의 내적 형식』, 태학사, 1996.
김상선,『신세대작가론』, 일신사, 1982.
김우종,『한국현대소설사』, 성문각, 1995.
김윤식,「1945–50년대 소설」, 김동욱·이재선 편,『한국소설사』, 현대
　　　문학사, 1990.
송하춘,「전후 시각으로 쓴 첫 일제 체험–손창섭의『낙서족』론」,『작
　　　가연구』창간호, 1996.
신경득,『한국전후소설연구』, 일지사, 1983.
유종호,『동시대의 시와 진실』, 민음사, 1982.
이재선,『현대한국소설사: 1945–1990』, 민음사, 1994.
정호웅,「손창섭 소설의 인물 성격과 형식」,『작가연구』창간호, 1996.
천이두,『한국문학과 한』, 이우출판사, 1985.
Hannah Arendt, 김정한 역,『폭력의 세기』, 이후, 2000.

신체를 향한 권력과 저항하는 신체

- 하근찬론

신체를 향한 권력과 저항하는 신체

─ 하근찬론

Ⅰ. 서 론

하근찬(1931~2007)은 신춘문예 등단작 「受難 二代」(『한국일보』, 1957)를 발표한 이후, 전쟁의 비극을 지속적으로 천착한 작가이다. 그는 소년기에 중일전쟁과 태평양전쟁을 목도하였고, 청년기에는 동족상잔의 비극을 체험하였다. 연이어 발발한 전쟁은 그로 하여금 일련의 전쟁소설을 발표하도록 자극하는 원체험이었다. 그렇지만 전쟁을 경험한 작가의 물리적 연령이 다른 것처럼, 전쟁은 각기 상이한 성격을 띠며 형상화되었다. 하근찬은 태평양전쟁을 다룬 작품에서는 전쟁에 직접 참전하지 않은 소년답게, 학교 교육에 강요된 일제의 식민 담론을 고발하는 데 서술상의 초점을 맞추었다. 이에 비해 그는 청년기에 진입할 무렵에 발발한 동일민족 간의 한국전쟁에서는, 미군을 비롯한 외국군대의 참전으로 복합적인 성격을 갖고 있어서 심각한 표정으로 접근하였다. 이처럼 그는 주관적 시점과 객관적 시점을 적절히 혼용하면서 전쟁으로 인한 비극적 상흔을 기억의 관점에서 포착하였다. 특히 그가 성장 후의 전쟁 체험담에서 3

인칭 시점을 채택하게 된 것은, 청년기에 겪었던 전쟁 체험을 서술하는 동안에 경사될지도 모를 이념의 편향과 주관성의 오류를 지양하면서 리얼리티를 확보하기 위한 서술상의 책략으로 보인다.

하근찬의 소설들은 소년이 전쟁 체험을 통해 자아를 찾아가는 일련의 과정을 제시하고 있다는 점에서, 한국의 전후문학에서 전형적인 범례를 보여 주는 성장소설이다. 작품 속에 등장하는 소년들은 '나'의 이야기를 수행하는 인물들이란 점에서, 하근찬의 소설 작품들은 사소설이라고 규정해도 무방하다. 이러한 서술 태도는 작품의 내적 형식과 관련된 것이지만, 그의 성장기에 각인된 두 가지의 체험과도 상관되어 있다. 하나는 그의 성장 배경과 관련된 것이다. 본래 그는 경북 영천에서 출생했으나, 아버지가 일본인 교장과 다투고 난 뒤에 전북 김제로 이사하였다. 아버지가 새로 근무하게 된 학교는 교육을 통해 독립을 열망하는 독지가의 재정적 지원과 민족교육을 위해 헌신하는 교사들의 노력이 활발한 곳이었다. 하근찬은 이 학교를 마치고 나서, 전통적으로 반일의식이 팽배했던 전주사범학교에 진학하였다. 그 영향으로 그가 태평양전쟁을 다룬 작품에서는 유난히 학교생활과 관련한 내용이 주류를 차지하고 있다. 다른 하나는 한국전쟁 중에 인민군에 의해 무참히 타살된 아버지 때문이었다. 하근찬은 아버지의 시신을 보고 경악하였으며, 시신을 가매장하면서 "전쟁의 잔학성뿐만 아니라 인간에 대한 소름끼치는 절망"(「전쟁의 아픔, 기타」)을 느꼈다. 반동으로 몰린 아버지의 억울한 모습을 목도한 그는 여러 작품에서 긍정적 아버지상으로 재생하였다.

한 인간의 성장 과정에서 가장 중요한 소년기와 청년기에 전쟁을 거푸 체험한 하근찬 세대에게 전쟁은 극도의 절망감과 생의 허무 의지를 안겨 주었다. 그의 소설 작품에서 전쟁의 기억은 서사를 추동하는 강력한 모티브이다. 그에게 전쟁은 인간의 비인간성이 적나라하게 표출되는 공간이었고, 본의와 무관하게 전쟁 상황에 무방비 상태로 노출된 민중들의 구체적 조건을 확인시켜 주는 실존적 표지였다. 특히 소년과 순박한 농촌 인물에 대한 하근찬의 관심은 전쟁의 야만성과 폭력성을 고발하기에 효과적이었다. 그는 소설 속에서 개인의 존엄성은커녕, 최소한의 인간적 조건조차 승인하지 않는 전쟁의 야만적 실체를 드러내기에 적합한 서술 전략을 탐색하고 있다. 그것은 인간의 신체를 장악하려는 지배 담론과 그에 저항하는 개인의 욕망을 담지 한 신체의 길항작용으로 구현되었다. 하나는 태평양전쟁 당시에 식민지 어린이에게 강요된 일제의 교육담론이며, 다른 하나는 한국전쟁이 인간에게 가한 폭력성이고, 또 다른 하나는 전쟁 이전의 상태를 욕망하는 인간 본연의 모습이다. 하근찬은 평생 동안 전쟁의 추악한 본질을 폭로하는 데 전력한 셈이다. 이에 본고는 하근찬의 소설 세계로 진입하기 위한 전 단계로 소년소설을 분석하기로 한다. 그것은 그가 성취한 미학적 성과를 완상하기에 앞서 작가적 체험과 주제의식의 관련성을 살피고, 본격적으로 그의 소설 세계에 진입하기 위한 정지작업으로서의 의미를 갖는다. 그러기 위해 본고는 하근찬의 소년소설 외에 다른 작품들도 거론하여 분석상의 객관성을 확보하고자 노력할 것이다.

Ⅱ. 신체와 전쟁의 함수관계

1. 신체를 규율화하는 식민 교육

식민지 종주국은 담론의 기획을 통해 식민지 원주민들의 교육 과정에 개입하여 조작된 이데올로기를 경험하도록 끊임없이 강요 한다. 일제도 예외가 아니어서 대한제국을 병탄한 후에 식민지의 원주민들을 통치 대상으로 포섭하고자, 식민지 내에 근대적인 학교 를 설립하기 시작하였다. 이전부터 존재했던 관학과 사학들은 철폐 대상으로 전락하였고, 학교는 일제의 식민주의 담론을 생산하는 공 간으로 역할을 부여받았다. 그것은 "식민 열강들에 의해 수입된 문 화 가치를 중개하는 최전방에는 학교가 있었다"[1]는 역사적 사실에 서 확인된다. 일제는 학교 교육을 통해 학생들이 식민지적 질서를 유지하고 재생산할 수 있는 능력을 습득하기를 기도하였다. 학교의 설립은 어린이들을 식민지 원주민 부모의 품으로부터 격리시키는 사태를 초래했다. 그것은 교육에 내재된 순환 구조를 통해 원주민 자녀들을 부모의 자식이 아니라, 일제의 식민지 경영 논리를 무비 판적으로 전파하는 충실한 신민으로 양성하기 위한 선행조치였다. 그들은 감수성이 여린 어린이들의 가치판단을 중지하도록 조종하 였고, 급기야 일제의 패망을 두려워하는 불안 심리를 조장하는 경 지까지 치달았다. 그러므로 이 시기의 학교생활을 소설화하는 것은 식민 교육에 대한 비판적 성격을 함의하게 된다.

태평양전쟁은 일제의 군국주의적 야욕이 발화한 침략전쟁이다.

---

1) Jürgen Osterhammel, 박은영·이유재 역, 『식민주의』, 역사비평사, 2006, 156쪽.

하근찬이 이 전쟁을 다룬 소설작품은 「落髮」(『신동아』, 1969. 10)을 비롯하여 「족제비」(『월간문학』, 1970. 1), 「日本刀」(『현대문학』, 1971. 9), 「竹槍을 버리던 날」(『창조』, 1971. 10), 「기울어지는 江」(『한양』, 1972. 10 - 11), 「조랑말」(『문학사상』, 1973. 3), 「老 恩師」(『현대문학』, 1977. 1) 등이다. 이와 같은 다수의 작품량은 소년기의 전쟁 체험이 한 작가의 일생에 끼친 영향력을 증명하기에 부족하지 않다. 그는 이 소설들에서 태평양전쟁기의 식민 교육 현실을 고발하는 데 초점을 맞추고 있다. 그는 소년 화자를 앞세워 성장기의 추억을 차압한 일제의 포악성이 절로 드러나도록 서술하였다. 그만큼 하근찬의 생애에서 소년기의 전쟁 학습은 충격적이었고, 그로 인한 내상은 자심했었다. 그는 어린 시절을 지배했던 군국주의 교육의 피해자로서, 서술 장면에 적극적으로 개입하기를 주저하지 않았다. 이러한 모습은 서사적 객관성보다도 주제의식을 앞세우려는 작가적 신념의 소산이다. 작가는 "역사 밖의 어린 목격자들을 그 가혹한 역사의 여러 국면들과 대결시킴으로써 그 역사의 죄상이 저절로 드러나게 하는 아이러니"[2]를 발생시켜서 독자의 판단을 요청하는 것이다.

공부가 끝나고, 소제 시간이었다. 혼자 복도를 쓸어나가고 있는데, 이웃 교실 여생도 둘이 바께쓰에 물을 길어가지고 오고 있었다. 공연히 장난기가 동한 용식이는 그 앞을 가로막았다. 그리고 짓궂게 빗자루로 쓰레기를 마구 여생도 치마 밑으로 날려댔다. 먼지가 부옇게 일었다.

「아이고 - 」

「어메 - 」

2) 천이두, 「어둠 속에서 눈뜸 - 하근찬의 '산에 들에'론」, 『한국문학과 한』, 이우출판사, 1985, 192쪽.

두 여생도가 비명을 지르자, 용식이는 재미가 좋아서 더욱 빗자루를 재게 놀렸다.

「고노 빠가야로(이 나쁜 자식아)!」

「센세이니 유우요(선생님한테 이른다)!」

용식이는 히죽 웃으며,

「뭐, 일러? 일러 봐, 가만두능강!」했다.

「유우요, 유우요.」

「고노야로, 기미와 센세이니 분나구라레루요(이 자식, 너 선생님한테 두들겨 맞을끼다).」

그러자 용식이는 그만 빗자루를 바께쓰 물 속에 텀벙 집어넣어 냅다 휘저으며,

「이 눔으 가시나들아! 와 조선 밥 먹고 일본 똥 뀌노!」

하고, 내뱉었다.

「아이고 ─」

「선세이 ─」

그때 마침 팔에 완장을 두른 선생이 교무실 문을 열고 복도로 나왔던 것이다. 그래서 결국 용식이는 교무실로 끌려가 호된 벌을 받았다.

여생도가 물 길어 오는 것을 훼방한 것도 잘못이 크지만, 그보다도 「조선 밥 먹고 일본 똥 뀐다」는 말은 도저히 용서할 수가 없다는 것이었다. 매일 귀가 아프도록 〈고꾸고조오요오(國語 常用, 그러니까 당시는 일본어)〉를 강조하는 판국이니, 그럴 수밖에 없었다. 그런 판국이 아니라 하더라도 그 무렵 그런 말은 용납될 수 없는 것이었다.

주번 선생은 이마에 여덟 팔자를 꿈틀거리면서,

「난또? 니혼노 헤오 후꾸? 코노야로(뭐라? 일본 똥을 뀌어? 이 새끼) ─」

하면서, 마구 뺨을 갈겨댔다. 일인 교사였다.[3]

식민주의적 억압의 중요한 특징은 의사소통 기제의 조작에 있다. 일제는 학교 교육을 통하여 어린이들에게 식민지인의 의무를 반복

---

3) 하근찬, 「조랑말」, 『산울림』, 흔겨레, 1988, 248쪽.

적으로 내면화시키기 위해 소통체계를 왜곡하였다. 일제는 이른바 '중심의 복제'를 통해 지배/피지배 간의 소통체계를 확보하려는 목적으로 용어의 제도화, 곧 일본어에 국어의 지위를 부여하였다. 공식적인 교수-학습 용어로서의 일본어는 "지식 전달의 수단이었을 뿐만 아니라 명령을 내리는 매개로써, 특정 언어에 대한 복종을 요구한다는 점에서 그 자체 권력을 함축"[4]한다. 당국에 의해 공식적 지위를 획득한 일본어는 학습자의 언행을 구속하고, 사용자와 비사용자 간의 거리를 고의적으로 노출시켜서 징벌의 심급으로 작용한다. 용식이의 짓궂은 장난은 여학생들과의 언어적 이질감을 체감하는 계기로 작용한다. 그의 '와 조선 밥 먹고 일본 똥 뀌노!'라는 힐난은 지배 언어에 대한 반감을 드러내는 데 기여하지만, 여학생들의 일본어 사용과 일본인 교사의 폭력에 의해 고립된다. 이것은 언어의식의 단절을 통해서 '국어'에 복종하기를 강요하는 식민 담론의 작동 현장이다. 이러한 장면이 삽입되게 된 이면에는 작가의 국어에 대한 자각이 자리 잡고 있다.

실제로 하근찬이 전입한 전라북도 김제의 치문학교에서는 일본어의 공식적 권위를 인정하지 않았다. 그곳에서 일본어는 용납할 수 없는 "異國의 神"(「異國의 神」)이었기 때문에, 대구의 공립학교에서 일본어를 국어로 상용하던 습관이 내면화된 그에게 엄청난 충격을 안겨 주었다. 당시 식민지 어린이들은 학교에서는 일본어로 공부하고, 가정에서는 조선어로 생활하는 문화적 이중생활 속에서 원주민으로서의 문화적 열등감을 자각하도록 강요받았다. 그들에게 문화충돌을 제공한 학교 교육은 어린이들을 식민주의 담론의 재생

---

4) 김진균 외, 「일제하 보통학교와 규율」, 『근대 주체와 식민지 규율 권력』, 문화과학사, 2000, 95쪽.

산자로 양성하기 위한 일제의 제도적 실천으로, 어린이들은 무의식적으로 식민주의적 질서 체계를 습득하게 된다. 고향의 언어 환경과 달리 학교와 가정에서 동일한 언어를 사용하며 생활한다는 사실은, 일본어를 국어로 상용하는 데 익숙한 하근찬의 의식을 가격하여 「기울어지는 江」, 「老 恩師」 등에서 일본어에 대한 반감으로 표출되었다. 그에게 '국어'의 변경은 정체성의 기반을 혼란시키는 심리적 경계선이었고, 작품상으로 일제의 식민교육 담론이 작동하는 현장을 고발하도록 자극하는 원동력이었다.

한글 폐지와 함께 일제에 의해 기획된 식민 담론의 작동 사례는 운동회였다. 국내에서 운동회는 1898년 9월 1일 대한제국의 개국 기원을 기념하는 행사의 일환으로 독립협회에서 주관하였다. 주최 측은 국제 열강의 침략적 야욕 앞에서 급속히 쇠락해 가는 국운을 중흥시킬 취지로 국가적 차원의 의례 행사를 개최한 것이다. 그것은 운동회를 통해 "우리는 하나의 민족 구성원이라는 상상의 공동체를 구성한 것"[5]이었다. 그러나 일제의 식민지 지배가 본격적으로 실시되면서부터 운동회는 일사분란한 질서와 전투적 종목의 실연 등으로 굴절되기 시작하였다. 그것은 어린이들의 신체를 규율화하기 위한 일제의 검열 체제가 작동한 보기로서, 학생들의 신체는 당국의 의도에 의해 체계적으로 관리되는 항목으로 등재된 사실에 대응한다. 일제는 중일전쟁 직후부터 15세~20세의 조선 청년들을 대상으로 신체검사를 실시하고, 1942년 태평양전쟁 개시 연도에는 「학교체육진흥요강」을 발표하여 체육교육의 군사화를 노골적으로 추진하였다. 일제가 체육교육의 군사전력화를 지향하는 수단으로 체력장 검정을 실시하여 학생 체력의 표준화를 획책하는 상황에서

---

5) 이승원, 『학교의 탄생』, 휴머니스트, 2005, 186쪽.

운동회는 학교 차원의 잔치일 뿐만 아니라, 미래의 충량한 신민들을 한데 호출하는 집합의 장이었다. 특히 체조와 제식훈련, 모의전투가 결합된 운동회는 일제가 주도하는 식민교육의 정당성을 현양하기에 적합한 공간이었다.

> 가장 재미있고 우스운 경기는 〈베이에이 게끼메쓰(米英擊滅)〉라는 경기였다. 홍백 두 조로 나뉘어서 〈아메리까〉와 〈이기리수〉를 어느 쪽이 먼저 쳐부수는가 하는 망측한 경기인데, 아메리까는 루스벨트의 모형을 눈사람처럼 만들어 놓았고, 이기리수는 처칠의 모형을 만들어놓았다. 그리고 홍백 양쪽 다 수건으로 눈을 가리고, 막대기로 더듬어 가서 그것을 때리고 오는 경기였다.6)

운동회는 지역사회의 주민들에게 각종 전투 장면을 시연하는 동안, 학교 교육에 침입한 일제의 불순한 의도를 가감 없이 드러낸다. 학교는 어린이의 천진무구한 정서적 가치가 강조되면서 어린이들을 보호할 공간이 필요하여 탄생한 근대적 제도이다. 그것은 필연적으로 어린이들을 가정으로부터 단절시키는 경험의 격리를 통해 국가의 지배 담론을 체계적으로 교육하는 기관으로 학교의 기능을 변질시킨다. 그러므로 일제에 의해 설립된 관립학교는 근대 주체의 형성 기능을 삭탈당한 채, 종주국에 의해 배부된 지배 구조를 학습하는 역할을 충실히 수행하게 되는 것이다. 이런 교육목표를 달성하기 위해 식민 권력은 어린이들의 신체를 통제하기 위해 시간을 분절하고 공간을 재배치하였으며, 어린이들은 학습의 이름으로 신체를 차압당하였다. 그중에서도 운동회는 학교에서 학습한 바를 내외에 선언하는 공개된 공간이었다. 군국주의로 진행하던 일제의 입

---

6) 하근찬, 「조랑말」, 앞의 책, 258쪽.

장에서는 운동회장에서 참가자와 참관자가 함께 외치는 '미영격멸'의 구호야말로 호전적 분위기를 고양하기에 안성맞춤이었다. 일제는 '내선일체'의 명분으로 '미영'을 타자화하고, 식민지 원주민들로 하여금 타자에 대한 무조건적 증오와 결전의지를 고양하도록 운동회를 이용한 것이다.

제국주의자들은 왜곡된 의사소통 체계 속에서 반대화적이고 폐쇄적인 억압을 통해 식민지 원주민들의 문화를 지배하고, 나아가 문화적 침해가 원주민들의 문화적 허위성으로 귀착되도록 조종한다. 문화적 침해가 지배의 도구이자 결과인 셈이다. 식민주의자들이 강요한 경직된 문화 체제에서 학습한 어린이들은 어른이 된 후에도 학교에서 교육받은 '침묵의 문화'를 재현한다. 곧 일제에 의해 강제된 식민교육의 목표는 "일본이 아메리카, 이기리스(영국)에게 졌다는 바람에 겁을 집어먹고 이제 곧 아메리카, 이기리스 병정들이 와서 사람들을 모조리 잡아 죽일 것이 아닌가, 벌벌 떠는 아이들"(「그 해의 揷話」)을 양산하는 데 있었다. 일제는 운동회를 통해 어린이들에게 패배의식을 내면화하여 현실에 대한 저항 의지를 거세하는 한편, 미영제국에 대한 항전의지의 고취를 도모한 것이다. 이 점은 운동회가 "아동들이 자신의 신체를 근대국민국가의 주체=신민에 걸맞게 길러가는 장이며, 동시에 그런 식으로 길들여진 신체가 국가의 시선 앞에 빠짐없이 선보이는 장소였다"[7]는 사실을 반증한다.

이처럼 하근찬은 일제의 식민 교육이 야기한 폐해를 고발하느라 공력을 기울였다. 그는 소년 화자의 자격 요건에 알맞은 보통학교의 생활 장면을 통해 서술상의 적합성을 확보하였다. 먼저 그는 운

---

7) 吉見俊哉, 「국민의례로서의 운동회」, 吉見俊哉 외, 이태문 역, 『운동회』, 논형, 2007, 42쪽.

동회에 은닉된 일제의 식민지 경영 전략을 폭로하였다. 일제는 만국기를 게양하여 만국과 공존하는 자국의 국위를 선양하였고, 식민지 원주민들에게 국기의 공백 현장을 확인시켜서 피지배자의 지위를 각인시켜 주었다. 그것은 국기의 선택과 배열 과정에 교묘히 개입한 일제의 제국주의적 시선에 의해 기획된 것이다. 또한 일본어의 상용화는 소년들의 행동반경을 구획하였다. 그들의 언어생활은 '국어'의 승인 여부에 따라 대립하는 양상을 띠었는데, 이것은 일제가 '국어'의 교체 조치에 편승하여 부수적으로 식민지 원주민들의 내부 분열을 조장한 사례이다. 하근찬이 이 문제에 대하여 반복적으로 서술하게 된 이유인즉, 한글의 폐기가 야기한 비극적 사태를 체험했기 때문이다.

2. 부성애를 체현하는 불구의 신체

하근찬의 소설에서 전쟁의 피해자들이 거주하는 곳은 대부분 궁벽한 오지이다. 농촌은 전쟁과는 전혀 상관없는 공동체적 공간이지만, 전쟁은 전근대적 질서가 지배하는 그곳도 충격하였다. 작가 스스로 "전쟁이나 역사의 흐름 같은 것과는 아무 상관도 없는 시골 사람들, 무고한 농촌 사람들이 겪은 수난"(「전쟁의 아픔, 기타」)을 집중적으로 조명한 이유를 술회했듯이, 그가 전쟁의 후일담을 서술하게 된 동기는 주체의 의지와 무관하게 타자에 의해 일방적으로 전쟁에 소집된 민중들의 현실 조건을 탐색하기 위한 작가의식의 발로이다. 하근찬은 한국전쟁을 배경으로 한 작품들에서 한 인물에게 초점이 고정되는 내적 초점화 방식을 주로 사용하여 스토리 세계의 객관성을 도모하였다. 그는 성년기에 목도했던 한국전쟁의 양상을 객관적 시점에서 서술하여 전쟁의 야만성을 폭로하는 데 성공하고 있다. 그의 소설에 나타난 서술상 특징으로 거론되는 "단문주의(單文主義), 간결한 문체, 보여주기(showing)의 기법, 작중인물에 대한 작가적 개입의 철저한 배제"[8] 등은 이러한 작법에서 비롯된 것이다. 그의 서술 전략은 '박만도와 아들 진수'(「受難 二代」), '두칠이'(「나룻배 이야기」), '동길이 아버지'(「흰 종이수염」) 등, 상이군인을 통해 전쟁의 폭력성을 고발하는 데 집중되었다. 그들의 신체에 각인된 불구성은 전적으로 전쟁의 희생자로서 시대의 비극적 상황에 연루된 민중들의 생존 조건을 증거한다. 신체가 온전한 자는 죽고 불구자들만 살아남아서 전쟁의 후유증을 증언하는 방식을 통해 하근찬은 소기의 성과를 거두고 있다.

그의 문제작 「受難 二代」는 태평양전쟁과 한국전쟁 통에 수족의 일부를 상실한 부자의 이야기이다. 전쟁은 기존의 질서체계를 파괴할 뿐만 아니라, 자유의사에 반하여 민중의 참전을 강권한다. 아버지 박만도는 일제에 징용으로 끌려갔다가 팔 하나를 잃었고, 아들 박진수는 한국전쟁 중 수류탄 파편으로 다리 하나를 잃었다. 자기 의사와 무관하게 이대에 걸쳐서 상이용사가 된 부자의 신체는, 전흔의 치유에 소요되는 기간이 누대에 걸쳐 진행될 수밖에 없는 전쟁의 초시간성을 드러내는 역사적 표지이다. 이민족에 의해 강제 징용되었다가 팔을 절단당한 아버지와 공허한 이념의 충돌 전쟁에 징집되어 다리를 절단한 아들의 신체는 유린당한 국토의 불임상태를 환유한다. 곧 전쟁에 의해 불구화된 부자의 신체는 "일제 치하의 수탈과 연이은 6·25로 지리멸렬된 국토의 상징"[9]으로, 부자간

---

8) 조남현, 「단문과 보여주기의 저력 – 하근찬론」, 『지성의 통풍을 위한 문학』, 평민사, 1985, 171쪽.

의 전쟁 체험은 화해의지를 잉태하지 못하도록 억압한다. 전쟁은 태생적으로 폭력적이고, 민중들에게 그 피해를 감당하도록 강요한다. 전쟁은 민족의 상이 여부에 상관없이 인간의 천부적인 신체의 자유를 훼손하는 생생한 현장인 것이다. 작가는 기막힌 사연을 가진 부자를 통해 전쟁의 비극적 결과를 고발하면서도, 후유증을 애정으로 치유하는 인간의 의지를 감동적으로 그려내고 있다.

> 개천 둑에 이르렀다. 외나무다리가 놓여 있는 그 시냇물이다. 진수는 슬그머니 걱정이 되었다. 물은 그렇게 깊은 것 같지 않지만, 밑바닥이 모래흙이어서 지팡이를 짚고 건너가기가 만만할 것 같지 않았기 때문이다. 외나무다리는 도저히 건너갈 재주가 없고…… 진수는 하는 수 없이 둑에 퍼지르고 앉아서 바짓가랑이를 걷어 올리기 시작했다.
>
> 만도는 잠시 멀뚱히 서서 아들의 하는 양을 내려다보고 있다가,
>
> 「진수야, 그만 두고, 자아, 업자.」
>
> 하는 것이었다.
>
> 「업고 건너면 일이 다 되는 거 아니가. 자아, 이거 받아라.」
>
> 고등어묶음을 진수 앞으로 내민다.
>
> 진수는 퍽 난처해하면서 못 이기는 듯이 그것을 받아들었다. 만도는 등어리를 아들 앞에 갖다대고 하나밖에 없는 팔을 뒤로 버쩍 내밀며,
>
> 「자아, 어서.」
>
> 했다.
>
> 진수는 지팡이와 고등어를 각각 한 손에 쥐고, 아버지의 등어리로 가서 슬그머니 업혔다. 만도는 팔뚝을 뒤로 돌리면서 아들의 하나뿐인 다리를 꼭 안았다.[10]

서술자는 인용 장면에 앞서 "그는 외나무다리를 조심히 다녔

9) 이경수, 「한의 예술적 승화 - 「受難二代」와 『夜壺』」, 권영민 편, 『한국현대작가연구』, 문학사상사, 1993, 163쪽.

10) 하근찬, 「受難 二代」, 앞의 책, 28쪽.

다……그는 이 외나무다리를 퍽 조심했다"고 반복함으로써, 거동이 불편한 초점화자 박만도의 행동을 강조하는 동시에 진수의 다리 불구를 예징하고 있다. 외나무다리 앞에서 '아들의 하나뿐인 다리'를 꼭 안으며 등을 내미는 팔이 불편한 아버지를 통해 작품의 비극미는 고조되고, 세대 간의 화해는 이루어진다. 서술자는 화해의 완성을 위해 초점을 이동하여 "나까정 이렇게 되다니, 아부지도 참 복도 더럽게 없지. 차라리 내가 죽어버렸더라면 나았을 낀데"라며 자책하는 진수의 소회를 들려준다. 서술자의 일시적인 초점 이동은 부자가 서로를 배려하는 애정을 표출하는 단서로 작용한다. 곧 초점화 변경은 비인간적 전쟁의 폭력성을 인간적 애정으로 예방하고 극복할 수 있다는 작가의식을 드러내려는 서술 전략이다. 하지만 "눈 앞에 우뚝 솟은 용머리재가 이 광경을 가만히 내려다보고 있었다"는 결구에서 짐작할 수 있듯이, 화해는 부자간에 국한되고 사회의 화해는 완강하게 거부된다. 전쟁으로 인해 신체의 일부가 훼손된 그들은 "권리와 수혜에 있어서 완전히 소외된 인물들에게 주체성이라는 미명을 선사하고, 그 대상으로서 불행의 책임을 전가하는 잔인한 거래의 배면을 밝힘으로써, 화해가 애초부터 불가능한 상황"11)을 보증하는 인물들이다. 하근찬은 그로테스크한 부자의 상봉과 외나무다리 건너기를 통해 도저히 용납할 수 없는 전쟁의 만행을 고발하고 있는 것이다.

비록 불구화된 신체를 지녔을지언정, 부자간의 윤리는 변하지 않아야 한다는 작가의 주장은 「흰 종이수염」에서도 계속된다. 동길이는 사친회비를 미납하여 학교에서 쫓겨난 뒤에 집으로 돌아와서 아버지가 팔 하나를 잃고 귀가한 사실을 알게 된다. 2년 만에 돌아

---

11) 유종호, 「화해의 거부 – 하근찬」, 『비순수의 선언: 유종호전집 1』, 민음사, 1995, 421쪽.

온 아버지는 신체의 불구로 인해 목수일 대신에 흰 종이수염을 달고 극장의 샌드위치맨으로 변신하게 된다. 동길은 오른팔이 없는 불구의 몸으로 가족의 생계를 위해 분장하고 호객하는 아버지의 흰 종이수염을 건드리는 친구와 싸움을 벌인다. 이 대목에서 서술자는 부자간의 화해를 위해 동길을 초점화자로 내세운다. 아들의 시선을 외면하던 아버지는 돌발 상황에 당황하게 되고, 작품의 서사는 결말을 향해 나아간다. 작가는 아버지를 애써 외면하는 동길의 변화된 행동을 통해 부자간의 소박하고 절대적인 윤리적 의미를 환기시킨다. 그것은 역으로 전쟁의 반인륜적인 만행을 폭로하는 행위에 다름 아니다.

> 「아아 오늘밤에는 쌍권총입니다.」
> 「아아 쌍권총을 든 사나이 재미가 있읍니다.」
> 이런 소리에 섞여 분명히,
> 「동길아! 너그 아부지다. 느그 아부지 참 멋쟁이다.」
> 하는 소리가 동길이의 귓전을 때렸다. 용돌이란 놈의 목소리에 틀림없었다.
> 동길이는 온몸의 피가 얼굴로 치솟는 듯했다. 주먹으로 아무렇게나 눈물을 뿌리쳤다. 뿌옇던 눈앞이 확 트이며 얼른 눈에 들어온 것은 소리를 지른 용돌이가 아닌 창식이란 놈이었다. 요놈이 나무꼬쟁이를 가지고 아버지의 수염을 곧장 건드리면서,
> 「진짜 앙이다야. 종이로 만든 거다. 종이로.」
> 하고, 켈켈 웃어대는 것이 아닌가.
> 동길이는 가슴속에 불이 확 붙는 것 같았다. 순간 동길이의 눈은 매섭게 빛났다. 이미 물불을 가릴 계제가 아니었다.
> 삵괭이처럼 내달을 따름이었다.
> 「으악!」
> 비명소리와 함께 길바닥에 나가떨어진 것은 물론 창식이었다.[12]

하근찬은 전쟁의 상처를 신체에 새긴 채 비참하게 생활하는 민중들의 실상을 도저히 외면할 수 없었다. 아버지가 자식의 친구들에게까지 희롱되는 참담한 현실은 순전히 전쟁으로 인한 것이다. 아버지는 식솔들의 호구를 마련하기 위해 가장으로서의 권위를 기각하지만, 그것은 불구성을 각인한 신체의 소유자로서 선택의 여지가 없었다. 불구화된 신체로 인해 자존심까지 철회해야 하는 아버지의 처지는 동길의 싸움으로 새로운 국면에 접어든다. 이 작품에서 부자간에 이루어지는 동정심은 「수난이대」의 부자가 보여 주는 화해와는 성격을 달리 한다. 그것은 동길이가 온전한 신체를 소유한 미참전 세대라는 사실과 결부된다. 그는 아버지의 전쟁 체험을 이해할 만한 연령에 도달하지 못했으므로, 불구의 신체에 각인된 비극성을 포용할 수 없었다. 그럼에도 불구하고 작가는 아버지에 대한 자식의 태도가 불변하기를 간절하게 소망한다. 비록 신체상의 불구를 원상회복할 수는 없다고 할지라도, 부자간의 인륜은 어떠한 경우에도 훼손되지 않기를 바라는 하근찬의 신념이 시적 정의를 재현한 것이다. 그의 기대는 「나룻배 이야기」에서도 동일한 시각을 견지하며 반복된다. 초점화자 삼바우는 지뢰 사고로 한 눈과 한 팔을 잃고 얼굴마저 일그러진 두칠을 보고 경악한다. 일찍이 갑분이의 신랑감으로 점찍었던 순실한 총각의 불구된 신체를 보고, 그는 "멀쩡한 놈을 데려다가 저게 무슨 꼬라지고, 세상에……"라며 예기치 못한 상황을 맞은 딸의 혼사를 걱정한다. 전쟁은 필부들의 평범한 대소사까지 개입하여 파괴해 버리는 것이다. 상이용사가 된 두칠은 갑분과 부부의 연을 맺을 수 없을 뿐만 아니라, 남녀는 각기 다른 삶의 세계로 편입된다.

---

12) 하근찬, 「흰 종이수염」, 앞의 책, 45쪽.

이와 같이 전쟁은 인간의 신체를 직접적으로 구속하여 삶의 내용을 결정해 버리는 정치행위이다. 국민들의 신체를 소유하기 위한 국가 권력의 횡포는 민중들의 전쟁 동원으로 실현된다. 전쟁은 이념의 충돌로 빚어진 것이지만, 이념의 영향권으로부터 멀리 떨어져 있는 평범한 사람들의 신체를 전리품으로 요구한다. 그러므로 한국전쟁을 다룬 하근찬의 소설에서 우선적으로 문제시되는 것은 신체이다. 이런 까닭에 그의 소설에서는 이념보다 인간의 생존조건이 우선시되며, 불구화된 신체의 소유자들은 한결같이 농촌 출신이다. 그들은 손상당한 신체와 정신적 상처를 농촌공동체의 순환적 시간 속에서 생의 의지를 재생하게 된다. 이런 맥락에서 하근찬의 소설들은 시대의 충실한 증언이다. 본의와 전혀 무관하게 전쟁과 연루된 생을 영위했던 그가 체험한 전쟁의 소설적 기록들은 "도대체 사람을 죽이고 집을 불태우고 남의 신세를 망쳐버리는 그놈의 전쟁을 무엇 때문에 하는 것인지 도무지 알 수가 없었다"는 갑례의 한이 온축된 『夜壺』(지식산업사, 1987) 전 3권에 이르러 집성되었다. 그녀의 분노에 찬 발언이야말로 작가가 소설적 기록을 작성하게 된 근본적인 이유이고, 전쟁으로 점철된 불우한 그녀의 신체적 외상과 심리적 상흔을 치유하는 일은 여전히 동시대의 독자들이 감당해야 할 채무이다. 하근찬의 소설에서 전쟁은 상이용사들의 신체에 기억된 불구성을 통해 "이미 다른 서사를 살아가고 있는 자에게 틀림없이 완결되었을 서사가 사실은 전혀 끝나지 않았다는 것을, 즉 사건이 다시 현재형으로 계속되고 있다는 것을 증명"[13]한다. 이 점이야말로 그의 소설이 여전히 문제작으로 거론되어야 할 이유이다.

---

13) 岡眞理, 김병구 역, 『기억·서사』, 소명출판, 2004, 126쪽.

3. 본래적 질서를 욕망하는 신체

한국소설사에서 병리학적 증후군을 본격적으로 탐구하기 시작한 것은 전후 작가들이다. 소설 작품에서 정신적 병리현상은 신체적 질병과 마찬가지로 "전쟁과 관련된 충격과 공동 체험, 시대적(역사적)·정치적·사회적인 환경과 상황 및 사회경제적 구조가 주는 고통스런 압력과 긴장이 병인"[14]이었다. 전후 작가에 속하는 하근찬의 소설에서 두루 발견되는 신체적 불구와 함께 정신적 외상의 흔적이 발견되는 것도 예외가 아니다. 전쟁을 통해 인간의 신체는 국가 권력에 의한 점유 공간으로 전락하였고, 국가 권력은 주체의 의지에 반하여 신체를 영토화할 수 있는 가능성을 구체적으로 보여 주었다. 하근찬은 이러한 권력의 속성을 폭로하면서, 신체에 부과된 정치적 의미 하중에 억압된 민중들의 심리적 상흔을 배설을 통해 치유하고자 노력하였다. 이 점에서 그는 다른 전후작가들의 작품 성향과 차이를 보인다. 배설은 그의 소설작품에서 등장인물들에게 신체 내 내용물의 제거작용으로 인한 쾌락을 제공하기도 하고, 권력을 향한 민중들의 야유를 내포하기도 한다. 그의 작품에서 신체의 불구 못지않게 배설행위가 중요한 의미를 띠는 이유이다.

> 만도는 물기슭에 내려가서 쭈그리고 앉아 한 손으로 고의춤을 풀어 헤쳤다. 오줌을 찌익 갈기는 것이다. 거울면처럼 맑은 물 위에 오줌이 가서 부글부글 끓어오르며 뿌우연 거품을 이루니 여기저기서 물고기떼가 모여든다. 제법 엄지손가락만씩한 피라미도 여러 마리다. 한 바가지 잡아서 회 쳐놓고 한 잔 쭈욱 들이켰으면……. 군침이 목구멍에서 꿀꺽했다. 고기떼를 향해서 마른 코를 팽팽 풀어던지고, 그는 외나무다리를 조심히 디뎠다.[15]

---

14) 이재선, 『현대한국소설사: 1945 - 1990』, 민음사, 1994, 244쪽.

볼일을 다 보고 난 덕이네는 일어나 옷을 여몄다. 그리고 현관을 내려와 뒤를 돌아보았다. 네모반듯한 시멘트의 한복판에 뜨뜻한 것이 한 무더기 모락모락 김을 올리고 있었다. 달빛이 그것을 비스듬히 비추고 있었다.

「히히히…… 문둥이 자식. 내일 출근하다가 저걸 물컹 밟아야 될 낀데….」

덕이네는 이제 반분쯤은 풀리는 듯했다. 얼른얼른 걸음을 떼 놓았다. 닭 우는 소리가 들려오고 있었다.16)

위의 인용례 외에도 삼바우의 방뇨(「나룻배 이야기」), 판수의 방뇨(「哄笑」), 갑례의 방뇨(『夜壺』) 등에서 보는 바와 같이, 하근찬은 방뇨와 방분행위를 통해 극적 긴장감을 일시적으로 해방하면서 서사의 진행을 지연시킨다. 그들의 배설은 '한 바가지 잡어서 회 쳐 놓고 한 잔 쭈욱 들이'기고 싶은 슬픈 해학적 욕망과 '내일 출근하다가 저걸 물컹 밟아'버리기를 소망하는 소박한 복수심의 대체행위이다.17) 만도의 방뇨는 전쟁에 의해 억압된 심리 상태를 보여 준다. 전쟁은 신체의 생리적 현상마저도 통제하여 필부들의 신체를 소유하려고 시도하는 것이다. 만도의 신체는 이미 일제에 의해 점령된 영토이지만, 그는 방뇨를 통해 탈영토화를 시도하며 억눌린 욕망을 발산한다. 그에 비해 덕이네의 방분은 전쟁이 민중들의 일방적 희생을 전제로 성립하는 가장 비인간적 사건이라는 사실을 강조한다. 덕이네는 17세에 돌림병으로 과부가 되었다가, 둘째 남편마저 북해도 탄광으로 징용된 후 생사불명 상태이다. 그녀는 외아들 호덕의 징집을 피하기 위해 노력하지만, 성적 매력을 상실한

---

15) 하근찬, 「受難 二代」, 앞의 책, 18쪽.

16) 하근찬, 「糞」, 위의 책, 71쪽.

17) 하근찬의 소설 작품에 장치된 아이러니와 해학성 등의 수사적 책략들은 별고를 요할 정도로 다발적이다. 그는 이러한 요소들을 적절하게 활용하여 미적 성취를 기하고 있다.

가난한 과부의 부탁은 면장에 의해 기각된다. 이처럼 두 인물의 심신에 각인된 상처는 방뇨와 방분 행위로 치유될 수 없을 만큼 깊다. 다만 두 사람의 배설에 의해 전쟁 중의 긴박한 시간이 지연되는데, 이것은 두 사람의 배설이 갖는 의미가 시간에 의해 성격이 갈라지게 된다는 소설적 사실을 노정한다. 이것은 작가의 치밀한 시간 설정이 가져다 준 변별점이다.

이와 달리 「붉은 언덕」에서 연이의 방뇨 행위는 과거 단절적 시간관에 지배되어 죽음과 상관된다. 이 작품에서 '붉은 언덕'은 진달래꽃이 흐드러지게 핀 곳으로, 한국전쟁 중에 치열한 교전 때문에 국군과 인민군의 사체가 즐비하던 과거의 사건을 망각한 장소이다. 곧 "지금은 이제 아무도 그때의 일을 기억하려 들지 않았다"는 그곳을 국민학생들은 "매일같이 즐겁게 언덕을 넘어 학교에 오가곤" 한다. 예전의 '붉은 언덕'은 전몰 군인들이 흘린 피로 만들어진 언덕이었지만, 지금은 진달래꽃이 무더기로 피어 '붉은 언덕'인 것이다. 이렇게 현재와 과거가 단절된 '붉은 언덕'의 시간은 연이의 친구들이 수류탄 폭발 사고에 의해 '진달래 꽃빛보다 훨씬 붉은 빛깔'로 죽으면서 비로소 정치적 사건에 연루된 '붉은 언덕'으로 변모한다. 산야의 보잘 것 없는 언덕이 전쟁의 개입에 의해 역사적 장소로 전환되는 것이다. 그 와중에 소년들은 어이없는 죽음을 맞고, 한 소녀는 치유 불가능한 정신적 상처를 입었다.

> 그리고 잠시 후 연이는,
> 「아이 오줌 매라라.」
> 하고, 자리를 떴다. 발갛게 타는 진달래꽃 덤불을 헤치고 가서, 연이는 치마를 걷어 올리고 꽃나무 그늘에 앉는다. 쪼그리고 앉아서 찍 볼일을 보기 시작했다. 그렇게 볼일을 보고 있던 연이는 그만 뒤로 벌떡 나가떨

어지고 말았다. 정말 뜻밖의 일이었다. 난데없이, 꽝! 귀청을 찢는 듯한 소리가 나더니, 땅바닥이 들썩했던 것이다.

얼마 후, 연이는 비슬비슬 자리에서 일어나기는 했으나, 귀가 멍하고 눈앞이 어질어질하기만 했다. 누던 오줌 같은 것은 어디로 쑥 들어갔는 지…… 도무지 정신을 차릴 수가 없었다. 가까스로 걸음을 옮겨 꽃덤불을 헤치고 나가던 연이는 그만 그 자리에서 우뚝 멈추어 서고 말았다. 그리고 두 눈을 무섭도록 번쩍 뜨고, 입을 딱 벌렸다. 잠시 그런 표정을 하고 있던 연이는 그만,「악─」새파랗게 질려 소리를 쳤다. 윤길이와 인수는 간 곳이 없고, 사람의 대가리와 몸뚱이와 팔다리가 뒹굴고 있는 것이었다. 진달래 꽃빛보다 훨씬 붉은 빛깔에 젖어 아직도 꿈틀거리고 있는 것이었다.18)

연이와 윤길이는 유 선생이 진달래꽃이 핀 언덕에 금덩어리가 묻혀 있을 것이라는 말을 듣고, 땅속에서 보물을 찾아 공책이나 운동화를 살 욕심으로 땅을 파서 솔방울 같은 물건을 찾아낸다. 그것이 불발된 수류탄인 줄 모르는 아이들은 보물이라고 여기고 만지작거리다가 안전핀을 뽑아 버린다. 그들은 수류탄이 터져 죽고, 용변을 보기 위해 자리를 뜬 연이만 살아남는다. 연이는 친구들의 '대가리와 몸뚱이와 팔다리가 뒹굴고 있는 것'을 목도하고 이상 증세를 보이다가 외국교육사절단이 참관한 연구수업 중에 비명을 지르고, 참관한 외국인에 의해 문제아로 낙인찍힌다. 그녀의 이상 행동은 유 선생이 강조한 '아름다운 언덕'의 실체를 알게 된 충격과 수업 공개라는 긴장 상황, 외국인의 시선을 마주하게 된 낯선 체험이 순간적으로 복합 작용하여 촉발된 것이다. 외국인의 시선에 의해 그녀의 비명이 정신이상 증세로 규정되는 찰나, 연이를 강박하는 권력의 실체는 은폐된다. 그녀의 발작은 "무의식에 깊이 각인된

---

18) 하근찬, 「붉은 언덕」, 앞의 책, 111쪽.

기억의 시각적 형식이 몽상, 환상, 상상으로 발현하는 것"[19]으로, 학습 장면에 개입하여 새로운 기억의 형성을 훼방한다. 이미 시간의 연속선상에서 일탈한 그녀의 기억 속에서 학습 경험은 파지될 수 없다. 그녀에게 누적되는 학습 결손을 치료하기 위해서는 근본적인 대증요법이 필요하지만, 권력은 그녀의 이상 증세를 규정할 뿐 치료책을 모색하지 않는다. 이처럼 무책임한 권력의 위선은 전쟁의 폭력성을 정당화하는 데 기여할 뿐이다.

다른 작품들과 달리, 연이의 방뇨 행위는 작중인물의 카타르시스로 승화되지 못하고 정신착란증세로 나타난다. 연이의 시간은 파편적으로 구성되어 역사에 편입된다. 그녀의 경험기억은 시간의 단층 속에서 한국전쟁과 조우하지만, 현재의 비극적 사태를 담당하며 정신이상으로 체현된다. 연이는 역사적 시간에 연루되어 있으면서도, 그에 관해 발언할 수 있는 권리를 삭탈당한 것이다. 연이의 기억이 정상적 상황에서 형성된 것이라면, 방뇨는 연이의 억압된 심리를 해소해 주는 수단으로 작용해야 맞다. 그렇지만 또래의 죽음과 방뇨가 연결되면서 그녀의 기억은 단층적 시간을 이루어 인물들을 파국으로 견인하였다. 그것은 순전히 전쟁 체험의 부작용이다. 만도 부자와 같은 참전용사를 위시하여 「왕릉과 주둔군」의 금례 같은 여인에게까지 무차별적으로 각인된 전쟁의 기억은 '지금―여기'에서 국군의 해외 파병으로 인한 부상자 속출과 미군에 의한 부녀자 강간 등, 여전히 현실적인 문제 상황과 직면한다. 이런 측면에서 하근찬의 소설에 나타난 신체의 불구성은 전쟁의 비극에 대한 국가 권력의 위선을 지속적으로 성찰하기를 요구하고 있다. 전쟁은 본질적으로 권력의 기획이기 때문에, 피해는 언제나 민중의 몫으로

---

19) 변학수, 『문학적 기억의 탄생』, 열린책들, 2008, 64쪽.

귀속된다는 평범한 진리를 그의 소설은 반복하여 확인시켜 준다.

Ⅲ. 결 론

위에서 살핀 바와 같이, 하근찬은 전쟁의 비극을 꾸준히 천착한 작가이다. 그가 근대 주체를 생산하는 기능을 수행하는 학교를 식민 담론의 재생산 공간으로 파악하게 된 것은, 식민지 체험과 함께 고유한 사유체계의 형성 기회를 박탈당한 유년기의 추억과 관련되어 있다. 특히 그의 소년기는 일제의 식민 교육 담론이 학교 교육의 전 과정에 개입하여 어린이들의 신체를 구속하던 시기였다. 신체를 압류당한 어린이들은 정상적으로 자아정체성을 형성할 수 없었고, 궁극적으로 일제가 강요한 식민 담론을 내면화하는 모습으로 귀착되었다. 이에 비하여 한국전쟁을 취급한 작품에서 그는 전쟁의 야만성을 폭로하는 경지에서 나아가 농경 사회적 공동체의 순환적 시간이 지배하는 원시적 질서를 추구하였다. 그의 작품에서 신체의 불구 상태를 수용하는 농촌의 공간성이 옹호되었던 이유이다. 농촌은 자발적 의사와 무관하게 참전하여 생애를 차압당하는 민중들의 구체적 삶의 터전이며, 동시에 민족의 원형적 질서가 상존하는 곳이다. 한국전쟁은 결과적으로 전통적 가치를 간직하고 있던 농촌의 해체를 야기하였고, 작가는 농촌에 내재된 기존 질서의 파괴현상을 상이용사들의 신체를 통해 폭로한 셈이다.

하근찬은 1931년 만주사변이 발발한 해에 태어나서 1937년 중일전쟁을 목도하고, 초등학교 시절에 태평양전쟁을 겪었으며, 한국전쟁 중에는 국민방위군으로 복무하였다. 한 인간의 성장기에 집중적으로 일어난 전쟁은 그에게 전쟁의 폭력성과 권력의 위선에 대한 통찰을 숙명적으로 요구하기 마련이다. 이에 하근찬은 자신의 전쟁 체험을 충실하게 소설적 기록으로 보존하여 생애를 요약하였다. 그에게 전쟁은 인간의 비인간성이 드러나는 역사적 시간이었고, 학교는 교육의 식민성이 구현되는 정치적 공간이었다. 곧 그가 집요하게 추구한 전쟁은 학교와 함께 합리적 이성의 비인간성을 노정시킨 계기였다. 근대의 이름으로 도입된 학교 교육은 식민교육 당국의 기획으로 자아의 정상적 발달을 왜곡하였고, 미성숙한 어린이들의 신체를 공간적으로 분할하여 배치하고 조종하였다. 이런 측면에서 한국전쟁이 신체에 가한 폭력성도 예외가 아니다. 비록 이민족의 강요에 의한 전쟁은 아니었다고 할지라도, 그것이 민중들의 신체를 점유하여 불구화시킨 죄과는 정당화될 수 없다. 세상의 모든 전쟁은 서둘러 폐기되어야 한다는 자명한 사실을, 하근찬은 소설적 성과를 제시하며 요구하고 있는 것이다.

참고문헌

〈기본 자료〉

하근찬, 『夜壺·1-3』, 지식산업사, 1987.
하근찬, 『산울림』, 흔겨레, 1988.

〈단행본 및 논문〉

김진균 외, 「일제하 보통학교와 규율」, 『근대 주체와 식민지 규율 권력』,
　　　문화과학사, 2000.
변학수, 『문학적 기억의 탄생』, 열린책들, 2008.
유종호, 『비순수의 선언: 유종호전집 1』, 민음사, 1995.
이경수, 「한의 예술적 승화-「受難二代」와 『夜壺』」, 권영민 편, 『한국
　　　현대작가연구』, 문학사상사, 1993.
이승원, 『학교의 탄생』, 휴머니스트, 2005.
이재선, 『현대한국소설사: 1945-1990』, 민음사, 1994.
조남현, 『지성의 통풍을 위한 문학』, 평민사, 1985.
천이두, 『한국문학과 한』, 이우출판사, 1985.
吉見俊哉, 「국민의례로서의 운동회」, 吉見俊哉 외, 이태문 역, 『운동회』,
　　　논형, 2007.
岡眞理, 김병구 역, 『기억·서사』, 소명출판, 2004.
Jürgen Osterhammel, 박은영·이유재 역, 『식민주의』, 역사비평사, 2006.

정치의 위선에 대한 소설적 질문

- 최일남론

정치의 위선에 대한 소설적 질문

─최일남론

Ⅰ. 서 론

정치는 기성세대에게만 국한되는 것이 아니다. 그것이 공식적 사회 제도인 이상, 정치는 나이 어린 사람들에게도 관련된다. 특히 한국에서는 이민족의 지배를 받던 식민지시대에 어린 사람들의 정치적 자유가 박탈되었고, 한국전쟁 중에는 그들의 신체를 차압하기도 했다. 비록 미성숙한 어린이라고 해도 정치와 무관한 것은 아니라는 사실을 역사적 경험에서 확인할 수 있다. 그러므로 정치는 어린 시절부터 당면하게 되는 사회현상의 일종으로 파악해야 한다. 미성년자들이 정치 현상에 무관심한 것은 아니라, 단지 나이가 어리다는 이유로 그들의 정치적 경험은 구체화되지 못했을 뿐이다. 그들의 정치적 권리는 유권자가 아니라는 이유로 외면되기 일쑤였던 것이 현실이다. 장차 민주시민으로 자라나서 이 나라의 정치를 주도할 역량을 갖춰야 할 그들이 정치 현상을 습득하기에 적합한 장르는 소설이다. 소설은 다양한 인물들이 교차 출현하면서 상이한 가치관의 갈등 속에서 서사가 진행되는 까닭에, 정치 현상의 일정 국면을 수용하기에 알맞다. 따라서 미래의 성인들에게 정치적 예비지식을 학습시킬 수 있는 소설적 방안을 모색할 필요가 있다.

문학과 정치는 상이한 별개의 영역인 듯하지만, 상호 영역을 존중하면서 중복되고 통합하며 더불어 존재하는 사회적 제도이다. 양자의 친연관계가 과도하게 형성되면 문학의 자율성이 억압되고, 소원한 관계를 유지하면 문학의 책무성이 무력해진다. 양자는 서로 감시하고 견제하면서도 교섭을 허용하며 상시 긴장 상태를 지탱해야 한다. 그러기 위해서는 문학작품에서 정치적 사태를 정면으로 취급하기보다는, 등장인물의 성격화 과정 등을 거쳐 우회적으로 접근하는 편이 타당하다. 예로부터 작가들은 저마다 소설 속에 정치적 상황을 배경으로 설정하거나, 자신의 정치적 신념을 직간접적으로 전달하기도 한다. 그리하여 작가들은 정치가들에게 요주의 인물로 낙인당해 소설들이 금서 목록에 등재되는 등, 각종 정치적 수난을 당하기도 했다. 특히 소설은 "정치적 메커니즘 속에서 그에 대한 비평을 하는데 있어서 가장 잘 만들어진 도구"[1]라는 점에서 정치 상황의 묘사와 세태의 변화를 다루기에 적합한 장르적 속성을 갖고 있는데, 그에 적합한 사례를 최일남에게서 찾아볼 수 있다.

최일남은 1932년 전주에서 태어나 전주사범학교를 거쳐 서울대학교 국문과를 1956년에 졸업하였다. 1953년 『문예』에 「쑥 이야기」가 추천되고, 1956년 『현대문학』에 소설 「爬痒」이 추천되어 등단하였다. 등단 후에는 창작활동을 거의 중단하였다가, 1973년부터 본격적인 활동을 재개하면서 창작활동과 언론활동을 병행하였다. 1970년대에 이르러서야 최일남적인 소설 색채를 띤 작품들을 발표

---

1) Paule Petitier, 이종민 역, 『문학과 정치사상』, 동문선, 2002, 116쪽.

하기 시작했다는 평단의 평가는 이에 주목한 것이다. 그는 급격한 도시화와 산업화가 이루어진 이 시기에 이른바 '출세한 촌놈들'이 겪는 이야기를 집중적으로 소설화하였다. 도시에 비해 낙후된 고향과 고향의 희생 위에서 출세한 사람들이 필연적으로 느끼게 되는 부채의식은 이 시기 그의 소설에서 즐겨 출현하던 주제였다. 그러다가 1980년대 들어 군사정권의 언론 통제 정책에 의해 해직되는 아픔을 겪었다가 1984년에 복직한 이후, 그는 날카로운 역사 감각과 현실 비판의식을 전면에 드러내었다. 그러나 그는 명료한 사회 비판적 메시지를 함축하면서도 날카로운 공격이 아니라 해학적인 문체를 살려 건전한 상식의 세계를 온건한 어조로 이야기한다. 그가 비록 온건하게 정치적 상황을 시비한다고 하더라도, 그 속사정은 여간 만만하지 않다. 그가 온건 화법을 동원하게 된 배경은 전적으로 등장인물의 소시민성에 기인한 것이지만, 그들은 실생활에서 직접적으로 정치적 영향을 입는 민초들이란 점에서 도리어 사실성을 확보하는 데 적격이다.

그는 소설가이며 언론인이었다. 암울한 1980년대의 군사독재시대에 『동아일보』 지면에 연재되던 그의 칼럼은 같은 지면의 '김중배 칼럼'과 함께 동시대인들에게 산 자의 자세를 경계해 주었다. 행간에 은닉한 그의 의도를 살피면서 시대적 정황을 고려해 읽노라면, 지식인이 취해야 할 성찰적 삶이 지향할 방향을 결의할 수 있었다. 그는 시대의 증언자로서 솔선하는 기자의 표상이었으며, 지식인의 글쓰기가 선행해야 할 엄숙한 자기검열을 스스로 실천하였다. 그가 기자와 소설가를 겸행한 경력은 이광수, 염상섭, 현진건 등으로부터 시작하여 선우휘 등으로 이어지는 문학사의 전통을 계승한 것이다. 그의 언론사 재직 경력은 소설에서 정치적 관심을 소홀히 하지 못하도록 추동하는 은밀한 욕망이었으며, 그로 하여금 "가깝고도 먼 사람들 사이에 끼어 있을망정 갈수록 화제의 중심에서 벗어나기 쉬운 세계를 어떻든 이렇게 저렇게 기웃거린 셈"[2)]에 지나지 않는 소설쓰기를 재촉하였다. 그의 소설은 사회현상에 관한 소설적 관심을 정치적 상황에 적절히 용해했다고 해도 과언이 아니다. 그만큼 최일남의 소설작품들은 정치적 조건과 긴밀하게 대응한다.

한국전쟁을 직접 체험했으면서도 최일남은 전후에 대두되었던 여러 가지의 문제 사태에 관심을 표명하지 않았다. 그보다는 작품 활동을 다시 시작한 1970년대의 현실적 단면들을 집중적으로 포착하였다. 이 시기는 폭력적 정권 찬탈 행위를 합리화하기 위한 군사정권의 경제개발계획이 실행되면서 사회의 전 부문에 걸쳐 모순이 구조화되던 시기였다. 그는 시대 상황을 소설적 상황으로 전이하여 작품의 배경으로 설정하였는바, 그것들을 통해서 사회를 충격하는 정치메커니즘을 효율적으로 드러내었다. 그의 소년소설에 속하는 「진달래」와 「노새 두 마리」 역시 그런 범주에서 벗어나지 않는다. 전자는 당선작 「쑥 이야기」의 계보를 이으면서, 이념의 대결 국면을 청산하지 못한 채 궁핍상을 심화시키는 정치적 무능을 취급하고 있다. 후자는 1970년대 그의 소설에서 집중적으로 천착했던 서민들의 일상을 지배하는 경제 개발 논리의 후미진 이면을 보여 준다. 양자는 최일남의 소설에서 줄기차게 문제시되는 기층 민중들의 일상을 결정하는 정치의 후진성을 폭로한다는 점에서, 그의 소설적 특징을 살펴보기에 적합하다.

소년소설에 관한 논의에서 정치적 문제를 취급하는 것은 다분히 도발적이다. 지금까지 사회 구성원들 간에는 암묵적으로 나이 어린

---

2) 최일남, 「작가 후기」, 『아주 느린 시간』, 문학동네, 2000, 310쪽.

사람들과 정치는 별로 상관없는 것처럼 합의된 것이 부인할 수 없는 사실이다. 그렇다고 하더라도 사회적 현실의 재현이라는 소설의 입장에서 보면, 정치는 무수한 사회제도 중의 하나일 뿐이므로 그에 관한 논의를 차단하는 것은 불만이다. 그동안 미성년자와 정치의 상관성이 제대로 논의되지 못한 이유는 한국적 정치 상황에서 기인한다고 보아야 한다. 한국의 정치는 해방 후의 이념적 충돌과 함께 정통성을 확보하지 못한 군사정권의 통치 전략에 의해 철저히 봉쇄되어 왔다. 군부 엘리트들은 정치 담론의 활발한 논의가 가져올 부정적 사태를 우려하여 어린 시절부터 당연히 강조되어야 할 정치교육을 외면하였다. 그 결과로 학교 현장에서는 교육의 정치적 중립과 정치교육이 혼동되어 바람직한 민주시민으로서의 소양 훈련조차 배제하였다. 이러한 비교육적 처사는 신속히 바로잡아져야 할 것이다. 이에 본고는 최일남의 소년소설에 나타난 정치적 요소를 점검함으로써, 정치와 소설의 관련 양상을 탐색하고 장차 그의 소설 세계로 진입하는 통로를 확보하고자 한다.

Ⅱ. 소설의 정치적 책임 추궁 양상

1. 정치적 요소로서의 원경

최일남의 장편소설 『거룩한 응답』(동아일보사, 1982), 『숨통』(한국문학사, 1989: 『시작은 아름답다』, 해냄, 1996), 『하얀 손』(문학사상사, 1990) 등은 정치소설에 속한다. 그의 『거룩한 응답』(『현대문학』, 1980. 5~1981. 8)은 해방 직후부터 한국전쟁이 발발하기 전까지의 격동기를 배경으로 한 작품이다. 그는 처음으로 쓴 장편소설에서 친일 세력의 청산 문제를 시비하였다. 이전까지는 주로 농촌의 순박한 인심과 도시민들의 풍속을 천착하던 그가 정치적 격변기를 맞으면서 장편의 형식을 빌려 본격적인 정치소설을 발표하게 된 것은 우연이 아니다. 그의 『시작은 아름답다』는 1963년부터 시작하여 이른바 '10월 유신'을 거쳐 1974년 언론인들에 의한 '자유언론실천선언문'이 낭독되기까지의 언론인과 교수 그리고 권력과의 관계를 다루었다. 이 작품과 함께 『하얀 손』도 지식인소설에 속하는 작품인바, 기자적 양심을 지킨 한 언론인을 통해 권언의 유착관계를 고발하고 있다. 그런 점에서 이 세 작품은 동일 계열에 속하는 자매편이며 속편이고, 이런 측면에서 그의 소설은 "단순한 사회의 작용과 구별되는 사회의 이념이 심각한 문제적 양상을 띠고 인물들의 의식 속에 스며들어서 그 인물들이 어떤 일관성 있는 정치적 신념과 이데올로기적 동일성을 스스로 의식하고, 또 그러한 것들을 행동으로 나타내기도 하는 소설"[3]로서의 형식적 요건을 요구하는 정치소설에 값한다.

평생 동안 언론계에 종사한 최일남에게서 정치적 감각을 유추하기란 어렵지 않다. 그는 언론사에 복무하는 동안에 남다른 정치적 감각을 단련시킬 수 있었다. 더욱이 그는 정권의 탄압으로 인한 사상 초유의 독자에 의한 자발적 광고 사태를 맞았던 신문사에 근무하던 중에 해직된 경력을 갖고 있다. 그의 장편소설 『만년필과 파피루스』(강, 1997)는 그 시절의 언론인들이 목격했던 충실한 경험담이거니와, 한편으로는 그의 고백록이라고 해도 무방하다. 최일남

---

3) Irving Howe, 김재성 역, 『소설의 정치학』, 화다, 1988, 13쪽.

은 이 작품의 제목이 시사하듯이, 인류가 최초로 글자를 적기 시작한 파피루스에 만년 동안이나 쓸 수 있는 펜을 든 기자상을 고뇌하면서 "맑은 눈에 눈곱이 끼지 않도록 노상 스스로를 닦아 세울 일"[4]의 일환으로 권력과 언론인의 관계를 질문하였으며, 냉정한 자기성찰에 힘입어 그는 언론인으로 직장생활을 은퇴할 수 있었다. 그의 결벽증적 직업관은 소설작품을 통해 지식인의 책무를 확인하는 방식으로 구현되었으며, 그것은 다름 아니라 자신의 직업에 요구되는 고도의 윤리의식을 결의하는 문자행위였다.

주지하다시피, 정치소설은 정치적 이념이 지배소로 장치되어 있거나, 정치적 상황이 주요 배경으로 설정되어 있다. 그렇다고 하더라도 정치소설은 도스토예프스키의 『악령』에서 살펴볼 수 있는 것과 같이, 문학적 요소를 앞세우기 때문에 내적 긴장감과 소설미학을 필수적으로 전제한다. 또한 정치소설은 필연적으로 인물의 언행을 통해 정치의 위선적 측면을 포착하게 된다. 그러한 보기를 한국문학에서는 최일남이 발표한 일련의 작품에서 발견할 수 있다. 그의 소설적 특징을 가리켜 "모든 작품에 혹은 강하게, 혹은 여리게, 혹은 관념적인 작가의 주관적 목소리로, 혹은 보이지 않는 은밀한 제3의 목소리로 스며 있는 것"[5]이라는 견해가 인정된다면, 최일남의 「진달래」야말로 작가의 '정치적 감각'을 찾아내기에 알맞은 작품이다. 그는 이 작품을 통해서 한 소년의 무의식적인 선택조차 정치적 행위라는 사실을 은근하게 드러낸다. 그는 이 작품에서 '은밀한 제3의 목소리로 스며 있는 것'을 직접적으로 제시하지는 않으나, 주인공이 부딪치는 문제 장면마다 그것은 보이지 않는 손처럼

---

4) 최일남, 「문학의 키에 대하여」, 『장씨의 수염』, 나남, 1986, 18쪽.
5) 김윤식, 「최일남론 – 정치적 감각」, 『우리 소설과의 만남』, 민음사, 1986, 16쪽.

작용하고 있다. 정치는 그처럼 인간의 모든 행동에 개입하여 삶의 조건을 결정하고 제어한다.

이 소설은 "아이들의 천진난만한 놀이와 소란스런 선거판, 농촌의 순수성과 궁핍의 비극성, 이런 상반된 배경적 장치를 훌륭하게 조화시켜 전후의 현실의 한 본질을 잘 보여준 작품"[6]이다. 작가는 이 작품에서 전후의 궁핍한 실상을 정치판의 소리와 직조하고 있다. 아무 상관없는 듯한 정치판의 잡음이 원경으로 배치되어 있으나, 그 소리가 유권자로부터 외면당하는 현실에서 정치와 생활의 유리현상을 살필 수 있다. 실상 동수의 가난은 정치의 누적된 실패로 인한 결과이다. 해방으로 맞은 자주적 독립국가 건설의 기회는 대립적인 이념의 각축장에서 수포로 돌아갔고, 남북은 각기 다른 체제의 우위를 확보하기 위해 소모적인 경쟁을 벌이던 중에 전란에 휩싸였다. 그 결과 민족의 구성원들은 생존 조건과 무관하게 관념의 희생양으로 전락하였고, 민족 내부의 분열은 심각한 갈등 양상을 띠면서 계속되었다. 이 작품에서 동수가 경식이에게 반감을 갖고 있는 이유도 동일하다. 그들은 선대부터 진행된 대립 국면을 계승한 후손답게, 대척적 환경에서 성장하며 이질적 행동으로 출신 성분을 드러낸다. 동수는 가난을 세습한 채 태어났으므로, 양식이 아닌 야생화를 먹으며 배고픔을 견뎌야 한다.

　　참진달래를 한 묶음 꺾어 들고 똑똑 꽃잎을 따먹으며 용봉고개를 넘어오든 동수는 중턱까지 내려오자 책보를 아무렇게나 집어던지면서 되는대로 잔디에 주저앉았다.
　　갑자기 속이 메스꺼웁다고 생각되는 순간 퇴퇴! 배앝은 침빛이 보기에 징그러웠다. 분홍과 파랑을 반반씩 섞은 듯한 색깔이 어쩌면 지난 겨울

6) 정희모, 「객관적 묘사와 관찰의 힘」, 『문예연구』, 2001. 여름호. 94쪽.

찬 방에서 갓난이를 낳던 때의 어머니의 입술빛과 같다고 느껴졌다. 희뿌
연한 하늘이 한 다리를 바다에 적시고 있는 回文山 쪽으로 축 쳐졌다 싶
었는데 바로 그 쳐진 하늘 아래서 확성기 소리가 시끄러웠다.[7]

    작품의 초입부에서 도입된 확성기를 주목해 보면, 최일남의 소설
적 분위기 조성 방식을 짐작할 수 있다. 사실 확성기 소리는 작품
의 진행 방향과 직접적인 관련이 없다. 확성기는 본래 "명령이든
정보든 위에서 아래로 신속하게 전달하기 위한 '확성' 장치이며 사
회를 가로지르는 네트워크와는 무관한 것"[8]이다. 그것은 사용자의
주장하는 바가 상대방에게 확대되어 전달될 수 있도록 제작된 기
계적 장치물에 불과하지만, 청자의 합리적 판단을 방해하여 사용자
의 주장에 동조하도록 흡인하는 조작 기능을 수행한다. 역사상으로
확성기를 가장 효과적으로 사용한 사람은 독재자 아돌프 히틀러였
다. 그는 확성기를 통해 파시즘을 전달하고 설파하면서 국민들의
판단 기회를 봉쇄하였다. 그와 같이 확성기는 정치가들에 의해 긴
요하게 사용된다. 그들은 확성기를 이용하여 자신의 정견을 무분별
하게 남발함으로써 유권자들에게 정치적 선택을 강요하고, 상대 후
보자의 발표 기회를 차단한다. 작품 속에서도 확성기는 입후보자의
행렬을 예고하면서 일방적으로 주민들에게 경청할 것을 요구한다.
동수에게는 그 소리가 시끄러운 소음에 지나지 않을 뿐이지만, 그
는 선택의 자유를 박탈당한 채 듣기 싫은 소리를 들어야 한다. 그
처럼 정치는 나이의 다소를 불문하고 사회 구성원들의 삶에 개입
되는 것이다. 새삼 소년소설에서 정치적 현상을 주목할 이유이다.
    최일남은 이러한 정치적 상황을 직접적으로 문제 삼지 않는다.

---

7) 최일남, 「진달래」, 『현대문학』, 1957. 7, 102쪽.
8) 吉見俊哉, 송태욱 역, 『소리의 자본주의』, 이매진, 2005, 209쪽.

그는 도리어 주변부의 요소로 희미하게 장치할 뿐, 정치가 작중 인물들의 구체적 삶을 좌우하는 장면을 보여 주지 않는다. 이와 같이 그는 정치적 조건들을 원경으로 설정하고 있으나, 그것들이 사람들의 생존 조건을 구성하는 환경적 요인이라는 점을 결코 누락시키지 않는다. 예컨대 작가는 동수가 길 위에 뱉은 침의 빛깔을 '분홍과 파랑을 반반씩 섞은 듯한 색깔이 어쩌면 지난 겨울 찬 방에서 갓난이를 낳던 때의 어머니의 입술빛'이라고 표현하여 가난의 대물림 현상을 서술할 뿐이고, 작품의 분위기를 '기름기없이 말라비틀어진 보리밭과 드문드문 다박솔'처럼, 배경의 묘사를 통해 간접적으로 제시하는 데 그친다. 또한 확성기 소리가 들려오는 공간으로 회문산을 지목하여 선거판의 역사적 배경을 암시할 뿐이다. 회문산은 빨치산의 근거지로서, 현대사의 비극적 상흔을 고스란히 간직하고 있는 곳이다. 그 영향 탓으로 동수의 고을에서는 진보 성향의 후보가 출마할 수 있었을 터이다. 동수도 고향 마을의 사상적 영향 때문에, 도시락을 싸올 수 있는 경식이와 기준이네 집 같은 유산계급에 원초적 원망을 품고 있다. 그렇지만 정치적 진보와 보수의 신념과 상관없이 민초들에게 다급한 문제는 먹고사는 일의 해결이었다. 그들에게 최소한의 생활을 보장해 주지 못하는 정치는 신념의 차원이 아니라 존립의 근거를 의심케 한다.

『악!』
동수의 비명과 『철퍽』 벤또가 땅에 떨어지는 소리가 동시에 났다. 차를 피하는 바람에 손에 든 것을 떨어뜨리고 만 것이다. 실로 눈 깜짝할 사이의 일이었다.
너무도 분해서 눈물이 나오기 직전의 새빨간 얼굴로 입술을 깨물려 쏘아보는 자동차는 그러나 아무 일도 없었던 듯 뒤꽁문이에 뽀얀 먼지를 뿜으며 점점 멀리 사라져 가는 것이었다.

『……인구의 칠할을 점하는 농민들의 생활을 향상시키고 여러분의 인권을 보장할 참다운 애국자……』[9]

　그에게 들리는 '사랑하는 절량농가 농민 여러분. 이 비참한 구렁텅이에 빠뜨린 것은 과연 누구의 죄입니까……' 운운하는 도의원 입후보자의 선거유세 방송 소리는 작품의 사건을 구성하는 잡음이다. 작품의 초입부에서 들리던 이 잡음은 동수의 노력을 수포로 돌아가게 만드는 원인이다. 술재강은 할머니를 위해 동수가 마련한 것이다. 그것은 '곱게 짜낸 술재강(酒糟)을 꼭 한번만 먹어보았으면 좋겠다'는 할머니의 소원을 들어 주기 위해 기준이의 요구 조건을 비굴하게 다 들어 주고서 얻은 것이다. 그는 여자들이 오가는 길목에 허방을 파자는 기준이의 제안을 수용한 것은 물론, 그 안에 배변을 하고 성기를 노출하는 수치심도 참는다. 동수가 산에서 캔 칡뿌리와 술재강을 바꾸어 집으로 돌아가는 순간, 공교롭게도 유세 차량을 피하려다가 술재강이 든 벤또를 떨어뜨린다. 동수에게 시급한 것은 할머니에게 필요한 술재강을 구하는 것이기에, 그는 기준이의 행동에 동조했었다. 그는 소음을 방출하는 선거용 차량을 피하려다가 할머니를 위한다는 명분과 술재강이라는 실리를 다 잃어버리고 만다. 국민을 위하는 정치가 결정적 순간에 국민을 외면하고 회복할 수 없는 손해를 입히는 것이다.

　동수가 기준이로 대표되는 가진 자들의 논리를 수용할수록, 그가 지닌 순수한 성정은 타락하게 된다. 애초에 '홀쭉한 젖가슴'을 손녀에게 물리는 할머니의 간절한 바람을 들어 주기 위해 시작한 허

---

9) 최일남, 「진달래」, 111쪽.

방 파기, 술재강 얻기 등은 기준이의 권력에 야합하는 행위라는 점에서, 동수의 선택은 정치적 동기를 함의할 수밖에 없다. 비록 자신의 이익을 취하기 위한 행동은 아닐지라도, 동수가 뒷짐을 쥐고 각종 지시를 내리는 기준이에게 순종하는 것은 분명히 정치적 순응이다. 그는 기준이로 상징되는 가진 자들에 대한 심리적 거부감을 유예한 채, 우선적인 이득을 위해 애초에 지녔던 반감을 순종적 태도로 변화시킨 것이다. 결국 작가는 삼 학년짜리의 순수한 소년이 권력에 젖어 들면서 겪게 되는 반대급부가 무엇인지를 생생하게 보여 주고 있는 셈이다. 이것은 그의 소설에서 "비판의 대상으로 삼고 있는 타락한 정치, 위선적인 지식인의 모습, 물질 만능의 세태 등은, 그러나 직접적이기보다는 역설과 풍자의 언어로 표현된다"10)는 점에서 시사적이다. 독자들은 이 작품을 통해 소년의 모든 행동이 정치적 범주에서 이루어진다는 사실을 깨닫게 되고, 나아가 사회 제도의 최상위에 위치한 정치의 중요성을 인식하게 된다.

그렇다고 하여 최일남이 특정한 정치적 이념을 신봉하는 것은 아니다. 그는 작품의 어디에서도 자신의 정치 성향을 강조하지 않거니와, 그것은 세 가지 요인에 기인한 것으로 보인다. 하나는 이 작품이 지니고 있는 소년소설적 성격 때문이다. 소년소설은 독자의 의식 수준에서 수용될 만한 무언의 합의를 전제로 한다. 그러므로 작가는 작품의 구상 단계부터 독자를 의식하며 서사의 진행 방향을 결정해야 한다. 다른 하나는 그의 합리적 성품에서 비롯된다. 이것은 그의 소설들이 풍자와 해학을 동시에 추구한다는 점에서 유추될 수 있는바, 양자는 이성적 태도에 기반을 둔 심미적 자질이다. 또 다른 하나는 신문 기자의 직업윤리에 충실한 탓이다. 신문

10) 권영민, 『한국현대문학사: 1945 - 1990』, 민음사, 1993, 312쪽.

은 사실을 기사화하여 진실을 추구하는 속성을 지니고 있다. 사실은 주석을 필요로 하지 않으며, 사실에 대한 가치 판단은 전적으로 독자의 몫이다. 그러므로 작가는 사건에 대한 논평 대신에, 주변 상황을 충실하게 서술하여 독자의 판단 자료로 제공할 뿐, 독자의 자율적 판단을 저해하는 어떤 단서도 언급하지 않아야 한다. 그것은 최일남의 소설작품들이 "언제나 '증언'의 면모를 강하게 지녀왔다"11)는 평가의 단초이기도 하다.

최일남은 자신의 소설 방향, 곧 사건의 본질을 직접적으로 서술하기보다는 주변부에 해당하는 요소들을 정치하게 묘사하여 서사의 본질에 접근하도록 서술한다. 그런 측면에서 이 작품은 그의 소설적 장기를 조감하는 데 중요한 초기 작품이다. 그는 소년소설의 형식을 차용하여 당대의 정치와 생활의 괴리, 백성들의 가난을 구제하지 못하는 정치가들의 무책임을 원경으로 설정하고 있다. 그렇지만 작품의 속내에서는 권력에 물들어 가는 한 소년의 교묘한 타협을 통해서 정치의 후진성을 고발하고 있다. 결국 이 작품은 그가 『거룩한 응답』, 『숨통』, 『하얀 손』 등과 같은 정치소설에서 보여주게 될 "당대 사회의 타락상을 성실하게 직시하고 반성하는 작가의 정신과 아울러 놀이의 정신을 가지고 타락한 사회를 풍자"12)하기 위한 예고편에 속한다. 최일남은 위의 장편소설에서 정치권력에 굴종하는 지식인들의 초상을 사실적으로 묘사했거니와, 그것의 형식적 단서는 「진달래」를 발표하던 등단 초기부터 발아하여 숙성되어 왔던 것이다. 단편소설에서는 여러 가지 제약 때문에 다룰 수 없었던 정치 상황들이 원경으로 장치된 것에 비해, 장편소설에서는

---

11) 이동하, 「한 고전적 지식인의 초상」, 『문예연구』, 2001. 여름호, 50쪽.
12) 이보영, 「타락한 사회의 풍자」, 『역사적 위기와 문학』, 신아출판사, 2007, 264쪽.

현실적 경험의 축적으로 인한 정치적 관점의 성숙에 힘입어서 본격적으로 취급했다는 점에서 구별된다. 그의 소설적 관심은 처음부터 현재까지 정치적 배경을 원근법적으로 활용하면서 변모되어 왔다고 할 수 있다.

2. 자아 正體性과 심리적 停滯性

최일남은 1970년대에 접어들면서 급속하게 발전하는 세태를 사실적으로 묘사하는 데 치중하였다. 이 시기의 소설에 등장하는 주요 인물들을 일컬어 '출세한 촌놈'이라고 칭하는 것도 이 때문이다. 그들은 입신양명과 부귀영화를 위해 시대의 변화에 민감하게 반응하면서 교환가치를 신봉하는 한편, 고향에 대한 채무의식을 탕감받지 못한 애매한 위치를 점한 자들이다. 그의 소설들이 "주어진 현실 상황에 대하여 온건한 관조자의 자세를 취하고 있으면서도 은연중 소시민으로서의 자기성찰의 자세가 짙게 반영되어 있다"[13]는 평가를 받게 된 연유가 그런 복합적 성격으로부터 비롯된다. 이러한 작법 경향은 그의 소설작품들을 풍속소설 혹은 세태소설의 범주에 속하도록 견인하고 있지만, 이 작품들에서 주의해야 할 점은 한결같이 정치적 상황을 원경으로 설정하고 서사를 진행한다는 점이다. 그의 작품들에서 개인의 우울증적 징후들이 집단적 우수와 등질화되는 것도 그 때문이다. 그는 사회의 변화 속도에 편승하지 못하는 평범한 소시민들의 애환을 시대의 음화로 받아들이는 것이다. 그래서 최일남의 소설은 정치 상황과 불가분의 관계를 형성하

---

13) 천이두, 「온건한 관조자의 시선」, 『한국 소설의 흐름』, 국학자료원. 1998. 325쪽.

게 되며, 그로 인해 등장인물들이 겪는 온갖 체험들이 지닌 정치적 의미가 드러나게 된다.

인간의 정체성은 변화를 두려워하기 때문에 심리적 정체 현상을 초래한다. 인간은 자신의 정체성을 위협하는 제반 현상에 대하여 반동적으로 대응하게 되는바, 그는 자신의 계급적 속성에 터하여 무의식적으로 행동한다. 최일남의 가작 「노새 두 마리」에 등장하는 부자는 사람들의 험담에 저항하지도 않을 뿐더러, 그들에게 비난의 빌미를 제공한 노새가 가출해도 원망하지 않는다. 또한 아들은 연탄배달로 생업을 영위하는 아버지가 동급에 해당하는 택시 기사의 부인으로부터 조롱을 받는 장면에서 변통할 줄 모르는 아버지의 모습을 심상한 어조로 전한다. 아버지는 동네사람들의 수군거림에도 아랑곳하지 않고 힘없는 노새 두 마리에 의지하여 가업을 꾸려 나갈 정도로 세상의 변화에 둔감하다. 그의 심리적 정체 현상은 가난의 세습화를 야기하는 주범이다. 무산계급의 그는 변화를 수용하거나 미래를 개척할 만한 물질적 조건을 갖추지 못하고 있기 때문에, 아들의 관점에서 보더라도 무능하고 무감각한 인물에 불과하다. 하지만 아들은 아버지를 원망하지 않으며, 오히려 아버지와 자신을 노새와 동일시한다. 제목 '노새 두 마리'는 노새와 아버지를 가리키지만, 속으로는 아버지와 아들 두 사람을 지칭하기도 하는 이유이다.

이 작품은 어린 아들의 시선으로 바라본 시대의 삽화이다. 이 작품에서 개발 논리에 따라 들어서거나 밀려나는 주택과 경제 성장에 의해 도입되거나 구축되는 교통수단의 대비는 인심의 미묘한 변화 추세와 함께, 한 시대의 도래와 종언을 적절하게 증언하는 물적 증거이다. 최일남의 소설에서 세태의 풍속을 찾아내는 작업들이

착실하게 진행되었던 연유도 거기에 있다. 그는 사회현상을 기록하는 기자로서의 감각을 발휘하여 거대담론의 변화 속에서 희생되어 가는 민초들의 일상사를 놓치지 않고 포착하였다. 이와 같은 그의 소설이 "정직한 시선으로, 다소는 야유적으로, 그러나 왜곡됨이 없이 그려낸 오늘의 인간과 사회상이 우리 시대의 평상적인 모습들을 이해하는 가장 정확한 텍스트가 될 것"[14]이란 점에서, 소설 작품이 지닌 사회사적 의미는 간과해서는 안 될 것이다. 그의 노력에 힘입어 소설은 사회의 묘사라는 명제와 소설은 여항의 사건들을 수집한 것이라는 동양적 정의를 재확인할 수 있다. 그의 소설 속에서 서민들의 소란한 음성이 도처에서 들려오는 것은 물론이다. 그들은 조그마한 일에도 곧잘 다투고, 자신의 이익을 타인으로부터 침해받지 않으려는 배타적 행동을 마다하지 않는다.

아버지는 배달일이 늘어나서 속으로는 새동네가 생긴 것을 은근히 싫어하지는 않는 눈치였지만 식구들 앞에서조차 맞대놓고 그런 내색을 하지는 않았다. 그런 가운데에서도 우리 노새는 온 동네 사람들의 눈길을 모으고 짤랑짤랑 이 골목 저 골목을 헤집고 다녔다. 아니 그것은 새동네 쪽에서 더욱 그랬다. 원래의 동네에서야 아무도 거들떠보지 않았다. 자기들은 아이들의 싯누런 똥이 든 요강 따위를 예사롭게 수채구멍 같은 데 버리면서도 어쩌다 우리 노새가 짐을 부리는 골목 한쪽에서 오줌을 찍 갈기면 "왜 하필이면 여기서 싸, 어이구, 저 지린내, 말을 부리려면 오줌통이라도 갖고 다닐 일이지, 이게 뭐야. 동네가 뭐 공동변손가" 어쩌구 하면서 아낙네들은 코를 찡 풀어 노새 앞에다 팽개쳤다. 말과 노새의 구별도 잘 못하는 주제에, 아무 데서나 가래침을 퉤퉤 뱉는 주제에 우리 노새를 보고 눈을 찢어지게 흘겼다.[15]

---

14) 김병익, 「닳아버린 삶과 깨어나는 의식」, 『장씨의 수염』, 450쪽.
15) 최일남, 「노새」, 『장씨의 수염』, 79쪽.

아버지는 새로 만들어진 마을이 흡족하기만 하다. 그는 연탄 배달의 물량이 증가할 것이라는 기대심리에서 동네사람들 사이의 위화감도 감수한다. 그는 전형적인 소시민으로서 자신의 생업에 충실할 뿐, 동네 간의 경제적 차이와 문화적 수준에는 관심을 기울이지 않는다. 이러한 행동이 반복되는 과정에서 그의 성격화 작업은 성공적으로 완수되고, 작가는 그에게 소시민에 알맞은 역할 행동을 부여하여 장차 다가올 사건의 위기 국면을 예비시킨다. 그는 아들을 통해서 노새에 대한 구동네사람들의 구박을 보여 줄 따름이다. 이것은 상대적으로 노새에 대한 항의와 욕설에 반응하지 않은 아버지의 속셈, 곧 연탄 배달할 집으로 형성된 새 동네에 대한 막연한 기대감으로 나타난다. 아버지와 아들은 빈부 격차에 대한 구조적 이해는커녕, 일상적 과제를 해결하기에 골몰할 뿐이다. 곧 부자는 각기 역할을 분담하여 서사의 축을 담당하고 있는 것이다. 사회현상에 대한 객관적 인식을 결여한 부자의 행동에서 서사의 비극적 결말은 예정되어 있다.

그와 달리 노새를 타박하는 구동네사람들의 행태는 새 동네사람들의 그것과 대비를 이룬다. 그들에게 노새는 동네를 오염시키는 동물에 지나지 않으나, 새 동네 사람들에게는 추억과 호기심의 대상이다. 새로 조성된 문화주택에 입주한 그들에게 노새는 아스라한 옛 추억을 떠올리는 매개물이다. 그들은 노새를 통해 떠나온 고향의 공간과 지나가 버린 과거의 시간을 되찾는다. 노새는 한 시대의 경과를 징표하고 있는 셈이다. 이것은 아버지가 말과 노새를 맞바꿀 때부터 준비된 것이다. 그는 시대에 역행하는 선택으로 현실적 시간을 거스르면서 자신의 실패, 곧 노새의 탈주를 작품의 초기부터 장치해 두었다. 그의 행동은 문명의 변화를 신속히 수용하며 문화주택으로 입주한 사람들과 일정한 거리를 확보해 주면서, 동시에 양자 간의 화해 불가능한 시간의 근원을 암시한다. 구동네사람들에게 노새는 현재적 시점에서 골목을 더럽히는 짐승에 불과하지만, 새 동네사람들에게 노새는 과거적 시점으로 인도하는 안내자인 것이다. 두 동네사람들의 전혀 다른 시간의식은 노새 가족에게 '지금 –여기'에 정체되어 있기를 요구한다. 따라서 노새 가족에게 부여된 자기정체성은 시간적 정체성에 토대하여 변화의 물결에 동조하지 말 것을 강권하므로, 아버지는 양자 사이에서 노새와 자신을 동일시하는 새로운 정체성을 부여받는다. 하지만 그것은 자기동일성으로서의 정체성이 아니라, 문제 사태에 적극적으로 대처하지 못하는 심리적 정체성에서 비롯된 것이다.

> "이제부터 내가 노새다."
> "이제부터 내가 노새가 되어야지 별수 있니? 그 놈이 도망쳤으니까 이제 내가 노새가 되는 거지."
> 기분 좋게 취한 듯한 아버지는 놀라는 나를 보고 히힝 한 번 웃었다. 나는 어쩐지 그런 아버지가 무섭지만은 않았다. 그러면 형들이나 나는 노새 새끼고, 어머니는 암노새고, 할머니는 어미노새가 되는 것일까? 나도 아버지를 따라 히히힝 웃었다. 어른들은 이래서 술집에 오는 모양이었다. 나는 안주만 집어먹었는데도 술 취한 사람마냥 턱없이 즐거웠다. 노새 가족–노새 가족은 우리 말고는 이 세상에 또 없을 것이었다.[16)]

노새가 연탄배달 도중에 달아나 버리고, 부자가 노새를 찾아 하룻내 돌아다니다가 술집에서 감정을 정리한다. 그들이 귀가할 즈음에 순경이 찾아와 재물 파손에 대한 혐의를 전달하여 우울감을 배가시킨다. 말하자면 노새가 도망한 날은 '운수 좋은 날'이다. 그래

---

16) 최일남, 「노새」, 92쪽.

도 아들은 무기력한 아버지를 원망하지 않고, 간단없이 압력하는 현실적 고난에 대하여 분노하지 않는다. 그는 작품의 말미에서 '우리 같은 노새는 어차피 이렇게 비행기가 붕붕거리고, 헬리콥터가 앵앵거리고, 자동차가 빵빵거리고, 자전거가 쌩쌩거리는 대처에서는 발붙이기 어려운 것인가'라고 탄식할 뿐이다. 그의 발언은 사회의 중심부로 편입할 기회를 박탈당한 주변부 삶이 당면하게 되는 한계상황의 토로이다. 그가 노새를 찾아 나서는 아버지를 따라 집을 나서는 행위는, 동물 노새를 사람 노새로 전이시키면서도 긍정적 서술로 일관하는 작가의 태도와 중첩된다. 이러한 태도는 작품의 비극미를 일층 고양시키면서 노새 가족의 가난이 세습될 것이라는 부정적 전망을 낳는다. 물론 그 이면에는 민초들의 기초 생활조차 보장하지 못하는 정치에 대한 불신이 자리 잡고 있다.

최일남은 이 작품에서 개발의 논리에 밀려나는 한 동네의 인심과 풍속을 형상화하고 있다. 작가의 세밀한 묘사에 의해 당대 사회의 미묘한 변화 양상이 구체적 정황 속에서 드러나고 있다. 이 작품의 성공은 어린 아들의 시점에서 서술 상황을 전개하고 있다는 점이다. 최일남은 가난의 책임으로부터 자유로운 아들을 내세워 아버지의 노새를 매개로 가난의 원인과 세대 간의 화해 모습을 서술한다. 작가는 동네를 구동네와 새 동네로 나누는 세상 사람들의 분류 기준과 다른 동네 사람들과 어울리지 않는 세상인심을 덤덤하게 서술할 뿐이지, 세태의 변화에 대한 설명을 추가하지 않는다. 아들이 작가의 정치적 대변인이므로, 그는 굳이 서술자의 권위를 빌려서 서사에 개입할 필요가 없었던 것이다. 아들의 태도는 최일남의 작가적 우수성으로 치하되는 풍자와 역설의 진면목을 보여준다. 그를 "우리 근대소설에 속하는 『탁류』의 작가 채만식의 직계"17)라고 분류할 때, 그것은 전적으로 지적 풍자와 건강한 해학성을 바탕으로 삼아 획득한 개성적인 문체에 기인한다. 아들의 '노새 가족은 우리 말고는 이 세상에 또 없을 것'이라는 쓸쓸한 자기규정은 세상의 변화에 주체적으로 대응하지 못하는 부자의 현실적 궁핍상을 노정하면서, 동시에 도망간 노새가 남의 물건을 파손하여 부자를 곤경에 빠뜨리는 정치적 상황에 대한 고뇌를 요구한다. 풍자가 일종의 지적 비유방식이란 점에서, 정치소설에 동원된 그의 언어들이 지닌 수사적 책략들도 강조되어야 한다.

이 작품이 지닌 미덕에 고점을 매겨야 할 이유는 작가가 보여준 시적 정의에 있다. 이 작품이 발표될 당시는 경제 개발 분위기에 편승하여 배금 풍조가 횡행하던 시기였다. 작가는 사회적 상황의 변화에 따라 필연적으로 대두하게 될 인간관계의 훼손 가능성을 우려하며, 물질만능의 가치관이 야기할 부정적 기능을 환기하고 있다. 작가의 세심한 배려 덕분에 집안에 액운이 중복되어 찾아오는 결말부에 다다를수록 부자간의 사이는 긴밀해지고, 마침내 집을 나간 아버지를 찾아 나서는 아들의 행동에서 극에 달한다. 이것이야말로 최일남의 '정치적 감각'이다. 그의 정치적 감각은 특정한 주의 주장을 대변하는 것이 아니라, 인간으로서 마땅히 지켜야 할 벼리를 강조함에 다름 아니다. 그는 비록 경제 발전에 의해 타락한 사회일지라도, 본질적 가치를 훼손하지 않는 인물들에 의해 인간관계는 유지되고 회복되기를 소망하고 있는 것이다. 이러한 서술 전략에 의해 주변부에 은밀하게 장치된 정치적 배경들이 모습을 드러낸다. 그것은 정치의 본질적 국면을 기자적 감각에 의해 예리하게 포착하는 '온건한 관조자'의 자세이며, 동시에 사회현상에 대한

---

17) 김윤식, 『한국현대문학사: 1945 – 1980』, 일지사, 1992, 226쪽.

지식인으로서의 바람직한 성찰적 삶이다.

Ⅲ. 결 론

위에서 살핀 바와 같이, 최일남은 정치적 요소를 주요 배경으로
설정하였다. 그것은 그가 자아와 세계의 단절 양상을 일관되게 드
러내면서도, 이상적 사회를 향한 꿈을 철회하지 않고 있다는 증거
이다. 이 점에서 그는 순수한 세계를 염원하는 낭만주의자이다. 하
지만 물질적 세계는 정치적 논리에 의해 지배되고 있기 때문에, 그
가 희망하는 세계가 현실적으로 이루어질 리 만무하다. 두 세계는
소설과 정치의 본질만큼이나 이질적이기 때문이다. 본고에서는 문
단 활동을 시작하면서부터 줄곧 그가 관심을 기울여 온 소설과 정
치의 관련성을 두 편의 소년소설을 통해 살펴보았다. 이상의 논의
결과는 아래와 같이 요약할 수 있다.

첫째, 최일남의 「진달래」는 궁핍한 시골 소년을 주요 인물로 내
세워서 정치의 불구성을 고발한 작품이다. 그는 확성기라는 음향
매체로 무능한 정치가들의 유세를 소음으로 전락시키는 한편, 정치
와 생활 간의 괴리를 효과적으로 묘파하였다. 그에 힘입어 국민들
의 생존 조건과 유리된 정치가들의 일방적 의사표현이 초래하는
일상적 삶의 모습을 살펴볼 수 있었고, 정치와 생활 간의 실체적
괴리를 확인할 수 있었다. 그는 이러한 정치의식을 소설화하기 위
해 정치적 상관물들을 서사의 주변요소로 배치함으로써, 개인들의
삶을 제어하는 정치의 위력을 보여 주려고 노력했다. 그의 시도는

작품에 등장하는 어린 화자의 언어와 행동으로 구현되었는바, 화자는 장성하면서 지식인 소설의 화자로 변모하여 작가의 정치에 대한 비판적 견해를 충실하게 전달하게 된다.

둘째, 최일남의 「노새 두 마리」는 변두리 주변부의 주인공을 등장시켜 물질주의를 비판한 작품이다. 이 작품에서 작가는 시대의 발전 속도에 부응하지 못하는 가난한 가장과 노새를 상징적으로 활용하여 무능한 아버지의 권위가 상실되어 가는 과정을 형상화했다. 그것은 시대의 변화 추세에 민첩하게 적응하지 못하는 구세대의 몰락과 상이한 사회 집단 간의 경제적 격차가 야기하는 위화감의 정도를 서사화하도록 추동하는 힘이었다. 또한 그가 이른바 '출세한 촌놈'들의 성공담을 강조할수록 그들의 물질적 성취 수준은 추문으로 규정된다. 최일남이 추구하는 소설적 세계는 결국 과거적 사유체계와 현대적 가치관이 상호 보완하며 사회를 지탱해 주는 것이다. 그 세계에서는 구성원들의 합의하에 공통 덕목을 체현하게 될 터이다.

최일남처럼 소설의 고전적 정의에 충실한 작가도 드물다. 그는 기자의 감각을 십분 활용하여 변화하는 세태의 단면을 감각적으로 포착하여 작품에 수용해 왔다. 그의 소설작품들이 시대적 기록으로서의 의미를 획득하게 된 이유이다. 이러한 그의 태도는 초기에 발표한 소년소설에서 단초를 찾아볼 수 있다. 그는 누대에 걸친 경제적 궁핍 문제의 해결보다는 자신들의 이익을 위해 봉사하는 정치가들의 이기적 행태를 고발하는 한편, 시골이나 도시 근교에서 살아가는 기층 민중들의 구체적 삶의 현장을 생생하게 묘사하여 시대의 기록으로서의 소설적 기능에 충실하였다. 그의 진지하고도 지속적인 노력의 결과로 한국 소설은 서사의 밀도를 기약할 수 있었고, 후발 국가의 지식인들이 견지해야 할 사회적 책무성을 확인할

수 있었다. 그러므로 그가 발표한 소년소설 두 편이 지닌 소설사적
의의는 결코 간과할 수 없을 정도로 중요하다. 그것은 정치와 소설
의 대응관계에 관한 본격적인 토론을 요구한다.

참고문헌

〈기본 자료〉

최일남, 「진달래」, 『현대문학』, 1957. 7.
최일남, 『장씨의 수염』, 나남, 1986.
최일남, 『아주 느린 시간』, 문학동네, 2000.

〈단행본 및 논문〉

권영민, 『한국현대문학사: 1945 – 1990』, 민음사, 1993.
김병익, 「닳아버린 삶과 깨어나는 의식」, 『장씨의 수염』, 나남, 1986.
김윤식, 『한국현대문학사: 1945 – 1980』, 일지사, 1992.
김윤식, 『우리 소설과의 만남』, 민음사, 1986.
이동하, 「한 고전적 지식인의 초상」, 『문예연구』, 2001. 여름호.
이보영, 『역사적 위기와 문학』, 신아출판사, 2007.
정희모, 「객관적 묘사와 관찰의 힘」, 『문예연구』, 2001. 여름호.
천이두, 『한국 소설의 흐름』, 국학자료원, 1998.
吉見俊哉, 송태욱 역, 『소리의 자본주의』, 이매진, 2005.
Irving Howe, 김재성 역, 『소설의 정치학』, 화다, 1988.
Paule Petitier, 이종민 역, 『문학과 정치사상』, 동문선, 2002.

부자간 애증관계의 소설적 재현

— 윤흥길론

부자간 애증관계의 소설적 재현

─ 윤흥길론

I. 서 론

한국의 근대사는 아버지의 권위가 상실되는 과정과 대응된다. 일제에 의한 주권 침탈은 아버지를 순식간에 무능한 존재로 낙인해 버렸다. 해방이 되자 외세에 의해 일방적으로 분단된 조국의 현실은 다시 한 번 손상된 아버지의 권위에 일격을 가했다. 곧이어 발발한 한국전쟁은 아버지의 권위를 회복 불가능한 상태로 훼손시켰다. 국토의 통일은커녕 동족 간의 전쟁을 막지 못한 역사적 과오에 대해 아버지는 무한책임을 져야 했으며, 휴전 이후 그에 대한 원성은 1970년대에 이르러 문학작품에서 구체적으로 수용되기 시작하였다. 이 시기에 접어들면서 한국 문단에서는 분단된 조국의 현실적 조건에 대한 탐색이 빈번하게 시도되었다. 작가들이 제출한 문학적 성과들은 분단의 원인과 경과뿐만 아니라, 분단 체제하에서 살고 있는 민족 구성원들의 실체적 모습을 형상화하는 데 주력했다. 그 작품들을 일러 분단문학, 전쟁문학, 전후문학, 이산문학 등 다양한 명칭으로 부르는 것만 보아도, 이 무렵에 축적된 문학적 결과물들의 풍요를 추측할 수 있다.

그중에서 주목할 만한 작품으로 한국전쟁의 의미를 천착한 소설가로 윤흥길을 들 수 있다. 그의 소설작품들은 "1970년대 소설의 상당수가 분단 현실을 직시하고 주체적으로 수용하려는 노력을 보여주었음에도 불구하고, 민족 동질성의 차원에서 그 극복 방안을 제시하는 데는 미흡했음을 고려하자면 단연 주목될 수밖에 없는 것"[1]이다. 그는 1942년 전라북도 정읍에서 태어난 뒤에, 1968년 소설 「회색 면류관의 계절」이 『한국일보』 신춘문예에 당선되어 등단하였다. 그 이후 왕성한 작품 활동을 전개한 그는 "철저한 리얼리즘적 기율에 의해 시대의 모순과 근대사에 대한 심원한 통찰력을 보여주면서도, 한편으로는 일상에 대한 작고 따뜻한 시선을 아울러 갖추고 있다"[2]는 평가를 받는 중견작가이다. 그의 문제작 「장마」(『문학과 지성』, 1973. 봄호)를 비롯하여 장편소설 『완장』(현대문학사, 1983), 『에미』(청한문화사, 1990) 등은 발간 시마다 비평적 관심을 불러일으키며 평단의 주목을 받았다. 그의 소설적 성취물들은 관념의 유희를 극복하여 한국의 전후문학 논의를 본질적 국면으로 이끌도록 자극하였고, 그로 인해 현대소설사에서 각별한 위치를 점유하게 되었다. 특히 그는 일관되게 화해를 지향하는 작품의식을 견지하고 있는 바, 그것은 기성세대로서의 아버지에 대한 불신과 화자의 나이어림에서 비롯된 것이다.

윤흥길의 소설에서 소년 화자가 등장하는 작품은 허다하다. 그것은 작품화 과정에서 작가적 체험을 우선시하는 그의 태도와 깊이

---

1) 강진호, 「분단 현실의 자기화와 주체적 극복 의지」, 민족문학사연구소 현대문학분과 편, 『1970년대 문학 연구』, 소명출판, 2000, 62쪽.
2) 권영민, 『한국현대문학사: 1945 - 1990』, 민음사, 1993, 316쪽.

연루되어 있다. 그중에서 본고는 윤흥길의 소년소설 「기억 속의 들꽃」, 「땔감」, 「집」 등 3편에서 형상화된 아버지의 권위 상실 문제를 중심으로 논의를 진행하고자 한다. 세 편은 그의 소설작품 중에서 어린 독자들이 수용할 수 있을 만한 것으로, 장차 윤흥길의 소설 세계로 진입하는 교량 역할을 수행하기에 적합하다고 판단한다. 그러므로 본고의 논의는 불가피하게 문학 교육적 측면에서 접근하는 자세를 고수하며 이루어질 것이다. 그 이유인즉, 어린이들에게 문학 작품을 읽히는 근본적인 목적이 문학적 문법체계를 습득하는 데 있다면, 본격소설로 나아가는 매개항으로서 소년소설이 갖고 있는 특성이 존중되어야 할 것이라고 생각하기 때문이다. 아울러 본고는 앞서 선정한 작품 외에 그의 다른 소설 작품들도 참고자료로 동원할 작정이다. 그러한 자세는 윤흥길의 소설을 입체적으로 이해하기 위한 전제일 것이고, 대상 작품의 수적 열세로 인한 분석상의 오류를 감소시키기 위한 양적 접근일 수 있다.

Ⅱ. '아버지혐오증'과 '집없음 의식'의 충돌 양상

1. '쥐바라숭꽃'보다 못한 아버지

한국전쟁은 아직도 끝나지 않았다. 한국전쟁은 종전된 것이 아니라, 당사자 간의 협정에 의해 정전 상태로 그치고 있을 뿐이다. 윤흥길에게도 전쟁은 결코 과거적 사건이 아니라 현재진행형이다. 국민학교 2학년 시절의 청소시간에 급우들과 물 뜨러 가다가 B29 편대를 발견하고 "히꼬끼(비행기) 떴다! 히꼬끼 떴다!"(「작가 연보」, 『백치의 달』, 흔겨레, 1993)고 환호하며 맞은 한국전쟁은, 그의 뇌리에서 사라지지 않은 채 "아직은 6·25를 잔해의 형태로 역사 속에 편입시킬 때가 아니라"(「작가의 말」, 『낫』, 문학동네, 1995)는 작가적 신념을 생성한다. 그의 전쟁 체험은 여러 작품에서 소설적으로 구술되어 있다. 마치 촌로로부터 과거의 사건 경과를 듣는 것처럼, 그의 작품 속에는 한국전쟁의 참혹한 결과들이 생생한 묘사에 힘입어 잘 보존된 사건 현장처럼 제시된다. 이러한 특성은 그를 가리켜 리얼리스트라고 평가하거나, 세밀한 묘사꾼이라고 찬사를 보내는 직접적인 원인이 된다. 특히 그는 대상의 대립을 통해 인물의 성격을 정교하게 드러내거니와, 그의 장기는 어린 화자를 출현시킨 작품에서도 예외 없이 발휘되었다.

그의 소년소설 「기억 속의 들꽃」은 명선이라는 여자아이와 '나' 사이의 슬픈 추억을 회고하는 형식을 빈 작품이다. 그는 이 작품에서 소년소녀의 만남과 헤어짐을 한 편의 동화처럼 아름답게 그리고 있다. 작가는 전화로 인한 피폐한 사정과 금가락지를 하나라도 더 뺏어 내기 위해 갖은 회유와 협박을 일삼는 어른들의 위선을 고발하는 장면에서는 신속하게 서술하지만, 어른들과 대립하는 소년소녀의 만남 부분에서는 속도를 조절하며 가능한 한 갈등을 일으키지 않도록 세심하게 배려하고 있다. 작가의 서술 속도에 의해 작품의 동화적 요소는 곱게 채색된다. 이러한 요소들은 광녀와 부모 없는 아이의 만남(「무지개는 언제 뜨는가」), 구렁이를 매개로 한 안사돈끼리의 화해(『장마』) 등에서도 산견된다. 그의 작품에 장치된 동화적 요소들은 "작중의 범속한 일상 현실의 흐름 속에 투입됨으로써 흐릿하던 작중 현실은 비로소 그 정체를 드러내고 실마리를 풀게 된다"3)는 점에서 눈여겨보아야 한다.

명선이는 피란 통에 공습을 받아 부모를 잃고 우리 집에서 살게 된 소녀이다. 그 아이는 폭격을 받아 숨진 어머니의 사체가 전신을 누르는 기억으로부터 자유롭지 못하다. 행여 동숙하는 정님이가 잠결에 다리를 올려놓으면 '비명을 꽥꽥 지르며 벌떡 일어나 눈에다 불을 켜고 노려'볼 정도로, 그녀에게 엄마의 죽음과 주검은 생생하게 살아 있는 비극의 실체이다. 그런 소녀가 타관의 남의 집에 더부살이하며 마음의 문을 열기를 기대하는 것은 무리이다. 그러기 위해서는 먼저 그녀의 상흔을 치유해 줄 수 있는 사건이 일어나거나, 새로운 만남이 이루어져야 할 것이다. 작가는 '나'를 등장시켜 그녀와 이런저런 사건을 만들어 가도록 동기를 부여한다. '나'는 그녀에게 대적할 만큼 영악하지 않기에, 다행스럽게도 명선이는 '나'의 촌스러움에 친밀감을 느끼고 접근한다. 그녀는 부모에게도 한사코 알려 주지 않았던 금붙이를 숨겨 둔 비밀장소에 '나'와 동행하여 친밀감을 표시하고, '나'는 그녀의 기대에 부응하여 그 장소를 발설하지 않는다. 장소의 공유를 통해 두 사람은 부모에게 맞서고, 또래의 고유한 정서를 나누어 갖는다. 그 장소는 두 사람의 추억을 은닉하여 기억하도록 자극하는 기능을 수행한다.

아버지는 이 작품에서 어머니와 함께 명선이가 갖고 있는 금가락지를 뺏어 낼 계략을 꾸미는 속물로 등장한다. 부모는 그녀를 머슴으로 거두어들이려고 시도했다가, 그녀의 탈출로 인해 소기의 목적을 달성하지 못한다. 그들은 작품 속의 관찰자에 의해 희롱당한 채, 명선이로부터 더 많은 가락지를 취득하기에 혈안이 되었던 속사정만 노출시킨다. 그 과정에서 아버지는 어머니의 행동에 동조함

---

3) 천이두, 「화해 지향의 문학 - 윤흥길」, 『우리 시대의 문학』, 문학동네, 1998, 270쪽.

으로써 부모 잃은 고아소녀의 처지를 외면하고 잇속만 차리는 추악한 인물로 격하된다. 아버지의 속문 근성은 무연고의 명선이와 대비되어 "전쟁으로 버려진 아이와 혹독한 현실의 문제는 동심의 순수성과 어른들의 타락한 세계라는 관계"[4]를 조성하는 원인을 제공한다. 그것은 대립적 구도를 활용하여 작품의 완성도를 끌어올리는 윤흥길의 서술 전략에 대응한다. 하지만 어른들의 농간 속에서도 명선이는 '나'와의 우정을 돈독히 다지면서 소년 소설적 성격을 공고히 하면서 결말부로 나아간다.

> "야아, 저게 무슨 꽃이지?"
> 그런데 그 애는 놀림 대신 갑자기 뚱딴지같은 소리를 질렀다. 말 타듯이 철근 뭉치에 올라앉아서 그 애가 손가락으로 가리키는 곳을 내려다보았다. 거대한 교각 바로 위, 무너져 내리다 만 콘크리트 더미에 이전에 보이지 않던 꽃송이 하나가 피어 있었다. 바람을 타고 온 꽃씨 한 알이 교각 위에 두껍게 쌓인 먼지 속에 어느 새 뿌리를 내린 모양이었다.
> "꽃 이름이 뭔지 아니?"
> 난생 처음 보는 듯한, 해바라기를 축소해 놓은 모양의 동전만한 들꽃이었다.
> "쥐바라숭꽃……."
> 나는 간신히 대답했다. 시골에서 볼 수 있는 거라면 명선이는 내가 뭐든지 다 알고 있다고 믿는 눈치였다. 쥐바라숭이란 이 세상에 없는 꽃 이름이었다. 엉겁결에 어떻게 그런 이름을 지어 낼 수 있었는지, 나 자신도 어리벙벙할 지경이었다.
> "쥐바라숭꽃……이름처럼 정말 이쁜 꽃이구나. 참 앙증맞게두 생겼다."[5]

작품의 주제를 암시하는 장면이다. 작가는 세상에 존재하지 않는 '쥐바라숭꽃'이란 이름을 통해 명선이가 사라질 것을 예징하면서,

---

4) 한원균, 「기억과 상처에 대한 소설적 기록」, 『기억속의 들꽃』, 다림, 2005, 162쪽.
5) 윤흥길, 「기억속의 들꽃」, 위의 책, 46 - 47쪽.

소년의 가슴 속에 '이전에 보이지 않던 꽃송이 하나'로 기억될 명선이의 존재를 전경화한다. 그것은 유년기의 체험이 선사하는 "부드러움과 평화를 파괴하는 것이 친숙한 사람의 죽음 혹은 사라짐"[6]이라는 점에서, 소년에게 성장통을 안겨 줄 병인으로 작용할 것을 예비하고 있다. 또한 작가는 '쥐바라숭꽃'이라는 지상에 존재하지 않는 꽃을 호명하여 주제를 암시한다. 전쟁의 참화 속에서 이름조차 남기지 못하고 죽어 간 슬픈 영혼들을 추념하기 위해 그는 '기억 속의 들꽃'을 '쥐바라숭꽃'으로 명명한다. 소년의 자술처럼 그 꽃은 세상에 없으며, 그 꽃을 본 사람은 오직 망자와 살아남은 자 두 사람에 국한된다. 전쟁 통에 죽어 간 무명의 민초들이 죽어 가는 현장마다 들꽃은 이름을 갖지 못한 채 스러져 간 것이다. 따라서 명선이의 어이없는 추락사는 단순히 한 소녀의 생애가 끝난 일회성 사건이 아니라, 다수의 주검에 내재된 무의미한 죽음을 대체하게 된다.

소년소녀의 은밀한 밀회를 기록하고 있는 꽃의 이름이 세상에 존재하지 않는 것은, 소녀가 '이 세상에 없는 꽃'이자 '이름처럼 정말 이쁜 꽃'으로 소년의 기억에서 영원히 존재할 것을 예시해 준다. 그것은 기억의 의미를 재고케 하는데, 작가는 소년소녀의 비극적 만남을 추억이 아니라 '기억'으로 뜻매김하고 있다. 추억은 어떤 계기에 의해 연상되는 단속적인 경험이지만, 기억은 추억과 달리 연속적이며 당자의 뇌리에 생생하게 적층되어 부단히 재생되는 경험을 가리킨다. 그러므로 전쟁에서 살아남은 소년이 '기억'할 소녀는 들꽃처럼 야성적이고 질긴 생명력을 가져야 하고, 소년의 기억 속에서 선명하고 생생한 이미지로 재생될 수 있을 정도로 생명력을 지녀야 한다.

---

6) 김현, 「생활과 신비 – 윤흥길의 작품 세계」, 『공감의 비평』, 문학과지성사, 1990, 286쪽.

그러기 위해서 이미지는 하나의 상징이 되지 않으면 안 된다.

그동안 윤흥길은 '완장'(『완장』), '구두'(『아홉 켤레의 구두로 남은 사내』, 문학과지성사, 1977), '낫'(『낫』)처럼, 특정한 물건을 통해 작품의 주제의식을 드러내는 데 익숙하였다. 그에 의해 동원된 개인적 상징물들은 항상 양면성을 띠고 주제를 초점화하는 데 기여한다. 예컨대 '완장'은 임종술에게는 권력의 상징물이지만, 그를 조종하는 배후의 권력자에게는 양어장지기의 심리적 특성을 교묘하게 이용하기 위해 고안된 완롱물에 지나지 않는다. '낫'은 단순한 농사도구에 불과하지만, 살의를 가진 자에게는 살상용 무기로 변용될 수 있다. '구두'는 권 씨의 허세를 표상하는 데 기여하지만, 그와 세상 간의 융화되지 못할 조건을 암시한다. 이와 같이 윤흥길의 소설에서 특정 대상은 상징작용을 수행하여 작가의 주제의식을 선명하게 전달하는 임무를 담당하고 있다. 이 작품에서도 그는 이름을 모르는 꽃을 소년의 기억 속에 존재하는 상징물로 승화시켜서 영원성을 획득하도록 배려하였다.

2. '사람이 덜 된' 아버지

인류의 역사는 땔감을 구하기 위한 역정으로 점철되어 왔다. 신화시대에 프로메테우스로부터 불을 선물 받은 뒤부터 인류는 땔감을 찾아 들판과 산속을 헤매었다. 땔감은 인류의 발전에 따라 여러 가지로 발견되었지만, 땔감은 인류의 안전을 담보해 주는 방패이기도 했다. 원시시대부터 지금까지도 인류는 불을 피워 맹수나 각종 위험으로부터 생명을 도모하고 있으며, 수천 년간 땔감을 이용한 화식생활을 유지하고 있다. 지금도 세계 각국은 연료를 안정적으로 확보하기 위해 치열하게 자원외교를 펼치고 있으며, 땔감에 집착하는 인간의 욕망은 전쟁조차 불사하고 있다. 주지하다시피, 근래에 벌어진 이라크전쟁은 메이저급 석유회사의 자본과 자국의 연료를 안정적으로 확보하기 위한 미국의 국익이 노골적으로 결탁하여 약소국을 침략한 연료쟁탈전쟁의 생생한 사례이다. 그만치 땔감은 인류사와 불가분의 관계를 맺고 있다.

예로부터 땔감을 구하는 일은 남자의 몫이었다. 남자들은 땔감을 확보하여 가장으로서의 소임을 다하였고, 자신의 완력을 드러내는 수단으로 땔감을 활용하기도 하였다. 남자들이 땔감을 차지하기 위해 전력했던 이유는 가족이 생존하는 데 필요한 최소한의 물질적 조건이었기 때문이다. 그들은 땔감을 선취하여 맹수를 비롯한 각종 위협으로부터 가족을 보호하였고, 식솔들의 식생활과 취침을 책임지기 위해 앞장섰던 것이다. 물론 그 과정에서 남자의 권위는 불가피하게 위험한 상황에 노출되기도 했고, 그것을 계기로 권위를 인정받거나 가족 간의 유대를 공고히 다질 수도 있었다. 땔감은 남자의 권위에 신뢰를 담보할 만한 가치 있는 물적 증거물이었던 셈이다. 윤흥길의 「땔감」은 연료를 구하기 위한 아버지와 아들의 고생담이다. 작품은 '아버지와 아들: 산에 땔감을 구하러 간 일 – 아들: 역 구내에서 조개탄 훔친 일 – 가족: 논에서 토탄 캐던 일' 등, 세 편의 에피소드로 이루어졌다. 각 편들은 땔감을 확보하는 과정에서 벌어지는 가족 간의 심리묘사가 미묘한 양상을 띠며 전개되고 있다.

아버지는 '한때 시국을 잘못 만나 운수 불길혀서' 부인의 지청구를 듣다가 나무를 구하러 집을 나선다. 평소 '남에 물건은 터럭 하나라도 건디리는 법이 아니다'던 아버지는 아들과 함께 소라단의 청솔가지를 구하러 갔다가 산감에게 발각되어 우세를 산다. 산림감시소 산감의 호통에 놀란 아버지는 자식 앞에서 곤란한 지경을 모면하기 위해 산감과 적당하게 타협하고, 땔나무까지 얻어서 의기양양하게 돌아오며 아들에게 허세를 부린다. 이러한 거짓 위세의 이면에는 '인공치하에 있었던 삼촌의 그 되똑 솟은 부역행위로 말미암아 아버지는 옴치고 뛸 수도 없는 입장'에 처한 불우한 사연이 은폐되어 있다. 아버지의 출세를 방해한 삼촌의 부역행위는 「장마」에서 빨갱이가 된 동만의 삼촌으로 다시 출현한다. 작가는 위기상황을 설정하여 아버지를 시련 속으로 내몰아서 권위가 훼손당하도록 방치하는 서술 전략을 자주 구사하고 있다.

아버지와 땔감을 구하러 갔던 아들은 역 구내의 조개탄을 훔치는 친구들과 어울린다. 그들의 절도행각에서 친구가 열차에 죽음을 당하는 사건이 발생한다. 이 사건으로 인해 한바탕 소동이 벌어지고, 부자간에는 화해가 이루어진다. 아버지의 권위를 계승한 아들은 조개탄을 절취하여 남자의 구실을 수행하려고 했지만, 실패함으로써 권위의 계승 시기를 지연시킨다. 아들의 입장에서는 아버지와 나무를 구하러 가던 일의 복습에 지나지 않았지만, 아버지에게는 그것이 절도행위로 인식되었던 것이다. 이러한 아버지의 이중적 태도는 지극히 한국적인 문화를 배경으로 되풀이되는 일상적 사건일 따름이다. 하지만 나이 어린 아들에게 아버지의 꾸중은 쉽사리 납득되지 않는다. 이에 아버지는 아들 앞에서 스스로 매를 들어 진정한 메시지를 전달한다.

> 그 날 밤이 늦도록 아버지는 회초리를 들고 내 종아리를 때렸다. 회초리를 일단 내렸다가 다시 드는 그 사이사이에 아버지는 똑같은 말을 골

백번이나 되풀이하고 있었다.

　"이놈아, 누가 너더러 도둑질허는 자리 따러댕기라고 시키드냐? 느 애비가 시키디야, 느 에미가 시키디야?"

　그러다가 아버지는 막판에 가서 회초리를 내 손에 건네주고는 자신의 바짓가랑이를 돌돌 걷어올리기 시작했다. 놀랍게도 아버지는 소리 한 마디 없이 눈물을 흘리고 있었다.[7]

　자신의 도둑질은 합리화하면서도, 아들의 그것은 고의적으로 받아들이지 않는 아버지의 모습은 전형적이다. 아버지는 전통적인 교육법을 시연하여 아들의 일탈행동을 교정하려고 시도한다. 아버지의 교육 방법은 작가의 전통적인 가치관을 드러내며, 그의 소설적 기원이 철저하게 한국적 문화에 기반하고 있다는 사실을 추측케 해 준다. 아들은 '막판에 가서 회초리를 내 손에 건네주고는 자신의 바짓가랑이를 돌돌 걷어올리기 시작'하는 아버지의 행동을 통해 아버지의 뜻하는 바를 이해하게 될 것이다. 이러한 방식은 윤흥길의 작품에서 여간 드문 경우가 아니다. 그는 아버지에 대한 극도의 불신과 반감을 여러 작품에 장치하고 있거니와, 부자간의 화해를 노골적으로 지향하는 이 부분은 선뜻 이해하기 어렵다. 그러한 우려는 가족과 함께 연료를 구하러 가는 다음 장면에서 이해의 단서로 변모한다.

　아들의 조개탄 절취 행각을 꾸중한 아버지는 가족들의 추위 걱정을 덜 요량으로 토탄을 채취하기 위해 집을 나선다. 토탄은 전쟁 후의 연료난 속에서도 '북더기에 비해 값이 상대적으로 헐할뿐더러, 야금야금 마디게 타는 것이어서 한바탕 또 요란하게 경제적인 땔감'이었다. 아버지는 토탄 채굴에 열중한 나머지 원료가 동난 줄

---

7) 윤흥길, 「땔감」, 『무지개는 언제 뜨는가』, 창작과비평사, 1979, 109-110쪽.

도 모르고 진흙을 채취하다가 논 주인으로부터 핀잔을 듣는다. 그는 아들에게 "이 애비가 아무짝에도 쓸모없는 어리석은 인간이라고 믿고 있냐?"고 묻지만, 아들은 "안 그래요! 시국을 잘못 만나서, 운수가 불길혀서 그래요!"라고 답한다. 이어서 아버지는 "실은 말이다, 시국 탓도 운수 탓도 아니란다. 느이 애비가 아직도 사람이 덜 된 탓이란다"고 말하며, 시류에 영합하지 못하는 자신의 성격을 어렵사리 고백한다. 자식에게 자신의 과오를 인정하는 아버지는 산감 앞에서 허세를 부리던 이전의 아버지가 아니다. 시대와 타협하지 못하여 불운한 아버지의 경력은 『에미』에서 국회의원 입후보 전력을 가진 아버지로 재출현하기도 한다.

현실적 조건을 인정하는 아버지의 발언은 가족과의 토탄 캐기와 함께 미약하나마 가족과의 화해를 지향하는 데 기여한다. 그러한 긍정은 현실이 삶의 터전이라는 사실을 부정할 수 없는 생활인으로서의 자각과 함께 개인의 도덕적 책임을 서술하는 데 집중한 「꿈꾸는 자의 羅城」(『문학사상』, 1982. 3)을 집필하는 동력으로 작용하였다. 그의 자세는 "사회로부터 고립된 주관성으로서의 주변인의 형상에 대한 반성"8)으로부터 비롯된 결과로서, 그것은 "인간과 자연이 끊임없이 교감을 유지하는 상황에서만이 가장 최상의 감동을 얻게 될 거"(「독자들에게」, 『默示의 바다』, 문학사상사, 1987)라고 믿는 작가적 소신에 터해 있다. 그의 신념은 어린 시절에 겪었던 지극한 가난과 동일 민족 간의 전쟁을 목도한 세대의 교훈으로서, 후배 작가들에 의해 계승되어야 할 덕목이다. 그것은 세대 간의 대화방식이면서, 전래하는 고유한 문학적 전통을 문화적 유산으로 되살리는 과업이기도 하다. 그러한 사례의 하나로 작가의 체험에 의

---

8) 황종연, 「인간적 친화를 꿈꾸는 소설의 역정」, 『작가세계』, 1993. 여름호. 28쪽.

해 생생하게 묘사된 토탄 채취 장면을 들 수 있다.

> 이리시 교외의 배산 뒤쪽 평야에서 한 해 동안 뗄 토탄을 파 마대에
> 담아 식구대로 이고 지고 뙤약볕 밑을 일렬로 서서 걷는 동안 뒤따라오
> 는 어머니 입에서는 계속 핀잔이 쏟아졌다.
> 『고무신 찍찍 끌면 평생 빌어먹는다!』
> 핀잔을 받을 때마다 허벅지라도 꼬집힌 듯이 정신이 번쩍 들었으나,
> 암죽 같은 걸쭉한 진액이 줄줄 등덜미를 타고 흐르는, 시궁물처럼 썩은
> 냄새가 나는 토탄의 무게에 짓눌려 발에 걸린 긴장이 느슨하게 풀리는
> 것이었고, 땀으로 뒤발한 대짜배기 검정고무신이 헐떡헐떡 벗겨지면서 또
> 다시 황토바닥을 질질 끄는 소리가 내 귀에도 들린다 싶으면 깔축없이
> 어머니의 핀잔이 송곳끝처럼 날아와 박히곤 했다.9)

그의 소년 시절에 곳곳에서 벌어졌던 토탄 채취는 당대 사람들
의 땔감에 대한 집념을 증언해 준다. 그 시대에는 절대적으로 부족
한 땔감을 보충하기 위해 논에서 '한 해 동안 뗄 토탄을 파 마대에
담아 식구대로 이고 지고' 돌아가는 행렬을 쉽게 볼 수 있었다. 국
민의 대부분이 절대빈곤층이었던 시절에 땔감을 구하는 일은 가장
의 과업을 넘어 온 가족이 동원되어야 할 정도로 절실한 문제였다.
따라서 이러한 형편에서는 가족 간의 갈등이 개입될 소지가 없었
고, 아들은 어머니의 핀잔을 들으며 토탄 채취 현장에 참여할 수밖
에 없었다. 작가의 서술이 토탄 채취 장면에 이르러 아버지에 대한
비하 발언을 배제한 이유가 여기에 있다. 아버지의 행실에 대해 시
종일관 폄하하고 반박하는 어머니와 형조차 다소곳할 만큼, 당시에
땔감을 구하는 일은 가족적 차원의 당면과제였던 것이다. 그의 소
설들은 사회현상에 대한 세세한 묘사에 치중하여 독자들이 미처

---

9) 윤흥길, 「궁상반생」, 『무지개는 언제 뜨는가』, 260 - 261쪽.

체험하지 못한 구세대의 가난을 추체험하도록 돕는다.

아울러 이 작품은 문학의 존재 이유를 학습하기에 알맞다. 예컨대 '아직도 사람이 덜 된' 아버지가 아들과 함께 땔감을 도둑질하는 행위는 분명히 비윤리적이고, 현실 세계에서는 일어나서 안 되는 불법행동이다. 그렇지만 이 작품에서는 최소한의 연명을 위해 땔감을 훔치는 부자의 행위가 법률적 판단에 앞서 독자에게 가져다주는 미적 가치에 의해 규정된다는 사실을 소설적으로 보여 주고 있다. 이 점은 문학작품의 온전한 수용을 위한 전제조건으로 어린 독자들에게 정확히 인식되어야 할 사안이다. 그것은 문학작품을 재단하는 경우에는 어떠한 비문학적 척도도 배척되어야 한다는 자명한 사실을 웅변하는 것이다. 또한 그 점은 문학과 법률의 상호 접점을 모색하는 연구자들에게 적절한 실례로 기능하여 논의를 일층 진척시킬 수 있을 것이다.

3. '무골호인'으로서의 아버지

윤흥길의 '집'에 대한 소설적 재현은 집요하다. 그가 소년을 서술자로 내세운 작품들에서 제시하는 문제적 상황들은 어김없이 '집 없음'으로 집약될 정도로, 그는 집에 대한 관심을 지속적으로 강렬하게 표출하였다. 그는 한국전쟁 후 내장산 근처를 무대로 한 단편소설 「황혼의 집」(『현대문학』, 1970. 3)에서 해질녘의 그로테스크한 이미지로 가득한 집을 제시한 바 있다. 일그러진 집의 이미지는 작가의 유년 시절 체험이 간단하지 않았다는 사실을 노정하기에 충분하다. 윤흥길에게 고향 정읍은 "나만이 아는 곳에 꼭꼭 숨겨둔

비상금과도 같은 곳"(「궁상반생」)이었다는 점에서, 그가 보여 준 '집'에 대한 인상들은 작가적 체험의 소설적 변용 과정을 탐구하는 데 도움을 준다. 그는 아버지로 인해 풍요한 환경 속에서 고생 모르고 자랐던 고향 시절을 마감할 수밖에 없었다. 아래에 인용한 그의 자전적 서술에 따르면, 윤흥길에게 '집없음'으로 인한 상처가 자심했던 것을 알 수 있다.

> 그러잖아도 곤고하기 짝이 없는 우리 집안에 예기치 않은 사건이 다시 결정적인 타격을 가해 왔다. 셋방으로만 전전하던 신세에 모처럼 목돈을 마련하여 내 집이라고 지니고 살던 판자집이 무허가 건물로 강제 철거를 당했다. 거의 생명을 내걸다시피 한 투쟁의 보람도 없이 설마설마하면서 아직도 어느 한구석에 숨어 있을, 그래서 때가 되면 적시에 나타날 기적만을 유일하게 믿던 우리네 철거민 모두의 기대를 깨끗이 배반하고 머리 통만한 해머와 소방서에서 쓰는 기다란 쇠갈고리와 도깨비를 묶는 데나 쓸 법한 무지막지한 체인을 들고 철거반원들이 실제로, 꿈도 아니고 거짓말이나 농담도 아니고 우리들이 눈 번히 뜨고 보는 앞에 실제로, 새까맣게 몰려드는 순간, 이리역 근처 유명한 철인동 사창가와 이웃해 있는데다가 나라도 밥을 두세 그릇쯤 먹고 힘껏 불면 날아가지 싶을 만큼 허술하고 볼품없이 지어졌다는 이유로, 사람 사는 집같이 여기지도 않던 그 판자집을 속새로는 내가 얼마나 끔찍이 아껴 왔나를 확연히 깨달을 수 있었다.[10]

1953년에 그가 당한 무허가 판잣집의 강제 철거 경험담이다. 가산이 기울어져 이리로 이사한 뒤부터 그는 어린 마음에도 '집'의 소중함을 깨닫게 된다. 그와 동시에 소년 윤흥길은 무능한 가장으로서의 아버지에 대한 원망을 심중에 축적한다. 유복했던 유년기를 폐기하고 궁핍한 소년기로 접어들 무렵에 발생한 이사 체험은 작

---

10) 윤흥길, 「궁상반생」, 위의 책, 269 - 270쪽.

가로 하여금 집 없는 신세의 처절한 경험으로 각인된 것이다. 그는 위에서 언급하고 있는 슬픈 기억을 윤흥길은 「집」(『월간문학』, 1972. 4)에서 고스란히 재현하였다. 이 작품은 산업화 과정에서 도시 계획에 저촉된 무허가 판잣집의 철거 과정을 어린이의 눈으로 세밀하게 관찰한 결과를 기록한 작품이다. 소년은 철거 경험을 통해서 '사람 사는 집같이 여기지도 않던 그 판자집을 속새로는 내가 얼마나 끔찍이 아껴 왔나를 확연히 깨달을 수 있었'고, 그 결과 '집없음'으로 인한 내면의 상처를 치유하는 방편으로 아버지를 원망하기 시작했다.

작품 속의 아버지는 '굉장히 똑똑한 사람이라고 소문난' 고향 친구에게 집문서와 인감도장을 맡겼다가 집을 날려 버리는 '만사태평의 무골호인'이다. 이후부터 그는 가장의 권위를 상실하고 가족들로부터 외면받는다. 그러다가 무허가 판잣집을 구입하여 입주하지만, 이미 그 집은 철거 예정 건물이라는 점에서 실패를 예정하고 있었다. 그럼에도 불구하고 아버지는 국회의원 입후보자의 교언을 믿어 버리고 가족의 만류에도 불구하고 판잣집을 구입한다. 그렇지만 철거 작업은 예정대로 진행되었고, 아버지는 관청에 민원을 제기하여 위기를 모면하려고 노력한다. 그는 한문 투의 진정서를 작성할 수 있을 정도로 유식하지만, 그의 노력은 보기 좋게 실패로 귀결된다. 작품 속에서 아버지가 보여 주는 "참패의 과정은 희극적이지만, 그 저변에는 경직된 비극의 진술 이상의 비극성이 함축성 있게 암시"[11]되어 있다. 그는 추악한 세상에서 추악한 방법으로 살아가야 할 소설적 인물로서 부적격 인물이었던 것이다. 그는 탄원서 실패 이후부터 가장으로서의 권위를 장자에게 빼앗긴다. 맏아들

---

11) 김교선, 「윤흥길론」, 『관념과 생리』, 신아출판사, 1996, 72쪽.

의 반란에 아버지는 우스꽝스러운 행동으로 비극적 웃음을 선사함으로써, 가난의 대물림과 훼손된 초상을 동시에 보여 준다.

> 이때 비어 있는 줄만 알았던 우리 집 속에서 사람 고함 소리가 들려 작업이 중단되었다. 주위가 갑자기 조용해진 가운데 우리는 고함 소리를 다시 똑똑히 들을 수 있었다. 그것은 잔뜩 취했을 때의 우리 아버지 음성이었다. 작업 책임자와 어머니가 동시에 달려 들어가 안방 문을 열어 보려 했으나, 안에서 문고리가 잠겨 있었다. 아버지는 집과 함께 깔려 죽을 테니 염려 말고 어서 기둥을 넘어뜨리라고 소리쳤다. 빨리 나오지 않으면 위험하다고 어머니가 울먹이는 소리로 사정을 했다. 작업 책임자도 이젠 다 소용없는 일이니 어서 문이나 열라고 거듭 타일렀다. 그러나 아버지는 문고리를 걸어 잠근 채로 오후 한나절을 꼬박 버티는 놀라운 인내력을 보였다. 누구든지 안에 들어오기만 하면 자살해버리겠다고 틈틈이 위협하는 것으로 아버지는 방문이나 벽을 부수려는 인부들을 멀찌막이 물리칠 수 있었다. 작업 책임자는 마지막 수단으로 좀 유치한 속임수를 썼다. 그는 열을 셀 때까지 나오지 않으면 당신이야 죽든 말든 작업을 다시 시작하겠다고 말했다. 아홉까지 센 다음 그는 옆에 있는 인부한테서 커다란 쇠망치를 받아들었다. 그리고 열을 셈과 동시에 기둥을 한번 꽝 때렸다. 그러자 방문이 화닥닥 열리면서 아버지가 헐레벌떡 뛰어나왔다. 아버지는 뒷주머니에 소주병을 꿰차고 있었다.[12]

가장의 권위를 상실한 아버지가 철거 작업에 맞서는 장면이다. 그가 '뒷주머니에 소주병을 꿰차고' 안방에서 문고리를 잠근다고 해서 철거 작업이 연기되거나 철회되지 않을 것은 번연하다. 단지 철거의 시간과 소설적 시간을 지연시켰을 뿐이다. 아버지는 사생결단하는 것처럼 철거반원들과 맞서지만, 작업반장이 '열을 셀 때까지 나오지 않으면 당신이야 죽든 말든 작업을 다시 시작하겠다'는

---

12) 윤흥길, 「집」, 『황혼의 집』, 문학과지성사, 1994, 59쪽.

엄포에 놀라 방 밖으로 탈출할 정도로 소심하다. 처음부터 아버지는 철거되는 집을 수호하겠다는 의지를 지녔거나, 아니면 집을 지킬 만한 방도를 강구하고 문고리를 잠근 것이 아니었다. 아버지는 겉으로 '집과 함께 깔려 죽을 테니 염려 말고 어서 기둥을 넘어뜨리라'고 고함치는 것과 달리, 속으로는 '어머니가 울먹이는 소리로 사정'하여 가족으로부터 외면당하던 그간의 고통을 감소시키려는 보상심리의 외현화에 다름 아니었다. 그러나 아버지의 바람과 다르게 장남은 철저하게 그를 무시하고, 교회당의 종을 쳐서 아버지의 무능을 만천하에 알려 조롱할 뿐이었다. 형은 아버지의 무능을 증오하면서 그의 권위를 대체하는 역할을 수행하는 인물이다.

아들에 의해 웃음거리로 전락할 정도로, 아버지의 행동은 전혀 아버지답지 않다. 그런 아버지의 성격 때문에 서술자의 관찰은 더욱 사실성을 확보하게 된다. 윤흥길의 인물 형상화 방법은 희극성을 지닌 인물의 창조에서 실력을 발휘한다. 예컨대『완장』의 저수지 양어장지기 임종술은 세계의 모순을 정확하게 인식하여 대립하는 인물이 아니라, 자신의 무지로 인해 세계의 질서 체계를 파악하지 못하는 희극적 인물이다. 그의 바보스러운 성격으로 인해 웃음은 유발되고, 작가의 권력에 대한 풍자 의지는 제고된다. 임종술에게 내재된 권력에의 의지는 권력에 대한 원한에서 비롯된 것이다. 그에게 권력의 '완장'을 허여한 배후의 권력은 개인의 권력 의지를 자극하여 왜소한 권력을 부여한 뒤, 그것의 행사를 방관하고 제어하면서 거대권력의 무소불위한 힘을 만끽한다. 이러한 권력의 속성을 간파하지 못하는 임종술은 '완장'에 집착함으로써, 희대의 '권력자'로서 희극적인 웃음을 선사하여 독자들로 하여금 작가의 주제의식에 동조하도록 기여한다.

아버지의 무능과 소심성은 해학성과 연관되어 연작소설집 『아홉 켤레의 구두로 남은 사내』에서 사회적 외연을 확장하며 반복된다. 주인공 권 씨는 「집」의 아버지가 지닌 무능력을 계승한 인물로, 가정을 꾸리는 일보다 아홉 켤레의 구두를 광내는 일에 열중하는 인물이다. 권 씨는 이 연작소설에서 초점화 대상이 되거나, 초점화자로 나서거나, 자신의 이야기를 전달하는 서술자로 등장하여 시점의 다양성을 수행한다. 그것은 여러 가지 시점을 채택하여 "70년대 산업사회의 병폐를 방관하던 지식인의 소시민성을 폭로함과 동시에 타파하려는 이중의 의미구조"[13]를 보여 주고 싶었던 작가의 소설 전략이었다. 시대의 세부 현실을 묘사하는 데 월등한 윤흥길의 장기는 동일한 시점을 선택하면서도 의도한 바에 따라 각기 다른 형태를 적용한 작품에서 구현되었다. 그는 세 편의 소년소설에서 공통적으로 1인칭 시점을 견지하고 있으나, 각 작품마다 인칭의 유형은 다르다. 가령 「기억 속의 들꽃」에서 주인공 소년은 초반부에서 1인칭 시점이라고 볼 수 없을 만큼 거리를 유지하다가, 후반부에서 소녀의 죽음을 서술하는 부분에서는 주인공답게 서술 상황에 적극 개입한다. 그리고 「땔감」에서 아들은 아버지와 친구들의 땔감 절도 행위에 동참하지만, 토탄을 채취하는 아버지를 묘사하는 대목에서는 객관적 서술자의 시점을 잃지 않는다. 또한 「집」에서 소년은 철저하게 관찰자의 시각을 유지하여 아버지가 권위를 급속하게 상실하는 데 이바지한다. 이와 같이 윤흥길 소설에서 복합적인 1인칭 화자는 "작가 자신의 사물을 바라보는 태도와 상응한다"[14]는 점에서, 소설적 상황의 사실성과 심미적 수준을 확보하는 데 공헌하고 있다.

---

13) 변화영, 「『아홉 켤레의 구두로 남은 사내』의 연작소설 연구」, 『문예연구』, 2005. 봄호, 68쪽.
14) 김치수, 「사건과 관계 - 윤흥길」, 『문학사회학을 위하여』, 문학과지성사, 1988, 224

그의 아버지에 대한 원망과 증오는 모성성을 취급한 작품에서 소설적 화해로 변모한다. 이러한 작품 성향이 두드러지게 표현된 작품은 그의 소설 「장마」이다. 이 작품이 수확한 무수한 비평적 성과에도 불구하고, 서사적 형식의 시각에서 보면 "화해를 전제로 한 「장마」는 근대적 소설 형식의 미달 현상이거나, 아니면 '서사시'에로의 후퇴 현상"[15]으로 파악할 수 있다. 그렇지만 서구에서 기원한 이데올로기라는 근대적 관념을 거부하고, 생명의 평등과 화해를 지향하면서 "지난 시절 농경사회의 공동체의식을 떠받치는 버팀목 구실을 하던 권선징악의 풍조에 대한 미련"(「작가의 말」, 『산에는 눈, 들에는 비』, 세계사, 1993)을 일관되게 표출하는 작가의 소신은 한국적 관점에서 충분히 존중받을 만한 가치가 있다. 그것은 이 작품을 향한 헤겔적 비판이 한국 소설의 성취수준을 가늠하는 절대적 심급일 수 없을 뿐만 아니라, 분단시대에 요구되는 기본적이고 필수적인 덕목인 화해를 앞세운 작품의 미학적 성취를 훼손할 정도로 본질적인 것이 아니라는 사실에 기초한다.

윤흥길이 지지하고 있는 화해의 문학은 그의 고향에서 학습한 판소리의 미학과 관련되어 있는 것으로 판단된다. 근대소설에서 판소리의 소설적 수용에 앞장섰던 동향의 선배작가 채만식에게 보인 경의에 비추어 보건대, 그가 판소리의 비극적 해학성을 소설작품에 수용하기 위해 남다른 노력을 기울였음을 알 수 있다. 그 증거들은 판소리에서 구현되는 희극성과 비극성의 통합을 통한 화해의 세계를 성공적으로 구현한 "모자라는 사기꾼의 얼굴"(『백치의 달』)과 "못 믿을 화자"(『빛 가운데로 걸어가면 · 1』, 현대문학, 1997) 등에서 확인할 수 있다. 아울러 그의 소설에서 형상화되는 토속성의 세

15) 김윤식, 「6 · 25와 소설의 내적 형식」, 『우리 소설과의 만남』, 민음사, 1986, 147쪽.

계나 걸쭉한 전라 방언, 희극적 인물, 민중의 애환에 대한 정치한 묘사, 긴 호흡의 문장, 전통적 권위의 해체 등은 그의 작가의식을 살피기에 적합한 보기일 것이다. 본고에서 논의한 세 편의 작품은 이와 같은 그의 독특한 소설 작법들을 학습하기 위한 전 단계로서 충분한 조건을 갖추고 있다.

Ⅲ. 결 론

등단 이후 윤흥길은 전쟁 체험을 형상화하는 데 소설적 역량을 기울였다. 그의 작품들은 모두 자전적 체험의 기록이라고 할 정도로 실체적 경험에 의존한 것이다. 이러한 체험들은 그의 소설작품에서 리얼리티를 제고하는 데 이바지하고 있으며, 그의 작품들이 묘사에 출중하다는 평가를 받게 되는 근본적 동력으로 작용하고 있다. 작가 스스로 지금까지 가난과 전쟁 체험을 소중한 가치로 인식하고 있을 뿐만 아니라, 여러 작품에서 체험을 형상화한 사실을 순순히 인정하였다. 이처럼 그는 역사적 체험을 중시하여 작품에 수용하기를 주저하지 않는 작가이다. 그의 체험들은 작품화하는 과정에서 탁월한 소설적 기법에 힘입어 민족적 보편성으로 용해되어 나타났다. 이것이야말로 그의 소설이 지닌 거역할 수 없는 강점이며, 자타가 공인하는 문학사적 성취이다.

윤흥길의 소년소설 「기억 속의 들꽃」은 소년 시절에 경험했던 한국전쟁의 비극을 소년소녀의 만남과 사별의 형식으로 쓴 작품이다. 그는 이 작품에서 소녀의 재물을 탐하는 기성세대를 등장시켜서 그들의 속물근성을 힐난하는 한편, 소녀의 죽음을 통해 전쟁의 비인간성을 고발하였다. 작가는 '쥐바라숭꽃'이라는 존재하지 않는 꽃의 이름을 호명하여 전쟁의 참화를 직접적으로 감당하는 이름 없는 민초들의 죽음을 전면화시키는 한편, 명순이와 나의 비밀한 만남을 발화되지 않은 전설로 은폐하였다. 그의 노력에 힘입어 소녀는 죽음의 증언자로서 소년을 동반하게 되고, 전후에 살아남은 소년은 기억의 형식을 차용하여 그녀와의 만남을 재생할 수 있었다. 그들에 비해 아버지는 소녀의 처지를 외면한 채, 어머니의 말에 따르며 잇속만 추구하는 재욕에 사로잡힌 인물이다.

그의 다른 작품 「땔감」은 전후의 열악한 연료 사정 속에서 아버지가 아들을 동반하여 땔감을 도둑질하는 비윤리적인 환경을 조성한 시대 형편을 폭로하고 있다. 작가는 가족들과 힘을 합쳐 토탄을 채취하던 체험을 회상하여 땔감을 구하기 어려웠던 당대의 사회적 형편을 사실적으로 증언하고 있다. 아들은 불법적으로 친구와 조개탄을 훔치는 행위를 통해 선대로부터 학습한 바를 재현하여 가난을 복습하게 되는데, 이것은 물질적 궁핍에 필연적으로 수반되는 윤리상의 문제점을 노출시킨 것이다. 이런 측면에서 아들의 절도행위는 소설 작품을 평가하는 심급은 윤리적 가치판단이 아니라 미학적 원리라는 문학적 문법을 학습하는 데 적절한 사례를 제공한다.

끝으로 「집」은 윤흥길이 유년기에 겪었던 가난한 날들의 기록이다. 그는 유복한 환경에서 자라다가 가산이 기울어지면서 극심한 가난을 체험하였다. 특히 '집없음'은 어린 그에게 자심한 상처를 안겨 주었고, 그로 인해 윤흥길은 아버지의 임종조차 참관하지 않는 등, 아버지에 대한 증오와 반감을 드러내었다. 이러한 행동은 '집없음'의식으로 인한 심리적 상흔을 드러낸 이 작품에 그대로 투영되어 있는데, 그는 아버지의 권위를 대신한 형의 반인륜적 언행을 비난하지 않을 뿐만 아니라, 아버지와 거리를 둔 채 서술하여 예전의 감정적 앙금 상태를 보여 주고 있다. 그러므로 이 소설은 그의 아버지에 대한 원망의 강도를 짐작케 할 정도로 내면풍경을 솔직하게 보여 주는 작품이라고 할 수 있다.

이상에서 상술한 바와 같이, 본고는 윤흥길의 소년소설 세 편을 분석하여 작품에 내재된 작가의 체험을 집중적으로 살펴보았다. 그는 가난한 아버지를 내세워서 시대의 곤궁한 형편을 치밀하게 묘사하였고, 무능한 가장으로 인해 가족들이 겪게 되는 비참한 결과를 보여 주었다. 그의 작품에서 공공연하게 형상화되는 아버지의 권위 손상은 비극적인 전쟁 체험에서 비롯된 것이다. 그의 체험은 전후에 민족이 처했던 갖가지 현실 상황들을 증거하기에 충분하여 소설적 공감을 획득하고 있을 뿐만 아니라, 어린 독자들에게 두루 읽혀야 할 당위성을 갖게 된다. 또한 대상 작품 속에 용해된 작가의 체험들은 작가와 고향의 관계에 대하여 귀중한 시사점을 제공해 준다. 본고에서 미처 본격적으로 거론하지 못한 그 점에 대해서는 후고를 기약하기로 한다.

참고문헌

〈기본 자료〉

윤흥길, 『아홉 켤레의 구두로 남은 사내』, 문학과지성사, 1977.

윤흥길, 『무지개는 언제 뜨는가』, 창작과비평사, 1979.

윤흥길, 『완장』, 현대문학사, 1983.

윤흥길, 『默示의 바다』, 문학사상사, 1987.

윤흥길, 『에미』, 청한문화사, 1990.

윤흥길, 『백치의 달』, 흔겨레, 1993.

윤흥길, 『산에는 눈, 들에는 비』, 세계사, 1993.

윤흥길, 『황혼의 집』, 문학과지성사, 1994.

윤흥길, 『낫』, 문학동네, 1995.

윤흥길, 『빛 가운데로 걸어가면 · 1』, 현대문학, 1997.

윤흥길, 『기억속의 들꽃』, 다림, 2005.

〈단행본 및 논문〉

강진호, 「분단 현실의 자기화와 주체적 극복 의지」, 민족문학사연구소
　　　현대문학분과 편, 『1970년대 문학 연구』, 소명출판, 2000.

권영민, 『한국현대문학사: 1945－1990』, 민음사, 1993.

김교선, 『관념과 생리』, 신아출판사, 1996.

김윤식, 『우리 소설과의 만남』, 민음사, 1986.

김치수, 『문학사회학을 위하여』, 문학과지성사, 1988.

김　현, 『공감의 비평』, 문학과지성사, 1990.

변화영, 「『아홉 켤레의 구두로 남은 사내』의 연작소설 연구」, 『문예연
　　　구』, 2005. 봄호.

천이두, 『우리 시대의 문학』, 문학동네, 1998.

한원균, 「기억과 상처에 대한 소설적 기록」, 『기억속의 들꽃』, 다림, 2005.

황종연, 「인간적 친화를 꿈꾸는 소설의 역정」, 『작가세계』, 1993. 여름호.

최명표

문학평론가, 문학박사
전북대학교대학원 국어국문학과 수료
현재 계간 『문예연구』 편집위원
■ 저서　『전북지역시문학연구』
■ 평론집 『균형감각의 비평』, 『아동문학의 옛길과 새길 사이에서』
■ 편서　 『김창술시전집』, 『인식론적 비평과 문학』, 『김해강시전집』, 『이익상단편소설전집』

한국근대소설 속의 '소년'

한/국/근/대 소년소설작가론

초판인쇄 | 2009년 5월 1일
초판발행 | 2009년 5월 1일

지은이 | 최명표
펴낸이 | 채종준
펴낸곳 | 한국학술정보㈜
주　소 | 경기도 파주시 교하읍 문발리 513-5 파주출판문화정보산업단지
전　화 | 031) 908-3181(대표)
팩　스 | 031) 908-3189
홈페이지 | http://www.kstudy.com
E-mail | 출판사업부　publish@kstudy.com

등　록 | 제일산-115호(2000. 6. 19)
가　격 |
　　　　33,000원

ISBN　9　　　　　　　　Paper Book)
　　　978-89-534-2396-1　98810 (e-Book)

내일을여는지식 은 시대와 시대의 지식을 이어 갑니다.